Für meine Mutter.

1.

„Du kommst jetzt sofort her!“ Irma drohte mit dem Ausklopfer. Wirklich schlagen wollte sie ihre Tochter nicht. Sieglinde drehte sich kurz zur Mutter um. Sie gab ihrer Puppe einen Klaps auf den Hintern und formte einen Kuchen aus Dreck und Geröll.
„Aber der Kuchen ist noch nicht fertig.“
Der Teppichklopfer fauchte durch die Luft. Sieglinde klopfte endlich den Staub von Schürze und Schuhen.
„Und verschütte die Milch nicht wieder, sonst...“
Irma zeigte auf den Ausklopfer, der jetzt am Türpfosten lehnte. Sie legte eine Lebensmittelmarke in die schmutzige Hand.
„Nur einen viertel Liter. Wir haben nur noch einen Bezugsschein. Und wasch dir die Hände!“
Sieglinde zog die Unterlippe vor. Nur noch eine Marke, das hieß, es würde am Sonntag wieder nur Pustekuchen geben. So nannte es die Mutter, wenn sie Brot röstete und Zucker darauf streute. Sieglinde vergaß Milch und Kuchen, als sie über den Steg lief. Sie ließ die Kanne ins Gras fallen, zog Schuhe und Strümpfe aus. Rupfte Gänseblumen und Margeriten, warf sie in den Fluss. Es gefiel ihr, wie sie davon trieben. Sie rannte ihnen am Ufer nach. Das Wehr verschluckte die Blumen. Sieglinde watete im Wasser. Sie hob Steine an, trieb das Gras auseinander, um die Fische aufzuschrecken, die im Schatten Schutz suchten. Das hatte Ulli ihr gezeigt. Ullrich war ihr der liebste Bruder, weil er sie mitspielen ließ, obwohl sie ein Mädchen war. Sie rutschte aus, fiel ins Wasser, ruderte, schluckte, spuckte, hustete, rang nach Luft. Jemand packte sie mit derbem Griff. Sie sah nur Augen und einen Schnauzbart, in dem Wassertropfen hingen. Der Mann zerrte sie ans Ufer. Ihre Flechten tropften. Das Kleid patschte an ihrem Körper.
„Glück gehabt, Fräulein!“
Er strich sich die nassen Haare aus dem Gesicht. Wrang ihren Rocksaum aus.

Er nahm seine Jacke vom Fahrrad, hängte sie um ihre Schultern, als er sah, dass sie zitterte.
„Wo wohnst du denn?“ Sieglinde zog die Schultern hoch. Sie verschränkte die Arme vor der Brust. Ihre Lippen bebten.
„Du musst schnell nach Hause. Wirst sonst krank.“
Sie wollte nicht nach Hause, ohne Milch, und in dem nassen Kleid. Der Ausklopfer war ihr sicher.
„Ich muss Milch holen.“ sagte sie. Der Mann lachte. „So bestimmt nicht.“
Er hob Sieglinde auf sein Fahrrad. Sie hielt sich an der Stange fest. Als sie den Steg überquert hatten, zeigte sie auf das schwere, graublaue Holztor. Er stemmte sich dagegen, zog sie samt Fahrrad in den Torweg. Sieglinde wollte abspringen, er schob das Fahrrad weiter bis zur Haustür. Dann hob er sie herunter. Mit gesenktem Kopf sagte sie „Danke!“ Blieb aber bei ihm stehen. Die Milchkanne war ihr eingefallen. Sie lag noch irgendwo im Gras. Die Lebensmittelmarke hatte sie verloren, was noch viel schlimmer war. Sie schaute den Fremden von unten her an, stellte sich vor, er wäre ihr Vater. Aber dann wäre er bestimmt nicht so nett. Die Mutter hatte noch nie etwas über Vater erzählt. Roy aus Dietmars Klasse wurde von seinem Vater mit dem Gürtel geschlagen. Rote Striemen brannten auf seiner Haut. Er redete nicht darüber. Roy antwortete nur, wenn er gefragt wurde. Wenn die Lehrer mit ihm schimpften, hob er die Hände über den Kopf. Er hatte sich geweigert, sich für den Sportunterricht umzuziehen. Sie haben ihn gezwungen. Alle konnten die Wunden auf seiner Haut sehen. Einer aus der Klasse fragte, ob es wehtat. Roy schüttelte den Kopf, biss sich auf die Lippe. Dietmar hat es erzählt, gleich, als er aus der Schule kam. Da wollte Sieglinde lieber keinen Vater haben.
„Ich gehe alleine“, sagte sie, als der Mann neben ihr die Treppe hochstieg. Die winzigen hellen Härchen auf Sieglindes Armen richteten sich auf.
„Es ist wohl besser, wenn ich mitkomme.“
Christine öffnete ihnen.
„Wie siehst du denn aus? Du wirst nie ein Mädchen.“ Die Hausleute sagten, an Sieglinde sei ein Junge verloren gegangen. Sie schüttelten bedauernd die

Köpfe. Das Rattern der Nähmaschine verstummte abrupt. Irma warf ihre Brille auf den Tisch.
„Wo ist die Milch?“ Sie packte Sieglinde am Arm. Zog ihr das Kleid über den Kopf.
Schimpfte auf die Plage, schimpfte über die Ungezogenheit der Kinder, Heutzutage, schimpfte sogar auf Gott, dass er sie so strafte.
„Sie ist eben ein richtiges Kind“, sagte der Mann.
„Was verstehen Sie davon? Danke fürs Bringen.“ Der Mann nickte, ging. Irma rief ihm eine Entschuldigung hinterher. Er schaute sich kurz um, hob die Hand.
„Wo ist die Marke?“ Irma packte Sieglinde an den Schultern. „Wo ist die Marke?!“
Sieglinde senkte den Kopf. Irma ließ von ihr ab. Christine nahm ein Handtuch, rieb Sieglinde trocken. Niemand sprach.
„Stubenarrest! Deine Puppe siehst du auch nicht so schnell wieder.“ Irma packte Fritzi in den Kleiderschrank. Das war das Schlimmste. Niemanden zum Flüstern, niemanden, der die Sandkuchen aß, niemanden, mit dem Sieglinde schimpfen konnte.
„Aber da kriegt sie keine Luft.“
„Stubenarrest und keinen Mucks! Dann kommt Fritzi vielleicht wieder raus.“
Christine zuckte mit den Schultern, verzog den Mund.
„Christine, du bohnerst die Dielen.“
„Aber hier stinkt doch schon alles nach Bohnerwachs.“ Dietmar hielt sich die Nase zu.
Irma holte aus. Dietmar ging in Deckung.
Irma lächelte, wurde ernst. „Du holst die Kanne. Die muss ja noch irgendwo sein. Wo hast du sie verloren?“
„Am Wasser, beim Tunnel.“ Sieglinde zog die Nase kraus. „Wie oft hab ich gesagt, du sollst nicht da unten rumturnen! Hast du keine Ohren?!“
„Aber...“
„Halt lieber deine Klappe!“, warnte Ullrich. Er sah Irmas Zornesfalte über der rechten Braue. Dietmar band sich umständlich die Schuhe zu. Hinter

dem Vorhang bei Ottilie kamen die Sportnachrichten aus dem Radio. Er kämmte sich die Haare, knöpfte die Jacke zu, zog sie glatt, kontrollierte den Inhalt der Taschen.
„Da wird ja eine alte Frau wieder jung“, sagte Irma.
Ottilie schaltete das Radio aus. Dietmar fluchte leise. Ein eigenes Radio müsste man haben.
Sieglinde fror. Ihre Arme waren schwer und sie war müde. Alles verschwamm, als schaue sie durch Glas. Sie schlüpfte in ihr Nachthemd. Merkte nicht, dass sie es links herum trug. Die Strümpfe zog sie über die Knie. Sie kuschelte sich ins Bett. Irma hielt in der Arbeit inne. Sie schüttelte den Kopf, lächelte, rieb sich die Augen, arbeitete weiter. Christine schob die Stühle zur Seite. Sie tauchte den alten Socken in die Dose mit Wachs, rieb und scheuerte, fluchte leise. Sie hasste es. Der Geruch von Bohnerwachs widerte sie an. Alle widerte er an. Außer Irma. Sie schien das zu mögen. Sie bestand darauf, mindestens einmal in der Woche zu bohnern und zu glänzen, meist am Samstag. Heute war Freitag. Ein besonderer Freitag. Ein Heimkehrerzug sollte ankommen. Dietmar hatte es auf dem Sportplatz aufgeschnappt. Er wollte zum Bahnhof gehen. Den Vater würde er erkennen. Sein Bild stand auf der Kommode. Und es gab diese Erinnerung an einen Vater ohne Uniform, der lachte, mit Dietmar Fußball spielte, und Christines blutendes Knie verband. Christine wäre so gern mitgekommen. Aber sie musste ja bohnern. Sie schaute zur Mutter. Sie saß gebeugt, in die Arbeit vertieft wie immer. Wie konnte sie, an so einem Tag... Sie musste davon gehört haben. Christine hielt sich die Hand. Sie hatte sich einen Schliefer eingezogen. Irma hielt ihr eine Nadel hin. „Zieh ihn raus.“ Christine stach sich die Haut auf, zog die Luft hörbar ein. Sie war zu zaghaft. Der Schliefer blieb im Handballen stecken.
„Komm her.“ Irma fasste Christines Hand, stach, zog den Kerl raus.
Dietmar latschte mit Schuhen über die frisch gebohnerten Dielen, schüttelte den Kopf.
„Nicht mehr da und auch sonst nichts dabei. Christine bewarf ihn mit dem Bohnersocken. „Was soll das heißen - nicht mehr da und sonst nichts da-

bei?" Irma schaute ihn drohend an. Er zog die Schuhe aus, zeigte auf Siggi. „Schöner Stubenarrest." Er zog ihr die Decke weg.
„Ist jetzt mal Ruhe und Frieden hier? Ich muss arbeiten!"
Sieglinde zitterte. Ihr Gesicht war rot. Sie hatte geweint.

Sie strampelte die Zudecke weg. Ihre Zähne schlugen aufeinander. Irma erneuerte die Wadenwickel, deckte Sieglinde immer wieder zu. Ottilie brachte einen Topf mit Fleischbrühe. Irma zögerte, überwand Stolz und Ekel. Sie bot Ottilie Platz an, stellte den Topf auf den Ofen.
„Sie müssen Doktor Finsterbusch holen", sagte Ottilie.
„Sie ist zäh. Sie schafft das." Ottilie kratzte sich unterm Kopftuch. Nie kämmte oder wusch sie ihre Haare. Sie waren ein graues, verfitztes Knäuel, das sie mit immer demselben Kopftuch bedeckte. Strickjacke und Rock waren fleckig. Nur wenn sie in die Kirche ging, trug sie einen sauberen schwarzen Mantel, der ihr zu groß war. Aber sie hatte ein Zimmer ihrer Zweiraumwohnung für Irma und die Kinder geräumt. Ein graugrüner Vorhang trennte die Wohnbereiche ab. Irma war ein einziges Mal hinter den Vorhang gegangen, um nach Ottilie zu sehen, weil sich am Morgen nichts gerührt hatte. Sie schlug ein Kreuz in die Luft. Ottilie hauste zwischen Kartons und Stapeln alter Zeitungen, die ihr als Stuhl und Tisch dienten. Nur das Röhrenradio lag frei. Anstelle von Gardinen hingen Spinnweben am Fenster. Irma ging nie wieder hinter den Vorhang und sie verbat es auch den Kindern.
Sieglinde schlug die Augen auf. Irma hielt ihr den Löffel mit Brühe an den Mund. Sie schlürfte, drehte den Kopf zur Seite. Ihr Blick fiel auf Ottilie. Sie fürchtete sich vor dieser Frau. Im Traum war sie ihr als Hexe erschienen. Und auch tagsüber schreckte sie zusammen,
wenn Ottilie hinter dem Vorhang mit ihnen sprach oder sie ihr im Hausflur begegnete. Ein brauner Fleck klebte wie ein zu großer Popel an Ottilies Nase, die spitz nach unten auslief, eben wie bei einer Hexe. Ulli drückte sich die Nasenlöcher zu, wenn Ottilie bei ihnen war. Irma wischte den Stuhl auf dem sie gesessen hatte, mit einem nassen Lappen ab, sobald Ottilie sich verabschiedet hatte.

Der Zug raste durch das Nichts, das die Dunkelheit aus Häusern, Bäumen, Masten und Menschen machte. Sieglinde hörte Schreie. Sie konnte aber nichts sehen. Im Waggon gab es keine Fenster. Sie horchte. Der Wind musste die Schreie fort getragen haben. Die Räder erzeugten ein gleichmäßiges Rattern auf den Schienen, das sie schläfrig machte. Sie lehnte den Kopf an das kalte Metall.

Ihr Nacken schmerzte. Vor ihrem Bett lag ein glitschiger Lappen, der von ihrer Stirn gerutscht war. Das Rattern kam nicht von einem Zug. Sie hatte nur geträumt. Es kam von der Nähmaschine. Draußen schien die Sonne. Ottilies Radio dudelte hinter dem Vorhang. Irma stoppte das Fußpedal, spitzte den Mund, benetzte einen Faden zwischen ihren Lippen. Sieglinde stierte auf den runden Rücken der Mutter. Irma hatte die alte Petroleumlampe entzündet, obwohl es taghell war. Ihre Brille saß ganz vorn auf der Nasenspitze.

Die Konturen verschwammen. Sieglinde schloss die Augen. Da war eine große Wiese mit vielen Bäumen. Es roch nach Äpfeln und Gras. Sieglinde zog die Schuhe aus. Sie ging zum Wasser. Hielt ihre Füße hinein. Es war kalt, eisig kalt.

„Decke dich zu." Irma wickelte die Decke um Sieglindes Füße. Auf dem Hocker neben dem Bett lag ein Apfel. Sieglindes Magen knurrte, ihr lief das Wasser im Mund zusammen. Sie biss hinein. Das Fruchtfleisch knackte. Saft lief aus ihrem Mund. Irma drehte sich zu ihr um. „Du weißt, dass du zu fragen hast." Sieglinde legte den Apfel zurück.

„Du hast Glück, er ist für dich. Ottilie hat ihn dir gebracht, weil du krank bist."

Sieglinde biss umso größere Stücke ab. Sie schlang, verschluckte sich, hustete.

„Iss langsam, dir nimmt schon keiner was weg!" Sie aß sogar den Griebs mit. Krank sein war langweilig und komisch. Man bekam leckere Äpfel zu essen und sogar Pudding. Aber man durfte nicht Fußballspielen. Sie wusste nicht, was ihr lieber war.

Sie hatte wieder geträumt, von kaltem Wasser, einem rasenden Zug und da war eine Hand, die nach ihr griff. Nicht größer als ihre.

Jetzt lag sie wach, schaute sich um. Es war ungewöhnlich still im Zimmer. Kein Radio hinter dem Vorhang, kein Knistern der Zeitung, kein Rattern der Maschine. Wenigstens die Uhr tickte vertraut. Sieglinde zog die Decke über den Kopf. Sie hörte Stimmen, jemand rief: „Tor!“ Ein anderer schrie: „Abseits!“

Sie ging barfuss zum Fenster. Die Jungen tobten. Sie standen um die Wäschestützen herum, die ihnen als Tor dienten. Sie stritten, sie schubsten sich. Sie malten mit Stöcken Linien in die Erde. Roy war ganz rot im Gesicht. Ullrich und Dietmar waren auch dabei. Im Nachthemd rannte Sieglinde die Treppe runter. Sie schaute eine Weile zu, dann rannte auch sie dem Ball hinterher, der kein richtiger Ball mehr war. Eher sah er aus, wie ein zerdrücktes Osterei. Deshalb nannten sie ihn Lederschlampen. Sieglinde wusste nicht mehr, wer sich diesen Namen ausgedacht hatte.

Einer der Jungen blieb stehen. Er schaute Sieglinde an, als wäre sie die tote Ratte, die der Hauswart aus dem Abwasserkanal gefischt hatte.

„Mit Weibern spiele ich nicht. Geh und hopse über deinen blöden Schlüpfergummi.“

„Schlüpfergummi, Schlüpfergummi“ Sie lachten, zeigten mit dem Finger auf Sieglinde.

„Die ist ja im Nachthemd.“

„Ist doch egal.“ Sieglinde schoss und traf. Roy pfiff durch seine Zahnlücke. Ullrich klatschte ihre Hand ab. Das tat er sonst nur bei seinen Kumpels.

„Hab Euch doch gesagt, die Wäschestützen müssen enger zusammen. Wenn die Weiber schon treffen.“ Markus trat gegen Sieglindes Schienbein. Sie zwickte ihn. Hans hielt einen Bierdeckel hoch. Das bedeutete die gelbe Karte, für beide. Das Spiel wurde hitziger. Markus wollte unbedingt den Ausgleich schießen. Sie konnten doch nicht gegen ein Mädchen verlieren. Ein Pfiff trieb die Kinder auseinander. Irma stand im Hof. Ihr Gesicht glühte. Ulli und Sieglinde folgten ihr stumm nach oben. Irma schlug zu. Ihre Hand schmerzte, aber sie schlug weiter auf die Körper, Köpfe und Gesichter ihrer Kinder ein. Bis Ottilie laut nach ihr rief. Irma setzte sich auf den einzigen freien Stuhl. Die anderen waren mit gehefteten Kleidern und

Futterstoffen belegt. Sie wischte sich den Schweiß von der Stirn. Atmete schwer.
„Du bist krank, wie kannst du im Nachthemd da unten rumsausen?“ Sie hob die Hand. Sieglinde ging in Deckung. Irma schlug mit der Faust auf den Tisch. Christine räumte einen Stuhl für Ottilie frei.
„Ich würde Ihnen gern Kaffee anbieten. Aber wir haben keinen mehr.“ Irma schob sich die Haare aus der Stirn. „Ich habe das Kleid nicht losgekriegt. Angeblich zu festlich. Jetzt fange ich noch mal damit an.“
„Ich habe etwas Besseres.“ In Ottilies Hand glänzte eine Flasche. Nordhäuser Doppelkorn.
„Wo Sie das immer hernehmen...“ Irma holte Gläser, trank im Stehen, als Ottilie ihr Glas gefüllt hatte. Sie schüttete nach.
„Wird schon.“, sagte Ottilie.
„Die Kunden sind manchmal so launisch.“
Sieglinde hustete. Irma zwang sie, Zwiebelsaft zu trinken. Sieglinde schüttelte sich, trank aber aus. Sie legte sich freiwillig wieder ins Bett.

2.

Die Nähmaschine stand still. Irma trug ihr bestes Kleid unter der Schürze. Sie schnitt einen Aschkuchen an. Es duftete nach Kakao und Vanille.
„Wascht euch die Hände und setzt euch an den Tisch!“
„Aber Roy wartet unten auf mich.“ Ulli trippelte mit dem Ball. Christine stieß ihn in die Seite.
Irma zündete eine Kerze an. Sie stierte in die Flamme. „Setzt euch!“
Irma faltete die Hände. Sieglinde naschte Krümel. Die Mutter schaute sie nur an. Das genügte. Auch Christine hatte die Hände gefaltet und stierte in die Flamme. Dietmar saß blass und steif am Tisch.

„Heute ist Norberts Geburtstag. Und auch sein Todestag."
Sieglinde wusste nicht, wer dieser Norbert war. Sie fragte nicht. Sah in ihren Schoß, dann zum Kleiderschrank, in dem Fritzi noch immer lag. Die Mutter bemerkte die Blicke nicht. Sie zog die Stirn kraus, putzte sich umständlich die Nase. Ihre Augen glänzten. Ihr Lächeln misslang.
„Du siehst schön aus in dem Kleid", sagte Dietmar. Er hatte seinen Kuchen nicht angerührt.
„Wir gehen nachher auf den Friedhof. Das gehört sich so."
„Und Fußball?" Ullrich verschluckte sich, hustete Krümel. Sieglinde klopfte ihm auf den Rücken, bis er sich beruhigt hatte.
Irma legte ihnen die Sachen aufs Bett, die sie anziehen sollten. Sonntagskleidung. Sieglinde hasste den weißen Trägerrock, den Irma aus Stoffresten genäht hatte. Er war so kurz, dass der Rand ihrer Schlüpfer zu sehen war. Sie schämte sich. Christine hatte einen viel längeren Rock, der gerade nach unten fiel. Und nun sollte sie auch noch Christines grüne Bluse anziehen. Christine hatte sie gemocht. Sie war abgetragen. Die Farbe war vom vielen Waschen verblichen. Sieglinde hasste grün. Es stand ihr nicht. Sie wollte lieber Ullis blaukariertes Hemd tragen. Irma nahm es ihr weg. Sie faltete es zusammen. Legte es zu den Sachen, aus denen sie Flicken gewann. Die Bluse war länger als der Rock. Sieglinde musste ihren rosa Strickpullover anziehen. Schon bei seinem Anblick kratzte sie sich an Armen und Bauch. Irma lachte sie aus.
Ottilie bürstete ihren schwarzen Rock aus. Sie trug eine beige Strickjacke ohne Flecken. Nur das Kopftuch war dasselbe wie jeden Tag. Sogar einen Strauß Margeriten hielt sie in der Hand.
Es war ein heißer Augusttag. Die Frauen gingen langsam. Die Hitze trieb Röte in ihre Gesichter. Ottilie hatte Schweißtropfen auf der Nase. Aber sie behielt das Kopftuch auf. Die Strickjacke hatte sie bis oben hin zugeknöpft.
„Die hat bestimmt nichts drunter.", flüsterte Ulli. Selbst Christine musste darüber lachen. Sie gingen im Schatten der Lindenbäume, die den Kiesweg zum Friedhof säumten. Vor der Friedhofskapelle blieb Sieglinde stehen. Sie zeichnete das goldene Wappen am Eingangstor nach. Hüpfte vor dem Fens-

ter hoch. Sie versuchte die bunten Glasscheiben zu berühren. Es gelang ihr nicht. Irma zog sie weiter. Sieglinde versteifte sich.
„Ich möchte aber den lieben Gott sehen!“ Ottilie lachte. „Irgendwann muss er doch rauskommen.“
„Der liebe Gott wohnt nicht hier. Der wohnt im Himmel, sonst könnte er uns ja nicht sehen.“,
klugscheißerte Dietmar.
„Ja und er wird auch gleich böse, wenn Ihr euch nicht benehmt.“
Sie gingen stumm weiter. Sieglinde bestaunte eine Familiengruft. Maria aus glänzendem Stein. Groß, mächtig. Größer als in der Kirche. Sie ging über den Kies. Berührte Marias Hand. Irma rief sie. Sie blieben vor einem Rechteck stehen, dessen einziger Schmuck ein Kreuz aus braun gebeiztem Holz war. Dort legte Irma Gladiolen ab. Sie zündete ein Grablicht an. Schaute andächtig, die Hände vor dem Bauch gefaltet. Sie bewegte die Lippen. Ottilie legte die Margeriten dazu. Niemand sagte etwas.
Sieglinde hob einen schimmernden Kiesel auf, hielt ihn gegen das Sonnenlicht. Er verlor seinen Glanz. Sie kickte ihn mit der Schuhspitze weg. Irma wischte sich Tränen aus dem Gesicht. Sieglinde zappelte und hüpfte. Das Grablicht erlosch.
„Dein Bruder Norbert wäre bestimmt nicht so ein Quälgeist geworden wie du.“
Sieglinde bewarf das Kreuz. Dann rannte sie davon.
„Komm sofort zurück!“ schrie die Mutter. Ihre Worte hallten.
„Psst“, machte Ottilie.
Sieglinde rannte weiter. Sie wollte zu dem Haus, in dem der liebe Gott wohnte, weil der liebe Gott doch wissen musste, dass sie kein Quälgeist war.
Ullrich fand sie, nahe der Kapelle, hinter einem Rhododendronbusch.
„Komm raus da! Sie ist ernsthaft sauer auf dich.“ Ullrich hockte vor dem Busch.
„Sie ist so gemein.“ Sieglinde heulte.
Als die Mutter und Ottilie sich dem Busch näherten, kroch sie aus ihrem Versteck. Sie holte tief Luft, stampfte mit dem Fuß auf und sagte; „Ich bin kein Quälgeist!“

Ottilie verbarg ihr Lachen hinter vorgehaltener Hand. Irma sprach den ganzen Abend kein Wort mit Sieglinde. Sie wünschte ihr auch keine Gute Nacht.

3.

„Halt still, oder willst du eine Glatze?“ Sieglinde rutschte mit dem Po an die Stuhlkante. Sie schloss die Augen, blinzelte aber. Ratsch. Das Geräusch machte ihr eine Gänsehaut. Ihr Zopf lag am Boden. Er sah aus wie die Blindschleiche unten am Wasser. Ulli hatte sie mit einem Stock berührt. „Kannst kommen, sie ist mausetot“, hatte er gerufen. Sieglinde hatte das tote Tier von sicherer Entfernung betrachtet.
„Au!“, rief sie. Der zweite Zopf glitt zu Boden. Die Mutter lachte. „Das tut überhaupt nicht weh.“ Sieglinde biss sich auf die Unterlippe. Nur nicht weinen. Die Mutter kämmte und schnitt. Haare juckten im Gesicht. Sieglinde kratzte sich die Nase.
„Stillhalten! Du wirst mit einer Tolle viel besser aussehen. Alle Mädchen tragen so etwas.“ Die Mutter schnitt den Pony gerade. Sieglinde fuhr sich durch die Brauen. Irma rollte das Deckhaar zusammen. Befestigte die so entstandene Tolle mit Haarklemmen am Hinterkopf. Dietmar stieß einen anerkennenden Pfiff aus.
„Das ziept.“ Die Mutter löste die Tolle, formte sie neu. „Ziept trotzdem.“
„Du wirst dich dran gewöhnen.“
Sieglinde drehte ihren Kopf vor dem Spiegel hin und her. Vielleicht musste man wirklich so aussehen, wenn man in die Schule kam. Sie könne sich darauf freuen, hatte Ottilie gesagt. Sieglinde bekam trotzdem Bauchgrummeln, wenn sie daran dachte. Keiner verriet ihr, was man in der Schule tat. „Lernen.“, sagte Christine. „Ist langweilig.“, sagte Ulli. „Aber die Pausen sind schön.“ Dietmar sagte, „Muss sein, willst ja später

nicht verhungern." Er schaute dabei auf den runden Rücken der Mutter. Jedenfalls war die Schule daran schuld, dass Sieglindes Zöpfe jetzt am Boden lagen. Die Tolle gefiel ihr überhaupt nicht. Sie zog und zerrte, bis sich das Gebilde auflöste. Dietmar lachte. „Jetzt siehst du aus, als hätte ein Vogel versucht, ein Nest auf deinem Kopf zu bauen." Sieglinde kämmte und kämmte. Irma sah kurz von der Näharbeit auf. „Dann musst du eben so gehen.", sagte sie. Christine erbarmte sich. Sie frisierte die Tolle neu. Sieglinde legte die Zöpfe in einen Pappkarton, in dem sie besondere Habseligkeiten sammelte. Schöne Knöpfe, bunte Holzmurmeln, sogar ein Ohrclip lag darin, den sie beim Spielen gefunden hatte, und eine Matrjoschka, die die Mutter wegwerfen wollte.
Sieglinde ging andauernd am Spiegel vorbei. Es ließ ihr keine Ruhe. Sie holte die Zöpfe wieder aus der Kiste, hielt sie sich an den Kopf. Irma nahm sie ihr weg. „Die anderen Kinder ziehen bloß dran, außerdem bekommst du schneller Läuse. Wasch dir die Hände, es gibt gleich Essen." Sieglinde schmollte. Sie aß nicht viel. Ihr Bauch war wie zugenäht. Und alle flüsterten und versteckten und bastelten und tuschelten. Die Mutter stopfte manchmal etwas in den Wäschekorb, wenn Sieglinde vom Spielen kam. Auch Ottilie redete dauernd von einer Überraschung.

4.

Sieglinde hörte das Läuten der Glocken, dann Irmas schlürfende Schritte. Das blecherne Aufschlagen der Waschschüssel, das Summen des Kessels auf dem Ofen. Es war soweit. Heute war Einschulung. „Aufstehen", rief Irma. Sieglinde stellte sie sich schlafend.
„Das nützt dir alles nichts, du Hasenfuß!" Hasenfuß, den Ausdruck kannte Sieglinde nicht. Irma lachte. Sie rüttelte an Sieglindes Schulter. Sie zog an

der Bettdecke. Sieglinde rollte sich zusammen. Ein kalter Waschlappen landete auf ihrer Wange. Sie stand endlich auf, warf den Lappen zurück. Sie traf Dietmar am Kopf. Sie hielt sich den Bauch, jammerte.
„Die Schule hat noch niemanden umgebracht.“, sagte Irma. Auf ihrer Stirn zeichnete sich die Zornfalte ab. Sieglinde wusch sich still. Putzte sich die Zähne. Blut auf der Bürste, schaumiges Blut in der Schüssel. Wenig später hielt Irma ihren rechten Schneidezahn in der Hand. „Dreh mal den Kopf zum Fenster und mach den Mund auf. Richtig auf. Da kommt ein Neuer.“
Sieglinde schaute sich im Spiegel an. Sie setzte sich in Unterwäsche aufs Bett, verschränkte die Arme.
„Beeil dich. Willst du gleich am ersten Tag zu spät kommen?!“
„Ich warte erst auf den neuen Zahn.“ Sie lachten. Ulli zeigte ihr einen Vogel. Irma wurde ernst. Sie packte Sieglinde am Arm, streifte ihr die Bluse über. Weiß, mit besticktem Kragen. Das hatte die Mutter also vor ihr versteckt. Sie musste Christines braunen Rock anziehen. Wieder so eine Farbe, die sie nicht mochte. Und dann noch die weißte Strümpfe dazu. Das Leibchen spannte am Hintern. Sie zog und zerrte.
„Du bist bestimmt nicht die Einzige mit Zahnlücke“, tröstete Christine.
„Milchzähne sind was für Kindergartenkinder“, sagte Ulli.
Sieglinde ließ sich widerstandslos frisieren. Sie vermied es, in den Spiegel zu schauen.
Immer wieder blieb sie mit der Zungenspitze in der Zahnlücke hängen. „Hör damit auf, du lispelst sonst.“
Sie bemühte sich daran zu denken. Aber die Zunge rutschte wie von selbst in die Lücke.
Irma huckte ihr den Ranzen auf. Sieglinde schämte sich. Abgeschabtes, braunes Leder und zwei Schnallen. Der Ranzen hatte Dietmar gehört. Sieglinde wollte ihren eigenen Ranzen haben. Mit nur einer Schnalle in der Mitte, wie ihn die anderen Mädchen trugen.
Sie fand es so gemein, dass Dietmar eine Aktenmappe bekommen hatte, und sie seinen Ranzen abtragen musste. Beim Gehen zog sie die Schultern hoch. Sie antwortete nicht auf Fragen. Ob sie aufgeregt sei, fragte die Müller. Sie

stemmte die Arme in die beschürzten Seiten, grinste, als hätte sie Sieglinde bei einer Dummheit erwischt. Ich stelle ihr ein Bein, dass sie die Treppe runter fällt, dachte Siggi. Sie ging schnell an der Müller vorbei, als hätte sie die Frage nicht gehört. „Na, nu ist es endlich so weit. Gott, sie werden so schnell groß." Das war die Sackgasser. Irma antwortete mit einem Nicken. „Wir haben es eilig."

„Jetzt zieh nicht so ein Gesicht." Sieglinde sagte nichts. Sie schaute auf ihre weißen Schuhe. Die Schuhspitzen waren schon etwas abgeschabt. Aber diese Schuhe gehörten wenigstens ihr allein. Die hatte ihr die Mutter im Herbst gekauft. Sie hatte die Blechdose vom Schrank genommen, die Münzen gezählt. Sieglinde gestupst und gesagt: „Jetzt kaufen wir dir ein paar schöne Schuhe. Damit du wie ein Mädchen aussiehst." Beim Anprobieren hatte Sieglinde sich gefragt, ob die Riemchen beim Fußballspielen halten würden.

„Du hast aber einen hässlichen Ranzen." Sieglinde blieb stehen. Sie schaute das Mädchen aus zusammengekniffenen Augen an. „Und du, du bist selber hässlich." Sie hob ihre Faust.

„Du wirst dich bei dem Mädchen entschuldigen!", sagte Irma.

„Aber die hat angefangen."

Irma wurde in ein Gespräch verwickelt. Eine besorgte Mutter fragte, ob die Ranzen denn nicht zu schwer seien. „Ihre ist ja auch so zart", sagte sie.

Irma winkte ab. „Sie ist zäh." Das Mädchen rannte weg. Sieglinde streckte ihr die Zunge raus. Irma sah es nicht.

Sieglinde sollte ein Lied vorsingen. Die Musiklehrerin hatte sie dafür ausgesucht, weil Christine im Schulchor mitsang. Zusammen mit den anderen Akteuren musste sie sich vor dem Flügel aufstellen. Akteure, schon wieder so ein Wort, zu dem sie kein Bild hatte. Die Lehrerin hatte es schon während der Proben ständig gesagt. Für Sieglinde klang es so, als würde jemand auf einem Klettergerüst herumturnen. Aber das konnte nicht stimmen.

Die Klassenlehrerin begrüßte die ABC-Schützen. Dabei hob sie ständig den Zeigefinger. Sie lächelte, erzählte Anekdoten aus dem Schulalltag, wurde ernst, mahnte, die Schule nicht auf die leichte Schulter zu nehmen. Sie sprach

die Eltern an. Sie forderte sie auf, mit ihr zusammen dafür zu sorgen, dass die Kinder zu sozialistischen Persönlichkeiten heranwachsen. Jemand schnaubte. Sie lächelte wieder, erzählte einen Witz. Niemand lachte darüber. Sie trat zurück, fasste einen Jungen in Hochwasserhosen an der Schulter. Er sagte ein Gedicht auf, sprach es fehlerfrei, aber monoton. In der zweiten Reihe saß sein Vater. Das Parteiabzeichen glänzte am Revers seines Sakkos. Er nickte bei jeder Zeile, klatschte dann laut und heftig. Seine Frau trocknete sich die Augen. Der Mann fotografierte. Der Junge wurde rot. Trat zurück, knetete den Saum seiner Weste. Die Lehrerin schaute Sieglinde an. Alle schauten sie jetzt an. Sie sah zu Boden. Das Holz der Dielen war abgeschabt und farblos. Sie dachte an die Schliefer, die man sich da beim Bohnern einzog.
Frau Angermann stupste sie an. Sieglinde trat einen Schritt vor. Die Angermann begann mit dem Klavierspiel. Sieglinde hörte die Musik gedämpft, als hätte sie Watte in den Ohren. Ein dumpfer Schmerz in ihrer Brust erschwerte ihr das Atmen. Ihr Bauch fühlte sich prall an, als würde er gleich platzen. Sie verpasste den Einsatz, stieg eine Tonart zu hoch ein. Ihr Gesang klang wie der Futterruf eines Jungvogels. Sie brach ab, schaute auf die verblichenen Dielen. Frau Angermann spielte und sang. Sie wiegte den Kopf, sang höher und höher, trällerte den Schluss. Sie legte ihren Arm um Sieglindes Schultern, verneigte sich. Sieglindes Bauch fühlte sich so hart an wie der Lederschlampen. „Du kannst dich setzen.", flüsterte die Angermann. Sieglinde schlich zu ihrem Platz. Sie legte die Hände auf den Bauch. Die Kinder neben ihr tuschelten, zeigten auf Zuckertüten. „Das da ist bestimmt meine. Oder die mit dem Fußball", sagte ein Junge. Die mit dem Fußball wollte Sieglinde haben. Aber sie sagte nichts. Sie biss auf ihrer Unterlippe herum. Der Schmerz in ihrem Bauch wurde heftiger. Ihre Zungenspitze geriet dauernd in die Zahnlücke. Sieglinde drehte sich nach der Mutter um. Sie blickte stur geradeaus. „Sieglinde Geipel"; die Lehrerin hielt eine rosa Papptüte in der Hand, die mit Bildern beklebt war. Sieglinde erkannte einen braunen Kreis. Der Lederschlampen.
„Sieglinde!" Sie erhob sich. In ihrem Bauch rumorte es. Die Lehrerin beugte sich zu ihr herunter. Ihre Augen waren grau. Die Nase lang und schmal. Sie

erinnerte Sieglinde an die Müller. „Das wird schon noch mit dem Singen", sagte sie. „Das lernst du bei Frau Angermann. Freust du dich darauf?" Sieglinde nickte, obwohl sie gar nicht singen wollte. Fußballspielen, das wollte sie und nicht diese alberne Tolle tragen. Auch nicht die weiße Bluse. Beinahe hätte sie das alles laut gesagt. Das Grummeln und Rumoren in ihrem Bauch wurde schlimmer. Sie beugte sich vor. Sie erschrak. Es knarzte, es roch übel, knarzte noch einmal. Die Lehrerin wich zurück. Sieglindes Kopf glühte. „Was ist denn das für Eine?" fragte eine Mutter. „Wohl keine gute Kinderstube genossen", sagte ein Mann. Andere lachten. Sieglindes Mitschüler imitierten den Furz. Sieglinde rannte ohne Zuckertüte davon. Die Saaltür knallte hinter ihr zu. Draußen beugte sie sich übers Geländer. Runterspringen? Dann wäre sie tot oder mindestens sehr krank. Und alle würden sie bedauern. Die Mutter und ihre Geschwister kamen. Die Mutter sagte nichts. Sie sah Sieglinde nur an. Die Zornfalte war tief. „Mann, du vergeigst aber auch alles", sagte Ulli. Er wollte ihr die Zuckertüte reichen. Sie nahm sie ihm nicht ab. Geduckt schlich sie an Irma vorbei. Irma schlug nicht zu. Sie hatte keine Blicke und keine Worte für ihre Tochter. Sie schimpfte auch nicht, als Sieglinde mit den weißen Schuhen an einen Stein trat.
„Dann darf ich deine Zuckertüte auch auspacken!", sagte Ulli. Er öffnete die Schleife. Sieglinde widersprach nicht.
Irma schnitt Apfelkuchen. Sie stellte die Kaffeetassen hart ab. Sie scharrten mit den Löffeln auf den Tellern. Niemand sprach. Ottilie schenkte Irma und sich selbst Schnaps ein. Sie sahen sich an, tranken. Ottilie schenkte nach. „Ach, bald spricht da kein Mensch mehr drüber", sagte sie. Sicher war sie sich dessen nicht. Sie war alt. Sie wusste, dass man solche Episoden ohne böse Absicht immer weitergab. „Mein Geschenk für dich." Ottilie brachte eine Schiefertafel. Sie war mit hellem Holz umrahmt und hatte einen ausklappbaren Ständer. Sieglinde bedankte sich mit einem Nicken. Sie legte die Tafel weg. Sie verkroch sich im Bett. Der süße Duft des Kuchens konnte sie nicht locken.

5.

Sieglinde hatte sich die Augen müde geweint. Niemand war an ihr Bett gekommen. Die Mutter hatte ihr auch den Gutenachtkuss verweigert. Sie hatte die Bettdecke nicht aufgeschüttelt. Sie hatte auch das Weinen und Wimmern überhört. Sieglinde hatte vergeblich um die Wärmflasche gebeten. Sie beobachtete die Mutter heimlich. In ihrem Gesicht war kein Lächeln. Die Zornfalte war immer noch da. Sieglinde wünschte sich ganz weit weg.

Sie erwachte in der Nacht. Im Zimmer war es dunkel. Christine schniefte leise neben ihr. Dietmar schnarchte wie immer. Er musste sich mit Ulli das Bett teilen. Es stand an der Wand gegenüber. Leise stand sie auf. Sie tastete sich zum Fenster. Der Hof war ein schwarzes Loch. Sie ging zurück ins Bett. Zog die Decke über den Kopf. Die Gedanken an den ersten Schultag quälten wie Hunger. Sieglinde konnte nicht wieder einschlafen. Sie rief sich die Farben und Formen der Knöpfe in Irmas Nähkasten in Erinnerung. Es half nicht. Ihre Gedanken kehrten zur Schuleinführung zurück. Sie hörte das Lachen und die empörten Rufe. Sie sah Irmas Zornfalte. Aber sie wollte doch gut singen. Und sie wollte sich doch benehmen. Die Kirchturmuhr schlug dreimal. Auch ohne Schule konnte sie bis zehn zählen. Sieglinde zündete die alte Petroleumlampe an. Die Mutter hatte es ihr verboten. Messer, Schere, Gabel, Licht ... den Spruch kannte sie auswendig. Aber sie war doch kein kleines Kind mehr.

Sie fand Bohnerwachs und den alten Socken im Schrank unter der Spüle. Die Lampe schob sie leise vor sich her. Den Socken tauchte sie tief in die Dose ein. Sie scheuerte und rieb. Sie drückte fest auf. Die Mutter freut sich bestimmt, wenn alles glänzt. Sie rieb sich Hände und Knie. Der Schmerz ließ sich nicht verreiben. Sie dachte weiter. Sie dachte, ich bin keine Memme. Irma stöhnte und seufzte auch, wenn sie bohnerte. Sie tat es trotzdem. Sie beschimpfte jeden, der die Wohnung mit Schuhen betrat. Sogar die Kunden zogen die Schuhe vor der Tür aus.

Plötzlich war es hell. Die Flamme flackerte. Sieglinde sah auf Irmas Füße. Sie stieß die Zunge durch die Zahnlücke. Irma zog Sieglinde hoch, schüttelte sie. „Sieh dir das an. Wer soll dass denn jetzt wegmachen." Sieglinde hatte das Wachs ungleichmäßig aufgetragen. Dicke Flecken glänzten und schlierten. Irma kniete sich. Stand wieder auf. Christine und Dietmar erwachten.
Christine zog sich die Schürze übers Nachthemd. „Ich mach das."
„Das macht sie selbst und zwar heute, nach der Schule. Da kann man ja keinen in die Wohnung lassen. Du bist dumm, du bist so dumm und böse noch dazu. Hätt ich doch den Norbert behalten können." Irma ging hin und her. Setzte Wasser auf, wusch sich das Gesicht. Zog das Nachthemd aus, den Unterrock an. Sie schimpfte und fluchte weiter. „Was hast du dir jetzt wieder gedacht?" „Ich muss, ich wollte ... ich muss nicht in die Schule. Ich kann bohnern und nähen kannst du mir lernen." Irma setzte sich. Sie schüttelte den Kopf. Sie hielt sich die Stirn. „Ihr geht jetzt alle wieder ins Bett." Hinter dem Vorhang brannte Licht. Ottilie drehte eine Flasche auf. Irma bekam Appetit. Aber sie kochte sich einen Kaffee. Wenn sie schon wach war, konnte sie auch arbeiten.

„Christine, du sorgst dafür, dass dieses kleine Biest auch wirklich in der Schule ankommt." Irma rieb sich den Nacken. Sie streckte sich, verzog den Mund zu einem Gähnen. Seit Sieglindes Bohneraktion hatte sie an der Nähmaschine gesessen. Auch Sieglinde war nicht wieder eingeschlafen. Das Rattern der Nähmaschine hatte sie an ihren Traum erinnert. Sie glaubte, die Mutter würde sie nie wieder beachten. Sie würde ihr nichts vom Brot abgeben und nie wieder dürfte Sieglinde Marmelade naschen. Die Mutter würde sie verhungern lassen, damit dieser Norbert wiederkam. Sie verbiss sich die Tränen. Sie schlug mit der Faust ins Kissen. Christine drehte sich auf die andere Seite, schlief weiter, und auch Irma überhörte die Schläge.
Sieglinde war müde und ihr Bauch schmerzte wieder. Sie sah die Mutter nicht an. Sie wickelte einen Gummi um ihre Finger. Bekam keine Figur hin. Sie ließ den Gummi auf ihre Schenkel schnippen. Die Haut wurde rot, verblasste wieder. Irma beachtete sie nicht. Sie schmierte Brote für die Schule. Sieglinde

saß auf dem Bett, beschaute die Schürfwunden an ihren Knien. „Zieh dich endlich an", sagte Irma. Sieglinde ging zum Schrank. Irma zeigte auf einen Stuhl. „Da sind deine Sachen." Dietmar kniff Sieglinde in den Po. „In der Schule lauert ein Geist, der jeden in den Hintern beißt", sagte er. Sieglinde presste die Lippen zusammen. Sie schob ihr Butterbrot auf dem Brettchen hin und her. Irma schlug mit dem Messergriff auf den Tisch. Sieglinde biss ab, kaute und schluckte aber nicht. Sie rannte zur Toilette. Sie spuckte das Brot aus. Die Würmer kamen angekrochen. Sie dachte, jetzt fressen sie meinen Abfall und gleich werden sie an meinem Pups ersticken. Sie drückte und presste. Der Pups saß fest in ihrem Bauch. Jetzt hatte sie noch mehr Angst, in die Schule zu gehen.

„Du kommst aus einem ordentlichen Haus. Also benimm dich!" Irma spuckte in ein Taschentuch. Sie verrieb einen Rest Zahncreme auf Sieglindes Kinn. Sie half Sieglinde nicht den Ranzen aufzunehmen. Christine hielt ihr die Riemen. „Kann ich alleine."

„Sei nicht kindisch." Sieglinde bestand darauf, es alleine zu tun. Sie bog den Rücken durch, schob den rechten Arm durch den Riemen. Wankte nach hinten. Christine fasste zu. Sieglinde rückte von ihr ab. „Sturkopf!", sagt Christine. Sie kämmte sich die Haare schon zum zweiten Mal. Legte Irmas Kette um. Drehte sich auf Zehenspitzen vor dem Spiegel, der neben der Kommode hing. „Leg die Kette wieder hin." Christine erschrak. Sie legte die Kette in die Schale zurück, in der auch Irmas Uhr und ihre Ohrclips lagen. Die hatte sie auch schon anprobiert. Sie standen ihr gut, fand sie. Irma rieb sich die Augen. Es geht los, dachte sie. Ich muss mit ihr reden. Irma scheute solche Gespräche. Warum konnten die Kinder nicht klein und niedlich bleiben. Sie lächelte über ihren Gedanken.

Sieglinde zog und zerrte an ihrem Leibchen herum. Sie bückte sich langsam wie eine Alte.

Ihr Bauch war aufgebläht. Sie stöhnte beim Schuhe zubinden. Cristine missverstand es.

„Kannst du noch immer keine Schleife?" „Lass mich in Ruhe!" Sieglinde rannte los. Im Ranzen klapperte die Schiefertafel. „Lass sie." Irma winkte ab.

Sieglinde rannte und heulte. Vor der Schule hielt sie an. Sie rieb sich die Augen. Sie schnäuzte sich. Sie hob den Kopf. Marschierte auf den Schulplatz. Christine holte sie ein. Sie fasste sie an der Schulter. Ließ nicht los, als Sieglinde versuchte ihre Hand abzuschütteln. Sie stiegen die Außentreppe hoch. Vorbei an lärmenden Jungs, die rülpsten. Christine ging schneller. Man sagte, die seien halbstark und wüssten sich nicht zu benehmen. Und sie würden die Schule schwänzen. Aus denen wird nie was, sagte die Sackgasser. Und sie meinte, wenn Dietmar so weitermacht, geht es mit ihm genauso. Einer mit blonden Locken grinste Christine an. Sie wurde rot, senkte den Blick. Vor der Klassentür hauchte sie Sieglinde einen Kuss auf die Wange. Sieglinde wischte mit dem Handrücken darüber.
„Da kommt das Furzkissen!", rief der Junge mit den Hochwasserhosen. Alle schauten sie an. Sieglinde stierte geradeaus. An der Wand hing eine Fotografie von Wilhelm Pieck. Sie fand den alten Mann sehr hässlich. Ihr Vater sah bestimmt besser aus. Und er würde sie auch nicht wegschicken, damit Norbert wiederkam.
Ganz hinten war eine Bank frei. Sie schritt darauf zu. Eine Dicke mit rotem Gesicht setzte sich auf den Tisch. „Hier ist besetzt." Sieglinde kaute auf ihrer Unterlippe herum.
„Sieglinde! Hierher." Auch das noch. Die Wolfram zeigte auf einen Platz direkt vor dem Lehrerpult. Sieglinde musste die Bank mit Hannelore teilen. Hannelore, die über ihren Ranzen gelästert hatte. Sie setzte sich. Hannelore rutschte mit ihrem Stuhl von ihr weg. Sieglinde schmeckte Blut. Sie tupfte ihren Finger auf die Lippe.
„Hast du kein Taschentuch dabei?", fragte Frau Wolfram. Sieglinde durchwühlte ihren Ranzen. Sie fand keins. Sie fuhr mit dem Handrücken über die Lippen. „Iii", sagte Hannelore.
„Morgen will ich ein sauberes Taschentuch bei dir sehen!" Sieglinde nickte. „Glaub nur nicht, dass du von mir abschreiben kannst." Hannelore stellte ihre Schiefertafel zwischen sich und Sieglinde. Sieglinde gab ein „Ph" von sich. Ein Bluttropfen spritzte auf Hannelores Fibel.

Sie sprang auf, ließ das Buch fallen. Frau Wolfram schlug mit ihrem Holzlineal auf den Tisch. Es wurde still. Die Kinder stierten sie an.
„Heb das Buch auf und setze dich sofort wieder hin!" Hannelore tat es. Sieglinde fand ihr Taschentuch. Sie hielt es hoch. „Frau Wolfram, Frau Wolfram!"
„Na fein. Das gibt dir aber nicht das Recht, den Unterricht zu stören."
Frau Wolfram las etwas vor. Die Anderen verfolgten ihre Worte mit dem Finger auf der Buchseite. Sieglinde hatte die Seitenzahl nicht verstanden. Sie blätterte. Frau Wolfram brach ab. „Muss ich dir gleich am ersten Tag einen Tadel geben?"
„Aber ich hab doch nur..."
„Ich will kein Aber hören." Die Wolfram schrieb etwas. Ihre Hand tanzte auf dem Papier. Sie formte die Worte mit den Lippen, setzte hörbar ein Ausrufezeichen, reichte Sieglinde das Blatt. „Das gibst du deiner Mutter. Sie soll es unterschreiben. Bis Morgen!"

Hannelore grinste Sieglinde an. Sieglinde raffte ihre Sachen und rannte aus dem Klassenzimmer. Sie hielt sich den Bauch. Er fühlte sich wieder so an wie der Lederschlampen. In ihrem Kopf sausten die Gedanken. Mutter, Norbert, unterschreiben, Norbert ist besser, ich brauche die Unterschrift. Die Zange im Bauch zog sich zusammen. Sieglinde rutschte an der Wand runter, kauerte. Der Schmerz ließ etwas nach. Die Wolfram hatte ihr den Hochwasserjungen hinterher geschickt. Er stand plötzlich vor ihr. „Du sollst wieder reinkommen." Sieglinde nickte. Aber sie ging nicht mit. Sie versteckte sich in der Rauchergasse. Die Halbstarken hatten die Gasse zwischen dem Haus des Schumachers und der Glaserei so getauft. Dorthin verzogen sie sich zum Rauchen und zum Küssen üben. Sieglinde wartete auf dort Christine. Sie kam, aber nicht allein. Inge tänzelte neben Christine her. Sie schwenkte ihre Aktentasche, kicherte. Christine schaute trotzdem ernst. Ihre Brauen bildeten eine Linie. Sieglinde wünschte sich, Inge wäre ihre Schwester. Inges Haare waren fransig geschnitten, sie trug Hosen und ihre Augen glänzten, wenn sie lachte. Inge hätte ihr bestimmt mit einem Augenzwinkern den Tadel unterschrieben. Sieglinde hielt den Atem an. Lehnte sich ganz dicht an die Mauer, spähte. Sie bemerkten sie nicht, als sie am Gässchen vorbei gingen. Warum hatte sie sich nicht getraut zu fragen? Sie ging runter ans Ufer, packte den Tadel aus. Sie fuhr mit dem Finger die Buchstaben entlang. Keine Buchstaben, blaue Wellen, wie die Windkämme auf dem Wasser. Sie dachte an den Mann, der sie aus dem Fluss gezogen hatte. Er würde abwinken mit seiner großen Hand und den Tadel unterschreiben. „Sie ist eben ein richtiges Kind", würde er sagen. Ob er vielleicht? Nein, er konnte nicht ihr Vater sein. Ihr richtiger Vater kam ja bald. Sie hatte Christine und Dietmar flüstern gehört. Dietmar war zum Bahnhof gegangen, heimlich. Und er hatte die Schultern gezuckt, als er zurückkam. Und Christine hatte den Kopf gesenkt und zur Uhr geschaut, wie es die Mutter manchmal tat. Sieglinde wusste nicht, wie ihr Vater aussah. Auf der Kommode stand ein Bild. Der Mann darauf lächelte schief. Seine Mütze war verrutscht. Ihr Retter hatte ihr besser gefallen. Das Blatt mit dem Tadel flog ihr aus der Hand. Wie ein Floß trieb es auf dem Wasser, entfernte sich, ging fast unter, leuchtete weiß auf. Sie rannte am Ufer hinterher. Zog Schuhe und Strümpfe aus. Hielt die Zehen ins Wasser. Es fühlte sich an, als wären Nadeln darin. Sie setzte sich ans Ufer, dachte an die Wolfram, dachte an die Mutter, die davon erfahren würde, dachte an diesen Norbert, der bestimmt keinen Tadel bekam. Sie sah die Wolfram, wie sie das Lineal hob, damit zuschlug. Sie hörte das Fauchen, spürte den Schmerz auf ihren Fingern.

Sie saß am Ufer, stierte auf das Wasser, schlummerte ein. Als sie erwachte, hörte sie Stimmen, Lachen, Rufen. Sie setzte sich auf. Es war bereits dunkel. Gegenüber flammten Streichhölzer auf. Zigarettenglut glimmte. Die Halbstarken waren da. Ihr Lachen hallte. Hunde bellten. Sieglinde war, als kenne sie den Einen, der jetzt sprach. Sie verstand „Tore" und „Rechtsaußen". Sie umschlang ihre Knie. Obwohl sie fror, blieb sie sitzen. Es war Dietmar, der da sprach. Sie erkannte sein schmales Gesicht und seine Hakennase, als er sich eine Zigarette anzündete. Dietmar rauchte, Dietmar stand bei den Halbstarken. Wieso nahm die Mutter nicht den Ausklopfer, wenn er heimkam? Wieso drohte sie immer nur ihr damit? „Alles wegen diesem Norbert!", schimpfte Sieglinde. Sie klopfte sich die Erde vom Rock. Sie stampfte den Schlamm von den Schuhen. Drüben wurde es still. „Da ist ein Kind." Sieglinde rannte los. Sie rannte, sie keuchte, sie überrannte Straßen, sie achtete nicht auf Fahrräder oder Mopeds. Sie sah nicht die Menschen, die ihr nachschauten. Sie schlug hin. Das Kopfsteinpflaster schürfte die Haut auf. Ihre Handflächen brannten, die Knie schmerzten. Sie rannte weiter. Hielt an, als ihr schlecht wurde und sie keine Luft bekam.

Das schwere graublaue Tor quietschte. Sieglinde erschrak. Sie blieb im Torweg stehen. Die Küche war hell erleuchtet. Die Mutter ging hin und her, sie gestikulierte. Neben ihr tauchte Ottilies kleine, gebeugte Gestalt auf. Die Zipfel des Kopftuches sahen an der Wand wie ein Schmetterling aus. Sieglinde duckte sich. Dabei entdeckte sie ein Loch in ihrem Strumpf. Sie zitterte, nicht nur, weil sie fror. Und wenn sie nun sagte, dass Dietmar ... Jemand packte sie. Es war Dietmar. Er schob sie vor sich her. Sie schrie, er solle sie loslassen. Er packte noch fester zu, sagte, sie solle sich zusammenreißen. Sein Atem stank. Sieglinde drehte den Kopf zur Seite. Sie latschte nach hinten aus, verfehlte ihn. Erst vor der Wohnungstür ließ er los. Er schob sie hinein. „Ich hab sie", rief er. Irma schrie und tobte. Sie schlug zu. Sie holte weit aus, immer wieder. Sie schlug bis zur Erschöpfung auf Sieglinde ein. Die Haut brannte unter den Schlägen. „Lass, Mutter!", schrie Dietmar. Irma ließ von Sieglinde ab. Sie schlug ein Kreuz in die Luft. Sie weinte, sie umarmte Sieglinde. Schimpfte weiter, als sie das Loch im Strumpf sah. Christine weinte auch. Sie hatte die Mutter noch nie so gesehen.
„Dietmar ist bei ..." Jetzt holte Dietmar aus. Christine stellte sich schützend vor Sieglinde. „Waschen und ins Bett! Ich will nichts mehr hören. Und Morgen bringe ich dich in die Schule und ich hole dich wieder ab." Irma stützte die Arme auf. Sie sah auf den Stapel Änderungsarbeiten im Wäschekorb. Dann eben auch sonntags, nach der Kirche. Ottilie störte das Geratter hoffentlich nicht. Ottilie schob den Vorhang auseinander. Die Schnapsflasche glänzte in ihrer Hand. Irma lehnte ab. „Muss noch die Hose für Herrn Plunz nähen."

Sieglinde konnte vor Trotz und Wut nicht schlafen. Das Rattern der Nähmaschine störte sie. Sie warf sich im Bett hin und her. Schnaubte laut ins Taschentuch. Niemand beachtete es. Sie stellte sich vor, sie säße in einem Zug, der sie weit fort brachte. Nie mehr würde sie zurückkommen.

Sie war verwundert, als sie erwachte und zu Hause war. Sie hörte Musik. Ottilie hatte das Radio angeschaltet. Sieglinde kannte den Text der alten Kamelle. Sie hielt sich die Ohren zu.
Aber im Kopf dudelte der Schlager weiter. Irma trug die Schürze über dem Nachthemd. Sie brühte Kaffee. Sieglinde hielt sich die Nase zu. Kaffee roch wie verbranntes Brot. Die Mutter und Ottilie lachten, wenn sie das sagte. Aber Sieglinde bestand darauf. Den Geruch von Himbeerbrause mochte sie lieber. Die Müller hatte ihr im Sommer eine Flasche geschenkt. „Selbst gemacht! Eure Mutter hat ja für so was keine Zeit." Eigentlich wollte sie von der Müller nichts nehmen. Aber es roch so gut und es schmeckte noch besser und es leuchtete so rot wie ein Zaubertrank. Sie trank hastig. Ulli bekam nur einen kleinen Rest. Danach hatten sie Rülpsen geübt, im Hausflur. Dort hallte es besser. Die Müller hatte gesagt, sie würde ihnen nie wieder etwas schenken, wenn sie sich anschließend nicht benehmen könnten. Und zur Sackgasser sagte sie: „Was soll man da machen, sind eben keine richtigen Deutschen." Sieglinde hätte die Himbeerbrause am liebsten wieder ausgespuckt. Ulli sagte: „Die ist doch doof. Die war bestimmt nie in der Schule, sonst wüsste sie, dass wir Deutsche sind."

„Steh auf, wasch dir das Gesicht." Sieglinde schlüpfte langsam aus dem Bett. Das Bauchgrummeln ging sofort wieder los. Die Mutter meinte es ernst. Sie zog die Schürze aus, das Kleid an, sie toupierte sich die Haare, schminkte sich die Lippen. Sieglinde hoffte, sie würde zu einer Kundin gehen. Aber nein, sie nahm Sieglinde sogar an die Hand. Ihr Versteifen und Lamentieren half nichts. Hannelore lief ihnen über den Weg. „Ist es wegen dem Tadel?"
„Es heißt wegen des Tadels", konterte Sieglinde. Sie biss sich auf die Lippen. Das hatte sie gar nicht sagen wollen. Die Mutter zog sie weiter. „Woher willst

du das wissen?", fragte Hannelore. „Weiß ich eben." Sieglinde hoffte, die Mutter würde sich vor der Schule verabschieden. Aber sie stieg mit ihr die Treppe hoch. Ließ auch hier ihre Hand nicht los. An der Klassenzimmertür blieb sie stehen. Sie wartete dort, bis es klingelte.
Sieglinde wurde ganz heiß im Kopf. Gleich würde die Wolfram kommen und die Unterschrift kontrollieren. Was sollte sie sagen? Das Blatt ist ins Wasser gefallen. Sie hörte schon das Lachen und den Spott der anderen. Die Wolfram würde bestimmt mit ihrem Holzlineal zuschlagen. Ein Mann betrat das Klassenzimmer. Mit Schwung legte er seine Aktentasche auf den Lehrertisch. Zog Hefte und Bücher raus. Stapelte sie akkurat. Wühlte in einer Zigarrenkiste und entnahm ihr ein Stück Kreide. Der Lehrer schrieb, rutschte ab, das Fietschen machte Gänsehaut. Jemand rief „au!" Er knipste den eingerissenen Fingernagel ab. Wandte sich der Klasse zu. „Ich bin Herr Deutschmann, unterrichte aber Sport, nicht Deutsch. Er belächelte seinen Witz. Die Schüler blieben ernst. „Frau Wolfram ist leider krank geworden." Sieglinde juchzte innerlich. Beinahe hätte sie in die Hände geklatscht. Geschah der alten Hexe Recht. „Wir werden ein bisschen Schreiben üben. Was könnt Ihr denn schon?" Sie schüttelten die Köpfe, schlugen die Bücher auf. „Lesen", sagte Marion. Hannelore meldete sich. Sie schnipste. „Hier wird nicht geschnipst und nicht gerufen."
„Aber die Sieglinde hat einen Tadel bekommen!" In Sieglinde kochte es. Dir werde ich die Schnürsenkel zusammenbinden oder Spinnen in den Ranzen legen, oder noch besser Pferdeäpfel. „Das wird Frau Wolfram klären, wenn sie wieder gesund ist."
Er malte A´s an die Tafel, dann Doppel-A´s, zu denen er „M" sagte. „Jetzt könnt ihr schon das Wort Mama schreiben." Sieglinde schrieb die ganze Tafel voll. Wischte weg, schrieb neu. Übte in der Pause weiter. Kreidestücke flogen an ihr vorbei, trafen sie am Arm, am Kopf, zerbröselten auf dem Tisch. Sie ließ sich nicht stören. Hannelore biss in ihr Brot. Sieglinde schielte rüber zu ihr. Schinken und Butter. Das Brot roch, als wäre es noch warm. Sieglinde hatte noch nichts gegessen. Sie schluckte und schluckte. In ihrem Magen grollte es.

„Meine Mutter backt es selbst“, sagte Hannelore. Sieglinde reagierte nicht. Hannelore hielt ihr das angebissene Brot unter die Nase. Sieglinde stieß es weg. Es landete auf ihrer Fibel, die sie aufgeschlagen hatte, um die A's und M's so gut wie möglich nachzuschreiben. Sie fegte das Brot vom Buch. Es fiel auf den Boden. Sieglinde trat darauf. Peter klatschte. „Jetzt hat sie es der Petzte gezeigt“, sagte er. Sieglinde sah ihn verwundert an. Peter hatte noch nie etwas gesagt. Er saß ganz hinten. Sein Gesicht wurde vom Schirm seiner Mütze überschattet, die er auch im Unterricht nicht abnahm. Auch er war schon Opfer des Spotts geworden. „Der hat ein komisches Gewüchs auf dem Kopf.“ „Nee, Läuse“, hatte Marion dagegen gewettet.
Niemand wusste, warum es ihm erlaubt war, die Mütze im Unterricht zu tragen. Er lächelte Sieglinde an. Sie schaute auf ihre Tafel. „Du blöde Kuh, du bist ja bloß neidisch.“ Hannelore wendete das Brot hin und her, pustete. Dann biss sie hinein. „Die haben nichts zu Fressen, sagt mein Vater.“ Das war der Sohn des Bürgermeisters. „Die beuten die Kirche aus.“
„Was ist ausbeuten?“, fragte Marion. Der Sohn des Bürgermeisters legte zwei Finger auf die Lippen. Dachte nach. Dann hob er die Hand. Ich glaube das ist, wenn man nur nimmt und nichts macht.“ „Genau. Meine Oma sagt, ich soll mich von denen fern halten. Die stinken vor Faulheit.“ Erika kaute auf ihrem Zopfende herum. „Deshalb wollten sie sie dort nicht behalten. Deshalb haben sie sie raus getrieben. Wer will, der kann auch“, sagt Oma. Sieglinde verließ das Klassenzimmer. „Jetzt furzt sie wieder.“ Alle lachten. Sieglinde rannte aus dem Schulgebäude. Sie rannte weiter ins Gässchen. Vorbei an den Heimlichrauchern. Sie rannte ans Ufer, warf Steine ins Wasser. Jeden Stein, den sie fand, warf sie so weit sie konnte. Die Steine trugen die Namen ihrer Peiniger. Sie waren nicht faul. Tag und Nacht saß die Mutter an der Nähmaschine. Manchmal glaubte Sieglinde, ihr Rücken würde für immer so rund bleiben. Sie weinte, sie fror, sie rupfte Gras. Sie drosch mit einem Stock auf Sträucher ein. Sie schimpfte. Sie schrie Worte, die sie nicht sagen durfte. Sie versteckte sich in der Unterführung. Das Wasser schäumte und sprudelte hier am Wehr. Sie spuckte

hinein. Entdeckte Forellen, da wo der Fluss ruhte. Sie warf mit Steinen nach ihnen. Scheuchte die Enten auf. Ahmte ihre Protestlaute nach.

Irma ging über den Schulhof. Die Kinder lärmten. Die Mädchen spielten Gummihüpfen oder Verstecken. Die Jungen Fangen. Manche warfen kleine Bälle an die Wand und fingen sie wieder auf. Sie konnte Sieglinde nirgendwo entdecken. Eine Lehrerin kam auf Irma zu. „Schön dass Sie kommen." „Hat sie was angestellt?" „Kommen sie erstmal mit." Sie reichte Irma die Hand. Erst als Irma hinter ihr die Treppe hochging, fiel es ihr ein. Die Frau hatte vor der Schuleinführung die Zuckertüten entgegen genommen. Sie unterrichtete Rechnen. Ihr Name fiel Irma nicht ein.
„Malau", sagte die Frau, als Irma ihr im Lehrerzimmer gegenüber saß.
„Sie erziehen sie wohl nicht gerade im sozialistischen Sinne." „Wie bitte?"
„Unsere kostenfreie Schulbildung ist eine große Errungenschaft, die leider oft unterschätzt wird." Irma stand auf. „Das muss ich mir nicht anhören. Wo ist meine Tochter?"
„Aus dem Unterricht gerannt, schon zum zweiten Mal. Man könnte sagen, sie schwänzt."
Irma setzte sich wieder. Die Malau schaute, als wäre Irma die Schülerin. „Es muss einen Grund geben. Im Kern ist sie sehr sensibel." „Nun ja, sie ziehen sie immer noch auf wegen dem Malheur, sie wissen schon." Wegen des Malheurs, dachte Irma. Sie lächelte kurz.
„Wäre es nicht Ihre Pflicht, die Schüler davon abzuhalten?" „Sie finden es also in Ordnung, dass Sieglinde einfach aus dem Unterricht rennt?" „Natürlich nicht. Es wird auch nicht wieder vorkommen. Dafür werde ich sorgen."
Irma stand auf, stellte den Stuhl ran, zog den Mantel glatt. „Wo ist sie denn jetzt?"
Die Malau zuckte mit den Schultern. Sie holte Sieglindes Ranzen aus dem Kleiderschrank. Drückte flüchtig Irmas Hand. Sah dabei auf die Tapete, als zähle sie die Blumen im Karomuster. Irma stand eine Weile schnaufend auf der Treppe, den Ranzen unterm Arm. Sie stellte ihn auf einem Sockel ab, schaute hinein. Sieglinde hatte ihr Brot nicht gegessen. Auf der Tafel waren

verwischte Buchstaben zu sehen. Die A´s waren ein bisschen nach links geneigt, aber sonst nicht schlecht. Irma schob die Tafel zurück in den Ranzen. Das wird schon noch, dachte sie. Trotzdem war sie wütend. Die Arbeit machte sich nicht von alleine. Wo sollte sie dieses verdammte Biest suchen? Ulli musste helfen. Der wusste das bestimmt. Irma sah es gern, dass die Zwei sich gut verstanden. Norberts Bild schob sich trotzdem oft dazwischen. Liebt man die Kinder am meisten, die man verloren hat? Diese Frage sollte nicht in ihrem Kopf sein. Aber sie war da. Sie hämmerte, war wie in Stein gehauen. Sie sah Norbert fast jede Nacht, sah die fieberheiße Stirn, das Zittern und Beben des kleinen Körpers. Es war ein Schrei, der nicht aus ihr herauskam, der nur alles in ihr zusammenkrampfte und sie schwerer atmen ließ. Die Fragen quälten in der Stille. Hätten sie ihm helfen können, wenn sie mehr Geld gehabt hätten, einen besseren Arzt? Und Herbert wusste nichts von dieser Qual. Wusste nicht, dass sein jüngster Sohn nicht mehr war.
Sie schaute kurz auf ihr Spiegelbild im Glas der Haustür, zupfte sich die Haare zurecht. Im Vorderhaus roch es nicht so muffig. Die Fensterscheiben waren ohne Brüche. Die Steintreppen glänzten, auch ohne Bohnerwachs. Die Wände waren trocken. Die Farbe blätterte nicht ab. Sie klingelte. Frau Buschendorf öffnete sofort. Sie trug ein geblümtes Kleid, und Absatzschuhe. Ihr Lidschatten hatte die Farbe ihres Kleides. „Oh.", sagte Irma. Die Buschendorf wartete.
„Ich suche meine Siggi, hat vielleicht Hannelore etwas erzählt. Es muss wohl Streit gegeben haben." „Hannelore, kommst du mal?"
Hannelore trug auch ein geblümtes Kleid. Erst als sie näher kam, sah Irma, dass es aus demselben Stoff genäht war.
„Warum hast du mir nicht erzählt, dass es Ärger in der Schule gab?"
„Gab es nicht." Frau Buschendorf hob Hannelores Kinn an. „Schwindel nicht!"
„Sie hat auf meinem Brot rumgetreten." Irma wich zurück. „Und was hast du gemacht?"
Hannelore senkte den Kopf. Sie sagte nichts. „Weißt du, wo sie sein könnte. Nun lass dir doch nicht jedes Wort aus der Nase ziehen. Frau Geipel macht sich Sorgen."
„Sie ist raus gerannt, weil jemand gesagt hat, sie hätten nichts zu fr, äh essen.

Und sie wäre faul." „Wer hat das gesagt!" „Ich nicht. Ich hab nur gesagt, dass du das Brot selbst bäckst."
Liebevoller Blick der Mutter. Hannelore verschanzte sich trotzdem hinter herausgepressten Tränen. „Du kannst gehen." Frau Buschendorf neigte den Kopf. „Was soll man da machen, sie sind unwissende Kinder." Ihr Mann kam zur Tür. „Was machst du da solange?"
Sie nickte Irma zu, hob bedauernd die Arme, schloss die Tür.

Irma knallte den Ranzen auf den Tisch. Sie schaute unters Bett, rief Sieglinde, klopfte an die Klotür. Nichts. Sieglinde war nicht da. Keins ihrer Kinder war zu Hause. Die Stille war lauter als das Ticken der Uhr. Lauter, als das Radio hinterm Vorhang. Sie rief Ottilie. Die vergaß, ihr Kopftuch aufzusetzen. Irma saß am Tisch, die Arme aufgestützt. Den Kaffee, den sie sich gebrüht hatte, rührte sie nicht an. „Sieglinde ist verschwunden. Stellen Sie sich vor, das Biest rennt einfach aus dem Unterricht. Schon zum zweiten Mal. Was habe ich bloß verbrochen!"
Irma schaute auf das Holzkreuz. Es war der einzige Wandschmuck, neben der Uhr mit dem Pendel, das seit Jahren stillstand. „Es ist nicht Ihre Schuld, das wissen Sie. Der Herrgott hat Ihnen viel aufgebürdet." Ottilie nickte zu ihren Worten. Das Haarknäuel am Hinterkopf wippte. „Und die Leute sind dumm. Über mich reden sie auch, denken sie nur nicht, ich wüsste das nicht." Irma stierte auf den Haarfitz. Schaute schnell weg, als sie sich dessen bewusst wurde. „Wo soll ich sie denn jetzt suchen?" „Wo geht sie denn zum Spielen hin?"
Wo spielte das Kind? Was spielte das Kind, wenn sie nicht mit den Jungs dem Ball hinterher rannte? „Von Hannelore aus dem Vorderhaus war nichts zu erfahren. Dabei sitzen die Beiden in der Schule nebeneinander." „Machen sie sich keine Sorgen. Kinder sind wie streunende Hunde, die tauchen wieder auf, wenn der Hunger zu sehr drückt." Irma knöpfte die Jacke zu. „Solange kann ich nicht warten. Wenn Ulli und Dietmar kommen, die sollen ja nicht noch mal weggehen." Ottilie nickte. Sie fuhr mit der Hand übers Kinn. Graue Haare wurden sichtbar. Irma fragte sich, warum sie nicht wenigstens den Da-

menbart entfernte. Offenbar hatte Ottilie nicht einmal einen Handspiegel. Aber das ging sie nichts an. Trotzdem musste Irma noch einmal hinschauen. Sie ging zum Spielplatz. Unterwegs traf sie Leute, die sie kannte. Kunden, Eltern von Mitschülern. Sie verwarf den Gedanken, sie nach Sieglinde zu fragen. Sie schaute auf die Uhr, verabschiedete sich schnell. Es waren viele Kinder auf dem Spielplatz. Mütter saßen auf den Bänken am Rand, schuckelten Kinderwagen. Sieglinde war nicht im Sandkasten, nicht am Klettergerüst, nicht auf der Wippe. Irma ging zum Bolzplatz. Keine Sieglinde, kein Ulli. Sie rief trotzdem nach ihnen. Sie setzte sich an den Rand des Brunnens. Schaute. Nichts. In die Rauchergasse würde Sieglinde sich hoffentlich nicht wagen. Irma hatte es ihnen eingeschärft. „Niemals sehe ich einen von euch bei den Halbstarken. Verstanden!". Sie hatten genickt und geschwiegen. Hatten sogar die Köpfe gesenkt. Das hatte Irma genügt.

Irma ging die Straße runter, ging wieder zurück zum Schulgebäude. Nichts. Wenn Ulli wenigstens zu Hause wäre. Aber der wird mit Dietmar beim Fußballtraining sein. Sie schlug den Weg nach Hause ein, kehrte um. Sieglindes Verschwinden ließ ihr keine Ruhe. Sie hätte sowieso nicht arbeiten können. Also zum Sportplatz. Sie traute es Sieglinde zu, dass sie auch dort mitmischte. Irma hatte gar nicht gewusst, dass es noch immer so viele Trümmerberge in der kleinen Stadt gab. Sie fragte sich, wie es wohl in Breslau aussah. Wie ihr Leben jetzt wäre, wenn man sie nicht vertrieben hätte. Nur für vier bis acht Wochen, hatten die Soldaten gesagt. Nicht nur ihr Deutsch klang gebrochen. Gelogen hatten sie. Wiederkehr ausgeschlossen. Längst hatten die Siegermächte das Land unter sich aufgeteilt.

Sie hatten schöne Möbel besessen. Einen alten Sekretär aus Kirschholz, mit Schnitzereien an den Türen und am Bord. Das Holz glänzte rot in der Abendsonne. Herbert hat oft daran gesessen, Briefmarken sortiert, Zeitungen gelesen. Nichts geahnt vom Krieg. Wenn er nähte, saß die Brille vorn auf der Nasenspitze, wie bei ihr. Er hatte ihr das Nähen beigebracht. Angefangen vom Zuschneiden, Heften, Umsäumen, Einnähen von Reißverschlüssen. Geduldig war er nicht gerade. Paffte ihr Zigarettenqualm ins Gesicht, wenn er unzufrieden war mit ihrer Arbeit.

Irma taten die Füße weh. Die Sohlen ihrer Schuhe waren dünn. Sie spürte jeden Stein. Dieser Marsch war nicht geplant. Sie ertappte sich dabei, wie sie es ein bisschen genoss, die gewohnten Wege zu verlassen. Am Ende der Straße lief ein Kind, dessen blondes Haar in der Sonne leuchtete. Irma lief schneller. Das Kind blieb stehen, schlug eine andere Richtung ein, verschwand zwischen Ruinen. Irma war jetzt sicher, dass das Kind Sieglinde war. Sie keuchte sich in Wut. In einer Seitenstraße fand sie Sieglinde. Sie versteckte sich hinter einem Strauch. Als sie Irma sah, duckte sie sich, hob schützend die Arme. Irma packte sie. Ließ aber los, als sie in Sieglindes rotes Gesicht blickte. Ihre Augen waren verquollen. Sie schaute auf ihre Schuhe, von denen schon wieder die Sohle hing, wie eine Zunge aus einem Viehmaul. Irma packte Sieglinde am Oberarm. Sie ließ auch nicht los, als sie stumm nebeneinander her gingen. Sie bemerkte nicht die Derbheit ihres Griffes. Sieglinde verbiss sich den Schmerz. Irma gab ihr ein Taschentuch. „Wisch dir den Rotz ab." Sieglinde schnaubte. Aber die Tränen kamen schon wieder. Sie schniefte und wischte und biss. Irma zog sie weiter. Sieglinde stolperte. „Hör auf, hör endlich auf, mit dem Gejammer und Geheule. Beiß dich durch. Solche wie wir, müssen sich durchbeißen. Hast du das verstanden?" Sieglinde nickte. „Ich will es hören!"
„Ja."
Irma fragte sich, warum sie das tat. Warum da keine Regung war, das Kind zu trösten.
Sie sah hinunter auf den weißen Scheitel, der sich beim Gehen leicht auf und ab bewegte. Und da war wieder der Gedanke an Norbert.
„Wasch dir das Gesicht, und dann machst du deine Hausaufgaben. Wenn ich wiederkomme, will ich sie sehen."
Sieglinde spritzte sich ein paar Tropfen Wasser ins Gesicht. Dann setzte sie sich an den Tisch.
„Du gehst noch mal weg?", fragte Christine. Sie saß am Nähtisch. Auf ihrem Zeigefinger glänzte Irmas messingfarbener Fingerhut. Drunter klebte ein Pflaster. Sie zog den Faden durch, stieß am Fingerhut an. Der Faden bildete Schlingen, fitzte.

„Lange Fädchen, faule Mädchen.", sagte Irma.
Christine legte die Näharbeit weg.

Irma zog die Jacke fester zusammen. Sie stand vor Norberts Grab. Sie hatte eine Kerze angezündet. Der Wind löschte die Flamme. Irma sah es, rührte sich nicht. Sie las die Inschrift auf dem Kreuz, als wüsste sie nicht jedes einzelne Wort. Sie stand wie eine Statue, schaute, stierte. Das muss aufhören, dachte sie. Nur diese paar Worte, die nicht benannten, was aufhören musste. Sie wusste es, wollte nicht wissen, wusste trotzdem. Sie deutete das Kreuz vor der Brust nur an. Dann ging sie.
Sieglinde saß still am Tisch. Irma unterdrückte die Regung, ihre noch immer roten Wangen zu streicheln. Und in ihrem Kopf waren die Worte, das muss aufhören.

6.

Christine klapperte mit dem Geschirr. Sie schob Sieglindes Buch zur Seite, riss ihr das Heft aus der Hand. Seit sie mittags aus der Schule gekommen war, übte Sieglinde A's und M's und Einsen. Die Zungenspitze ständig zwischen den Lippen. Irma beobachtete sie heimlich. Wird doch noch was, dachte sie.
Christine legte Brettchen und Messer auf Sieglindes Platz.
„Sitz gerade!"
„Du hast mir gar nichts zu sagen." Sieglinde stützte die Arme auf.
„Ihr vertragt euch!" Irma klappte die Brillenbügel zusammen. Sie rieb sich die Augen. Schmerz pochte hinter ihren Schläfen. Ihr Nacken fühlte sich steif an. Das Kleid war immer noch nicht fertig. Sie bestrich eine Scheibe Brot mit Leberwurst, gab sie Sieglinde. Die biss sofort hinein. Leberwurst konnte sie morgens, mittags und abends essen.

„Weil du so schön geübt hast."
Sieglinde sah die Mutter kurz an, wurde rot.
„Streber!", rief Ulli.
„Solltest dir ein Beispiel nehmen."
„Ich werde Fußballer. Ich brauch keine Schule."
Dietmar schwieg. Gewöhnlich setzte er die Spinnereien seines Bruders fort. Er hatte sein Brot nicht angerührt. Seine Augen waren klein und gerötet. Seine Haare kräuselten sich auf der Stirn.
„Hast du Fieber? Du kochst ja! Leg dich hin, ich brühe Holunder."
Irma sah, dass Dietmar zitterte. Christine sprang auf, trug alle Decken zusammen, die sie finden konnte. Dietmar wehrte sich nicht gegen die Schwitzpackung.
In der Nacht redete er wirr und fuchtelte mit den Armen. Irma wechselte ständig die Wadenwickel. Aber das Fieber stieg.
Als Dietmar am Morgen aufstand, schickte ihn Irma sofort wieder ins Bett. Sie wusch ihn. Er wehrte ab. Seine Bewegungen waren kraftlos, die Stimme heißer. Irma zog ihm frische Wäsche an. Zwang ihn, Lindenblütentee zu trinken, den Ottilie empfohlen hatte.
Sieglinde sah zu Dietmar. Er saß frostzitternd auf dem Bett. Sie wollte dableiben, wachen, ihm die Stirn kühlen, damit die Mutter nähen konnte.
„Du gehst!"

Sieglinde blieb auch in der Pause auf ihrem Platz sitzen. Sie redete mit niemandem, malte, oder schaute aus dem Fenster. Sie dachte an Dietmar. Noch nie hatte sie einen Menschen gesehen, der so sehr zitterte. Die anderen ließen sie in Ruhe. Nur Hannelore fragte, warum sie so still sei. Sieglinde antwortete nicht. Hannelore wandte sich ab. Sieglinde malte ein Strichmännchen, das im Bett lag. Sein Kopf war von einer Wolke umgeben. „Was soll denn das sein?", Hannelore hatte sie beobachtet. Sieglinde hielt die Zeichnung mit ihren Händen zu.
Lehrer Dietschmann schrieb mehrere Sätze an die Tafel. Er sagte: „So." Er klatschte die Kreide von seinen Händen ab. „Wer diese Sätze grammatika-

lisch richtig zu Ende formuliert, bekommt eine Eins." Sieglindes Arm schoss in die Höhe. Sie streckte sich. Die anderen murmelten, als der Lehrer sie an die Tafel rief. Sie schrieb die richtigen Verben in die Satzlücken. Hannelore starrte verzweifelt an die Tafel. „Kinderspiel", flüsterte Sieglinde. Die anderen sollten die Sätze von der Tafel abschreiben. Herr Dietschmann lächelte Sieglinde an, während er die Eins ins Klassenbuch eintrug. Nach dem Unterricht rannte Sieglinde nach Hause. Heute Abend gab es Leberwurstbrot, ganz dick bestrichen. Da war sie sicher.

Da war ein Mann im Zimmer. Vater? Der Mann drehte sich zu ihr um. Sie erkannte Doktor Finsterbusch. Sieglinde hatte keine guten Erinnerungen an ihn. Er hatte ihr eine Spritze in den Oberarm gestochen. Noch tagelang tat der Arm weh und war dick. Und den Holzspatel schob er immer soweit in ihren Hals, dass sie glaubte, zu ersticken. Sieglinde schluckte diesen komischen Klumpen herunter, der in ihrem Hals fest hing. Doktor Finsterbusch sah wie ein Zauberer aus, mit seinem Zwirbelbart und dem hohen Hut, den er jetzt abnahm. Sieglinde würde gern einmal an dem Bart ziehen. Sie stellte sich vor, dass der Doktor an den Enden drehte und schon wurden die Kranken gesund.

Er schaute ernst, als er Dietmars Bein anhob, es beugte, wieder streckte. Er kniff die Augen zusammen, tastete die Wunde ab. Dietmar warf den Kopf hin und her.

„Meine Hand tut auch weh." Sieglinde hielt die rechte Hand hin. Irma stieß sie weg. Doktor Finsterbusch reagierte nicht. Sieglinde nahm Fritzi, drückte sie fest an sich. Sie wickelte ein Taschentuch um die Puppenhand und flüsterte mit Fritzi.

„Geh spielen."

Sieglinde wollte sagen, dass sie hier bleiben muss, bei Fritzi. Da sah sie Tränen in den Augen der Mutter. Sie setzte sich in den alten Sessel, drückte die Puppe an die Brust und wurde ganz still.

„Ich komme am Abend noch einmal zu Ihnen.", sagte der Doktor. Er reichte der Mutter ein Rezept. Drückte ihre Hand, setzte den Hut auf.

„Aber mein Arm!"

„Tut es denn wirklich weh?“
Sieglinde nickte, sah aber dabei die Puppe an. Doktor Finsterbusch wickelte eine Binde um ihr Handgelenk. „So, das stabilisieren wir jetzt.“ sagte er lächelnd. „Du darfst nicht Ball spielen. Weder Hand noch Fuß!“
Sieglinde verzog den Mund. Aber dann stellte sie sich vor, wie die anderen in der Schule staunen würden. Und wie Frau Wolfram sie lobte, dass sie trotzdem mitschrieb. Sie wollte runter in den Hof. „Du hast doch gehört, was der Doktor gesagt hat.“
„Nur zugucken.“
„Nein!“
Sieglinde sah erschrocken in die roten Augen der Mutter.
Ottilie stellte zwei Gläser und die Flasche auf den Tisch. Irma schüttelte den Kopf. Sie saß am Bettrand und kühlte Dietmars Stirn. Ottilie schenkte trotzdem ein. Irma schüttelte das Fieberthermometer, bis der rote Strich zum Ausgangspunkt absank. Sie schaute auf das Kreuz an der Wand. Schüttelte den Kopf. Sie ging vor dem Bett hin und her. Setzte sich. Ging rüber zum Tisch, trank den Schnaps. Schaute wieder zum Kreuz. Ottilie legte ihre Hand auf Irmas Schulter, schenkte nach. Irma war schon wieder am Krankenbett. Sieglinde nippte heimlich. Sie schüttelte sich. Trank Wasser gegen das Brennen in Mund und Hals. Sie nahm die Puppe, schloss leise die Tür. Eine Weile saß sie auf dem Klo. Sie lauschte. Hörte nur das Rauschen in der Wasserleitung. Sie versuchte zu lesen, was auf den Zeitungsfetzen stand, die auf einem Nagel aufgespießt waren und als Klopapier dienten. Sie kannte nicht viele Wörter. Sie knüllte die Fetzen zusammen, stellte sich an die Tür, versuchte von dort aus das dunkle, verschissene Rohr zu treffen. Sie wollte die weißen Würmer vertreiben. Manchmal, wenn ganz viele Würmer da waren, verdrückte sie sich das Müssen, bis sie in der Schule war. Oder sie pinkelte in den Gully im Hof, wenn die Jungs nicht da waren.
Die Papierknöllchen waren alle. In der Wohnung war es immer noch still. Nicht mal Ottilies Radio war zu hören. Sieglinde ging in Hausschuhen und ohne Jacke in den Hof. Die Sackgasser musterte sie. „Wohl ausgebüchst.“ Sieglinde nickte, sagte: „Nein.“

Sie ging zum Vorderhaus. Sie musterte die Haustür, die sie an das Tor auf dem Friedhof erinnerte, hinter dem der liebe Gott wohnte. Sie wusste, dass er dort wohnte, auch wenn Dietmar es abgestritten hatte. Der hatte bloß Angst, dass der liebe Gott mit ihm schimpfte, weil er zu den Halbstarken ging. Bestimmt ist er deswegen krank geworden. „Der liebe Gott sieht alles." sagte Ottilie oft. Ob der auch unter ihr Kopftuch schaute? Dann müsste Ottilie aber auch krank werden. Oder der liebe Gott hatte Angst vor Hexen.
Sieglinde flüsterte ihrer Puppe etwas ins Ohr. Dann stieg sie die Treppen hoch. Sie strich über die Tapete. Die grünen Ranken gefielen ihr. Die Tapete fühlte sich weicher an, als der kratzige Putz an den Wänden zu Hause. Am Fenster entdeckte sie einen Falter. Er sah so samten aus, wie der Plüschbezug auf dem alten Sessel. Sie befreite ihn aus dem Spinnennetz, in das er verwoben war. Sie setzte ihn aufs Fensterbrett, schnipste ihn an. Er flog nicht. „Du bist aber dumm." Sie steckte ihn in ihre Schürzentasche.
Buschendorfs wohnten im zweiten Stock. Die Treppenstufen glänzten, dabei roch es gar nicht nach Bohnerwachs, kein bisschen. Sieglinde atmete tief ein. Es roch irgendwie gar nicht. Im Haus war es still. Nur die Stromzähler surrten leise. Sieglinde hörte ihr Herz, als sie vor Buschendorfs Wohnung stand. An der Tür war eine richtige Klingel. Auf der Drehscheibe war eine Schrift eingraviert. Sieglinde neigte den Kopf. Sie konnte die Worte trotzdem nicht lesen. Sie umfasste die Flügel. Das Metall war kalt. Sie ließ los. „Sei nicht feige!", sagte sie zu Fritzi. Dann verstellte sie die Schraube um eine halbe Drehung. Es klang schrill, wurde schnell leiser, klang dann, als würde Glas klirren. Hannelores Mutter öffnete. Sie trug ein Kleid mit einem weißen Kragen und silbernen Knöpfen. Das Rot ihrer Haare leuchtete. Sieglinde sah auf die Knöpfe, dann auf die Schuhe. Das schwarze Leder glänzte. Bestimmt quietschte es beim Gehen. Sieglinde trat einen Schritt zurück. Ob Hannelores Mutter so an der Nähmaschine saß, ohne Schürze? Ihre Finger waren dünn und beringt. Die nähte bestimmt nicht.
„Hannelore kann nicht mit dir spielen. Wir haben Besuch." Frau Buschendorf schloss die Tür. Sieglinde klingelte noch einmal. Frau Buschendorf fuhr sich durch die Haare. Eine Locke bäumte sich auf. „Was willst du noch?".

Sieglinde hielt ihr den Falter hin. „Den wollte ich Hannelore zeigen."
„Wirf das weg!" Frau Buschendorf schlug ihr auf die Hand. Der Falter fiel auf den Boden.
„Jetzt hast du ihn tot gemacht." schrie Sieglinde. Die Tür schlug zu. Sieglinde umschloss den Falter mit beiden Händen. Unten setzte sie sich auf die Treppe. Eine Schachtel wollte sie suchen. Der Falter sollte es warm und weich haben, damit er wieder gesund würde. Sie ging in den Schuppen. Den Falter ließ sie nicht aus den Händen. Sie suchte zwischen Holzstapeln, unter Handwagen, zwischen Leitern. Sie fand keine Schachtel. Nicht einmal eine Blechdose. Sie schob den Falter vorsichtig in ihre Schürzentasche. Das hatte die Buschendorf davon, dass sie keine Schürze trug. Da konnte sie auch nicht so einen schönen Falter verstecken.
„Wo warst du denn, ich habe dich überall gesucht?", sagte Christine. „Mutter ist sauer.
Du kannst doch nicht einfach abhauen."
„Bei Hannelore, wegen den Hausaufgaben."
„Es heißt wegen der Hausaufgaben. Merke es dir endlich und komm jetzt!" Sie nahm Sieglinde an die Hand.
„Was hat Dietmar denn?" Christine überlegte eine Weile.
„Er ist sehr, sehr krank. Er hat eine eitrige Wunde. Sein Blut ist vergiftet."
„Iii:"
„Sag nie wieder iii, wenn jemand krank ist. Das tut man nicht."
Sieglinde verschwand sofort auf dem Klo. Sie baute dem Falter eine Behausung aus Zeitungspapier und versteckte alles hinter dem Vorhang bei den Kohleeimern. „Ich hole dich bald hier raus." flüsterte sie.

Die Ofenplatte glühte. Christine legte einen Holzscheit nach. Es knackte. Unter dem Topf begann es leise zu pfeifen. Christine rührte die Fleischbrühe um. Sie schälte das Fleisch von den Knochen. Ottilie hatte das Paket auf den Tisch gelegt als sie aus der Stadt kam.
„Dietmar braucht das jetzt." hatte sie gesagt. Irma hob die Hände, nickte dann. Sie unterdrückte die Regung, Ottilie zu umarmen. Sie siezten sich,

sie wussten nicht viel voneinander. Eine gütige Seele hauste in Ottilies verwahrlostem Körper. Das gab Irma Rätsel auf, über die sie lieber nicht nachdenken wollte.
Christine legte das Messer lautlos ab. „Deck den Tisch.", flüsterte sie. Sieglinde bemühte sich nicht zu klappern.
„Ist hier einer gestorben?", rief Ulli. Christines Blick war ein Fluch. „Nein aber dein kranker Bruder schläft endlich." flüsterte sie.
Irma tupfte Schweiß von Dietmars Nase. Seine Lider zuckten. Seine Lippen waren aufgeplatzt.
Irma benetzte sie. Sieglinde trat an das Bett. Sie hob die Decke an, schaute auf den Verband.
„Genau wie bei mir." Sie hielt Irma den verbundenen Arm hin. Irma schlug ihr ins Gesicht. Sieglinde rieb sich die Wange, setzte sich. Sie winkelte den Arm an, als wäre er gebrochen. Warum ich, immer ich, dachte sie. Weinen wollte sie aber nicht. Nein, sie weinte nicht, sie schimpfte mit Fritzi. „Leise!", ermahnte Irma. Sie dachte, das muss aufhören. Nein sie dachte es nicht. Jemand sagte das, ganz leise, ganz von irgendwoher.
„Wann gibt es denn nun Essen?", fragte Ulli.
„Dauert noch ein Weilchen."
Er nahm den Lederschlampen. Irma entriss ihn aus seinen Händen. „Du gehst nie wieder Fußballspielen. Alle beide nicht!". Sie schlitzte den Ball auf, schnitt sich, sank im Sessel zusammen. Das Beben in ihrer Brust entlud sich. Sie heulte. Sie biss sich in den Handrücken. Schnaubte. Weinte ins Taschentuch. Sieglinde weinte leise mit. Alles meine Schuld, dachte sie. Sie piepelte das Pflaster ab, entfernte den Verband von ihrem Handgelenk.
Christine rührte die Brühe, rührte bis Brühe auf den Herd schwappte. Ulli hielt den Lederschlampen hoch. Schaute von Irma auf den Ball, wieder zu Irma. Den Lederschlampen konnte man flicken. Aber warum nicht mehr Fußballspielen. Nie mehr. Das konnte nicht sein.
Das durfte nicht sein. Er sah zu Sieglinde. Warf den platten Ball an die Wand. Knallte die Tür.
Christine rannte ihm nach.

Dietmar fuchtelte mit den Armen, warf den Kopf hin und her, faselte Unverständliches. Irma eilte ans Bett. Sieglinde reichte ihr den Waschlappen. Christine holte Ulli auf der Treppe ein. „Warte!" Ulli ging langsamer. Christine fasste ihn am Pullover. „Bleib stehen!" Ulli trat gegen das Geländer. „Sie ist eine Hexe."
Christine zog ihn zu sich ran. „Sie ist deine Mutter. Sie macht sich Sorgen."
„Warum denn!" Er trat gegen einen Pfahl. Das Geländer wackelte. „Dietmar hat sich die Wunde beim Training zugezogen."
„Aber ich nicht. Ich will Fußballstar werden."
„Wir werden ja sehen." Christine schob Ulli die Treppe hoch. Er zog an seinem Pullover, ruderte mit dem Arm. Sie ließ endlich los.

7.

Auf Zehenspitzen schlich Irma zur Nähmaschine. Jedes Scharren, jedes Klopfen auf den Dielen, könnte Dietmar aufwecken. Sie zog den Stoff unter dem Nähfuß vor. Legte Stoffe und angefangene Kleidungsstücke zusammen. Sie deckte die Maschine ab. Ihre Hände zitterten. Der Deckel schlug laut auf. Sieglinde schreckte hoch.
Christine war noch wach. Sie stand am Tisch, bügelte die Kragen, die Knopfleisten, die Ärmelaufschläge, straffte, bügelte, glättete. Bügelte Falten in den Stoff, weil sie nicht hinsah. Sie hatte gesehen, wie Irmas Hände zitterten, als sie die Maschine abdeckte. Sie dachte: ich muss ihr helfen. Ich muss irgendwie Geld verdienen. Irgendwie.
Doktor Finsterbusch kam. Er stand einfach auf dem Abstreicher, hatte wohl nicht geklopft, oder Irma und Christine hatten es überhört. Er stellte die Tasche ab, eilte zum Krankenlager, fühlte Dietmars Puls, erst dann zog er den Mantel aus. Sieglinde tat so, als ob sie schliefe. Sie be-

obachtete jeden Handgriff. Der Doktor zog eine Spritze auf. „Es muss sein!"
Irma nickte, hielt Dietmars Hand. Dietmar zeigte keine Regung. Offenbar spürte er den Einstich nicht. „Wird wohl seine schlimmste Nacht.", sagte Finsterbusch. Er spritzte den Rest der Flüssigkeit in die Luft. Wie ein Junge, der pinkelt, dachte Sieglinde. Sie hatte es heimlich beobachtet, wenn die Jungen sich überm Gully erleichterten. Die Sackgasser war dem langen Helmut einmal mit dem Besen hinterher gerannt, als sie ihn dabei erwischte. Sieglinde hätte sich vor Lachen fast in die Hosen gemacht.
Der Doktor ging. Wenn es ganz schlimm wird, könne man nach ihm schicken. An der Tür drehte er sich um, sagte: „Er wird es schon schaffen." Irma nickte, schaute auf ihre Schuhe, als wüsste sie nicht, wie die aussahen. Kamelhaarfilz war billig und wärmte. Sieglinde kannte keine anderen Hausschuhe an den Füßen der Mutter. Auf den Rechten hatte sie einen braunen Flicken genäht. Da, wo der große Zeh anstieß. Irgendwann, wenn sie selbst nähte, oder bohnerte, würde Sieglinde der Mutter neue Hausschuhe schenken.
Sieglinde hörte noch, wie Irma Christine ins Bett schickte, dann schlief sie ein, wurde kurz wach, als Christine sie zur Seite schob. Auch Ulli musste diese Nacht in ihrem Bett schlafen. „Dietmar braucht das Bett alleine." hatte Irma gesagt und Ottilie hatte genickt. Als ob die das was anginge. Ottilie hatte ein breites Bett ganz für sich allein.

Sieglinde wurde wach. Neben ihr lag nur Ulli. Christine stand am Ofen. Sie brühte Kaffee.
Sieglinde blinzelte. Der Doktor war da. Kein Traum, er war wirklich da. Hielt die Spritze gegen das Licht. Sieglinde sah die Kamelhaarschuhe, hin und her, her und hin, wie eine jagende Katze. Sieglinde hob den Kopf. Dietmar fuchtelte, als wolle er mit beiden Armen winken. Er schrie immer dasselbe Wort. Es klang, als würde er weinen.
Christine sah zu ihr rüber. Sie kam ans Bett, deckte Sieglinde zu, sagte, „Das ist nur das Fieber." Sieglinde hielt sich den Bauch. Da war wieder dieses

Grummeln. Doktor Finsterbusch saß jetzt am Tisch. Er fuhr sich durch die Augenbrauen. Schrieb etwas auf. Reichte das Rezept der Mutter. „Wenn es morgen nicht besser ist, muss er ins Krankenhaus. Ich kann das nicht verantworten."

Ottilie schenkte ihm Kaffee ein. Er nickte ihr zu. Sie trug ein weißes Nachthemd mit kleinen rosa Blümchen und ihr Kopftuch. Unterm Nachthemd schauten graue Wollsocken vor. Sieglinde kicherte leise. Ottilie sah aus, wie eine vom Besen gefallene Hexe.

Die Nacht nahm kein Ende. Das Fieber hielt Irma auf den Beinen. Hinterm Vorhang brannte Licht. Zeitungspapier knisterte. Irma kühlte Dietmars Stirn, erneuerte Wadenwickel, hielt seine Hand, gab ihm zu trinken. Dietmar erbrach. Er spuckte das Cortisol wieder aus. Irma wechselte den Bettbezug, befühlte Dietmars Stirn. Das Fieber stieg. Sie legte sich neben ihn, bändigte den erhitzten Körper. Ullrich war der Einzige, der in dieser Nacht schlief. Christine kochte Tee, redete auf Sieglinde ein, sie solle schlafen. Sieglinde saß im Bett, die Puppe an sich gepresst. Sie flüsterte, sie faltete die Hände. Sie sah aus dem Fenster, suchte Sterne, suchte irgendwas. Wusste nicht, dass es Hoffnung war, die sie da am Himmel suchte. Sie schwor sich, nie wieder böse zu sein. Alles wollte sie so machen, wie die Mutter es verlangte.

„Schlaf jetzt, wenigstens du.", sagte Irma. Sieglinde legte sich hin. Aber sie schlief nicht.

Holz knisterte im Ofen. Irma hatte nachgelegt. Die Kohlen waren alle, schon seit ein paar Tagen. Irma hatte den Kinderstuhl zerhackt. Und sie hatte dabei geflucht und nach Herbert gerufen. Hatte mit Wucht das Beil ins Holz geschlagen.

„Er muss diese Nacht überstehen!", hatte Doktor Finsterbusch gesagt. „Dann sehen wir weiter."

Christine zündete eine Kerze an. Sie faltete die Hände. Sieglinde setzte sich neben sie.

Sie hielten sich an den Händen. Sie schauten in die Flamme.

„Das nützt nichts." flüsterte Irma. „Das nützt alles nichts." Christine sah sie empört an.

„Es gibt keinen Gott, sonst wäre Norbert noch bei uns." Sie schickte Sieglinde ins Bett.
Ottilie stellte eine Flasche Halb und Halb auf den Tisch. Christine brachte drei Gläser. Irma sah sie an, sagte aber nichts.

Irma war am Tisch eingenickt. Sie erwachte, als Ottilie das Radio anstellte. Sieglinde stand schon am Waschbecken und wusch sich das Gesicht. Sie hatte wieder von dem Jungen geträumt. Er schimpfte, er sagte, sie sei eine große Last für die Mutter. Er drohte ihr Prügel an. Und er sagte, er könne sie überall sehen, egal, wo sie sich verstecke. Sieglinde weinte und bettelte, er solle sie in Ruhe lassen. Jetzt kniff sie vor dem Spiegel die Augen zusammen. Am Tag, im Licht verblasste der Junge. Sieglinde beschloss, sich nicht mehr zu fürchten. Der Junge war nur der schwarze Mann aus dem Spiel. Sie spielten es in den Pausen auf dem Schulhof. Wer hat Angst vorm schwarzen Mann. Sieglinde wurde nie von ihm gefangen.

Der Doktor kam. Auch sein Gesicht trug Spuren der durchwachten Nacht. Der Bart war nicht gezwirbelt. Am Kinn sprossen Stoppeln. Er nickte Irma zu. Sie schob sich die Haare aus der Stirn, räumte die Schnapsgläser weg, sah dabei flüchtig zum Doktor, der in seinem Koffer herumsuchte.
„Sie trinken doch eine Tasse mit." Sie schürte und schürte. Die Glut war erloschen. Ohne heißes Wasser, gab es keinen Kaffee. Sie ging hinter den Vorhang, flüsterte. Ottilie borgte ihr den Tauchsieder. Wo die nur all diese Dinge her hatte. Irma fragte nicht, lieber nicht.
Doktor Finsterbusch entfernte den Verband, drehte sich abrupt zu Irma um. „Kommen Sie, schauen Sie." Er zeigte auf die Wunde. „Es heilt, es beginnt zu heilen. Ich glaube, Ihr tapferer Sohn, hat den Kampf gewonnen. Ich werde Blut nehmen, dann wissen wir mehr."
Irma wurde rot. Und die Tränen liefen und sie vergaß den Tauchsieder anzustecken. Sie umarmte Christine. Sie wischte sich die Augen.
„Wir sollten erst die Blutprobe abwarten." Finsterbusch zog eine Spritze auf. Für Irma stand fest, Dietmar hatte den Kampf gewonnen. Unaufhörlich fuhr

sie durch sein nasses Haar. Dietmar sah sie an. Sein Blick war klarer. Kein fiebertrunkener Schatten mehr, der ihn entstellte. Sein Blick war hier in diesem Zimmer.
Sie saßen am Tisch, tranken den frisch gebrühten Kaffee. Er schmeckte anders. Er schmeckte, wie Kaffee am ersten Frühlingstag, im Garten getrunken, auf noch winterkalter Bank sitzend, umschwärmt von aufgescheuchten Amseln und ersten Schmetterlingen.
„Westkaffee." sagte Ulli.
„Wie kommst du darauf?", fragte Christine.
„Na, sagt man doch so."
Doktor Finsterbusch lächelte. Sieglinde hob ihren Arm, sagte: „Der muss auch untersucht werden."
Irma stöhnte. Finsterbusch bog die Hand einmal nach oben, dann nach unten. „Geheilt.", sagte er.

Sieglinde rieb sich ständig die Augen. Sie war blass und schweigsam. Sie kaute auf einem Stück Brot herum. „Ich muss hier bleiben."
„Ich auch." sagte Ulli. Er gähnte. „Bin viel zu müde."
„Ihr geht!"
„Aber wenn ich nun einschlafe."
„Pass auf, was die Lehrerin sagt, dann schläfst du auch nicht."
Sieglinde zog den Kopf ein. Sie hörte wieder die Stimme des Jungen. Er sagte: „Nur Ärger machst du."
Sie packte Fibel und Rechenbuch in ihren Ranzen, zog sich wortlos an. Irma kratzte Schmalz aufs Brot. Wickelte es ein. Sieglinde ließ das Paket liegen. Ulli nahm es, schmiss es in seinen Ranzen. Schloss ihn, ohne die Hefte einzupacken. Er schulterte ihn rechts. Der linke Riemen hing herunter. Er zog die Strümpfe nicht hoch. „Zieh dich ordentlich an."
Er schaute an sich herunter. „Bin doch ordentlich."
Irma zog ihm die Strümpfe hoch, befestigte sie am Leibchen, kämmte ihm die Haare. Er nahm ihr den Kamm aus der Hand. „Kann ich selber."
„Dann mach es auch!"

Draußen vor der Tür zerwuschelte er sich die Haare. Locken fielen ihm in die Stirn. Fast sah er aus wie ein Mädchen. Warum machst du da? Willst du sie ärgern?", fragte Sieglinde.
„Die Weiber in meiner Klasse finden's toll." Er lockerte seine Strümpfe. „Leger ist modern, sagen sie." Sieglinde schüttelte den Kopf. Ulli kickte Steine.
„Meinste, sie lässt uns wieder, wenn Ditti gesund ist?"
„Wenn du deine Schuhe kaputt machst, bestimmt nicht."
„Musst du gerade sagen."
„Na und, ich muss ja immer deine anziehen." Sieglinde verzog den Mund.
„Außer deinen blöden Lackschuhen."
Sieglinde streckte ihm die Zunge raus, dann blieb sie stehen. Sie hob den Arm, wie ein Dirigent. „Vielleicht müssen wir den Doktor fragen."
„Was hat der denn damit zu tun."
Sie stupste Ulli an. „Fußballspielen ist gesund. Ab heute jedenfalls."
Ulli trat kräftig an den Stein. Sie rannten los. Sie sangen: „Fußballspielen ist gesund.
Fußballspielen ist gesund."
„Sag Mutti, ich treffe mich heute nach der Schule mit Otto, wegen den Hausaufgaben."
„Es heißt wegen der Hausaufgaben und ich weiß, dass Du schwindelst."
„Dann verpetz mich doch." Ulli rannte über den Hof, hin zu seinen Freunden.
Sieglinde wartete, bis es klingelte, dann schnellte sie auf ihren Platz. Frau Wolfram schüttelte den Kopf. Sie sagte aber nichts.

8.

Sieglinde riss die Augen auf. In der Pause wusch sie sich das Gesicht mit kaltem Wasser. Trotzdem schlief sie ein. Ausgerechnet bei der Wolfram. Frau Wolfram klatschte in die Hände, dicht an Sieglindes Ohr. Alle lachten.
„Gleich furzt sie wieder.", sagte Horst.
„Sieglinde!" Die Wolfram stampfte auf. Sieglinde hob den Kopf, blinzelte, stammelte eine Entschuldigung.
„An die Tafel! Dir werde ich Benehmen beibringen."
Sieglinde stolperte auf dem Weg zur Tafel. Sie rieb sich die Augen. Sie versuchte zu verstehen, was die Wolfram von ihr verlangte. Sie malte das Wort Mama an die Tafel und viele P's. Das P war ein neuer Buchstabe. Sie biss dabei auf ihrer Zunge herum. Ihre P's fielen nach hinten. Die Schüler lachten. Sieglinde hörte nicht hin. Sie dachte an Dietmar, an die Mutter und den Jungen in ihrem Kopf. „Reiß dich zusammen." sagte er, als hätte sie ihn um Rat gefragt. Zu spät, die Wolfram gab ihr einen Brief an die Mutter mit und malte einen schwarzen Raben in ihr Lehrerheft.
Hannelore meldete sich. Sie schnipste mit den Fingern. Die Wolfram ignorierte es.
„Aber, ihr Bruder ist doch so krank." Frau Wolfram drehte sich um, klopfte die Kreide von Händen und Rock. „Wessen Bruder ist krank?"
„Na der von Sieglinde."
„Ist das ein Grund, nicht aufzupassen, nicht zu lernen." Schweigen in der Klasse. Sie schauten nach unten.
„Lass das." flüsterte Sieglinde. „Geht dich nichts an."
„Wollte ja nur helfen."
Sieglinde zwang sich an die Tafel zu schauen. Es gelang ihr, wach zu bleiben. Aber die Stimme der Wolfram war ganz weit weg, weiter, als die des Jungen in ihrem Kopf.
In der Pause rief Frau Wolfram sie zu sich. Sie fasste Sieglinde an den Schul-

tern. „Ich weiß, ihr habt es nicht leicht, ihr Umsiedlerkinder. Aber du musst."
Sieglinde sah zu Boden. Tränen drückten in den Augen. Nicht weinen, bloß nicht. Sie wusste auch gar nicht warum. Und sie wusste auch nicht, warum die Leute sie dauernd Umsiedler oder Flüchtlinge nannten. Sie hatte zwei Arme, zwei Beine, einen Bauch, einen Rücken, einen Hals, einen Kopf, wie alle anderen auch.
„Na weil ihr keine richtige Familie seid." erklärte Monika.
„Wieso?" Sieglinde war mit einem Mal wach.
„Na du hast doch keinen Vater!", sagte Isabell. Ihr Vater war einer der ersten Heimkehrer gewesen.
„Wenn mein Vater heim kommt, dann wirst du vor Neid grün werden. Der bringt uns nämlich lauter schöne Sachen mit." behauptete Sieglinde.
„Woher willst du das denn wissen?", fragte Hannelore.
„Weiß ich eben!"
„Ihr wisst doch alle gar nichts. Die Umsiedler, sind die von woanders her."
Der Sohn des Bürgermeisters war aufgestanden, hatte sich zur Klasse umgewandt. Niemand widersprach.
Von woandersher, dachte Sieglinde. Das sagte ihr nichts. Das hatte keine Bedeutung. Woanders, das war ein Ort, den sie sich nicht vorstellen konnte. Ein leerer Ort, ohne Häuser, ohne Bäume, ohne Dreckhaufen, ohne Wege. So einen Ort, konnte es doch gar nicht geben.

„Mama, was ist ein Umsiedler?"
„Das verstehst du noch nicht!" Irma wandte den Blick nicht vom Krankenbett.
„Aber alle sagen das."
„In der Schule? Nennen sie dich so?" Sieglinde nickte.
Dietmar warf sich auf die andere Seite. Redete wirr. Das Fieber war nur leicht gesunken. Doktor Finsterbusch sagte, er könne noch keine Entwarnung geben. Es hatte Irma Mühe gekostet, ihn davon zu überzeugen, dass Dietmar bei ihr besser aufgehoben war, als im Krankenhaus.
„Habt ihr keine Hausaufgaben auf?"

„Aber warum nennen sie mich so?"
„Weil sie dumm sind."
Sieglinde lachte. So etwas hatte die Mutter noch nie gesagt.
„Wann gibt es Essen?"
Irma sah auf die Uhr. Vielleicht kam Frau Plunz zur Anprobe. Die war nicht so, wie die Sackgasser und die Müller. Es würde Überwindung kosten, aber Irma würde sie um einen Vorschuss für das Kleid bitten. Brot und Kartoffeln waren alle. Es gab keine Speise, die nur aus Mehl bestand.
„Mama, ich habe Hunger."
„Sei still!" Irma schluckte. Sie rieb sich die Stirn. Sie schaute zum Krankenbett, sah Sieglinde an, dachte, sie sind so mager, alle vier. Es ging nicht anders. Es musste sein. Sie nahm ihre Einkaufstasche, sah zum Bett. „Du passt auf Dietmar auf. Ich bleibe nicht lange weg." Sieglinde stellte sich einen Stuhl ans Bett.
Irma klingelte bei Plunzens. Klopfte laut. Niemand öffnete. Sie ging runter auf die Straße. Sie schaute nach rechts. Sie schaute nach links. Stopfte den Beutel in die Jackentasche. Lief los, ohne zu wissen wohin. Es gab keinen Acker auf dem die Kartoffeln lagen. Und sie wusste, dass ihr niemand ohne Geld und ohne Bezugsschein etwas verkaufte. Sie ging zum Markt, vorbei am Gemüseladen, in dessen Hinterhof es faulig roch. Dieser Geruch nach Verfaultem beherrschte den Hof, war fortan in ihrer Nase, war nicht zu vertreiben vom Geruch warmen Brotes, der aus dem Bäckerladen strömte. Sie hatte in den Rollcontainern gewühlt, in die Futterkübel geschaut. Dabei liefen ihr Tränen übers Gesicht. Sie war doch eine Frau, die für ihre Kinder sorgte, war sie doch immer, jeden Tag, in Krankheit und während der Flucht. Immer hatte sie für ihre Kinder gesorgt, lieber verzichtet und das Knurren des eigenen Magens ignoriert.
Ihre Ratlosigkeit trieb sie zum Krankenhaus. Nach der Ankunft in dieser Stadt, hatte sie dort im Dreck gewühlt, Steine geklopft, Toiletten geputzt, Böden geschruppt, Krankenliegen geflickt, Kartoffeln geschält, Gemüse geputzt. Für nichts, war sie sich zu schade. Sie war dankbar für die Unterkunft, für die Liegen, auf denen sie abends die Kinder bettete, für die gebrauch-

ten Kleidungsstücke, die man ihnen halbherzig überließ, für die Windeln an Sieglindes Po, für Tee und Brot. Sie hatte alles getan, nie verlangt, nur dankbar genickt.
Die Küchentür stand offen. Heißer Dampf schwoll ihr ins Gesicht. Niemand stand am Rinnstein, niemand am Herd. Sie trug schmutziges Geschirr in die Küche. Das Scheppern der Teller fiel nicht auf. Hier halfen oft ungeschulte Kräfte. Kranken und Alten war es gleich, wer sie bediente. Nur Essen und heißer Tee waren wichtig.
An den Fliesen klebte Fett. Auf den Tischen stand schmutziges Geschirr. Das hatte es zu ihrer Zeit nicht gegeben. Rechts unten im Regal stapelten sie noch immer die Bettpfannen. Das gehörte sich nicht, nicht in einer Küche. Offenbar interessierte es hier niemanden. Es gab keinen Platz, kein Extrazimmer für Nachtgeschirr.
„Auf dem Teller kommt es rin, in der Schüssel kommt's wieder raus. Wo ist da der Unterschied.", hatte Hanni immer gesagt.
Irma fand Kartoffeln, Zwiebeln und Möhren in der Kammer hinter der Küche. Sie bekreuzigte sich, packte etwas davon in den Beutel. Jemand trat gegen die Pendeltür. Hanni kam in die Küche. Eine Kartoffel fiel zu Boden. Irma stand starr. Hanni sah auf den Beutel, dann in Irmas Gesicht.
„Verschwinde! Warum gehst de nicht in die Fabrik. Is doch keene Schande, machen doch alle.", rief sie Irma nach.
Irma lief schneller, rannte ein Stück, lief weiter, ohne aufzusehen.

Sie schälte, sie kochte, sie stampfte Kartoffeln und Möhren und Zwiebeln zu Mus.
Tränen tropften. Ottilie trat an den Herd. „Sie hätten doch was sagen können." Irma wischte sich die Nase. Sieglinde sah zum Krankenbett. Dann wieder zu Irma. „Aber er schläft doch jetzt." Irma nickte. Sie wusch sich die Hände, das Gesicht. Wieder und wieder seifte sie die Hände ein. Es ging nicht anders. Sie sah auf das Kreuz. Dachte, Notlösung, dachte, wenn er gesund ist, arbeite ich wieder, arbeite besser und schneller. Und nähe fürs Krankenhaus, umsonst.

Sieglindes verspürte keinen Hunger mehr. Er war weg. Weg, wie der Schmetterling. Nur ein Abdruck war von ihm geblieben. Sieglinde schaute aus dem Fenster. Ob er davon geflogen war? Aber woher kam dieser Abdruck, als hätte jemand den Schmetterling mit dem Finger in den Staub gemalt. Das samtene Rot hatte sich warm und weich angefühlt. Jemand musste ihr Geheimnis entdeckt haben. Jemand musste ihr den Falter weggenommen haben. Der Junge aus dem Traum. Er musste hier gewesen sein. Das hieß, es gab ihn doch. Er war nicht nur ein Traum. Und er war auch nicht der schwarze Mann. Sieglinde bekam eine Gänsehaut.

Sie setzte sich auf den Abort. Sie musste nicht. Aber hier war sie allein. Hier konnte sie nachdenken. Vielleicht war der Schmetterling doch davon geflogen. Weil er nicht bei einem Umsiedlerkind bleiben wollte. Die Würmer krochen hoch. Sie kamen immer näher. Sieglinde bewarf sie mit Zeitung. Sie wollte sie bespucken. Traf aber nicht. Sie flüchtete auf die Kellertreppe. Das tat sie oft, wenn sie allein sein wollte. Meist hatte sie ihre Puppe dabei. Heute nicht. Sie wollte kein Flüchtlingskind sein, auch kein Umsiedler. Die Leute sagten, das sei ein und dasselbe Pack. Bestimmt hatte die Mutter deshalb geweint, vorhin in der Küche.

„Was soll man von solchen Kindern schon erwarten!", hatte die Sackgasser neulich gesagt. Und das nur, weil Ullrich den Lederschlampen mit Volldampf an das Waschhausfenster geschossen hatte.

Da scharrte was. Da nagte etwas unter der Treppe am Holz. Sieglinde sprang auf. Ein Viech mit langem, dünnem Schwanz huschte an ihr vorbei. Eine Ratte. Sieglinde schüttelte sich. Sie rannte in den Hausflur. Da irgendwo lauerte die Ratte ihr auf. Sie würde sie anspringen, sie ins Gesicht beißen. Ottilie erzählte oft von Ratten, die Menschen bissen und sie für immer entstellten.

„Wo willst du denn hin?" Sieglinde fuhr herum. Sie prallte mit Ulli zusammen. Er ließ ein Bündel fallen. Kohlen zerschlugen auf dem Steinfußboden. Überall lagen schwarze Brocken.

„Du blöde Kuh!" Sieglinde sah ihn verschreckt an. Kniend sammelte er die Brocken ein. Seine Hände waren schwarz, die Kleidung staubig. Schwarz-

braune Schlieren entstellten sein Gesicht. Auch seine Haare waren vom Staub verfärbt. Aus seinen Hosentaschen kullerte Koks.
„Was ist das?"
„Kohlen, siehst du doch."
Sieglinde half ihm beim Aufsammeln. „Mutter wird schimpfen."
„Quatsch, hab ich doch für sie gemacht."

Irma schlug ihm ins Gesicht. Ulli verzog keine Miene. Sie holte noch einmal aus. Hielt inne. Sah auf ihre Hände.
„Wo sind die her?"
„Vom Waggon gefallen."
„Tue das nie wieder!" Irma schlug mit der Faust auf den Tisch. Geschirr klirrte. „Tu es nie wieder!"
„Aber Otto macht das andauernd."
Noch unter dem Waggon hatte Ulli das Leuchten in den Augen der Mutter gesehen und sich vorgestellt, wie alle am Ofen sitzen. Otto kannte auch einen Keller, aus dem man problemlos Kohlen klauen konnte. Er hatte Ullrich versprochen, ihn dorthin mitzunehmen. Er hatte es Ulli ins Ohr geflüstert. „Ich mache es freitags, da sind die meisten Männer in der Kneipe."
Irma entzündete einen alten Bohnerlappen. Das Wachs war ein guter Brennstoff. Sie schürte, rüttelte am Rost, legte Kohlen ins Feuer. Ihr Gesicht glühte.

„Was ist ein Flüchtlingskind und warum sind Umsiedler Pack?", fragte Sieglinde kauend.
„Mit vollem Mund spricht man nicht!"
„Na solche wie wir." sagte Ullrich.
Irma schlug mit dem Messergriff auf den Tisch. „Ich will diese Wörter hier nicht mehr hören."
Dietmar zuckte zusammen. Zum ersten Mal, seit Ausbruch der Krankheit, saß er mit am Tisch. Er aß Bröckchen, schwieg, sah sich um, als sei er fremd. Seine Wangenknochen zeichneten sich ab. Die Augen waren dunkel unterlaufen. Sieglinde stibitzte etwas von seinem Teller, damit er sie neckte, wie

früher. Er schaute nur der Gabel hinterher. Sagte nichts. Tat nichts. Irma streichelte seine Wange. Er rückte von ihr ab. Sie fasste trotzdem an seine Stirn.
„Du solltest wieder ins Bett gehen. Ich bringe dir Tee."
Doktor Finsterbusch kam. Er hob nur die Hand, ging zum Bett. Er nickte, nachdem er die Wunde angeschaut hatte. „Es wird besser. Trotzdem müssen wir vorsichtig sein."
„Dürfen wir jetzt wieder Fußballspielen?", fragte Ulli. Der Doktor lächelte. Ulli klemmte den verbeulten Lederschlampen unter den Arm. Irma schlug ihn aus seiner Hand. Sie riss die Ofenklappe auf. Es prasselte, qualmte, stank, während der Lederschlampen verbrannte.
„So damit hat sich das ein für allemal erledigt."
Der Doktor sah Irma verwundert an.
„Können Sie ihr nicht sagen, dass Fußballspielen gesund ist." Sieglindes Wangen glühten.
„Raus hier! Lasst mich mit dem Doktor allein!"

Ulli trat gegen das Treppengeländer. „Wie soll ich denn jetzt üben. Tore schießen und so."
„Wir nähen uns einen Ball."
„Du spinnst."
„Verrätst du es mir?", fragte Sieglinde.
„Was denn?"
„Na warum wir Umsiedler sind."
„Ist doch egal!" Ulli rutschte auf dem Treppengeländer nach unten. „Weißte was. Wir gehen zum Schuttplatz."
Sieglinde zog den Rockstoff zwischen den Pobacken vor. Sie rannte Ulli nach. „Was sollen wir denn da?"
„Einen Ball finden, oder was Ähnliches."
Der Schuttplatz lag am Flußufer, hinter einem Fabrikgelände. Sie rannten, sie tobten, sprangen über Baumstümpfe, spielten Fangen. Sie entdeckten einen Bunker. Ulli rüttelte an den Gitterstäben,

Verschlossen. „Schade." sagte er. Sieglinde war ein bisschen erleichtert. Im Bunker musste es dunkel, kalt und grausig sein.
„Nichts außer unseren Geschichten und der Hoffnung hatten wir da unten." sagte Ottilie manchmal.
Sieglinde setzte sich auf einen Baumstumpf. „Hier ist bestimmt kein Schuttplatz."
„Geh ich eben allein."
Sie holte tief Luft. Dann stieg sie hinter Ulli her. Sie kamen an einen Eisensteg. Die Trittfläche war mit Moos bewachsen. Eine Kette versperrte den Zutritt. Ulli schlüpfte darunter durch. Er spuckte ins Wasser. „Na komm!"
Sieglinde zögerte. Am Pfeiler hing ein Schild. „Was steht denn da?"
„Ist doch egal."
Sie hatte das Gefühl, die Brücke würde schwanken. Sie hielt sich am rostigen Geländer fest, den Blick auf Ullis Rücken gerichtet.
Sie wateten durch Schlamm. Sprangen über Pfützen. Sieglinde dachte, wir müssen die Schuhe putzen, bevor wir heimkommen. Sie trat den Schmutz im Gras ab. Der Schlamm klebte fest an den Sohlen. Ulli lief direkt auf den Fabrikhof zu. „Siehst du, hab ich dir doch gesagt."
Er kletterte auf einen Geröllhügel. Winkte Sieglinde heran.
„Meinst du, dass wir hier einen Fußball finden."
„Wir müssen eben suchen."
„Und wenn die uns erwischen?"
„Hätte ich dich bloß zu Hause gelassen."
Sieglinde biss sich auf die Lippe. Sie ging hinter Ulli her. Gerade war er dabei, ein Stück Wellblech anzuheben, da rannte ein Hund auf sie zu. Sieglinde duckte sich. Ulli fasste sie am Ärmel. Er zerrte sie hinter sich her. „Renn!"
Ein Pfiff stoppte den Hund. „Stehenbleiben!"
Ulli rannte weiter. Sieglinde erstarrte. Der Hund stand direkt vor ihr. „Stehenbleiben", rief ein Mann. Er humpelte auf sie zu. Sein Bart war schwarz. Das Gesicht schwitzig. Vorne fehlten ihm zwei Zähne. Er schlug sich auf den Oberschenkel. Der Hund gehorchte. Er stellte sich neben seinem Herrchen auf. Ulli blieb in einiger Entfernung stehen.

„Was wollt ihr hier?“
„Wir suchen einen Ball.“ Sieglinde flüsterte. Ein Lächeln zuckte um den Mund des Mannes.
„Macht, dass ihr hier wegkommt. Das ist nichts für Kinder.“ Er hustete, drehte sich um. „Komm Hans!“
„Der Hund heißt Hans?“, fragte Sieglinde.
Der Mann fasste den Hund am Halsband. Gab ihm einen Klaps. Sieglinde ging hinter den beiden her.
„Was noch? Ihr sollt verschwinden!“
Sieglinde sah zu Ulli. Der machte eine Geste, als wolle er sie erwürgen.
„Aber ein Hund kann nicht Hans heißen.“
Der Mann spuckte in eine Pfütze. Sieglinde schaute erst den Hund, dann ihn, dann wieder den Hund an. „Darf ich ihn streicheln?“ Sieglinde ging auf den Hund zu. Er fuhr mit dem Kopf herum. Sie schreckte zurück. Der Hund schnappte zu. Der Mann riss den Hund an sich. Sieglindes Hand blutete. Sie presste sie an ihren Bauch. Ulli rannte zu ihr. „Zeig her. Ich hab doch gesagt, ihr sollt verschwinden. Das ist kein Stoffhund.“ sagte der Mann.
Er zog die Wunde auseinander. Der Biss war nicht tief. „Sieht schlimmer aus, als es ist. Müssen wir verbinden.“
Er ging. Der Hund lief neben ihm. Sieglinde und Ulli blieben stehen. Sieglinde hatte sich die Lippe aufgebissen. Nicht weinen, nicht schreien. Der Mann drehte sich um, winkte sie heran. Er hauste in einer Werkstatt. Im Ofen bollerte Feuer. Im Aschenbecher auf der Werkbank glomm eine Pfeife. Er steckte sie in den Mund, ging zu einem Holzschrank. Er kam mit einer Flasche und einem Tuch zurück. Er ging schnell, zog dabei das Bein nach.
„Setz dich.“ Er zog einen Hocker rann. Sieglinde setzte sich. Hinter ihrem Brustbein bollerte es, wie das Feuer im Ofen. Der Mann tränkte das Tuch. Die Flüssigkeit war hellbraun und stank schlimmer als der Schnaps, den Irma und Ottilie manchmal tranken. Ein feuriger Schmerz ließ Sieglinde hochfahren.
„Setzen!“, sagte der Mann. Er sah das Blut auf Sieglindes Lippen. „Bist tapfer.“ Er schraubte die Flasche zu. Riss ein Stück von einer Binde ab. Wickelte es um die Hand.

Ulli schlenderte durch die Werkstatt. So viele spannende Dinge hatte er noch nie gesehen. Alte Fässer, Leiterwagen, Holzräder, sogar Maschinen. Manche waren mit Kupferdraht bespannt. Trotzdem konnte Ulli ihren Zweck nicht bestimmen. Über einer Werkbank hing das Foto eines uniformierten Jungen. Hans 1933, hatte jemand darunter geschrieben. Ulli hatte Mühe die Schrift zu lesen.
„Wieso heißt der Junge auch Hans?"
Der Mann fuhr herum. Er hatte Ullis Rundgang nicht bemerkt. „Hör auf zu schnüffeln."
Der Hund kam auf Ulli zu. Ulli ließ das Blech fallen, das er gerade von der Werkbank genommen hatte. Der Mann pfiff. „Hierher Hans." Der Hund gehorchte.
Der Mann paffte Rauch in die Luft. Sieglinde hustete. „Das war mein Sohn. Gefallen bei den Russen. Liebte Uniformen. War ja noch ein Kind." Sie schwiegen. Der Mann reichte Sieglinde etwas zu trinken. Sie bekam eine Gänsehaut. Trank das Glas aber leer. Sie stand auf. Ihr wurde schwummrig. Der Mann hielt sie am Arm, bis sie sich wieder gefasst hatte.
„Noch nie Bier getrunken? Ist gut, ist nahrhaft."
Er wühlte in einer Truhe, kam mit einem Ball wieder. „So, jetzt will ich euch hier nie wieder sehen!"

Ulli trippelte, schoss, rannte dem Ball nach. Sieglinde winkelte den Arm an. Sie hastete hinter Ulli her. Sie konnte ihn nicht einholen. Ihr war schwummrig. Sie fühlte sich müde.
Ulli drehte sich kurz zu ihr um. „Mann, komm jetzt."
Sieglinde setzte sich ins Gras. Es war kalt und nass, aber sie blieb sitzen. Sie lehnte sich an einen Baum, schloss die Augen. Sie sah bunte Farben, dann viel rot. Ulli warf den Ball an den Stamm, knapp über ihrem Kopf. Sie schreckte auf.
„Der ist noch besser, als unserer war."
„Ich kann so nicht heim, mit dem Rock und dem Pullover voll Blut. Unsere Schuhe sind auch schmutzig."

„Wenn wir nicht heimkommen wird's noch schlimmer. Sagen wir eben ich war`s, hab dich geschuppt oder so."
Er zog sie hoch. Sie wurde blass, hielt sich am Stamm fest.
„Reiß dich zusammen, sonst nehme ich dich nie wieder mit."
Das saß. Sieglinde verbiss sich den Schmerz. In ihrer Hand pulsierte es. Und es stach, als hätte sie in Irmas Nadelkissen gefasst. Sie stakste hinter Ulli her. Jeder Schritt verstärkte das Pulsieren. Sie schmeckte Blut. Biss weiter auf der Lippe herum. Verkniff sich das Jammern und Stöhnen.
„Vielleicht will er unser Vater sein, wo er doch keinen Sohn mehr hat."
Ulli blieb stehen, fasste ihr an die Stirn. „Hast du Fieber?"
„Wieso, wir brauchen einen, damit Mama wieder lustig wird. Anna hat einen neuen Vater und ihre Mutter kauft sich schöne Sachen und sie gehen tanzen und bei denen gibt es immer Kuchen und am Sonntag gehen die alle auf den Rummel."
„Sag so was nie wieder!" Ulli drohte ihr mit der Faust.

Irma hielt die Hände vors Gesicht. Die Brille lag auf dem Tisch. Auf den Gläsern perlten kleine Tropfen.
„Sie kommen." rief Christine. Seit Ulli und Sieglinde verschwunden waren, hatte sie am Fenster gestanden. Irma sah auf. Christine öffnete die Tür. Ulli hob zum Sprechen an. Christine schlug ihn ins Gesicht. Irma setzte die Brille auf. Sie entfernte Sieglindes Verband, tauchte ein Handtuch in diese ätzende Flüssigkeit. Sieglinde zog die Hand weg, Irma fasste derb zu, betupfte die Wunde, verband sie neu. Sieglinde hielt den Atem an. Ihre Hand zuckte. Sie gab keinen Laut von sich. Sie unterdrückte das Schluchzen. Das Brennen in der Wunde ließ nach. Sie sah zum Ausklopfer.
„Waschen und ins Bett!"
„Ich war`s.", sagte Ulli. Er nahm den Ausklopfer vom Haken. Irma ließ ihn durch die Luft fauchen, hängte ihn zurück.
Dann nahm sie zwei Gläser aus dem Schrank und rief nach Ottilie.

9.

Sieglinde konnte nicht einschlafen. Das Pulsieren und Stechen in der Bisswunde wurde stärker. Sie dachte, jetzt bin ich genauso krank, wie Dietmar. Aber für mich holt Mama nicht den Doktor. Ob sie weint, wenn ich tot bin? Und Christine und Dietmar und Ulli? Ulli weint bestimmt und er wird sich selbst mit dem Ausklopfer verhauen.

Christine stöhnte. Sie drehte sich auf die andere Seite. Sie schnarchte leise. Auch die Mutter schlief. Sieglinde befreite Fritzi aus dem Kleiderschrank. Sie sperrte sich mit ihr im Klo ein. Fritzti war aber keine große Hilfe. Sie hatte keine Antwort auf die Frage, ob der Mann ihr neuer Vater sein wollte. Sieglinde fror. Sie schlich zurück ins Zimmer. Sie drückte und küsste die Puppe, setzte sie zurück in den Kleiderschrank, flüsterte, es müsse sein. Im Bett legte sie ihre kalten Füße an Christines warme Beine. Christine rückte von ihr ab. Sieglinde wünschte sich, dass dieses Stechen in der Hand aufhörte. Und dann wünschte sie sich noch einen schönen Traum, einen, der wahr würde. Sie schlief endlich ein, träumte vom Schuttplatz. Es war nicht Ulli, der dort mit ihr Fußball spielte. Es war der Junge aus ihren Träumen. Er warf den Ball. Der Hund schnappte ihn, legte ihn vor Sieglindes Füßen ab. Sie streichelte den Hund. Er ließ es zu. Der Junge lächelte. Der Mann humpelte auf sie zu. Er spielte mit ihnen. Er gab ihnen zu essen und zu trinken und er lachte, als er Sieglinde dieses Getränk gab, das ihr nicht schmeckte, das sie trotzdem trank, weil es der Mann wollte. Die Zähne des Mannes waren dunkel. Ein Eckzahn fehlte. Es störte Sieglinde nicht. Es war schön, wenn er lachte.

Sie wurde wach. Sie fror. Irma hatte ihr die Zudecke weggezogen.

„Sollst aufstehen, hab ich gesagt."

Das Pochen in der Hand war sofort wieder da. Und auch in Sieglindes Kopf pochte ein Schmerz.

„Beweg mal die Finger.", sagte Irma.

Sieglinde tat es. Den Schmerz fühlte sie bis in den Ellenbogen. Sie zog die Hand zurück. Irma fasste an Sieglindes Stirn. Sieglinde wurde rot. Sie wich Irmas prüfenden Blicken aus. Vielleicht, weil ihr der Traum wieder einfiel, in dem die Mutter nicht vorkam. Vielleicht, weil sie sich bei diesem Mann so wohl gefühlt hatte. Vielleicht, weil sie dachte, weil sie hoffte, die Mutter würde sie umsorgen, wie sie Dietmar umsorgte.

„Schäm dich!", flüsterte der Junge. Immer öfter war er auch am Tag bei ihr. Sie hörte seine Stimme. Er flüsterte, wenn sie Hausaufgaben machte. Er redete auf sie ein, wenn sie mit Fritzi allein sein wollte. Dieser Norbert war nicht tot. Der versteckte sich nur.

Sieglinde stand auf. Sie zog sich an, so gut sie es mit der linken Hand vermochte. Sie war ja nicht krank, sie konnte gehen und sie verspürte Hunger. Dietmar aß noch immer nicht.

„Du gehst in die Schule und danach zeigen wir das Doktor Finsterbusch."

Ulli schaute nach dem Ball. Er hatte ihn im Keller unter der Treppe versteckt. Er atmete auf. Noch da. „Wehe du petzt."

„Bin ja nicht doof. Ich geh nicht mit. Muss noch zu Hannelore. Und wehe du petzt das."

Sieglinde ging nicht zu Hannelore. Sie ging auch nicht in die Schule. Sie hatte beschlossen, zum Schuttplatz zu gehen. Sie verlief sich. Sie kam zum Sand. Niemand wusste, warum der Sand Sand hieß. Die Häuser waren zerfallen. Enge Gassen trennten die Häuserwände. Fenster und Haustüren waren teilweise von Sträuchern überwuchert. Das Fensterglas hatte man durch Pappen und Bretter ersetzt. Es war still. Unheimlich still. Hier wohnten die, deren Gesichter vergerbt waren, wie die Häute der Rinder, die sie bearbeiteten. Hier wohnten die, die ihre Hände nicht mehr falteten. Hier wohnten die, die keine Zeit mehr brauchten.

Sieglinde entdeckte eine Katze. Sie scheuchte sie auf. Die Katze hinkte, wie der Mann. Sieglinde ging ihr nach. Die Katze führte sie ans Ufer. Sieglinde setzte sich auf einen Stein, den die Sonne beschien. Das Flusswasser dampfte. Der Dampf roch nach verbranntem Fett und totem Fischfleisch. Das Wasser

war lila. Erst wollte Sieglinde ihren Fuß hineinhalten. Aber die Farbe und der beißende Geruch verschreckten sie. Ihre Augen brannten. Rotz lief ihr aus der Nase. Sie suchte ihr Taschentuch. Mit einer Hand schnauben war gar nicht so leicht. Sie hielt sich das Taschentuch vor Nase und Mund. Ihre Augen tränten. Die Katze spielte mit angeschwemmten Fischen. Sieglinde rannte davon. Endlich fand sie den Steg. Sie schaute nicht auf das Wasser, rannte zum anderen Ufer. Sie blieb auf dem Geröllhügel stehen, sah zur Werkstatt. Es war ruhig. Sie rief den Hund. Er kam nicht. Sie sah sich auf dem Gelände um. Der Mann war nicht da. Sie ging zur Werkstatt, hauchte ein Fenster frei. Die Pfeife lag nicht im Ascher. Die Futternäpfe des Hundes waren leer. Sie setzte sich auf den Fenstersims. Sie wartete. Sie musste den Mann fragen, ob er ihr Vater sein wollte. Ihr wurde kühl. Sie klopfte sich warm. Das hatte Ulli ihr gezeigt. „Wenn es noch kälter wird, dann rennst du, oder du musst hopsen." Er war schon ein toller Bruder.
Sie spähte wieder in den Werkraum. Nichts hatte sich verändert. Vielleicht war der Mann schon bei einer anderen Familie. Saß an ihrem Tisch, trank mit ihnen Kaffee, aß Kuchen, erzählte von früher und von Hans. Sieglinde ging hin und her. Sie scharrte mit der Schuhspitze im Dreck. Sie blieb stehen, weil sie etwas hörte. Motorengeräusche. Sie versteckte sich hinter der Werkstatt. Das Auto war groß und grün, wie die Autos vor denen die Frauen Angst hatten. Die Reifen hinterließen tiefe Grätenmuster im Schlamm. Hinten wurde eine Klappe aufgestoßen. Von der Ladefläche sprangen Männer. Sie waren laut. Sie sprachen Worte, die man nicht sagen durfte und sie lachten darüber. Sie nannten die Frauen Weiber. Sie redeten vom Ficken. Sieglinde bekam Angst. Der Mann war auch dabei. Er lachte zu allem, was sie sagten. Sie luden Bierkisten vom Wagen. Sie teilten Geld auf. Sieglinde rannte davon. Einer rief ihr etwas nach. Sie drehte sich nicht um. Sie rannte, sie keuchte. Der Hund verfolgte sie. Die Männer pfiffen ihn zurück. Sieglinde rannte schneller. Schneller, als im Sportunterricht. Schneller, als beim Wettrennen mit Ulli. Sie entkam.
Sie näherte sich dem schweren graublauen Tor. Ihr Herz schlug laut, schlug schnell. Die Mutter würde inzwischen wissen, dass sie nicht in der Schule

war. Sie hatte sich Ausreden ausgedacht. Sie taugten nichts. Das wusste sie. Die Mutter durchschaute sie immer.
Sieglinde stand vor dem Tor, blickte hinauf. Sie rang nach Luft. Das Zittern hinterm Brustbein blieb. Der Junge würde sie heimsuchen. Er würde sie anschreien, weil sie Irma schon wieder traurig gemacht hatte. „Deinetwegen ist ihr Rücken so rund." hatte er neulich im Traum zu ihr gesagt. Sie weinte, wenn er so mit ihr sprach. Sie weinte noch am Morgen, wenn sie erwachte. Christine hatte gefragt, ob sie schlecht träume. Aber der Junge musste ihr Geheimnis bleiben. Der Junge hatte seinen Namen nicht verraten. Sieglinde ahnte, nein sie wusste, dass der Junge Norbert war. Norbert tat immer das Richtige. Norbert wurde von allen geliebt. Die Mutter sprach leise, wenn sie von ihm sprach. Und sie schaute irgendwohin, an einen Ort, den Sieglinde nicht sehen konnte. Niemand würde ihr glauben, dass Norbert sie heimsuchte und beschimpfte.

Die Wolfram saß am Tisch. Sie hatte lange zum Krankenbett geschaut, ehe sie sich setzte. Irma räumte Schnittpapier vom Tisch. Sie bot Tee an. Kaffee gönnte sie sich nur an Sonntagen.
Sieglinde stand in der Tür. Sie senkte den Kopf. Alle Ausreden und Entschuldigungen waren weg, verschluckt. Ihre Wangen brannten, als hätte Irma sie geschlagen. Irma saß mit verschränkten Fingern. Sie schaute die Wolfram über die Brille hinweg an.
„Sie haben es nicht leicht. Ich weiß das."
„Wer hat das schon."
Die Wolfram rieb mit dem linken Schuh an der rechten Wade. Sie trug feine, schwarze Strümpfe mit Naht. Wenn sie so weiter macht, reißt sie sich Laufmaschen, dachte Sieglinde. Sie stand noch immer in der Tür. Ulli war nicht da. Ob er sie verpetzt hatte?
„Es geht so nicht. Mit Sieglinde, meine ich." Die Wolfram drehte den Kopf. Sie lächelte Sieglinde an. Sieglinde wünschte ihr ganz viele Laufmaschen.
„Sie ist im Unterricht eingeschlafen. Heute war sie gar nicht da. Wie soll sie da die Schule schaffen."

„Wir hatten eine unruhige Nacht. Es wird nicht wieder vorkommen. Steh nicht so rum, entschuldige dich."
Sieglinde nickte. Sie brachte kein Wort heraus. Sie schielte zum Ausklopfer. Die Wolfram erhob sich, glättete ihren Rock.
„Vielleicht sollten Sie Ihren Mann, Sie wissen schon. Ich meine, dann gibt es Witwen- und Waisenrente."
„Wir kommen schon zurecht. Sorgen sie lieber dafür, dass dieses Flüchtlingsgerede aufhört."
Die Wolfram nickte, sagte. „Umsiedler!" Sie hatte tatsächlich eine Laufmasche, als sie ging.
Sieglinde wusch sich die Hände. Sie bürstete den Staub von ihren Schuhen. Sie polierte, sie glänzte, auch Irmas Schuhe. Dann packte sie Bücher und Hefte aus, schrieb Mama, schrieb Papa, so akkurat sie es konnte. Die Zunge hing die ganze Zeit zwischen ihren Lippen. Irma lächelte.
„Aber ich wollte doch nur.", sagte Sieglinde. Irma schwieg. Sieglinde schluckte und schluckte, die Schuld ließ sich nicht runterschlucken.

Sieglinde saß auf der Kellertreppe. Ihr Schluchzen war im Hausflur zu hören. Irma hatte Fritzi weggeschlossen. Und sie hatte gesagt, sie müsse Sieglinde jetzt wieder an die Hand nehmen, wie ein Kleinkind. Sie würde sie in die Schule bringen und zwar bis ins Klassenzimmer und von dort auch wieder abholen. Und alle werden sie auslachen. „Geschieht dir Recht.", hatte der Junge geflüstert.
„Sollst hochkommen, sonst." Ulli hob den Arm. Sieglinde schniefte und heulte und wischte sich das Gesicht. Die Sackgasser sah ihr nach. „Wohl was angestellt." Ulli schnitt hinter ihrem Rücken eine Grimasse.
„Was wolltest du denn noch mal dort?", fragte Ulli.
Sieglinde schürzte die Unterlippe. Sie überlegte, ob sie Ulli die Wahrheit sagen sollte.
„Ich wollte, dass er unser Vater wird. Er war doch nett. Der macht bestimmt Spaß mit uns."
Ulli schubste Sieglinde gegen das Geländer. „Bist du blöd." Die Sackgasser

schüttelte den Kopf. Sie putzte hinter ihnen her. „Da unten liegt ein Abstreicher. Der ist nicht zum Angucken da." rief sie.
„Aber ich will nicht mehr Flüchtling sein. Ich will in einer normalen Familie sein, wie Hannelore." Sieglinde heulte schon wieder.
„Unseren Vater oder gar keinen." Ulli warf den Ball an die Wand. Putz bröckelte.
„Das machst du weg! Feg das weg, sofort!" Die Sackgasser wurde rot. Ulli rannte davon.
„Elende Brut!"
Sieglinde kehrte und heulte dabei. Der Rotz lief ihr aus der Nase. Die Sackgasser hob den Zeigefinger. Sie sagte: „Ein ordentliches Mädchen hat immer ein sauberes Taschentuch und sie zieht die Nase nicht hoch. Aber ihr seid eben zugereistes Pack!"

10.

Ulli saß im Sessel. Die Zeitung lag aufgeschlagen auf seinen Schenkeln. Er las nicht. Er stierte. Sieglinde hatte Recht. Mit einem Vater wäre alles anders. Die Mutter wäre bestimmt fröhlicher und der Ausklopfer wäre nur fürs Teppichklopfen da. Und sie würden auf den Rummel gehen, Eis essen, schaukeln, Karussell fahren, wie die Anderen, die einen Vater hatten. Oder auf den Sportplatz, Fußballgucken.
Er hatte es auf dem Bolzplatz aufgeschnappt. Die Jungs aus der sechsten Klasse hatten getuschelt und gesagt, sie wollen es noch einmal versuchen.
„Irgendwann muss er ja heimkommen." sagte einer. „Wo der Zug doch aus Weißrussland kommt."
Ulli versteckte Sachen auf dem Klo hinter dem Vorhang. Man muss sich warm anziehen, hatten die Jungs gesagt, weil man oft lange warten muss. Diese Züge folgten keinem Fahrplan.

Ulli stellte das Foto von der Kommode auf den Tisch. Er schaute es genau an. Wie sollte er den Vater erkennen? Manche hielten Schilder hoch. Er nahm Sieglindes Schiefertafel. Die benutzte sie nur noch, um mit Fritzi oder Hannelore Schule zu spielen. Er versteckte sie bei den Sachen hinterm Vorhang.
„Mutti?"
Irma hatte Nadeln zwischen den Lippen. „Mmh"
„Hat Vater mich oft gesehen."
Irma spuckte die Nadeln aus. Sie rieb sich die Lippen. Sie hatte sich gestochen. Sie hielt inne, sah zur Uhr. Immer schaute sie zur Wanduhr, wenn es um Herbert ging.
„Du wirst mir nicht nachts auf den Bahnhof gehen! Hast du verstanden."
Ulli schaute zur Seite, sagte: „ War ja nur eine Frage."

Ulli hörte Schritte. Er blieb stehen. Stille. Die Straße war leer. Er ging weiter. Hörte wieder diese Schritte. Er fasste sich an den Kopf. Der Hall seiner eigenen Schritte hatte ihn erschreckt. Die Turmuhr schlug. Er zählte drei Schläge. Es war dreiviertel irgendwas. Er schätzte dreiviertel elf. Die Straße wurde heller, je näher er dem Bahnhof kam. Hier war er nicht allein. Hier gingen Frauen, in dicke Mäntel gehüllt, die Mützen tief ins Gesicht gezogen, obwohl es Mai war. Sie froren, sie zitterten. Wenn die Seele friert, wärmt kein Mantel. Wärmt nicht der Tee, den Leute von der Bahnhofsmission ausschenkten. Ulli musste sich vor ihnen verstecken. Kinder wurden sofort nach Hause geschickt. Der Bahnsteig füllte sich. Zwischen den vielen Menschen wurde Ulli unsichtbar. Sie überragten ihn. Mit großen Druckbuchstaben hatte er „Herbert Geipel" auf die Schiefertafel geschrieben. Der Name verwischte. Ulli konnte die Tafel nicht hoch genug halten. Aber Ulli wollte seinen Vater finden. Er hüpfte, er schubste, er drängte zum Waggon. Er blieb stehen, als sich der Bahnhof leerte. Er stand noch, als der Zug ausfuhr.
„Geh Heim, Junge.", sagte jemand. Ulli blieb auf dem Bahnsteig stehen. Tränen rannen. Er verbarg das Gesicht in den Händen.
„Er wird schon noch kommen." sagte eine Frau. „Sie werden kommen, sie kommen wieder."

sagte sie und wischte sich die Augen. Sie rieb einen Apfel am Stoff ihres Mantels. bot Ulli die Hälfte an. Er schüttelte den Kopf.

11.

Dietmar schob einen Bissen Brot im Mund hin und her. Die Haut auf seinen Wangen spannte, wenn er kaute. Die Schatten unter seinen Augen sahen aus wie verwischte Schminke.

Irma beschmierte sein Brot mit Marmelade. Sieglinde tunkte einen Finger ins Glas, leckte ihn ab. Sie schaute zur Mutter. Ihr Brot blieb leer.

„Der Junge muss raus an die frische Luft." sagte Ottilie.

„Willst du mit in die Kirche?", fragte Irma. In den vergangenen Wochen war sie selten aus dem Haus gegangen. An den ersten beiden Sonntagen nach Ausbruch des Fiebers hatte sie auch auf den Kirchgang verzichtet. Dietmar nickte. Irma brachte seine Sonntagssachen.

Die Hose rutschte an ihm herunter. Irma zog einen Gürtel durch die Schlaufen. Schüttelte den Kopf. Sie steckte die Hose an den Außennähten und am Bund ab. Sie hielt inne, als ihr der Gedanke kam, dass Dietmar zunehmen würde, sobald er wieder aß. „Nein, Du musst Ullrichs Hose anziehen."

„Und ich?" Irma lächelte. Sie konnte sich an keinen einzigen Sonntag erinnern, an dem Ullrich gerne in die Kirche gegangen war.

„Du behältst deine Stromerhosen an und ziehst deinen Mantel drüber. Dann sieht man die Flicken nicht."

„Aber es ist viel zu warm."

„In der Kirche ist es nie warm."

„Aber alle werden gucken"

„Aber, aber, aber."

Ulli rannte aus der Wohnung. Sieglinde folgte ihm. Sie versteckten sich im

Keller unter der Treppe. Sie lauschten. Im Hausflur blieb es still. Ulli warf den Ball an die Wand, fing ihn wieder, bis Sieglinde ihm den Ball aus der Hand schlug. Sie spielten Fußball im Kellergang. Das Tor dachten sie sich. Sie stritten, sie feilschten um Tore, sie spielten weiter. Irma hörte ihr Triumphieren, ihr Streiten, die Schüsse, die Tor- und Abseitsrufe. Sie stand vor der Kellertür. Sie atmete hastig. Sie schwitzte. Den Kindern musste aufgefallen sein, dass sie nie selbst in den Keller ging. Sie hörte Sirenen, hörte Donner, hörte Einschläge, hörte Schreie, wenn sie in den Keller ging. Sie hustete trocken. Das Gefühl, staubige Luft zu atmen, blieb tagelang. Das Donnern und Dröhnen suchte sie nachts heim.
Irma hielt sich am Geländer fest. Sie rief: „Ulli, Sieglinde, sofort!" Die Worte hallten. Im Keller wurde es still. Sie hielten sich an den Händen, als sie in den Hausflur traten. Ullrich zog die Nase kraus. „Er kriegt immer alles!" Sieglinde nickte dazu. Irma sagte nichts. Ihr Blick genügte.
„Ich bleibe hier." sagte Dietmar. „Sie sind zu kurz." Er streckte ein Bein aus.
„Zieh deine Stiefel an, dann sieht man es nicht. Du musst wirklich mal raus. Warst doch so lange nicht an der Luft." Irma strich ihm eine Haarsträhne aus dem Gesicht. Dietmar wich zurück.

Ullrich trottete hinter ihnen her. Er wischte sich mit dem Mantelärmel über die Stirn. Er pustete. Irma lächelte darüber. „Ist gar nicht so warm." Christine knöpfte ihre Strickjacke zu.
„Jetzt wird der Ullrich auch noch krank!", tuschelte die Müller.
„Naja wenn se sich nicht richtig waschen." erwiderte die Sackgasser.
Irma hörte das Gerede. Sie blieb stehen, stemmte die Arme in die Seiten. „Haben Sie mir was zu sagen." Sackgasser und Müller sahen erschrocken auf.
„Ich sagte, schön, dass der Dietmar wieder gesund ist." sagte die Müller.
Irma nahm sich vor, für diese Waschweiber nicht mehr zu nähen. Lieber würde sie wieder Kartoffeln klauen.
„Hören Sie nicht hin." flüsterte Ottilie.
Ein Mann zog seinen Hut und verbeugte sich, als Irma und Ottilie an ihm vorbeigingen.

Irma nickte. Sie kannte ihn nicht, nicht, dass sie wüsste. Er ging hinter ihnen. Er schwang einen Stock, mit geschnitztem Knauf. Seine Weste spannte über dem Bauch. Er hatte nur die oberen Knöpfe geschlossen. Sein Anzug war aus hellbraunem Tweedstoff. Musste teuer gewesen sein. Irma erkannte die Qualität von Stoffen mit einem Blick. Er wartete ab, bis Irma und Ottilie sich gesetzt hatten. Er verbeugte sich, setzte sich neben die Frauen. Sieglinde kicherte.

„Warum setzt er sich nicht vorne hin, wo seinesgleichen hingehört?", flüsterte Irma. Sie rutschte ein wenig näher an Ottilie heran. Ottilie lächelte, nickte dem Herrn zu.

„Sie sind eine Frau in den besten Jahren. Sie haben es nur vergessen.", flüsterte sie.

„Ich brauch keinen Mann."

Die Orgel erklang. Sie fuhren auseinander.

„Ich will nicht neben dem Dicken sitzen.", sagte Sieglinde, so laut, dass es der Mann hörte.

Er stierte den Altar an.

„Entschuldige dich!"

Sieglinde sah ihn von der Seite an. Sie verzog den Mund.

„Wenn du dich nicht sofort entschuldigst, gehst du raus vor die Tür."

Sieglinde presste die Lippen aufeinander. Christine brachte sie nach draußen.

„Musst du auch immer so stur sein!"

„Ich will nicht so einen dicken Vater. Hast du gehört, wie der schnauft?"

„Du spinnst ja!"

Christine beeilte sich, an ihren Platz zurück zu kommen. Sie strich ihren Rock glatt, bevor sie sich setzte. Der Mann beobachtete sie. Er schaute auf ihren Busen. Er lächelte, suchte ihren Blick. Christine faltete die Hände. Sie blickte stur geradeaus.

„Du bleibst hier sitzen, bis der Gottesdienst zu Ende ist!", hatte Christine gesagt. Langweilig. Sieglinde entdeckte einen etwas größeren Stein zwischen den weißen Kieseln. Genau richtig zum Fußballspielen. Die Kirchenpforte

wurde zum Tor. Die weißen Lackschuhe waren vergessen. Auch die Ermahnung, sich nicht schmutzig zu machen. Sie traf das Tor aus immer größerer Entfernung. Sie nahm Anlauf, verfehlte den Stein, stolperte über die Borde. Sie fiel in das Kiesbett. Ihr Knie blutete. Blut tropfte auf die weißen Strümpfe, auf die Schuhe, in den Kies. Sie biss sich auf die Lippen. Echte Fußballer weinten nicht. Sie humpelte zur Bank, spuckte ins Taschentuch, drückte es auf die Wunde. Brennender Schmerz trieb ihr die Tränen in die Augen. Sie warf den Stein gegen das Kirchentor. Wie konnte die Mutter sie rausschicken, wegen so einem Fettwanst. Sieglinde wusste genau was der vorhatte. Bei Eva aus ihrer Klasse war es auch so gewesen. Die hat jetzt so einen Fettwanst als Vater. Und sie sagt, der frisst uns die Haare vom Kopf.
Die Glocken läuteten. Das Tor wurde geöffnet. Ulli rannte ihr entgegen.
„Mann, wie siehst du denn aus? Das gibt Stubenarrest, oder Ausklopfer."
Erst jetzt bemerkte Sieglinde, dass sich die Sohle ihres rechten Schuhs gelöst hatte. Wie ein geöffnetes Fischmaul sah die Schuhspitze aus.
Die Mutter und Ottilie kamen. Sie hatten Dietmar in ihre Mitte genommen. Sein Gesicht war fast so weiß wie der Kies. Der Mann folgte ihnen.
„Bis nächsten Sonntag!" sagte er. Er deutete eine Verbeugung an, nickte Christine zu.
Sieglinde stand von der Bank auf. Sie schaute schuldbewusst. „Sie drücken sowieso." sagte sie, als die Mutter die herabhängende Sohle entdeckte.
„Beug mal dein Knie." sagte Christine.
Sieglinde biss die Zähne zusammen. Sie beugte das Knie vorsichtig. Dabei hielt sie die Luft an. Es tat so weh, als würde die Haut zerreißen. Die Wunde blutete wieder.
„Da muss ein Verband ran." Christine schaute zur Mutter auf. Die Müller und die Sackgasser gingen untergehakt vorbei. „Diese Kinder sind rotzfrech." flüsterte die Müller.
Irma zog Sieglinde von der Bank. „Wir sprechen uns zu Hause Fräulein."
„Soll ich sie mitnehmen und sie gehen noch auf den Friedhof? Das wollten Sie doch."
Diese kleine liebe Frau. Ottilies Unsauberkeit störte Irma fast nicht mehr.

Irma schüttelte den Kopf. Sie wollte Ottilies Freundlichkeit nicht ausnutzen. „Ich muss sowieso noch arbeiten." Sie packte Sieglinde am Arm. „Kein Gejammer!"
Ulli zog seinen Mantel aus. Er fächelte sich Luft zu. Die Mutter beachtete ihn nicht.
„Setz dich da hin." Irma tränkte ein Tuch mit dieser ätzenden Flüssigkeit. „Stillhalten."
„Au!" Das brannte. Das brannte noch fiel schlimmer, als die Spucke im Taschentuch.
„Du sollst stillhalten. Keinen Mucks will ich hören."
Sieglinde unterdrückte jeden Laut.
„Jetzt bleibst du sitzen und denkst darüber nach, was du getan hast." Sieglinde griff nach ihrer Puppe. Irma nahm sie ihr weg. „Deinetwegen kann ich Norbert nicht besuchen."
„Aber den gibt es doch gar nicht."
Irma verschüttete Sepso. Ein roter Fleck bildete sich auf ihrer Haut. Sieglinde sah in ihre nassen Augen und dachte, sie ist nicht tapfer, nicht so wie ich. Irma schickte sie ohne Abendessen ins Bett. Sie lag wach, auch als die Mutter das Licht löschte, starrte sie noch an die Decke. Das Hoflicht ging an und aus, an und aus. Sieglinde zählte die rechteckigen Schatten an Wand und Decke. Sie hörte Schritte, Husten, leise gesprochene Worte, die sie nicht verstand. Endlich schlief sie ein. Sie träumte von Norbert. Er nahm ihr den Kuchen weg, den die Mutter ihr gegeben hatte. Er sagte: „Du bist schuld." Er stampfte mit dem Fuß auf. Er biss ein großes Stück vom Kuchen ab. Er leckte sich die Fingerspitzen. Sieglinde sah wie er kaute, sich mit dem Handrücken den Mund wischte und lachte.

12.

Irma stellte wortlos Brot und Schmalz auf den Tisch. Sie schenkte sich Malzkaffee ein, setzte sich an die Maschine. Das Rattern übertönte Ottilies Radio. Irma bog den Rücken durch, streckte sich, kaum dass sie mit der Arbeit begonnen hatte. Seit Tagen plagten sie Schmerzen. Sie rieb sich den Rücken mit der Salbe ein, die die Apothekerin empfohlen hatte. Die Schmerzen vergingen nicht.

Sieglinde rührte weder Brot noch Schmalz an. Sie sinnierte über den Jungen aus ihrem Traum. War er wirklich Norbert? Spukte er als Geist in ihrem Kopf? Ottilie hatte von toten Seelen erzählt, die als Geister auf den Dachböden hausten. Sieglinde war der Mutter auf den Boden gefolgt. Sie fand keine Spuren von Geistern, nur Taubendreck. In Gedanken ging sie ihre Mitschüler durch. Keiner sah dem Jungen ähnlich. Sie riss die Augen weit auf. Das Bild des Jungen blieb. Er lächelte, öffnete seine Hand. Bunte Murmeln lagen darin. Sie wollte zufassen. Er zog die Hand weg. „Träumst du schon wieder?"

Christine wickelte Brot in Papier ein. Sie schob eines der Päckchen in Sieglindes Ranzen.

„Brauch kein Brot."

„Du musst essen, sonst wirst du krank."

„Christine." Sieglinde zog die letzte Silbe ungewöhnlich lang.

„Was ist denn?"

„Wie sah denn Norbert aus? Und warum ist er weg? Und wo ist er überhaupt hin?"

Irma und Christine schauten sich an. Irma putzte die Brille. Dann trat sie kräftig aufs Pedal.

Das Rattern war unrhythmisch. Es wurde immer schneller. Der Nähfuß raste über den Stoff. Der Faden riss. Irma fluchte.

Christine schüttelte den Kopf. Sie zog Sieglinde ans Fenster, weg vom Tisch,

weg von der Nähmaschine. Sie flüsterte. „Warum willst du das wissen. Das ist nichts für dich."
Sieglinde formte die Hände vor ihrem Mund zu einem Trichter. „Mama redet andauernd von ihm. Ich will ihn sehen."
„Er starb an einem bösen Husten und er sah ein bisschen so aus wie du. Nur, dass er Locken hatte. Und nun gib Ruhe."
Christine legte den Finger auf den Mund. Sieglinde verstand. Sie schwieg. Sie überlegte. Wie sah denn nun der Junge in ihren Träumen aus? Er war plötzlich weg. Feige war er also auch.
„Vergiss nicht, dass du Stubenarrest hast." Die Stimme der Mutter kam von weit her. Irma stand am Büfett. Sie schluckte eine Tablette. Dann ratterte die Maschine im gewohnten Rhythmus weiter.
Stubenarrest war Sieglinde egal. Sie hatte ohnehin keine Lust mit Hannelore einen Puppenwagen herum zu schieben. Und die Jungen ließen sie nicht mitspielen.
„Die Weiber sind zickig, du auch." sagten sie. Sieglinde zog ihren Schmollmund, und blickte schuldbewusst auf ihre Lackschuhe mit den Riemchen.
Sie kam pünktlich aus der Schule. Erledigte stumm ihre Hausaufgaben, stocherte im Essen herum. Aß nur eine Kartoffel, weil Irma die Nähmaschine anhielt und mahnend über den Brillenrand schaute. Sieglinde nahm ihr Lesebuch, sperrte sich auf dem Klo ein, bis jemand klopfte und rief, weil er musste. Es war Ulli. Er wartete vor der Tür. Die Zeitung klemmte unter seinem Arm. Sieglinde räumte den Tisch ab, spülte das Geschirr. Saß auch abends lange auf dem Klo, obwohl sie fror. Irma sah, dass sie geweint hatte. Sie fragte nicht. Strenge war die beste Erziehung. Da mussten Kinder auch mal weinen.
Abends im Bett rief Sieglinde den Traumjungen. Er kam nicht. Sie flüsterte trotzdem mit ihm. Sagte, dass sie aufräumte, Geschirr spülte, den Tisch deckte. Versprach, dass sie nicht mehr Fußball spielte, jedenfalls nicht mit den Lackschuhen. Die Mutter hatte die Sohle mit Leim eingestrichen und mit Wäscheklammern fest geklemmt. Der Schuh sah aus wie ein Stachelmonster. So stand er mehrere Tage auf dem Fensterbrett. Sieglinde hätte ihn

am liebsten runter in den Konsumhof geworfen. Die Lieferwagen sollten ihn überfahren. Sie mochte keine Lackschuhe. So etwas trugen nur zickige Mädchen.

Sieglinde saß mit der Zeitung auf dem Abort. Sie hatte sie Ulli weggenommen. Wenn sie schon nicht Fußballspielen durfte, wollte sie wenigstens die Bilder anschauen. Sie hörte Schritte im Hausflur. Jemand stampfte und keuchte auf die Wohnung zu. Die Müller war das nicht. Deren Schritte, waren kaum zu hören. Und die Sackgasser klackte mit ihren Absätzen. Vielleicht Kundschaft. Für diese Kundin brauchte die Mutter bestimmt ganz viel Stoff. So wie die stapfte und schnaufte. Und sie würde wochenlang nähen und am Ende war das Kleidungsstück trotzdem zu eng. Nur schade, dass Sieglinde nie bei der Anprobe dabei sein durfte. Die Mutter schickte sie immer in den Hof.
Sieglinde hatte es eilig vom Abort zu kommen. Sie knüllte das Zeitungspapier, zog es wieder glatt, wischte sich damit den Hintern ab, zog sich im Gehen die Hose hoch.
„Grüß Sie Gott Frau, äh Geipel. Ich hätte da einen Anzug zum Ändern."
„Dann kommen Sie herein." sagte Irma. Sie nahm die Brille ab, fuhr sich durch die Haare. „Entschuldigen Sie die Unordnung."
Welche Unordnung. Sieglinde sah sich um. Alles lag an seinem Platz. Die Möbel glänzten, wie immer. Es roch nach Bohnerwachs, wie immer.
„Nehmen Sie doch bitte Platz." Irma zog einen Stuhl vor. Der Mann setzte sich. Er spreizte die Beine. Sein Bauch lag wie ein Ballon dazwischen.
„Da ist ja unser kleiner Störenfried." Er lächelte Sieglinde an. Sie biss sich auf die Unterlippe.
Am liebsten hätte sie eine Grimasse gezogen.
Irma wusch sich die Hände, band die Schürze ab. „Pepita", stellte sie fest. Sie hängte das Jackett auf einen Bügel. Der Mann drehte seinen Hut in den Händen. Sein Mantel hing über der Lehne eines Küchenstuhls. Irma hängte ihn an die Garderobe.
„Aber meine Jacke." Der Mantel überdeckte Sieglindes Jacke komplett. Sie

rümpfte die Nase. Das fehlte noch, dass sie nach diesem Fettwanst roch. Sein Parfüm biss in der Nase, wie das Sepso auf der Haut. Irma überhörte ihren Einwand. Sie bat den Mann, sich gerade hinzustellen. Er stützte sich beim Aufstehen an der Tischkante ab.
„Hier könnte ich etwas einsetzen." Irma zog am Hosenbund.
„Nicht lieber an der Seite, Frau Geipel. Ist unauffälliger." Er lachte. Der lacht ja mit dem Bauch, dachte Sieglinde. Wenn der weiter so frisst, platzt der. Sie stellte sich vor, dass er das ganze Brot alleine aufaß und dabei den Schmalztopf ausleckte. Wie das Fett an seinem Mund und seinen Fingern glänzte. Ob die Mutter auch mit ihm schimpfen würde.
„Ich esse gar nicht soviel. Die Schilddrüse, wissen Sie."
Sieglinde erschrak. Konnte der Gedanken lesen?
Irma heftete braunen Stoff an die Taille seines Jacketts. Sieglinde sah, dass sie rot wurde, als sie den Herrn ansah. Bloß nicht. Nicht mit ihr. Dieser Fettwanst wird niemals ihr Vater.
„Ich muss Sie bitten, Jackett und Hose anzuziehen."
Sieglinde kicherte.
„Und du verschwindest." Sieglinde blieb sitzen. Sie beugte sich über ihr Lesebuch.
„Auf der Stelle."
„Muss Hausaufgaben machen."
„Du gehst jetzt, sonst." Irma zeigte auf den Ausklopfer.
„Aber, aber." Der Mann wehrte ab. „Ich kann auch ein anderes Mal wiederkommen."
Sieglinde ging. Sie spahte aber durchs Schlüsselloch. Sie musste auf die Mutter aufpassen.
„Wenn sie verliebt sind, tun sie verlegen." hatte Eva gesagt. Die musste das wissen. Sie hatte schließlich so einen Fettwanst als Vater bekommen.

Irma hielt dem Herrn das Jackett. Stecknadeln klemmten zwischen ihren Lippen.
„Stechen Sie sich nie?" Sie schüttelte den Kopf. Sie war froh, dass auf die-

se Art eine Unterhaltung unmöglich war. Worüber sollte sie mit so einem Herrn auch reden. Sie schnitt den Riegel am Rückenteil ab. „Den muss ich versetzen."
„Wie bitte?"
Sie zog die Nadeln aus dem Mund. Stach sich. Er leckte sich die wulstigen Lippen. An diesem Mann war alles wulstig. Auch die Finger, mit denen er jetzt ungeschickt das Jackett zuknöpfte.
Irma fuhr sich mit der Hand über den Mund.
„Oder wollen wir ihn weglassen?"
„Wen?"
Irma musste lachen. Sie senkte den Blick. „Den Riegel. Ich könnte zwei Abnäher ins Rückenteil nähen, in Höhe der Taille natürlich. Sieht elegant aus."
„So machen wir es. Ich lasse es also da, in guten Händen, wie ich meine."
Irma hängte das Jackett wieder über den Bügel. Der Herr verschwand hinter dem Vorhang.
Irma drehte ihm den Rücken zu. Sie schaute aus dem Fenster.
„Hat es Zeit bis nächsten Montag?"
„Ja natürlich." Er trat vor den Vorhang. Die Hose lag über seinem Arm. Irma nahm sie ihm ab. Er nahm seinen Hut, setzte ihn aber nicht auf.
„Schönen Gruß an Ihre Tochter, äh, hübsches Mädchen."
„Sie sitzt bestimmt draußen und lauscht." sagte Irma laut.
„Ich meine die Ältere."
„Mh" Irma legte die Stecknadeln einzeln in die Schachtel zurück.
„Sie ist noch sehr jung. Sie muss sich für einen Beruf entscheiden, schwierig."
„Natürlich." Er deutete eine Verbeugung an. Seinen Hut setzte er schräg auf. Irma zeigte auf den Spiegel. Er rückte den Hut zurecht.
Sieglinde sprang zur Seite. Er lächelte, als er an ihr vorbeiging.
„Auf Wiedersehen, kleines Fräulein."
Sie äffte ihn nach, kaum dass er im Treppenhaus war. Er kehrte aber um, nahm den Hut ab und deutete eine Verbeugung an. Dabei fiel ihm der Hut aus der Hand.

Sieglinde sah den mahnenden Blick der Mutter. Sie hob den Hut auf, wischte sich die Hände am Rock ab.
„Haben Sie etwas vergessen?"
„Nun, Ihre Tochter könnte bei mir in der Weberei arbeiten."
„Meine Mädels gehen in keine Fabrik.".
„Äh, Sie müssen das nicht gleich entscheiden."
Im Gehen setzte er den Hut auf. Den Stock schwang er diese Mal nicht.
„Danke trotzdem für das Angebot." Irma sprach leise. Sie schloss die Tür, lehnte eine Weile am Holz, dann setzte sie sich wieder an die Nähmaschine. Ihre Hände lagen im Schoß. Sie stierte. So viele Gedanken, Fragen, keine Ordnung mehr im Kopf. Sie stand auf, nahm Jackett und Hose vom Bügel, hielt es in den Händen, hängte es zurück. Nein, Christine war zu jung. Das ging auf gar keinen Fall. Sie hatten sich getäuscht. Ottilie hatte sich getäuscht, mit ihrer Bemerkung, sie sei in den besten Jahren. Dieser Mann dachte, mit Geld könne er alles haben. Nein, Christine nicht. Ihre unschuldige, zarte Christine doch nicht. Sie schüttelte den Kopf, begann zu arbeiten.
Sieglinde hatte sie beobachtet, die ganze Zeit. Die Mutter war verliebt, eindeutig. Warum sonst hielt sie seine Sachen in den Händen und schaute dabei so komisch. Den Fettwanst mussten sie loswerden. Sieglinde hatte auch schon eine Idee, wie.

„Kinder geht spielen!" Sie schauten sich an. Dietmar zuckte mit den Schultern. Nach dem Abendessen noch spielen? Ungewöhnlich. Ullrich schnappte sich den Ball. Irma duldete ihn inzwischen. Es hatte keinen Sinn, den Kindern das Fußballspielen zu verbieten. Sieglinde räumte den Tisch ab. Jedes Teil trug sie einzeln in die Spüle.
„Hey Siggi, kommst du nicht mit?" Ullrich warf den Ball nach ihr. Er verfehlte nur knapp die Teekanne.
„Ich bin so müde!" Sie gähnte lange und hörbar.
„Du gehst!" Irma trieb sie raus. Sieglinde hörte, dass Irma abschloss. Sie presste das Ohr an die Wohnungstür. Ullrich warf den Ball nach ihr. Sie fing ihn nicht.

„Machst du denn da?"
Sie flüsterte ihm ihren Verdacht ins Ohr.
„Du spinnst. Unsere Mutti nimmt doch nicht so einen Fettwanst." Er rannte in den Hof. Schoss den Ball gegen die Waschhaustür, die in den Angeln vibrierte. Er traf die Tür mehrmals. Er triumphierte. Sieglinde spielte nicht mit. Sie schaute hoch zum Küchenfenster. Was die wohl zu reden hatten? Und warum durfte Christine alles wissen, nur weil sie ein bisschen älter war und schon einen BH trug. Der Ball traf Sieglinde am Hinterkopf.
„Jetzt komm schon. Ditti kann uns doch nachher alles erzählen."
Dietmar kam in den Hof. Er setzte sich auf die Bank, auf der sonst die alten Frauen zum Tratschen saßen. Seine Hosen schlackerten noch immer an ihm herum. Irma ermahnte ihn ständig, zu essen. Und er bekam Marmelade und Leberwurst und Sieglinde lief das Wasser im Mund zusammen. Sie aß aus Prostest gar nichts. „Versteht ihr das denn nicht.", sagte Irma. Nein, sie verstanden nicht.

„Setzt dich!"
Christine ließ Tassen in das Spülwasser sinken. Sie trocknete sich die Hände am Geschirrtuch ab. Sie sah schuldbewusst zur Mutter, als sie sich dessen bewusst wurde. Irma predigte: „Für das Geschirr gibt es ein Tuch und für die Hände ein anderes. Merkt Euch das!"
„Hast du dich entschieden?" Irma kratzte sich Schorf von den Händen. Keine Frauenhände.
Der Ehering schnitt tief in die Haut ein. An den Fingerkuppen hatte sich Hornhaut gebildet.
„Was dir am liebsten ist.", antwortete Christine.
Irma lachte auf. „Das ist lieb, aber so geht das nicht. Die Arbeit begleitet dich dein ganzes Leben. Sie sollte dir wenigstens ein bisschen Freude machen."
„Macht dir das Nähen denn Spaß?"
„Hab ja nie was anderes gelernt. Aber du, du kannst gut mit Kindern."
„Aber dafür reicht mein Abschluss nicht. Außerdem will ich verdienen, dass du ein bisschen kürzer treten kannst." Christine fasste Irmas Hand. Sie zog

sie weg. „Es geht hier nicht um mich." Irma ging zum Schrank schenkte sich einen Halb und Halb ein. Sie trank ihn im Stehen, stellte das Glas hart ab.
„Der Herr Fabrikant war da. Du könntest bei ihm Weberin werden."
„Aber?"
„Ich möchte nicht, dass meine Mädchen sich mit dem Dreck der Fabriken umgeben. Ihr seid
beide so zart."
„Ich schaue es mir mal an."
„Sei vorsichtig." Christine verstand die Mahnung nicht. Sie fragte nicht nach.

13.

Vorsichtig setzte Sieglinde einen Fuß vor den anderen, um das Knarren der Dielen zu vermeiden. Nur niemanden aufwecken. Sie hörte den Atem der Mutter, Dietmars Schnarchen, Ullis Kauen. Christine lag still. Vor dem Nähtisch blieb Sieglinde stehen. Sie suchte nach der Schere, fand sie nicht. Aber sie musste hier sein. Die Mutter hatte für alles einen festen Platz. Jeden Abend räumte sie den Tisch auf, bevor sie die Maschine abdeckte. Das Schubfach klemmte. Sieglinde zog es Zentimeter für Zentimeter heraus. Das Holz scharrte trotzdem. Sie hielt inne. Lauschte. Nichts rührte sich. Nur Dietmar schnarchte lauter. Hoffentlich weckte er damit niemanden auf. Die Kirchturmuhr schlug. Sieglinde zuckte zusammen. Beinahe hätte sie sich am Schubfach gestoßen. Die Schere glänzte im Dunkeln. Sie nahm sie heraus. Das Jackett des Fettwanstes hing noch über dem Bügel am Garderobenhaken. Sieglinde hatte es den ganzen Abend nicht aus den Augen gelassen. Ratsch. Es klang wie damals, als ihre Zöpfe zu Boden fielen. Der Stoff gab schnell nach. Sie schnitt noch einmal hinein, fühlte den Riss. Das dürfte reichen, dass der Fettwanst nie wieder kam. Christine drehte sich. Sie

schaute jetzt in Sieglindes Richtung. Schnell legte sie die Schere zurück ins Schubfach. Sieglinde hatte es offen gelassen. Sie lief dagegen. Der Kasten fiel aus der Vorrichtung. Sie erstarrte. Die Mutter schnaufte, schlief aber weiter. Christine setzte sich auf. „Was machst du?"
„Hab Fritzi gesucht." Sieglinde war erleichtert, dass ihr diese Ausrede eingefallen war.
„Mitten in der Nacht!" Christine drehte sich zur Wand. Sie schlief weiter.
Sieglinde sammelte vom Boden auf, was sie ertasten konnte. Vorsichtig schob sie den Kasten zurück. Ein Scharnier quietschte. Der Kasten vibrierte in ihren Händen. Sie schob langsam weiter. Es gelang. Sie prustete, kroch zurück ins Bett. Christine rückte von ihr ab. „Du bist eisekalt." Sieglindes Herz pochte. Sie lag lange wach. Als sie einschlief, erschien ihr der Junge. Er drohte mit einem Stock. Er schlug auf einen Stein ein. Sieglinde duckte sich. Sie hielt die Hände über den Kopf. „Jetzt kommt Mutter ins Gefängnis. Du bist schuld, du, du, du." schrie er. Er schlug, er drosch. Die Luft fauchte über Sieglindes Kopf.
Irma schrie auf. Sie rieb sich die Fußsohle. Sie hatte sich eine Nadel eingetreten. Wo kamen diese Nadeln her. Auch Garn und Knöpfe lagen auf dem Fußboden. Sogar ein Reißverschluss. Sie schielte zur Flasche. Nein, sie hatte nur einen Schnaps getrunken, aus Sorge um Christine. Wer sollte ihrs verdenken. „Was ist Mutter?" Christine fuhr hoch. Irma saß auf dem Stuhl. Sie zog die Nadel aus dem Fuß. „Wenn sich das entzündet, wie bei Dietmar!"
Irma winkte ab. Christine bestand darauf, Sepso auf den Einstich zu tupfen. Irma schimpfte.
„Möchte wissen, wer das war. Kann ja nur einer von euch gewesen sein. Himmel!"
Christine zog die Brauen hoch. „Ich bestimmt nicht. Vielleicht wollte Sieglinde ein Kleid für Fritzi nähen."
Sieglinde zog die Decke über das Gesicht. Nur ihre Haare waren zu sehen. Irma hinkte zum Bett. Sie zog die Decke weg. Sieglinde drehte das Gesicht zur Wand. Irma fasste ihr Kinn, zwang sie, ihr ins Gesicht zu sehen. Sieglinde begann zu heulen.

„Was hast du gemacht. Was! Was wolltest du an meinem Nähtisch." Sieglinde schluchzte, und jammerte. Irma ließ los. „Ab, in die Schule! Wir sprechen Nachmittag."
Sie schaute auf Sieglindes Stundenplan, der über der Spüle hing. Irma duldete keine Bummelei mehr! Sieglinde brauchte für den Weg ungefähr fünfzehn Minuten. Selbst wenn sie langsam lief, was sie nie tat. Sieglinde kickte Steine. Sie rannte Hannelore jedes Mal davon. Hannelore spielte keinen Fußball. Sie sagte: „Mädchen tun das nicht. Mädchen machen sich Frisuren und fahren Puppen aus." Sie sagte: „Meine Mutter meint, du bist ein bisschen krank im Kopf. Aber das stört mich nicht." Sieglinde dachte nicht lange darüber nach. Hannelore war eben eine von den Zicken. Aber Sieglinde konnte sie trotzdem leiden, irgendwie.

Sie kaute auf ihrer Unterlippe herum, nagte am Bleistift, bis Hannelore sie anstieß. Sie schrieben eine Rechenarbeit. Sieglindes Blatt war leer. Sie musste immer an den Fettwanst und sein Jackett denken. Ob die Mutter wirkliche ins Gefängnis kam? Der Junge hatte es gesagt und der wusste immer alles. Die Arbeiten wurden eingesammelt. Lehrer Deutschmann schüttelte den Kopf. „Wo du nur immer deine Gedanken hast."
Sieglinde hatte Angst, ganz große Angst. Am liebsten wäre sie sofort zu dem Fettwanst gerannt. Sie würde ihm sagen, dass sie es war. Und dass er die Mutter nicht einsperren durfte. Ihr Bauch tat weh. Sie rannte aufs Klo, schaffte es gerade so. Sie hatte Durchfall.

Irma schrie. Ottilie riss den Vorhang zur Seite. Irma stand starr. Sie schüttelte den Kopf. Immer wieder schüttelte sie den Kopf.
„Ist was mit Ihrem Mann?"
Irma schlug mit der Faust auf den Tisch. „Dieses Luder, diese Brut!" Ottilie packte Irmas Handgelenke. „Was ist denn los mit Ihnen."
Irma sank auf einen Stuhl. Sie rieb sich die Stirn. „Wenn sich das rum spricht, bleibt mir nur betteln oder stehlen. " Sie zeigte auf das Jackett.
„Der feine Herr kann wohl nicht zahlen."

Irma zeigte Ottilie den Riss. „Jetzt weiß ich, was diese Ausgeburt heute Nacht an meinem Nähzeug wollte."
„Können Sie's nicht zunähen. Ihnen fällt doch immer was ein."
„Soll ich ihm vielleicht Flicken drauf nähen, dem feinen Herrn." Irmas Rücken war noch runder als sonst. „Die Leute werden mich nur noch ihre Schürzen flicken lassen."
Ottilie beschaute den Schaden. Sie zuckte mit den Schultern. Sie brachte die Flasche. Irma wehrte ab.
„Herr, womit hab ich dieses Miststück verdient." Irma hob die Hände zum Kreuz.
„Er muss Verständnis haben. Kinder sind Kinder."
„Der? Verständnis? Der hat keine Kinder. Der redet von Einsamkeit. Weiß gar nicht, wie gut er es hat."
„Versündigen Sie sich nicht!"
Ottilie stand am Vorhang. Sie schaute auf die zusammengesunkene Frau auf dem Küchenstuhl.
„Ich hab da noch Stoff. Sie dürfen es aber nicht sagen."
„Schwarzmarkt?"
„Nein. Verwandtschaft in Amerika."
Irma stutzte. Ottilie hatte noch nie von Verwandtschaft gesprochen, schon gar nicht in Amerika.
Für Irma und die Kinder war sie die verwahrloste Jungfer, die Geschichten spann und sich um nichts scherte. Nicht einmal um ihren eigenen Körper.
„Sie nähen ihm ein neues Jackett und reden ihm ein, das andere sei altmodisch." Sie brachte einen ganzen Ballen grauen Twill. Irma rieb den Stoff zwischen Daumen und Zeigefinger. Sie dachte, das wirft auf. Das lässt ihn noch dicker aussehen. Sie schüttelte den Kopf. „Ich muss es ihm sagen."

Sieglinde sah den Ausklopfer sofort. Er lag auf ihrem Platz. Kein Teller, kein Besteck, nur der Ausklopfer. Die Herdplatte war kalt. Irma saß an der Maschine. Ihre Brillengläser waren feucht. Sie beugte sich tief über den Stoff. Sie schimpfte. Sieglinde wollte sofort verschwinden. Auf dem Klo

wollte sie sich einsperren. So lange, bis der Ausklopfer wieder am Haken hing. „Hier geblieben!“ Irma kam auf sie zu, packte sie, schüttelte sie, fluchte.
Sie schimpfte auf Herbert, weil er sich nicht beherrscht hatte. Sieglinde verstand nicht, was sie meinte. Aber sie wusste, sie war schuld, schuld, schuld. Der Junge würde es ihr sagen, immer wieder. Da half kein Bohnern, kein Tischdecken, kein Abwaschen. Da halfen keine Einsen in der Schule und keine sauberen Fingernägel.
„Kommst du jetzt wirklich ins Gefängnis?“
Irma ließ los. Sie ging vor dem Nähtisch hin und her. „Ja wahrscheinlich. Weil mir keiner mehr vertrauen wird, weil ich jetzt klauen muss, weil wir nichts zu essen haben werden und auch kein Holz und keine Kohlen.“
„Aber ich wollte doch nur, dass du bei uns bleibst.“ Irma blieb stehen, stampfte auf, schaute Sieglinde an. Sie tippte Sieglindes Stirn an. „Was geht bloß in deinem Kopf vor!“
„Na ihr seid doch verliebt, du und der Fettwanst.“ Die Ohrfeige saß. Sieglindes Wange brannte. „Was spinnst du dir nur immer zusammen. Tag und Nacht müsste ich dir die blöden Gedanken rausprügeln. Geh, ich will dich nicht mehr sehen.“
Sieglinde ging in den Keller. Sie kletterte in eine Kartoffelbucht. Niemand sollte sie finden. Ihretwegen sollten die Ratten sie fressen. Angst hatte sie trotzdem. Sie hielt sich die Nase zu und versuchte an etwas schönes zu denken.
„Ich geh mit ihr hin.“ sagte Christine.
Irma zögerte. Sie wendete den Ärmel, fuhr mit der Hand hinein, begutachtete den Riss. Flicken unmöglich. Das Jackett war ruiniert. „Aber lass dich auf nichts ein.“ sagte Irma. Christine wollte fragen, was sie meinte. Ließ es, als sie die Falte auf Irmas Stirn sah.

Christine suchte Sieglinde auf dem Boden und im Schuppen. Ihr Rufen hallte im Hausflur. Sieglinde antwortete nicht. Die Sackgasser kehrte die Wände mit dem Gankerbesen ab.

„Das Gör ist aufsässig." sagte sie. Christine winkte ab. Sie ging runter in den Keller. Die Sackgasser klopfte bei der Müller.
Sieglinde stand im Kellergang. Sie war vor den Käfern in der Kartoffelbucht geflohen. Sie zerrieb Flecken auf Rock und Pullover. Die Flecken wurden größer, je mehr sie rieb. Sie roch an ihren Händen. Sie stanken nach Fäulnis. Die Mutter würde schimpfen und schlagen. Sie würde Fritzi wegsperren oder sie ins Feuer werfen, wie den Lederschlampen. Sieglinde setzte sich auf einen Hackstock. Lieber im Keller von den Ratten angefressen werden.
Christine fand sie. „Geh hoch und wasch dich. Und zieh was Sauberes an. Ich warte hier."
Sieglinde zögerte. Christine drohte mit der Faust.
Erst auf der Straße fragte Sieglinde, wo sie denn hingingen.
„Zum Herrn Fabrikanten. Du wirst dich bei ihm entschuldigen, in aller Form."
„Was heißt in aller Form?"
„Sagt man so."
Christine sinnierte. Sie hob den Zeigefinger. „Du wirst einen Knicks machen und freundlich gucken. Verstanden!
Sieglinde schwieg. Vor dem Fettwanst knicksen, das konnte sie nicht mal Hannelore erzählen. Ohne Widerspruch hatte sie den Faltenrock, die weißen Söckchen und die Lackschuhe angezogen. Aber einen Knicks machen! Das war allerhand.
„Muss ich wirklich knicksen?"
„Den Mist, denn du verzapft hast, kannst du nicht wieder gut machen. Also tu wenigstens, was ich dir sage."
Sieglinde sah sich auf dem gepflasterten Fabrikhof um. Vor dem Hallentor bildeten die Steine ein Wappen. Sie dachte, hier kann man gut Fußballspielen. Das Wappen ist der Strafraum. Christine blieb vor einem hohen Backsteingebäude stehen. Die unteren Fenster waren vergittert. Sieglinde dachte sofort an das Gefängnis. Sie legte die Stirn an die Stäbe. Im Raum dahinter war es dunkel. Sie erspähte nur die Umrisse von Regalen. Christine trat einen Schritt zurück. Sie schaute nach oben. „Dort muss sein Büro sein." sagte sie.

Sie ging auf das Tor zu. Sieglinde blieb stehen. „Was soll ich denn zu dem sagen?"
„Die Wahrheit!"
„Kinder dürfen hier nicht rein." sagte ein Mann, der rauchend vor dem Tor hin und her ging.
„Komm an meine Hand!" Sieglinde verschränkte die Hände hinter ihrem Rücken. Sie war doch kein Baby.
„Es ist wichtig. Sie hat dem Herrn Lindner was zu sagen."
Christine eilte an dem Mann vorbei. Er pfiff leise durch die Zähne. Sieglinde blieb mit offenem Mund stehen. Räder rotierten, Fäden schnitten die Luft. Stoffe schwebten, wie die fliegenden Teppiche in Ottilies Geschichten. Stoffballen fuhren auf Laufbändern an Sieglinde vorbei. Hier ratterten die Maschinen um die Wette. Wenn Mutti das sehen könnte, dachte Sieglinde. Aber dann wäre sie vielleicht traurig. Bei diesen Frauen ging alles viel schneller. Sie saßen an großen Webmaschinen, schoben Fäden zu Stoffen zusammen. Hoben den Stoff vom Rahmen, spannten Garn. Die Männer und Frauen riefen sich Worte zu, mit denen Sieglinde nichts anfangen konnte. Karren fuhren dicht an ihr vorbei. Christine riss sie zur Seite. „Komm jetzt." Sieglinde hatte Mühe, Christine zu verstehen.
Sie stiegen eine Eisentreppe hoch. Christine öffnete eine Stahltür. Dahinter war es ruhiger. Die Treppe, die hinauf zum Büro führte, war aus Holz. Vor dem Büro lag ein Teppich. Sieglinde dachte, ihre Schuhe würden darin versinken. „Ist das Moos?" Sie bückte sich. Christine zog sie hoch. „Benimm dich!"
Hinter einem Schreibtisch saß eine Frau, deren Dutt Sieglinde bewunderte. Sie trug eine weiße Bluse. Eine Perlenkette umspannte den Kragen. Sie reichte bis zum Rockbund.
„Sie haben einen Termin, hoffe ich." Sie legte ihren Stift ab.
Christine schüttelte den Kopf. „Dann können Sie da nicht rein. Glauben Sie denn, Herr Lindner hat nichts zu tun."
Christine schüttelte wieder den Kopf. „Und ein Kindergarten ist das hier auch nicht."

„Aber es ist wichtig, es ist etwas passiert und es hat mit ihr zu tun." Christine zeigte auf Sieglinde. Die wurde rot. Ganz heiß war ihr auf einmal. Plötzlich stand Herr Lindner vor ihnen. Sieglinde dachte, der ist ja noch dicker geworden. Sie versuchte ihn anzulächeln.
„Ist schon gut, Angelika, die Damen dürfen eintreten."
Sieglinde verkniff sich das Kichern. Angelika ordnete ihre Perlenkette.
„Och!", sagte Sieglinde. So ein Zimmer hatte sie noch nie betreten. Der Teppich war genauso weich, wie im Vorzimmer. Nur hatte er ein anderes Muster. An den Fenstern hingen schwere Vorhänge. Ob man die zuziehen konnte? Sieglinde biss sich auf die Lippe. In einer Vitrine standen Vasen, Kannen, Tassen Teller. „Essen Sie hier auch?" Der Fettwanst lachte. Sieglinde sah wie sein Bauch sich auf und ab bewegte. Er nahm hinter seinem Schreibtisch Platz, stützte die Arme auf das grüne Lederpolster. Der Tisch war anders als der Schreibtisch im Vorzimmer. Das Holz hatte einen rötlichen Schimmer. Die Laden waren mit goldenen Verzierungen beschlagen.
„Das ist Meißner Porzellan.", sagte er zu Christine. Dann neigte er den Kopf. „Davon isst man nicht." Sieglinde hob an zu fragen, wofür es dann sei. „Sie hat Ihnen was zu sagen.", sagte Christine schnell. Sie wich dem Blick des Fettwanstes aus. Er lächelte sie an, stierte auf ihren Ausschnitt, schaute ihr dann in die Augen. Da war was falsch an diesem Lächeln. Christine konnte nicht sagen, was. Es war ein Gefühl, ein Unbehagen in ihrer Kehle. Er fuhr sich mit dem Handrücken über die Lippen. Christine stieß Sieglinde an. Sieglinde trat einen Schritt zurück und knickste. Sie verlor dabei das Gleichgewicht, fing sich aber wieder. „Ich habe Ihre Jacke versaut."
„Red ordentlich!" Herr Lindner erhob sich. Der Stuhl knarrte. Er ging auf Sieglinde zu. Blieb dicht vor ihr stehen. Sie dachte, gleich stößt sein Bauch an mein Gesicht. Sie hielt den Atem an. Sein Geruch ekelte sie. Sie dachte, sein Fett riecht, wie die Kartoffeln in der Bucht. Sie ging ein paar Schritte zurück.
„Musst keine Angst haben, ich schlage keine Kinder. Was hast du gemacht."
„Zerschnitten, den Ärmel meine ich. Weil du mir meine Mutter wegnehmen willst."
„Sieglinde!" Christine schüttelte den Kopf. Haare fielen ihr in die Stirn. Der

Lindner lächelte sie an. Er ging zurück an den Schreibtisch, blieb aber stehen. Er lachte laut.
„Glaubst du das?“ Er verschluckte sich, hustete. Er ging zu einem Schrank, nahm einen langen dunklen Stab aus einer Holzkiste, schob ihn zwischen die Lippen, spuckte aus, zündete den Stab an. Es stank. Es stank genauso, wie er stank, nur schlimmer. Sieglinde hustete.
„Dir fehlt wirklich ein Vater. Aber keine Angst. Ich nehme dir höchstens deine Schwester weg, da bist du nicht bös, oder?“ Er blies den Zigarrenrauch in ihre Richtung. Sie wedelte den Rauch fort. Christines Wangen glühten. Gleichzeitig bekam sie Gänsehaut. Sie erhob sich. Der Stuhl kippelte. Lass dich auf nichts ein. Hatte die Mutter das damit gemeint?
„Wie wollen wir uns denn einigen?“
„Das mache ich mit Ihrer Mutter.“
Christine nahm Sieglinde an die Hand. Sie waren schon an der Tür, als er fragte, ob sie sich nicht die Fabrik ansehen wollen. Sieglinde rief ja, Christine schüttelte den Kopf. Haarsträhnen verfingen sich in ihren Brauen. Schön, dachte er. „Ach kommen Sie. Die Kleine soll doch Respekt vor der Arbeit bekommen. Dann zerstört sie auch kein fremdes Eigentum mehr.“
Christine flüsterte Sieglinde etwas ins Ohr. Sieglinde legte die Hände an die Seiten. Sie trat näher an den Fettwanst heran, senkte den Kopf, sagte. „Ich mache das nie wieder.“
Der Fettwanst nickte. Er hielt ihnen die Tür auf. Die Vorzimmerdame musterte Christine. Sie verzog den Mund. Sie hätte nicht gedacht, dass der Lindner auf so was Dürres steht. Und auch noch eine mit Kind. Wer weiß, von wem die das hatte. Der Lindner ließ Christine vorgehen. Obwohl er nach Luft rang, redete er auf Christine ein. Er nannte sie Fräuleinchen. Sieglinde verbarg ihr Lachen hinter den gefächerten Händen. „Fräulein, finden Sie nicht, eine Lehre in meiner Fabrik wäre genau richtig für Sie? Sie wären nah bei Ihrer Mutter. Ich würde Sie in allem unterstützen. Sie werden doch nicht zu den Kommunisten gehen. Da gehören Sie nicht hin. Eigentum ist etwas sehr Wichtiges, wissen Sie.“ Er blieb stehen. Tupfte sich mit einem Taschentuch Schweiß von Stirn und Nacken. Christine antwortete nicht. Lass dich

auf nichts ein. Sie sah ihn von unten herauf an. Er war alt. Seine Nase war viel zu groß für sein Gesicht. Sein Hals war kurz. Es sah aus, als würde sein Kopf gleich auf dem Oberkörper liegen. Die Jungen in Christines Klasse sahen anders aus und sie redeten anders. Ihre Worte, ihre Gesten, ihre Scherze waren Christine vertraut. Das hier war eine Welt, in die sie nicht gehörte. In ihrer Vorstellung war die Liebe Tanzen, war Spaziergänge im Regen, war geflüsterte Worte, war heimliche Küsse. Was waren schon Eigentum und teure Anzüge dagegen.

Er hielt ihr die Tür auf. Am Handlauf berührte er ihre Hand. Sie konzentrierte sich auf die Stufen. Er führte sie ins Lager. In den Regalen stapelten sich Stoffballen. Rote Popeline, dunkler Samt, weiße Spitze. „Sie können es ruhig anfassen."

Christine rieb Samt zwischen Daumen und Zeigefinger. Sie nickte, als kenne sie sich aus.

„Das müsste Mutti sehen." Sieglinde fasste nicht so zaghaft zu.

„Sie darf gern jederzeit hierher kommen und Stoffe aussuchen. Welchen würden Sie mir denn für meinen neuen Anzug empfehlen?" Er schaute Christine in die Augen. Sie stierte ins Regal,

hob einen Ballen heraus, legte ihn zurück. „Ich weiß nicht. Entschuldigen Sie, aber wir müssen jetzt wirklich gehen. Sieglinde muss noch Hausaufgaben machen."

„Hab ich doch schon gemacht."

„Hast du nicht." Christine kniff Sieglinde in den Arm, stieg eilig die Stufen runter. Sieglinde hüpfte an ihr vorbei. Sie übersprang den letzten Treppenabsatz. „Na, an dir ist wohl ein Junge verloren gegangen." keuchte der Fettwanst. Vor seinem Büro gab er Christine die Hand.

„Ich habe auch noch zu tun. Viel zu tun und keine Zeit, sage ich immer."

Irma sah auf. Sie nahm die Brille ab. Christine ging an ihr vorbei zum Fenster.

„Nun lass dir doch nicht jedes Wort aus der Nase ziehen." Irma stellte sich neben Christine. Sie stierten beide.

„Ich habe mich entschuldigt, in aller Form.", sagte Sieglinde.

„Mit dir rede ich nicht.“

„Ich mache es vielleicht.“ flüsterte Christine. Irma hob die Hände. Ließ sie aber in die Schürzentaschen gleiten. „Musst das nicht machen. Such dir eine Arbeit, die zu dir passt.“

„Sie muss doch gar nichts. Der Dicke, ich meine, der Herr Lindner hat gesagt, er regelt das mit dir. Und er war auch gar nicht so böse.“ Sieglinde rieb ihre Wange an Irmas Schürze. Nicht mit ihr reden, das war das Schlimmste. Sie hatte sich doch entschuldigt, in aller Form. So, wie es Christine verlangt hatte.

„Er hat dich eingeladen. Du kannst Stoffe bei ihm kaufen. Du kannst dir gar nicht vorstellen, was bei dem alles im Regal liegt.“ Christine verzog den Mund. Irma atmete auf. So sprach kein verliebtes Mädchen. Trotzdem wollte sie endlich mit Christine über diese Sache reden.

Sieglinde hielt Fritzi im Arm. „Weißt du, die arbeiten dort viel schneller als Mama.“ flüsterte sie. Irma hörte es. Die Muskeln um ihren Mund zuckten. Sie nahm die Jacke vom Haken, nickte Christine zu. Christine half der Mutter in die Jacke. Sie sah das heftige Auf und Ab ihres Brustkorbs. Wusste die Mutter etwas von Vater? Sie sah Irma an. Kleine, gebeugte Frau. Nie war ihr aufgefallen, dass sie so gebeugt ging. Sie erschrak. Die Mutter wurde alt. Christine schüttelte den Kopf. In ihren Gedanken blieb die Mutter, wie sie war. Sie würde jeden Tag an der Nähmaschine sitzen. Jeden Tag das Feuer im Herd schüren. Jeden Tag den Brotlaib an die Brust legen und dünne Scheiben schneiden.

Irma räusperte sich. Sie blieb stehen. „Du bist ja schon eine Frau. Hast ja schon, du weißt, was ich meine.“ Christine wurde rot. Sie zog die Ärmel ihrer Jacke über die Hände. Kein schöner Tag in ihrer Erinnerung. „Das hast du jetzt jeden Monat.“ hatte Irma gesagt. Sie hielt Christine ein Taschentuch unter die Nase. Christine schnäuzte hinein, wischte die Augen trocken. Stumm hatte Irma ihr gezeigt, wie sie den Baumwollstoff faltete, damit er zwischen den Beinen nicht verrutschte.

Es dämmerte. Sie schlugen den Weg zur Kirche ein. Ihr Atem dampfte. Irma knöpfte die Jacke zu, hielt den Kragen vorne zusammen. Sie hakte sich bei Christine ein.

„Du frierst Mutsch." Ein Betrunkener torkelte an ihnen vorbei.
„Die Männer werden kommen." flüsterte Irma. Christine drängte sich an Irmas Seite.
Im Dämmer erschienen die Kiesel wie kriechende Käfer. Sie liefen auf das Kirchentor zu. „Vermisst du Vater manchmal?" Christine konnte sich keinen Mann an Irmas Seite vorstellen. Irma war Mutter, war Vater. Sie wusste alles, sorgte für alles. Sie war die Frau mit dem runden Rücken und der Brille, vorn auf der Nasenspitze. Sie war die Frau, die mit dem Ausklopfer drohte. Sie war die Fluchende. Sie war die, die stumm gab. Sie war die, die Sohlen klebte, Stühle reparierte, Matratzen ausklopfte. Sie war die Frau im Sonntagskleid mit den auftoupierten Haaren, die den Lippenstift für bessere Gelegenheiten aufsparte.
„Nicht mehr." antwortete Irma. Erst durch Christines Frage wurde ihr klar, Herbert würde alles durcheinander bringen, wenn er plötzlich nach Hause käme.
„Ich meine, nicht mehr so sehr."
Die Kirchenfenster wirkten in der Dunkelheit, wie traurige Augen.
„Die Männer wollen nicht nur tanzen und küssen. Du musst aufpassen, dass du dich auf den Richtigen einlässt."
„Ich will doch nur bei ihm arbeiten."
Ein Flügel des Kirchentores war geöffnet. Irma blieb stehen. Sie rang nach Luft. Da bebte was, hinterm Brustbein. „Lass uns heimgehen."

14.

Ottilie füllte heißes Wasser in die Wärmflasche. Sie zeigte zum Bett. „Sie hat wohl wieder den Lederschlampen im Bauch." Irma nahm ihr die Flasche ab. Sieglinde lag zusammen gekauert. Sie schluchzte. Die Hände presste sie

gegen den Bauch. Sie sträubte sich gegen die Wärmflasche. „Die ist so hart." jammerte sie. Irma schob die Blechbohne, wie Dietmar sie getauft hatte, unter Sieglindes Armen durch. Sieglinde trank den Tee mit spitzen Lippen. Sie verschluckte sich. Auch beim Husten hielt sie sich den Bauch. Irma hielt ihre Arme fest. „Schreibt ihr nicht morgen eine Rechenarbeit?" Sieglinde schüttelte den Kopf. Irma schlug das Hausaufgabenheft auf.
„So nicht, Fräulein. Ich lasse mich von dir nicht veralbern. Du stehst jetzt auf, wäschst dich und putzt dir die Zähne! Schluss mit dem Theater!"
Sieglinde wusch sich flüchtig. Sie schniefte noch immer.
„Aber ich will nicht, dass Christine zu dem Fetten geht."
„Er heißt Herr Lindner. und er ist nett, er gibt mir Arbeit."
„Aber er stinkt. Hast du das nicht gemerkt."
Sie wusch sich die Füße. Ihr entglitt ein Furz. Ulli lachte. „Wer stinkt hier." Er nahm den Ball. „Hier kann ich nicht bleiben, bei dem Gestank." Irma hielt ihn zurück.
Dietmar legte die Zeitung weg. „Keine Sorge, sie wird nicht zum Fabrikanten gehen. Sie hält`s mit den Kommunisten." Irma sah von einem zum anderen. Christine zuckte die Schultern. Sie zeigte Dietmar einen Vogel. Sie zerstach Blasen im Schaum des Spülwassers. Sie hatte doch nur mit Georg geredet. Sie hatten den gleichen Weg gehabt.
„Was ist denn das, Kommunisten. Sind das die, die uns kommunieren?"
Sie lachten. Ottilie schaute hinterm Vorhang vor.
„Du wirst höchstens konfirmiert. Aber nicht, wenn du so weiter machst. Da darf man nämlich nicht lügen." sagte Irma.
„Das sind die, die allen alles wegnehmen wollen. Sie nennen das dann Volkseigentum, stecken es sich aber selbst in die Taschen." Dietmar war aus dem Sessel aufgestanden.
„Aber das darf man doch nicht."
„Eben."
Sieglinde schaute Christine an. „Wieso gibst du dich mit solchen ab?"
Christine legte das Geschirrtuch weg. Sie schnappte am offenen Fenster nach Luft.

Irma entfernte die Lockenwickler. Sie bürstete ihre Haare. Sie gingen aus. Das Alter? Sie hatte Mühe gerade zu stehen. Seit Tagen schmerzte ihr der Rücken. Manchmal schlief sie mit der Wärmflasche ein. Aber dann waren die Schmerzen am Morgen noch stärker. Immer öfter hielt sie in der Arbeit inne, streckte sich, bog den Rücken durch, rieb die schmerzende Stelle.

Der Herr Fabrikant würde kommen. Sie zog die Schürze aus. Zog sie wieder an. Dachte, ich will ihn ja nicht heiraten. Wer wusste, ob Herbert nicht eines Tages doch in der Tür stand, mit grauen Haaren, vernarbtem Gesicht, und Augen, die nicht vergessen konnten.

Christine war zum Friseur gegangen. Ottilie hatte mit Augenzwickern etwas Geld auf den Holztisch gelegt. Sie schoben die Münzen hin und her. Schließlich hatte Christine das Geld angenommen. Sie hatte Ottilie sogar umarmt. Irma verstand diese Frau nicht. Hatte selbst nur verfitztes Garn auf dem Kopf und gab einer anderen Geld für den Friseur.

Ottilie trug Sehnsucht in der Brust. Viele Frauen sehnten sich und vergaßen nie. Aber sie wuschen sich trotzdem. Sie kleideten sich sauber, sie schminkten sich die Lippen, weil sie im Spiegel den sahen, den sie vermissten. Abends beim Schnaps, hatte Ottilie aus ihrer Jugend erzählt. „Ich war eine schöne Frau." sagte sie. „Ich weiß, Sie glauben mir nicht. Aber für ihn war ich schön. Er war Amerikaner. Er hat mich geküsst. Und er steckte mir einen Schlüsselring an den Finger, weil er nichts anderes bei sich hatte. Er versprach mir, zurück zu kommen. Er versprach mir, den Krieg zu überleben. Und er lachte mich aus, weil ich weinte. Er versprach mir einen Goldring und eine große Feier." Während Ottilie erzählte, drehte sie den Schlüsselring zwischen den Fingern.

Herr Lindner stieg aus dem Auto. Die Sackgasser und die Müller beobachteten ihn. Sie kämmten sich. Sie banden die Schürzen ab. Sie warteten, bis er im Hausflur verschwand. Dann stiegen sie ihm nach. Sie waren enttäuscht. Was der ausgerechnet an Irma fand. Die machte sich die Haare selbst, trug dunkle Schürzen ohne Muster. Nähte sogar am Sonntag nach der Kirche. Schimpfte,

dass man es im Hausflur hörte und kriegte die Brut doch nicht ordentlich groß. Sie waren sich einig, mit dem stimmte was nicht. Sie lauschten an Irmas Tür. Sie bekamen nicht raus, was da vorging. Sie gaben auf, setzten sich auf die Bank im Hof. Sie zählten auf, wessen Fenster dringend geputzt werden müssten. Viele Schlampen wohnten im Haus gegenüber. „Ich würde da nicht hinziehen, wo kommen wir bloß hin." sagte die Müller. Die Sackgasser nickte heftig. Ihr Haarknoten löste sich. Sie ging. So konnte sie sich nicht zeigen.
Irma breitete den Stoff auf dem Tisch aus. Sie hatte Nadeln im Mund, redete deshalb undeutlich. „Könnte man was draus machen." Ihre Hände zitterten. Wann sollte sie das schaffen. Das hier war keine Arbeit. Das hier war Wiedergutmachung. Sie dachte an ihr geheimes Versprechen, für das Krankenhaus zu nähen. Schuld, Schuld, Schuld, das ganze Leben Schuld und Kampf. Sie zeigte Herrn Lindner Hosen- und Jackenschnitte. Er nickte zu allem. Wie sollte sie da wissen, was er wollte.
„Ich vertraue Ihnen." sagte er. Er lächelte. Sie roch den Zigarrenrauch in seiner Kleidung, in seinem Atem. Nicht meine Tochter, dachte Irma. Auch nicht bei der Arbeit.
„Ich nähe Ihnen den Anzug umsonst, ist ja meine Pflicht, nach dem Unglück. Aber meine Tochter wird nicht bei Ihnen arbeiten."
Er kratzte sich an der Nase. Er schaut an Irma vorbei, fragte:„Hat sie nicht gut von der Fabrik gesprochen? Das verstehe ich nicht. Ist doch alles sauber. Sie hätte Vorteile, viele Vorteile."
Irma nahm die Nadeln aus dem Mund.
„Ich bemühe mich, dass sie ihn nächste Woche anprobieren können."
Er legte einen Schein auf den Tisch. Irma ballte die Hände in der Schürzentasche. Dieses Geld, würde sie einen Monat oder länger ernähren. Und es bliebe was für die Blechdose übrig.
Sie schüttelte den Kopf. Sie drückte den Schein in seine Hand.
„Dann eben, wenn sie fertig sind."
„Ich habe Schaden verursacht. Ich behebe den Schaden."
„Aber die Hose, die Hose muss ich Ihnen doch bezahlen."
Er hob den Hut, wischte Schweiß von der Stirn. Er drehte sich noch mal um,

als er über den Hof ging. Diese Frau, war sie stolz oder stur? So einer Frau war er noch nicht begegnet. Die Arbeiterinnen widersprachen ihm nie.

Christine war im Eingang stehen geblieben. Sie spähte in den Laden. Es war ihr erster Friseurbesuch. Bisher hatte Irma ihr die Haare geschnitten. Der Duft von Haarlack, Parfüm und Creme machte Lust auf Unbekanntes. Sie dachte, ich hätte meine Konfirmationsschuhe anziehen sollen und die Nylonstrümpfe.
„Rein oder raus!" Die Friseuse legte Haare um ein Eisen. Sie sah zu ihr rüber. Die Haare dampften. Christine verzog den Mund. Ob das gut war? Wer wusste schon, wie sie hinterher aussah. Inge ging andauernd zum Friseur und es war vorgekommen, dass sie danach tagelang eine Mütze trug.
Die Friseuse lächelte sie an. Christine betrat endlich das Geschäft. Sie blieb hinter dem Ladentisch stehen, betrachtete die Auslagen unter dem beschlagenen Glas. Frisiercreme, Lippenstift, Enthaarungscreme, Netze und Spangen. Sie fragte sich, wofür die Enthaarungscreme war. Die Absätze der Friseurmeisterin schlugen hart auf. Sie trug einen Dutt. Er stand ihr gut. Nichts für mich, dachte Christine. Ihr Gesicht war spitz. Ein Kinn wie eine Hexe, hatte Dietmar oft gespottet.
„Sie wünschen?"
Christine schaute auf das Schild am Kittel der Frau. Gisela Schrader, Friseurmeisterin.
„Eine Frisur.", sagte Christine. Sie senkte den Blick. Inge würde sie jetzt auslachen.
„Also Waschen und Schneiden?" Christine nickte. Sie fühlte Hitze in ihren Wangen. Sie setzte sich auf einen Hocker, der an einer verglasten Wand stand. Die anderen Hocker waren nicht besetzt, zum Glück. Ihr gegenüber befand sich ein Waschtisch mit einem großen Spiegel darüber. Andauernd schaute sie auf ihr Spiegelbild. Sie fand die roten Wangen und das spitze Kinn grässlich. Sie sah Pickel und auch zwei Leberflecke, die sie noch nie bemerkt hatte. Sie nahm eine Zeitung vom Haken. Zeitungen in Holzstäbe gespannt, wie

auf Kleiderbügeln aufgehängt. So etwas hatte sie noch nie gesehen. Sieglinde würde darüber kichern. Frau Schrader brachte ihr eine Zeitschrift. „Da können Sie schon mal schauen, welche Frisur sie haben wollen."
Christine starrte den bunten Glanz an. Sie roch am Papier. Frau Schrader lächelte. Christine legte die Zeitschrift auf ihren Schoß, blätterte vorsichtig. Frauenköpfe mit Locken, mit langen, glatten Haaren, Frauen mit Dutt. Frauen mit Bubikopf, mit Tolle, mit dauergewellten Haaren. Sie waren schön, alle. Ihre Haut war glatt, keine Pickel, keine Leberflecke. Sie hatten auch kein spitzes Kinn. Ihre Gesichter waren oval. Christine legte die Illustrierte weg. Keine der Frisuren schien zu ihrem Hexenkinn zu passen.
Frau Schrader half der Kundin in die Jacke, dann bat sie Christine, am Waschtisch Platz zu nehmen. Es war das erste Mal, dass Christine gesiezt wurde. Sie saß gerade, lehnte sich nicht an. Sie betrachtete die Utensilien auf dem Marmortisch. Die Haarlackflaschen mit den knuffigen Gummipumpen würden Sieglinde gefallen. Christine hatte nicht gewusst, dass es verschiedene Scheren gab. Die hier lagen, sahen anders aus, als die Schneiderschere der Mutter. Manche hatten Schenkel wie Kämme. In einer Büchse standen Kämme und Bürsten. Schachteln mit Klips und Wicklern stapelten sich auf der Ablage. Am Rand des Waschbeckens standen bunte Flaschen mit verschiedenen Haarwäschen.
„Vielen Dank Frau Schrader. Und einen guten Tag."
„Ebenso!" Sie stand hinter Christine, fasste ihr ins Haar.
„Nicht sehr füllig. Haben Sie sich was ausgesucht?"
„Nur ein bisschen abschneiden bitte."
Die Friseuse zog die Brauen hoch, band Christine einen Umhang um. „Waschen aber schon, und eindrehen?"
Christine sog die Luft ein, nickte dann. Die Friseurmeisterin scheitelte die Haare.
„Ich hätte eine Idee. Wir schneiden sie ein bisschen kürzer, vor allen Dingen über den Ohren.
Das gibt Fülle. Dann wellen wir sie nach innen."
Christine drehte ihren Kopf vor dem Spiegel. Kurz und nach innen gewellt.

Das konnte sie sich nicht vorstellen. Ach, wenn Mutter doch mitgekommen wäre.

„Wir waschen erstmal, dann werden wir sehen."

Während sie wusch, massierte Frau Schrader die Kopfhaut. Christine seufzte leise. Die Haarwäsche roch nach Birke. Kurzes Haar, fülliges Haar, hatte die Friseurin gesagt. Georgs Bild tauchte auf. Seine Augen leuchteten so, wenn er lächelte. Christine ermahnte sich.

Nicht an Georg denken, nicht an die Männer denken. Die Männer werden kommen, hatte Mutter gesagt. Christine zog die Schultern hoch.

„Sitzen Sie bitte gerade. Sie können sich ruhig anlehnen."

Die Friseurin kämmte, legte. Sie tröpfelte etwas in die Haare, das nach Parfüm roch.

„Wer hat Ihnen denn bisher die Haare geschnitten?"

„Meine Mutter."

„Aha!" Sie teilte das gewaschene Haar in mehrere Scheitel auf.

„Ich muss es kürzen, um wieder Form hinein zu bringen."

„Aber bitte nicht zu kurz, mein Kinn." Christine stupste es an.

„Was ist denn damit?"

„Mein Bruder sagt, es sei zu spitz."

„Ihr Bruder." Frau Schrader lächelte. Christine hatte tatsächlich nicht nur an Dietmar gedacht. Sie sah Georgs Lächeln vor dem Einschlafen, beim Aufwachen, beim Essen, beim Bügeln, sogar in der Schule und jetzt hier im Frisierstuhl.

Er hatte einen Gruppennachmittag in der Schule gestaltet.

„Ich komme im Auftrag der Partei. Was wisst Ihr über unsere Partei?" Niemand meldete sich. Georg schrieb die Abkürzung an die Tafel, SED. Er sprach den Namen aus, Sozialistische Einheitspartei Deutschland. Bisher hatte dieses Wort für Christine keine Bedeutung gehabt. Für sie zählte der Kirchenchor, in dem sie mitsang, die Psalmen, die sie wärmten, wenn der Pfarrer sie sprach. Losungen und Parolen auf den Transparenten des ersten Mai ließen sie kalt. Georg sprach vom Sozialismus. Er fuchtelte mit den

Armen. Er schrieb das Wort an die Tafel. Die Kreide brach ab. Er schrieb weiter. Er schrieb das Wort Ziel. Er notierte die Grundwerte der Sozialistischen Gesellschaft. Seine Schildmütze verrutschte dabei. Er drehte sich um, schleuderte die Worte in den Klassenraum. Und er lächelte, lächelte in ihre Richtung. Lächelte er sie an? Christine verfolgte die Bewegung seiner Lippen. Die Worte, die er sprach, rauschten in ihren Ohren. Sie schaute sich um. Peter hatte eine Kaugummiblase am Mund. Ingeborg häkelte unter der Bank. Manche malten Strichmännchen. War sie die Einzige, die zuhörte? Schaute Georg deshalb so oft zu ihr? Sie senkte den Blick. Ihr Lächeln verriet sie trotzdem.
„Findest du den hübsch?", fragte Inge. Christine antwortete nicht.

„Möchten Sie, dass ich Ihnen Haarlack aufsprühe?"
Christine hielt sich die Hände vors Gesicht. Die Frau, die sie aus dem Spiegel anblickte, hatte so gar nichts mit ihr zu tun. Ihre Haare waren kurz. Kürzer als Dietmars. Ihr Kinn wirkte noch spitzer. Dietmars Spott war ihr sicher. Sie hoffte, Georg würde ihr in den nächsten drei Wochen nicht begegnen. Sie sprang auf, warf den Frisierumhang ab, schnappte ihre Tasche. Sie wühlte nach ihrem Portemonnaie. Die Tasche fiel herunter. Sie sammelte Taschentücher, Münzen und den heimlichen Lippenstift auf. Von dem wusste nicht mal Inge etwas. Christine hatte lange dafür gespart. Die Männer werden kommen, hatte Mutter gesagt. Zum Tanz trägt man Lippenstift, sagte Inge. Inges Lippen waren immer rot, mal dunkler, mal heller. Sie schminkte sich sogar in der Pause. Christine fand das schön. Sie selbst hatte das Rot heimlich aufgetragen, es schnell wieder abgewischt, als sie Irmas Schritte hörte.
„Setzen Sie sich wieder hin." Frau Schrader war ihr gefolgt. Christine zögerte, nahm dann aber Platz. Frau Schrader zupfte ein paar Strähnen zurecht.
„Sie können mir vertrauen. Sie sehen so viel jünger aus, richtig flott. Sie sind doch keine alte Frau."
Christine mied den Blick in den Spiegel. Sie putzte sich die Nase. Sprang

auf. Schlüpfte in ihre Jacke, ehe Frau Schrader sie vom Garderobenhaken nehmen konnte. Legte Münzen auf den Teller neben der Kasse.
„Sie müssen nicht bezahlen, wenn Sie nicht zufrieden sind."
Frau Schrader fegte die Haare zusammen. Christine schaute auf den Teller, dann zu ihr.
„Nehmen Sie Ihr Geld und gehen Sie."
Christine ließ sie die Münzen in die Jackentasche gleiten. Sie würde sie Ottilie zurückgeben.
Sie sagte: "Auf Wiedersehen." Dachte, hier gehe ich nie wieder hin.

„Na, so in Gedanken?" Christine schaute auf. Ausgerechnet Georg. Er knetete seine Schild- mütze in den Händen. Er lächelte wieder so. Sie blickte an ihm vorbei, sah trotzdem sein Lächeln, blickte nach unten. Das Muster der Pflastersteine verschwamm.
„Sieht fesch aus." Er stupste sie am Kinn.
Sie schüttelte den Kopf.
„Wächst ja wieder." sagte er.
Also gefall ich ihm doch nicht, dachte sie. „Ich muss..."
„Was machst du heute Abend?"
Sie zog die Schultern hoch. Wieso duzte er sie einfach. Selbst die Friseuse hatte sie gesiezt.
Inge behauptete, die Frau entscheidet, wann sie das Du zulässt. Sie sagte: „Der Kuss ist umso schöner, je länger du die Männer warten lässt."
„Ich muss jetzt gehen."
„Also heute Abend, Kino vielleicht?"
Christine wurde rot. Ins Kino gehen sie mit dir, wenn sie dich küssen wollen, so richtig, sagte Inge.
Georg deutete eine Verbeugung an, bevor er seine Mütze aufsetzte.
Spinner, dachte Christine. Sie spürte, dass sie lächelte. Sie kniff die Lippen zusammen.
Nein, sie würde nicht ins Kino gehen. Mutter würde das auch gar nicht erlauben. Viel zu spät für sie. Bisher war sie nur zweimal im Kino gewesen, nachmittags, mit Sieglinde und Ulli.

Dietmar lachte, klopfte sich auf die Schenkel, zeigte mit dem Finger auf Christine. Sie fauchte ihn an. Nannte ihn Affe, Kindskopf. Sie dachte, was weiß der schon von Mode.
Sieht fesch aus, hatte Georg gesagt. Irma nahm die Brille ab.
„Wenn es dir gefällt." Sie setzte die Brille wieder auf, trat aufs Pedal, stoppte, hielt sich den Rücken. Christine schüttelte den Kopf. „Ich musste nicht bezahlen, weil es mir nicht gefällt. Sie legte das Geld auf den Tisch. Sieglinde ging einmal um Christine herum. „Jetzt siehst du schlimmer aus, als ich."
„Ach, lasst mich doch in Ruhe." Christine sperrte sich im Klo ein. Wie er sie angeschaut hatte. Und wie er seine Mütze knetete. War er aufgeregt? Ihretwegen? Es machte nichts, dass er sie duzte. Das machte gar nichts.
Sie ging zurück in die Küche, zupfte sich vor dem Spiegel die Frisur zurecht.
„Das klären wir." Irma band sich die Schürze ab. „Wir bezahlen immer, was wir bekommen." Sie zog ihre weiße Bluse an. Sie toupierte sich die Haare.
„Aber sie hat gesagt, ich soll das Geld nehmen und gehen."
„Wir bezahlen." Irma ging so schnell, dass Christine Mühe hatte, Schritt zu halten.
Sieglinde folgte ihnen heimlich. Bis Irma sich unverhofft umdrehte.
„Geh nach Hause!" Sieglinde hörte nicht. Sie hüpfte und rannte vorne weg. Irma dachte, was soll ich nur mit ihr machen. Sieglinde war Herberts Kind, eindeutig. Der hatte auch seinen eigenen Kopf gehabt, immer. Was hatte es ihm genützt? Nichts. Der Krieg hatte auch vor einem Sturkopf nicht Halt gemacht.
Irma nickte Frau Schrader zu. Sie zählte die Münzen auf den Ladentisch. Sagte: „So!" und ging. Christine zuckte mit den Schultern. Sie folgte Irma. Sieglinde stand vor dem Spiegel und wickelte eine Haarsträhne um das Eisen. „Siggi, was machst du?" Sieglinde schnappte sich einen Zerstäuber. Sie sprühte ihre Haare mit Lack ein. „Komm her, sofort!" Irma hob die Hand. Sieglinde gehorchte.
„Ich werd Haaremacher, wenn ich groß bin." Frau Schrader lachte so sehr, dass ihr die Wimperntusche verwischte. „Na dann kommst du wieder, wenn du groß bist. Und bis dahin lernst du das Wort Friseur."

15.

Christine holte tief Luft. Sie öffnete die Lippen. Schloss den Mund wieder. Sie räumte den Tisch ab, spülte. Das Geschirr schlug aneinander. Sie schaute zu Irma, schaute zur Wanduhr. Sie schnitt sich am Brotmesser, biss auf dem blutenden Finger herum. Irma dachte, sie muss von selber kommen. Sie dachte, das Mädchen muss lernen, sich wie eine Frau zu benehmen, muss lernen, sich zu behaupten, muss lernen, ihre Stimme zu erheben, auch gegenüber den Männern. Irma hatte die Blicke der Männer bemerkt. Sie lächelten Christine an. Sie drehten sich nach ihr um.
Christine legte ihre Hände auf Irmas Schultern. Irma stoppte die Maschine.
„Mutsch." Aha, dachte Irma. So nannte Christine die Mutter, wenn sie Rat oder Beistand suchte.
„Die Inge will mit mir ins Kino, heute." Irma fuhr herum.
„Inge!", sagte sie. Sie schaute ihrer Tochter in die Augen. Christine ging zurück zum Spülbecken.
„Diese Inge ist kein Umgang für dich. Das weißt du."
Irma trat aufs Pedal. Sie schob das Rad an. Sie fluchte leise. Die Enttäuschung ließ sich aber nicht verfluchen. Spucke tropfte auf den Stoff. Irma wischte sich Mund und Augen trocken.
„Da wird er wohl mit ner andern ins Kino gehen." Dietmar lachte. Christine rannte davon, ohne Jacke, ohne Geld, ohne den heimlichen Lippenstift.
Irma ging zum Schrank. Sie drehte die Flasche auf, drehte sie wieder zu. Sie hatte nur einen kleinen Schluck genommen. Das Kind ging ins Kino. Das Kind traf sich heimlich mit einem Mann. Das Kind hatte gelogen. Das Kind war kein Kind mehr. Sie musste trotzdem arbeiten.

Die Vorstellung hatte schon begonnen. Christine ging vor dem Kino hin und her. Der Kartenabreißer trat vor die Tür. Er rauchte. Er musterte Christine, beschaute ihre Beine, ihre Brust. Sie drehte ihm den Rücken zu.

„Bist spät Mädchen. Die Vorstellung hat schon begonnen. Für einen Kuss lasse ich dich trotzdem rein." Sie rannte weg. Sie lief durch die Stadt. Vor Inges Haustür blieb sie stehen. Sie zögerte. Inges Antworten auf ihre Fragen kannte sie. Sie würde sagen:
„Was rennst du dem Kerl nach. Lass ihn warten." Inge ließ warten, immer. Die Kerle schrieben ihr Briefe, schickten Pralinen, sandten abends verstohlene Blicke zu ihrem Fenster. Inge lachte darüber.
Christine setzte sich ans Ufer. Sie stierte aufs Wasser. Es schäumte und stank. Dietmar würde auf die Kommunisten schimpfen. Er sagte, sie enteigneten die Menschen, sie bluteten die Natur aus. Sie waren Schuld, an Umweltverschmutzung und Mangel. Dietmar machte sie sogar für seine Unentschlossenheit bei der Berufswahl verantwortlich. Für die wollte er keinen Finger rühren.
Georg war einer von ihnen. Christine sah nur sein Lächeln. Sie konnte nicht glauben, dass jemand der so lächelte, ein Dieb war und ein Betrüger.
Ein Erpel schrie nach seinem Weibchen. Hatte Georg auf sie gewartet? Wie lange?
Christine riss Blumen aus, warf sie ins Wasser. Sie hatte gelogen, für ihn. Mutter hatte ihren Schmerz nicht gezeigt, nicht vor ihr. Christine biss sich die Schnittwunde auf.
Sie rannte nach Hause. Sie umarmte Irma. Irma strich ihr kurz über den Kopf. „Nochmal nicht!", sagte sie.
Sie wusste doch, durfte trotzdem nicht dulden.

Er schnaufte. Er reichte Irma einen Biedermeierstrauß. Mit der anderen Hand wischte er den Schweiß von seiner Stirn. Sein Gesicht war dunkelrot. Auch für Christine hatte er einen Strauß mitgebracht.
„Mein Mädchen geht trotzdem nicht in die Fabrik." Irma legte die Blumen auf den Tisch. Er nickte, schüttelte dann den Kopf. Sie nahm den gehefteten Anzug vom Bügel. Herr Lindner verschwand hinter dem Vorhang. Die Hose spannte. Irma nahm das Maßband. Sie markierte die engen Stellen mit

Schneiderkreide. Sie würde die gehefteten Nähte auftrennen müssen und Stoff zugeben.
Sie hockte vor ihm.
„Sie müssen Ihre Schuhe anziehen." sagte sie. Herr Lindner sah an sich herunter.
„Wegen der Hosenlänge." Er stieg in seine Schuhe. Die Schnürsenkel ließ er offen.
Das Jackett hielt er über dem Bauch zusammen. Er sah nicht in den Spiegel. Er schaute zum Tisch. „Wollen sie die nicht in eine Vase stellen?" Irma nickte, steckte aber weiter den Saum des Jacketts ab. Die Blumen brachten neues Gerede, da war sie sicher. Die Sackgasser und die Müller würden von Onkelehe reden, ihr Ehebruch unterstellen. Noch immer wusste sie nicht, ob Herbert lebte. Sie war aufs Amt gegangen, hatte das Formular verlangt, es abends ins Feuer geworfen. Sie dachte, nein, ich kann den Kindern nicht ihren Vater nehmen.
Der Fettwanst stierte sie an. Sie nahm die Blumen vom Tisch, füllte Wasser in ein Einweckglas. „Ich suche später nach der passenden Vase. Sie können sich anziehen."
Er verharrte hinter dem Vorhang. Sie hörte sein Schnaufen. Seine Haare waren feucht. Den Hut behielt er in der Hand. Er schob Scheine in ihre Schürzentasche. Sie schluckte. „Nein, es war unsere Schuld."
„Aber die Hose, wenigstens die Hose, muss ich doch bezahlen." Er stand vor ihr wie ein Bettler. Sie nahm einen Teil des Geldes an. Die Hände verbarg sie in der Schürzentasche.
Sie kniff die Augen zusammen. Das Bündel war dick, sehr dick.
„Danke für die Blumen. Sie ist einfach zu jung, fast noch ein Kind." Er nickte. Er hielt Irmas Hand fest.
„Ich habe zu tun." sagte sie. Er ließ los, setzte den Hut auf.
Über den Hof ging er gebeugt. Irma kühlte die Stirn am Fensterglas. Mitleid half niemandem.

16.

Irma summte einen Schlager. Es war Sonntag. Die Maschine blieb abgedeckt. Sie sagte: „Ich habe eine Überraschung für euch, nach der Kirche." Sie toupierte sich die Haare. Sie legte ihre Ohrclips an. Sie schaute zum Vorhang. „Ottilie, Sie kommen auch mit." Sieglinde und Ulli beobachteten jeden ihrer Handgriffe.

Sie rätselten, sie sträubten sich, ihre Sonntagskleidung anzuziehen. Es half nicht. Irma verriet die Überraschung nicht. Auch Ottilie zuckte mit den Schultern. Ihr Buckel trat dabei hervor. Sieglinde würde ihn gern mal anfassen. War das weich oder hart? Vielleicht versteckte Ottilie nur eine Wärmeflasche unter der Jacke.

Sie näherten sich dem Sportplatz. Sie hörten Musik, Kreischen, Rufen, eine verzerrte Stimme, übertönte die Musik. Ulli stieß Sieglinde an. „Riech mal!"

„Kuchen." riet Sieglinde.

„Mensch, das ist Zuckerwatte" Watte aus Zucker? Das konnte Sieglinde sich nicht vorstellen.

„Gegessen habe ich das auch noch nicht."

„Ihr bekommt Zuckerwatte. Aber nur, wenn ihr mir nicht davon rennt. Wir bleiben zusammen.

Und ich entscheide, womit ihr fahrt."

„Wohin fahren wir denn?" Sieglinde verstand immer noch nicht.

„Na, Karussell und so."

Rote Schiffe am Himmel. Sieglinde blieb stehen. Sie schirmte die Augen ab. Sie schaute mit offenem Mund.

„Luftschaukel ist was für Mädchen, oder Verliebte." erklärte Ulli. Christine wurde rot. Sie knöpfte sich die Jacke auf. Fuhr sich durch die Haare. Ob er da war? Hoffentlich nicht. Die Sehnsucht plagte sie. Sie wollte mit ihm reden, ihm erklären. Aber nicht hier, nicht vor Irma und den Kindern. Jede Nacht fragte sie sich, ob er noch an sie dachte.

Sieglinde und Ulli rannten los. Irma schimpfte. Dietmar steckte zwei Finger in den Mund. Sein Pfiff ließ Ulli und Sieglinde erstarren.
„Wenn ihr noch mal davon rennt, gehen wir sofort heim."
Sieglinde zog an Irmas Jackenärmel. Es trieb sie zu den roten Schiffen, die die Luft schnitten.
Solche Boote hatte sie noch nie gesehen.
„Ich glaube, dafür bist du noch zu klein." sagte der Mann im Kartenhäuschen. Sie schüttelte den Kopf. Sie schaute zur Mutter, schaute zu Ottilie, schaute zu Christine.
„Wenn ich mitfahre?", fragte Christine.
Irma zählte Münzen in Christines Hand. Ulli wollte zum Schießstand, dann in die Geisterbahn und zum Kettenkarussell und Lose ziehen und Zuckerwatte essen und Eis am Stiel. Bei jedem Wort schrie Siggi: „Ich auch." Irma zählte heimlich die Münzen in der Tasche.
„Höher, noch höher, los!" Sieglinde fuchtelte mit den Armen. „Halt dich fest!", schrie Christine. „Und setz dich hin!" Christine holte Schwung. Sie entdeckte Georg. Er hielt ein Bierglas in der Hand. Das Schiff pendelte in der Luft. Sie verlor Georg aus dem Blick. Das Schiff pendelte zurück. Georg zertrat eine Papierblume. Auf wen hatte er gewartet? Er verschwand aus ihrem Blickfeld. „Höher, höher!", schrie Sieglinde. Sie stand in der Gondel. Sie schwang die Hüften. Für wen hatte Georg die Blume geschossen? Seine Gestalt blitzte auf. Er stellte das Glas ab. Er verließ den Platz. Christine bremste ab. Sieglinde schrie:
„Los, weiter." Christine setzte sich. Sie fächelte sich Luft zu. Ihr Herzschlag hoch und höher, laut und lauter. „Höher!", rief Sieglinde. Christine holte Schwung. Hoch, höher. Auf wen hatte Georg gewartet? Hoch, höher. Sie schaute, sie spähte. Er war weg. Der Betreiber läutete das Ende der Luftfahrt ein. Er bremste die Gondeln ab. Sieglinde sprang aus dem Schiff. „Nochmal!" Christine schüttelte den Kopf. Georg stand am Kartenhäuschen. Er schien auf sie zu warten. Christine schaute in eine andere Richtung. Sie nickte Sieglinde zu, zahlte die nächste Runde. Höher und höher schlug die Gondel aus. Sieglinde juchzte und schwang die Hüften. Höher und höher.

Christine spürte, dass er wartete. Sie dachte, davon fliegen. Weg von diesem Platz, wo er war, wo er schaute, wo er wartete. Aber warum denn weg von ihm. Höher und höher, pendelte das Schiff. Schneller und schneller schlug ihr Herz. Der Betreiber hupte, drohte mit dem Zeigefinger. Er bremste ihre Gondel ab. „Spielverderber!" rief Sieglinde. Christine setzte sich. Das Zittern in den Knien spürte sie trotzdem. Diese Fahrt sollte nie enden. Sie wollte nie mehr aussteigen. Sie wollte den Himmel sehen, immer nur ein kleines Stück, das aufleuchtete, das hinter Baumkronen verschwand, das über den Dächern wieder auftauchte. Alles war leicht so. Alles war sauber und schön und geordnet. Irgendwie so, wie Gott es wollte, wenn sie die Bibel richtig verstand. Hier in der Gondel schien alles wahr, was in der Bibel stand. Da unten wartete Georg, mit seiner großen Sache. Er schaute zu ihr hoch. Er winkte sogar. Sie hatte Angst vor ihm und vor dem was er die große Sache nannte. Was, wenn Dietmar recht hatte. Alles sollte so bleiben wie es jetzt war.
Die Fahrt war zu Ende. Christine hielt sich den Kopf. Um sie herum drehten sich Menschen, und Häuserwände. Auch Georg schaute sie dauernd von einer anderen Seite an. Sieglinde blieb in der Gondel sitzen.
„Wir müssen aussteigen. Unser Geld ist alle."
Georg schaute zu ihnen rüber. Er trat auf Christine zu, fasste ihre Hand. Sieglinde kicherte. „Geh hol dir Zuckerwatte. Da drüben, siehst du?"
„Will ich nicht. Ich will schaukeln, mit dir. Und außerdem, hast du gesagt, das Geld ist alle." Georg warf eine Münze in die Luft. Er fing sie, legte sie auf Sieglindes Arm. Sie ließ die Münze im Sonnenlicht blinkern. Gab sie dann Georg zurück.
„Du bist wohl der Kommunist?"
„Wer bin ich?" Georg beugte sich zu ihr herunter. Sie schnüffelte. Er roch gut. Nicht so, wie der Fettwanst.
„Na der, der allen alles wegnehmen will."
„Wer sagt das denn?"
„Du gehst jetzt, sonst..!" Christine drohte mit erhobener Faust. Sieglinde schlug die Münze aus Georgs Hand, rannte weg. Georg hob das Geld auf. „Ganz schönes Bist. Hast mich warten lassen, neulich!", sagte er. Er lächelte

Christine an. Sie spähte nach Sieglinde. Georg hakte sich bei Christine ein. Als wären wir ein Paar, dachte Christine.
„Wenn er sich mit dir zeigt, wenn er deine Hand nimmt, will er mit dir zusammen sein, richtig zusammen sein.", hatte Inge gesagt. Inge und ihre Ratschläge. Sie irritierten. Sie verunsicherten. Christine würde sich Inges Geschwätz am liebsten aus dem Kopf klopfen. So wie man Asche aus dem Pfeifenkopf klopfte.
„Es ging eben nicht.", antwortete sie.
Sie dachte, warten lassen. „Es" nicht tun. Noch nicht. „Es" machte ihr Angst. Nur beim ersten Mal tut es weh, hatte Inge gesagt. „Warum tut man es dann?" Christine hatte ihr die Frage ins Ohr geflüsterte. „Weil es dazu gehört und die Männer es von uns wollen."
Christine zog Georg hinter eine Bude. Er missverstand. Er küsste sie. Sie stieß ihn weg.
„Meine Mutter sucht mich. Ich sollte auf Sieglinde aufpassen. Ich muss." Sie rannte davon.
Sie spürte noch den Druck seiner Lippen. Sie bemühte sich nicht zu lächeln. Sieglinde fuhr die dritte Runde Karussell. Irma und Ottilie standen am Rand. Ottilie winkte.
„Bist ja ein richtiges Rummelgirl." sagte der Kartenabreißer. Er spendierte eine Extrarunde.
Die vierte Fahrt. Sieglinde hatte trotzdem nicht genug. Irma sagte. „Schluss!" Sie schnitt die Luft mit der Hand. Sieglinde verstand, sie durfte nicht widersprechen.
Sieglindes Haare waren feucht. „Du musst was trinken." sagte Irma.
Sie gingen zum Gasthaus. Die Frauen bestellten Kaffee. Ottilie legte Geld auf den Tisch. Irma beachtete es nicht. Sie bestellte einen Teller Gebäck zum Kaffee. Ottilie kratzte sich am Kopftuch. Sie fragte nicht. Sieglinde trank zum ersten Mal Fassbrause. Die schmeckte viel besser, als die Himbeerlimonade der ollen Müller. Sie trank hastig ihr Glas leer, sprang auf. „Jetzt kann ich ja wieder fahren." „Du bleibst sitzen. Du hast genug. Wo ist eigentlich Ulli?" Irma erhob sich. Sie hielt sich den Rücken. Sie spähte über den Platz.

Sie entdeckte Ulli und Dietmar am Lukas. Dietmar krempelte seine Hemdsärmel hoch. Er holte weit aus, wuchtete den Hammer auf die Plattform, trat zurück, winkte ab.
Ulli drängte Dietmar zur Seite. „Komm!" sagte Irma.
„Aber ich will." Sieglinde verstummte. Sie sah die Zornfalte. Sie war tief.
„Ich habe zu wenig Schwung gehabt." sagte Dietmar. Er schlug den Hammer kräftiger. Nicht kräftig genug. Fünf Punkte zeigte die Skala. Ulli brachte es auf sieben. Ulli schlug noch mal zu. Die Skala schoss hoch. Nicht hoch genug. Die Nase des Clowns leuchtete nicht. Auch bei Dietmar nicht.
„Hab schwitzige Hände. Das ist der Grund." Ulli lachte. „Bist eben ein Waschlappen. Ein Muttersöhnchen."
Dietmar packte Ulli am Kragen. Er schlug ihn ins Gesicht. Ulli versetzte Dietmar einen Kinnhaken, schlug ihm die Nase blutig. Dietmar taumelte. Ulli trat nach ihm, traf aber Irma, die sich zwischen ihre Jungs stellte. Sie beugte sich nicht dem Schmerz. Sie packte beide, zerrte sie auseinander.
„Sag ich doch, sie hat die Brut nicht im Griff." sagte jemand. .
Christine und Georg kamen angerannt. Dietmar spuckte vor Georg aus. Georg lächelte, winkte ab. Dietmar holte zum Schlag aus. Georg duckte sich. Ulli packte Georg am Arm. Irma zerrte Ulli fort. Sie schnaubte, sie schimpfte, sie schlug ihn auf den Kopf. Sie verließen den Platz. Georg schaute ihnen nach. Jetzt wird er nichts mehr von mir wollen, dachte Christine. Ihr Herz schlug schneller, schlug lauter als auf der Schaukel und stockte und schlug. Sie drehte sich um. Georg war nicht mehr da.

17.

Christine saß auf dem Bett. Ihre Haare klebten am Kopf. Sie schniefte und schnaufte immer noch. Die Nase hatte sie sich wund gerieben. Ihre Augen

brannten. Sie wischte sie nicht mehr trocken. Irma sagte nichts. Sie wusste, die Liebe kam selten ohne Tränen aus. Was hatte sie um Herbert gebangt und geweint. Er war ein räudiger Kater. Sie hatte geschwiegen. Manchmal dachte sie, er lebte jetzt bei einer anderen Familie.
Sie rieb Wachs blank. Die Knie schmerzten, die Haut war abgeschürft. Sie polierte weiter. Alles musste glänzen. Christine wird es lernen. Sie wird lernen nicht mehr zu weinen. Die Männer waren Gockel, die zu Kampfhähnen wurden außerhalb des eigenen Heims.
Es klopfte. Irma zog sich am Tisch hoch. Sie rieb sich die Knie. Wischte Haare aus der Stirn, öffnete.
„Schauen Sie sich bloß dieses Kind an. Entstellt, völlig entstellt!"
Frau Buschendorf hielt Hannelore an der Hand. Hannelores Gesicht war tränennass.
„Ihre Tochter hat das angerichtet. Sie sei jetzt Haaremacherin. Schauen sie sich das nur an!
So kann sie nicht in die Schule. So kann sie nirgendwohin."
„Kommen sie doch erstmal rein."
Frau Buschendorf schüttelte den Kopf. Irma holte Geld aus der Blechdose.
„Es tut mir sehr leid. Man kann ja nicht immer um die Kinder herum sein."
„Wohlerzogene Kinder tun so etwas nicht. Das ist Körperverletzung. Ich könnte sie anzeigen."
„Meine Kinder sind wohlerzogen. Sieglinde hat es sicher nicht böse gemeint."
„Meine Hannelore spielt jedenfalls nicht mehr mit ihrer Tochter."
„Das dürfte für einen Friseurbesuch reichen." Die Münzen klimperten. Irma rechnete sie in Brot, Kartoffeln und Kohlen um. Sie rieb sich die Stirn. Den Bohnerlappen hielt sie noch in der Hand.
„Wir brauchen Ihr Geld nicht. Wir brauchen die ganze Brut nicht.", sagte Frau Buschendorf.
Irma knallte die Tür zu. Sie lehnte sich am Türrahmen an. Einatmen, ausamten, atmen, einfach weiter atmen. Dieses Kind war eine einzige Plage. Erst der Anzug vom Lindner, jetzt die Haare von Hannelore. Was sollte sie tun.

Prügel half nicht. Nicht mit ihr reden half nicht. Hausarbeit half nicht. Sieglinde pfiff sogar dabei. Und sie konnte lieb sein, manchmal. Sie war mitfühlend, viel zu mitfühlend für ihr Alter. Das Böse austreiben, das Gute stärken. Irma wusste nicht wie. In diesem Kind steckte Herberts Sturkopf. All seine Schlechtigkeit steckte in diesem Kind. Irma nahm den Teppichklopfer vom Haken. Luftschläge vertrieben die Wut. Christine stand endlich auf, wusch sich das Gesicht und frisierte sich.

Irma stellte Schnapsgläser auf den Tisch, rief nach Ottilie. Sie kam ohne Kopftuch. Irma dachte, dieser Fitz lässt sich niemals auskämmen. Ottilie nippte nur.

„Sie müssen sich nicht alles so zu Herzen nehmen." sagte Ottilie. Irma schüttelte sich. Der Schnaps brannte im Magen. Sie stellte die Flasche zurück in den Schrank.

Sieglinde hüpfte die Treppenstufen hoch. Sie trällerte einen Schlager. Plötzlich wusste Irma, wie sie dieses Kind bestrafen konnte.

„Geh spielen!"

Sieglinde setzte den Ranzen ab. „Aber ich habe Hunger."

„Ist noch nicht so weit. Geh spielen, ich habe eine Anprobe."

Sieglinde rannte die Treppen runter. Sie warf den Ball an die Wand. Putz bröckelte. Sie trat ihn breit. Die Müller ertappte sie. „Hör mit dem Krach auf. Es ist Mittagsruhe. Das ist ein ordentliches Haus! Und den Dreck kehrst du zusammen!" Sie knallte die Tür zu. Sieglinde streckte ihr die Zunge raus.

Irma schnitt Fritzi die Zöpfe ab. Sie schnitt Lücken in den Pony. Sie zerriss das Puppenkleid. Sie setzte Fritzi auf Sieglindes Platz. „Meinen Sie wirklich, dass das hilft. Sie wird trotzig reagieren." Irma antwortete nicht. Sie schaute zu Herberts Foto, lächelte.

Sieglinde stellte ihre Schuhe in den Schrank.

„Ungeputzte Schuhe gehören nicht in den Schrank. Wie oft muss ich das noch sagen." Sieglinde versteckte ihre Schuhe unter dem Schrank. Sie hatte Fußball gespielt, mit den Lackschuhen. Die Sohle wollte sie heimlich ankleben, nachts auf dem Abort. Sie wusste wie das ging. Sie hatte der Mutter oft dabei zugesehen.

„Fritzi wieso sitzt du auf meinem Platz?“ Ulli kicherte. Sieglinde nahm Fritzi vom Stuhl. Sie drehte sie hin und her. „Päh, kann ich ja auch mit deinem Ball machen.“ Sie trat unterm Tisch nach Ulli. „Du blöde Kuh. Ich war`s nicht.“
„Sieht sie nicht so viel besser aus.“, sagte Irma.
Sieglinde wurde still. Sie strich der Puppe über den Kopf. „Du bist viel hübscher so.“
Irma rührte im Kochtopf. Sie dachte viele Flüche. Suppe schwappte über. Es zischte. Sie schaute zu Herberts Foto. Sie schimpfte weiter, während sie Suppe auf die Teller schöpfte. Sie selbst aß nichts. Sie holte die Schuhe unterm Schrank vor. Sie warf sie Sieglinde vor die Füße.
„Ich will dich nicht mehr sehen.“ Ihre Augen waren gerötet. „Verschwinde!“
Sieglinde presste Fritzi an sich. Die Tür schloss sie leise. Sie verkroch sich im Schuppen, zwischen Handwagen und Fahrrädern. Die Mutter hatte geweint, ihretwegen. Der Junge würde ihr das nie verzeihen.
„Jetzt haben wir kein zu Hause mehr.“ Sie strich Fritzi über den Kopf. Sie verbiss sich die Tränen. Sie summte das Lied vom Hänschen Klein. Dann lief sie durch den Schuppen, suchte Decken und Planen. Fritzi und sie würden ab sofort im Schuppen wohnen. Sie wusste, der Junge würde kommen, sie beschimpfen, sie vielleicht verprügeln, ihnen die Decken und Planen wegnehmen. Die Mutter hatte geweint wegen ihr. Noch nie hatte die Mutter vor den Kindern geweint.
Sieglinde saß und grübelte. Die Puppe lag in ihrem Schoss. Sollte sie weggehen? Zu dem Mann auf dem Schrottplatz und dem Hund, den er Hans rief? Sie hörte Stimmen. Hannelore und ihre Mutter gingen über den Hof. Hannelores Haare waren kürzer als Ullis. Das Stirnhaar sah aus, als hätte eine Ratte es angefressen. Hannelore heulte. Sie jammerte:
„Sie werden mich auslachen. Mama, ich kann so nicht in die Schule.“
„Dann bist du eben krank. Aber du wirst dich nie wieder mit dieser Umsiedlerbrut einlassen! Versprich mir das!“
Hannelore legte den Kopf an die Taille ihrer Mutter. Frau Buschendorf streichelte ihre Wange. „Als du klein warst, wolltest du ein Junge sein. Ich musste dir diese kurzen Trägerhosen kaufen, die die Jungs damals trugen.“

„Aber wenn Papa mich so sieht." Hannelore heulte schon wieder.
„Du bist trotzdem sein Mädchen." Sie verschwanden im Hausflur. Ihre Stimmen hallten. Sieglinde verstand ihre Worte nicht mehr. Sie zog eine Grimasse. Mit so einer Heulsuse wollte sie sowieso nicht befreundet sein.
Ulli und Christine riefen nach ihr. „Im Keller ist sie nicht." sagte Ulli. Er zuckte die Schultern. „Hast du genau nachgesehen, in jeder Ecke?" „Die kommt schon wieder." sagte er. Christine überquerte den Hof. Sie schaute hinter jeden Holzstoß. Sie näherte sich dem Schuppen. Sieglinde verkroch sich unter der Werkbank. Sie deckte sich mit einer Plane zu.
Die Plane stank nach Katzenpisse. Sie hielt sich die Nase zu. Durch ein Loch beobachtete sie Christine. Sie warf die Plane ab, als Christine endlich gegangen war. Ihre Haare und ihre Kleidung waren voller Staub, Sägespäne und Spinnweben. Sie putzte sich ab. Klopfte dann den Staub von Fritzis zerrissenem Kleid. „Ich nähe es dir." flüsterte sie. Sie erschrak, ließ Fritzi fallen. Wo kam die Mutter so plötzlich her. Sie hatte es schon oft vermutet. Die Mutter sah sie überall. Die Mutter hörte auch jedes Wort, selbst wenn sie es in Fritzis Ohr flüsterte. Vielleicht konnte sie zaubern. Aber dann hätte sie sich bestimmt Geld gezaubert und neue Schuhe. Sie würde die alten nicht kleben. Sie würde keine Kleider aus Flicken nähen.
Die Mutter packte Sieglinde am Oberarm. Im Treppenhaus sprachen sie nicht. Die Mutter wusste, Müller und Sackgasser lauerten auf jedes Wort.
Hinter geschlossener Tür stampfte Irma mit dem Fuß auf. „Dein Friseurspiel hat mich viel Geld gekostet. Ich gehe jetzt zu einer Kundin. Wenn ich wiederkomme möchte ich von dir wissen, wie du das wieder gut machen willst."

Christine schminkte sich die Lippen. „Gehst du doch mit dem!" Dietmar blickte Christine mit zusammengekniffenen Augen an. „Pass du lieber auf, dass dich deine Renate nicht zum Narren hält." Dietmar klatschte die Zeitung auf den Tisch. „Kommunistenpack!" Er verschwand auf dem Klo.
Ulli warf den Ball nach Sieglinde. „Nicht in der Wohnung." schrie Christine. Sie packte den Lippenstift in ihre Handtasche. Sie ging. Ulli rannte im Hausflur an ihr vorbei. Sieglinde hörte das Trippeln des Balls und das Klacken von

Christines Absätzen. Sie probierte Irmas Schneiderschere an Fritzis Haaren aus. Die Schere war scharf. Fritzi bekam eine neue Frisur. Sieglinde stellte sich vor dem Spiegel auf. Auch ihre Haare fielen. Immer mehr Haarbüschel lagen auf ihren Schuhen, sprenkelten das Dielenholz. Wenn sie so aussah, wie Hannelore, war vielleicht wieder alles gut.

„Kannst du nicht einmal was Vernünftiges tun. Hast du nicht schon genug Ärger gemacht." Dietmar warf die Zeitung auf den Tisch. Er raste durchs Zimmer.

„Nennst du das Wiedergutmachen."

„Wie soll ich es denn sonst wieder gut machen?"

Dietmar schlug die Faust auf den Tisch. Ging weiter hin und her. „So jedenfalls nicht."

Er knallte die Tür. Sieglinde fegte die abgeschnittenen Haare zusammen. Sie schaute in den Spiegel. Was ging es Dietmar an, wie sie aussah. Nie half er ihr bei den Hausaufgaben. Nie verteidigte er sie, wenn die Jungen sie beim Fußballspielen faulten.

„Verschone mich, mit deinem Kleinmädchengeheule." sagte er.

Sieglinde drehte den Kopf vorm Spiegel. Sie fand es toll, anders auszusehen, als die anderen Mädchen.

„Hast du eine Ratte im Bett?" Ullrich klatschte sich auf die Oberschenkel.

Ottilie kam, sie hielt sich die Hände vor den Mund. Sie schüttelte den Kopf, sagte: „Das wird deine Mutter zur Raserei bringen."

Sieglinde dachte, Ottilie hat noch nie in den Spiegel geschaut. Ihr müsste ich den Fitz abschneiden. Christine kam. Ihr Lippenstift war verwischt. Sie tupfte sich die Augen trocken.

„Hast du geheult?", fragte Ulli.

„Mir ist was in die Augen geflogen.", antwortete sie. Sie erstarrte, als sie Sieglinde erblickte.

Sie zog an den kurzen Haaren, schlug Sieglinde auf den Kopf.

Sieglinde duckte sich. „Ich habe das nur gemacht, damit Hannelore nicht allein so aussieht."

„Wäre besser gewesen, du hättest dich bei ihr in aller Form entschuldigt."

Irma ignorierte Sieglinde völlig. Sie war in die Kirche gegangen, hatte eine Kerze angezündet, dafür gebetet, dass aus diesem Kind noch etwas wird. Sie hatte lange auf der Kirchenbank gesessen, Maria angeschaut. Ihr mildes Lächeln ließ sie ruhiger atmen.

Sieglinde beobachtete heimlich die Mutter. Sie sah, wie Irma den Stoff mit leichtem Druck unter dem Nähfuß weiter schob. Sie sah das ergraute Gesicht. Sie sah rote Augen. Sie hatte sich der Mutter in den Weg gestellt. Hatte gefragt, ob sie ihr zeigen würde, wie sie das Loch in Fritzis Kleid nähen könnte. Irma war an ihr vorbeigegangen.

„Aber wie soll ich es denn wiedergutmachen?" Irma antwortete nicht. Sie stierte auf die Naht. Sieglinde dachte, wenn Mutter nicht mit mir redet, sagte ich ihr auch nicht, wohin ich gehe. Sie schlich davon. Die Hausschuhe behielt sie an. Die Schürze streifte sie im Treppenhaus ab. Sie lief durch dunkle Gassen, zum Sand. Sie drehte sich nicht um, wenn sie Stimmen oder Schritte hörte. Sie streckte den Rücken durch. „Wenn man kein zu Hause hat, darf man sich nicht fürchten." flüsterte sie. Sie hielt Fritzi an ihren Bauch gedrückt. Sie fröstelte. Sie lief schneller. Das Frösteln ließ sich nicht weglaufen. Auch Hopsen und Rennen halfen nicht dagegen.

Es waren nicht mehr viele Leute auf den Gehwegen. Sie sahen nicht auf. Sie schleppten schwere Taschen. Sieglinde erkannte Kohlen darin. Ein Waggon musste sie verloren haben. Sie rannte zum Bahnhof. Die Mutter würde bestimmt wieder mit ihr reden, wenn sie Kohlen mit nach Hause brächte. Von Ulli wusste sie, wie man sich von hinten an die Waggons anschlich. Über die Gleise musste sie gehen, dass der Bahnwärter sie nicht sah. Sie verlor einen Hausschuh. Als sie sich danach bückte, sah sie einen Schaffner auf dem Bahnsteig. Die Pfeife hielt er in der Hand. Der nächste Zug würde bald einfahren. Sie kletterte unter einen Waggon. Sie fand aber keine Kohlen. Sie fand nur ein paar Bröckchen, die in der Hand zu Staub zerfielen. Sie war zu spät gekommen. Die Leute hatten alles weggeholt. Sie setzte sich an den Bahndamm, säuberte sich die Hände an Grasbüscheln. Sie streichelte Fritzis Kopf. Schwarze Flecken zeichneten sich auf Fritzis Gesicht ab. Sieglinde sah an sich herunter. Ihre Kleidung war von Kohlenstaub und Ruß befleckt. So konnte sie nicht nach Hause gehen. Nach Hause, Heim, waren das jetzt fremde Worte? Würde die Mutter sie jemals wieder kämmen, ihr Brote schmieren, sie Siggi nennen?

Sie rieb sich die Hände warm, dann die Füße. Der Bahnwärter hinkte auf sie zu. Sie rannte davon, verlor Fritzi, hob sie auf, rannte schneller. Am Wasser blieb sie stehen. Lichter spiegelten sich, wie schwimmende Sterne. Das Wasser stank faulig. In den Häusern brannten Lampen über den Tischen. Irgendwo dudelte ein Radio. Ein Hund bellte. Sieglinde sehnte sich danach, an so einem Tisch unter so einer Lampe zu sitzen.

Wiedergutmachen, wie? Wenn die Mutter ihr das Nähen lernen würde, dann könnte sie ihr bei der Arbeit helfen. Irma schüttelte lachend den Kopf, wenn Sieglinde darum bat.

„Du gehörst in die Schule, nicht an den Nähtisch."

Der Hund bellte lauter. Er schien näher zu kommen. Sieglinde sprang auf. Sie hatte eine Idee. Sie konnte rechnen und schreiben. Also könnte sie jetzt gleich Haaremacherin werden. Sie wusch sich Gesicht und Hände im stinkenden Flusswasser. Sie ging schnell an den Häusern mit den Lichtern vorbei. Sie flüsterte mit Fritzi.

Im Friseurgeschäft brannte noch Licht. Eine junge Frau putzte Spiegel und Waschbecken.

„Wir haben schon geschlossen."

„Wo ist denn die Frau, die sonst hier ist?" Sieglinde hörte ihren eigenen Herzschlag. Die junge Frau legte den Putzlappen weg. „Wer bist du denn?"

„Kann ich nicht mit der anderen Frau reden?"

„Die Chefin ist schon oben in der Wohnung. Komm morgen wieder."

Sieglinde kratzte sich am Kopf. Sie trat an den Ladentisch.

„Aber ich muss das heute noch machen."

„Nun gut, siehst ja auch wirklich schlimm aus. Wieso bist du überhaupt so schmutzig?" Sieglinde zuckte die Schultern. „Bin hingefallen."

„Ich frage Frau Schrader, ob sie noch einmal herunter kommt. Wehe du rührst was an!"

Frau Schraders Lächeln erstarb, als sie Sieglinde sah. Sie blähte die Wangen.
„Wie siehst du denn aus. Verschwinde aus meinem Laden."
„Aber.."
„Verschwinde!" Sieglinde hielt sich am Ladentisch fest. Frau Schrader schlug ihr auf die Finger. „Machst mir alles dreckig."
Sie spuckte in ein Taschentuch, wischte Sieglindes Fingerabdrücke weg.
Sieglinde legte die Hände an den Rocksaum. Sie streckte den Rücken durch, holte tief Luft. „Ich will doch Haarschneider werden, kann ich denn nicht gleich anfangen mit dem Haaremachen?"
Die junge Frau prustete. Frau Schrader blieb ernst. „Es heißt Friseurin oder Friseuse und du musst erst die Schule beenden."
Sie fasste Sieglinde ins Haar.
„Wo hast du dich bloß rumgetrieben. Weiß deine Mutter, wie du aussiehst. Hast dir selbst die Haare geschnitten, stimmt`s?"
„Ich hab was angestellt. Und Mutter hat deswegen kein Geld mehr in der Blechdose."
Frau Schrader zog sich einen Kittel über. Sie sagte zu dem Mädchen, es könne Feierabend machen. Das Mädchen nickte. Sie schminkte sich die Lippen. Frau Schrader beobachtete sie kopfschüttelnd. Sie füllte Wasser in eine Schüssel, legte Seife und Handtuch daneben, winkte Sieglinde heran.
„Jetzt wäschst du dich erstmal." Sieglinde erschrak vor ihrem Spiegelbild. Schwarz wie der Essenkehrer. Ein Glück, dass sie nicht nach Hause gegangen war. Sie dachte, ich muss mich wie ein Mädchen benehmen. Dann hören die Sackgasser und die Müller auf zu schnauben.
Ob es noch andere Mädchen gab, die gern Fußball spielten? Lippenstift und weiße Lackschuhe fand sie trotzdem doof.
Sie schrubbte sich die Hände. Sie rieb Wangen und Stirn sauber, bis die Haut sich rötete.
Frau Schrader leerte die Schüssel, spülte sie aus, rieb sie mit einem Lappen sauber, trocknete sie, hielt sie gegen das Licht. „Ich habe nichts Ansteckendes", sagte Sieglinde.
„Hast du dir selbst die Haare geschnitten oder war es deine Mutter. Habt

kein Geld für den Friseur, stimmts?" Sieglinde schüttelte den Kopf. „Ich war es. Ich will doch Haaremacherin, äh Friseurin werden."
„Macht ihr das in der Schule? Ich hatte heute schon so eine Kleine da. Ihre Mutter war ganz aufgeregt und die Kleine heulte, wenn ich die Schere nur ansetzte."
„Hannelore.", flüsterte Sieglinde.
„Das warst auch du?" Sieglinde nickte. Frau Schrader hob Sieglindes Kinn an.
„Kopf gerade halten und stillsitzen! Ich versuche zu retten, was zu retten ist." Sieglinde beobachtete jeden Handgriff. Selbst beim Haarewaschen hielt sie die Augen auf. Das Shampoo brannte. Sie blinzelte und rieb. „Stillhalten." Sieglinde streckte den Rücken durch. Sie lehnte sich nicht an. Ihre Augen tränten. Sie erlitt es stumm. Sie schaute. Fragte nach den Namen der Utensilien. Es gab eine Zackenschere, normale Scheren, Glätteisen, Lockenwickler, Kaltwellwickler, Klips, Haarnetze. Jeden Namen wollte sie sich merken.
„Weißt du, man kann Haare nicht einfach so schneiden wie ein Stück Papier. Das muss alles seine Ordnung haben. Das muss man lernen. Und man darf auch nicht einfach zu Hause weglaufen. Eure Mutter hat es nicht leicht, so ohne Mann, ganz allein mit Euch. Bestimmt sucht sie dich schon."
Sieglinde schüttelte den Kopf.
„Stillhalten!"
Sie schniefte. „Sie will mich nicht mehr sehen, hat sie gesagt."
„Das hat sie bestimmt nicht so gemeint. Ich bringe dich nachher nach Hause. Wenn deine Mutter einverstanden ist, darfst du morgen wiederkommen. Du hilfst beim Putzen und wenn du geschickt bist, darfst du den Kundinnen die Haare waschen. Das musst du aber ganz vorsichtig machen."
„Au ja!" Sieglinde klatschte in die Hände. Sie rutschte im Stuhl herum. Die Sitzfläche reichte ihr bis zu den Unterwaden. Armlehnen, Sitzfläche und Rückenlehne waren dick gepolstert. So einen Sessel hätte sie gern zu Hause, ganz für sich allein.
Frau Schrader hielt einen Handspiegel hoch. Sieglinde sah ihren Hinterkopf zum ersten Mal. Wie sie hinten aussah, war ihr egal. Sie nickte trotzdem.

„Wenn sie etwas länger sind, schneiden wir dir einen Bubikopf. Das würde dir besser stehen."
Sieglinde dachte, erst die Tolle jetzt der Bubikopf. Sie werden lästern, alle werden spotten und sagen, jetzt kommt die mit dem Vogelkopf. Sie widersprach aber Frau Schrader nicht.
Frau Schrader schloss die Kasse ab. Sie löschte das Licht.
„Wir müssen uns beeilen. deine Mutter macht sich sorgen. Ich mag mir gar nicht vorstellen, wie es ihr geht."

Irma umarmte Sieglinde, stieß sie weg, hob die Hand, ließ sie sinken. Sie packte Sieglinde, schüttelte sie, drückte sie an sich, beschimpfte sie als Plage.
„Mensch Siggi, wo warst du denn?" Ulli boxte sie in den Oberarm.
„Ich hab dir mein Apfelkompott aufgehoben."
„Sie hat kein Apfelkompott verdient." sagte Irma. Sie räumte für Frau Schrader einen Stuhl frei.
„Waschen und ins Bett! Ich will dich heute nicht mehr sehen. Einfach so davonlaufen."
Sieglinde gehorchte. Sie wusch sich lange das Gesicht, den Hals. Schöne Haare habe ich, dachte sie. Das Gesicht vergrub sie unter dem Kissen. Schon wieder hatte die Mutter es gesagt, ich will dich nicht mehr sehen.
Irma brühte frischen Tee für sich und Frau Schrader.
„Was bekommen sie denn von mir, für den Haarschnitt?" In Gedanken zählte Irma das Geld in der Blechdose. Sie wusste, es würde nicht reichen. Die Leute waren zufrieden mit den Sachen, die sie am Leib trugen. Neue Kleider leisteten sich die Frauen nur für Taufen, Hochzeiten, Konfirmationen. Nur in der Kirche trugen sie Sonntagskleidung. Die Leute gingen aber nicht mehr so oft in die Kirche. Die Partei sei schuld, sagte Dietmar.
„Nichts, es war mir eine Freude. Ihre Tochter ist pfiffig. Die macht ihren Weg."
Irma seufzte. „Ist nicht einfach mit ihr."
„Natürlich nicht. Vielleicht darf Sieglinde öfter zu mir in den Laden kommen. Wo sie doch Haaremacherin werden will." Sie lachten. Sieglinde lausch-

te. Sie dachte, euch werde ich es zeigen. Sie schlug mit der Faust ins Kissen.
„Stört sie denn nicht bei der Arbeit?"
„Sie hat mich heute gefragt, ob sie mir helfen könne, um Ihnen das Geld zurück zu zahlen."
„Welches Geld?" Irma schoss Hitze ins Gesicht. Dieses Kind war nicht zu fassen, nicht mit dem Verstand und nicht mit dem Gefühl. Dieses Kind war das Gute im Bösen, das Böse im Guten.
„Sie sagte, sie hätten wegen ihrer Dummheiten kein Geld mehr."
Die Faust schlug hart auf. Irma drehte Frau Schrader den Rücken zu. Es war der letzte Schein, den sie aus der Blechdose zog. Der Schein, den sie noch nie angerissen hatte, nicht für Brot, nicht für Schuhe, nicht für Feuerholz. Der Schein, der ihren Kindern helfen sollte, falls ihr etwas zustieße.
„Sie würden mir eine große Freude machen. Ich habe keine Kinder."
„Nun gut. Aber wenn sie Ihnen Ärger macht, müssen sie es mir sofort sagen."
Irma schob den Schein über den Tisch. Frau Schrader fasste nicht zu.
„Siggi nennen Sie sie? Das passt zu ihr."
„Die Jungs rufen sie manchmal so."
„Sie haben bei mir immer eine Frisur gut." sagte Frau Schrader.
Der Schein lag noch auf dem Tisch als sie ging.
„Danke Mama." flüsterte Sieglinde.
„Wenn Erwachsene sich unterhalten, hast du nicht zu lauschen, merke dir das!"

18.

„Du arbeitest zuviel Mutsch!"
Christine stand hinter Irma. Sie massierte ihr den Nacken. Irma nahm die Brille ab. Sie drehte sich um. „Was ist los?"
„Was soll sein?"

„Wenn du mich Mutsch nennst, ist immer was."
„Hast du noch Lust auf einen Spaziergang?"
Irma sah aus dem Fenster. „Es nieselt. Kalt ist's auch."
Etwas schlug dumpf auf die Dielen auf. Ottilie stöhnte. Dann war es still.
„Ottilie!" Irma und Christine spähten durch den Vorhang. In Ottilies Zimmer war es dunkel. Sie reagierte nicht auf das Rufen.
„Ist alles in Ordnung bei Ihnen?" Irma schob den Vorhang zurück. Ottilie lag vor ihrem Bett. Erbrochenes floss aus ihrem Mund. Irma starrte auf den reglosen Körper. Christine schrie auf. Irma fasste sich. Sie legte ihre Hand auf Ottilies Stirn.
„Lauf Christine, hol Doktor Finsterbusch." Christine schlüpfte in ihre Straßenschuhe, rannte los. Irma kniete neben Ottilie. Sie legte Ottilies Kopf auf ihren Schoß, säuberte den Mund.
Sie streichelte die blassblauen Wangen. Dietmar kam vom Klo. Er wedelte mit der Zeitung. Er schimpfte auf die Roten, die aus diesem Land ein Armenhaus machten.
„Pschschsch!", machte Irma. „Weck mir bloß die Kleinen nicht auf!" Die Uhr tickte. Tickte laut. Tickte lauter, tickte zu laut. Das Hoflicht wurde angeschaltet. Fahler Lichtfetzen auf Ottilies Gesicht. Dietmar erschrak vor ihrer Bleiche. Er öffnete das Fenster. Schritte und Ticken. Das Licht ging wieder aus. Leises weinen. Dietmar wusste nicht, weinte Irma oder Ottilie. Der Doktor stellte seinen Koffer ab. Er umfasste Ottilies Handgelenk, horchte ihre Brust ab. Dann schloss er ihre Augenlider. Irma wusch sich die Hände, wischte sich die Augen, wusch die Hände, wischte Augen, zog Rotz hoch, wischte Augen, wusch Hände, holte ein frisches Taschentuch aus dem Wäscheschrank. Sie stellte zwei Schnapsgläser auf den Tisch. Sah zu Ottilie, deren Gesicht mit einer Zeitung bedeckt war. Sie legte ein Kissen unter Ottilies Kopf. Deckte sie zu. Trank erst den einen, dann den anderen Schnaps. Doktor Finsterbusch stellte den Totenschein aus.
„War wohl sehr einsam, die Frau." Irma schenkte auch ihm einen Schnaps ein. Er rührte das Glas nicht an. „Es ist immer das Herz, wissen Sie?"
Irma nickte, füllte die Gläser neu.

„Aber sie hatte doch uns." Christine schluchzte. Irma reichte ihr das Taschentuch.
„Am Ende ist man immer allein." Doktor Finsterbusch nickte.
Die Müller und die Sackgasser liefen dem Sarg hinterher. Auf der Straße blieben sie stehen. Beim Eintreffen des Leichenwagens hatten sie Schürze und Strickjacke über die Nachthemden gezogen.
„Wird wohl an Unreinheit gestorben sein." sagte die Sackgasser.
Die Müller nickte. „Wie die immer gestunken hat."
Irma hatte sie gehört. Sie schwor sich, nie wieder nähe ich einen Stich für diese Waschweiber.
Der erste Schnee fiel. Irma zeichnete ein Kreuz in die Luft. Die Leute sagen, wenn es auf den Sarg schneit, dann hat die Seele Frieden gefunden. Ottilie war nicht reinlich, ihre Seele aber war rein. Irma deckte die Maschine ab. Sie starrte den Vorhang an. Dietmar hatte das Radio angeschaltet. Irma schäumte, schaltete es aus, zog den Vorhang zu, untersagte den Kindern, diesen Raum zu betreten. „Nicht einen Finger sehe ich an diesem Vorhang! Ottilie wohnt jetzt woanders." sagte Irma zu Ulli und Sieglinde.
„Aber warum hat sie denn ihre Sachen nicht mitgenommen?"
„Weil sie tot ist." antwortete Ulli.
Irma rührte Mehl, Wasser und Schmalz zusammen. Sie hatte keine Eier, hatte keine Butter. Irgendwas würde das schon werden. Sie rührte. Das Mehl stäubte. Sie rührte. Das Schmalz klumpte. Sie rührte. Das Wasser spritzte. Sie knetete. Alles war besser als den Vorhang anzustarren. Das Rattern der Nähmaschine hätte sie an diesem Tag nicht ertragen.
„Kommen Hexen auch in den Himmel?", fragte Sieglinde.
Irmas Blick war wie eine Ohrfeige. Sieglinde vertiefte sich in ihr Heft.
Dietmar stürmte ins Zimmer. Er lief hin und her. Die Schuhe behielt er an. Irma schaute auf die nassen Abdrücke auf dem Dielenholz. Sie kniff die Lippen zusammen. Keine Schimpfworte im Trauerhaus. Das hatte ihre Mutter schon so gehalten.
„Der Lindner ist abgehauen, hat alles stehen und liegen lassen. Nur paar Stoffe hat er mitgenommen. Der macht Drüben eine neue Fabrik auf. Das

ist alles die Schuld von diesen Scheißkommunisten. Und Christine gibt sich auch noch mit denen ab."
„Christine, wieso Christine?"
„Hast du nicht gemerkt, dass sie diesen Georg anhimmelt."
„Lass sie in Ruhe, kümmere dich lieber um deine Schule. Und zieh endlich die nassen Schuhe aus."
„Schule! Ich will arbeiten. Aber nicht für die Scheißkommunisten. Reden von Volkseigentum, stecken sich alles ein. Wirst sehen, am Ende laufen wir noch alle in den gleichen Klamotten rum. Dann kommt keiner mehr zu dir!"
„Hör auf so zu schreien! Ottilie ist gestorben."

Sie saßen in der ersten Reihe. Irma, Christine und Dietmar. Dietmar wollte nicht mit zur Beerdigung. Er hatte die Stirn gerunzelt, die Wangen gebläht. „Für dich hat sie Fleisch und Obst gekauft, als du krank warst. Nichts hat sie dafür verlangt. Auch du wirst ihr die letzte Ehre erweisen." Dietmar fügte sich. Schweigend und blass, saß er neben Christine. Die Hände faltete er nicht.
Im Raum brannten keine Kerzen. Unbeschirmte Glühlampen hingen von der Decke. Sie warfen grelles Licht in den Raum, der Irma an eine Wartehalle erinnerte. Sie schaute sich um. Das war nicht sparsam, das war armselig. Sie faltete die Hände. Die Friedhofskapelle hatte geschlossen, weil es keinen Ofen darin gab. Die Nächte waren frostig. Auch hier im Sitzungssaal des Rathauses war es kalt. Irma rieb sich die Hände warm. Christine tat es ihr nach. Die Sackgasser und die Müller nahmen weiter hinten Platz. Nicht einmal einen Strauß Blumen hatten sie für Ottilie übrig. Irma wandte den Blick von ihnen ab. Sie fragte sich, warum sie überhaupt gekommen waren. Wollten sie den Leuten erzählen, dass Ottilie noch am Tag ihrer Beerdigung unreinlich war. Dass sie keine Angehörigen hatte.
Die Blumen hatte Irma von ihrem letzten Geld bezahlt. Gebettelt hatte sie in der Gärtnerei. Die Gärtnerin hatte die Schultern hochgezogen. Sie wickelte fünf Alpenveilchen in Zeitungs- papier ein.

„Es ist Winter." sagte sie.
Irma hatte eine schwarze Schleife um die Stängel gebunden.
Der Pfarrer kam. Irma ging zu ihm. Sie redete auf ihn ein. Er verließ den Raum, kam mit einer weißen Kerze wieder, die er der Standesbeamtin abgeschwatzt hatte. Er schaute auf die Uhr, sah zur Tür, schaute wieder auf seine Armbanduhr. Er läutete eine Tischglocke. Die Müller und die Sackgasser hörten endlich auf zu quatschen. Stühle knarrten, jemand scharrte mit den Füßen. Die Tür ging auf. Eine Frau trat ein. Sie schaute sich kurz um. Der Pfarrer unterbrach seine Rede, wartete darauf, dass die Frau sich setzte. Sie legte ein Gebinde ab. Gelbe Nelken, dazwischen fliederfarbene Blüten, deren Namen Irma nicht kannte. Das Gebinde überdeckte fast die Alpenveilchen. Irma war versucht nach vorn zu gehen, die Blumen zu rücken. Sie ließ es. „Die ist doch aus dem Westen." tuschelte die Müller. Irma drehte sich nach der Frau um. Sie hatte sich in die vorletzte Reihe gesetzt. Der Pfarrer läutete die Glocke noch einmal. Er sprach ein Gebet, bediente einen Plattenspieler. Die Nadel saß in der falschen Rille auf. Verdis Gefangenenchor klang verzerrt. Der Anfang fehlte. Der Pfarrer schaute zu der Unbekannten, die den Kopf schüttelte, dann den Blick senkte. Sie fasste sich an den Hut. Zog eine Haarsträhne in die Stirn.
Die Nadel machte ein quautschendes Geräusch, als der Pfarrer sie anhob. Er hustete, bekreuzigte sich, bat die Anwesenden sich zu erheben. Irmas Knie zitterten. Sie schnaubte ins Taschentuch. Draußen stand schon der Leichenwagen. Sie schoben den Sarg hinein. Sie verluden Holz. Sie dachten nicht an den Menschen, nicht an Ottilie. Verladen und abtransportiert. Irma dachte Viehwaggon. Sie rieb sich die Arme. Die Gänsehaut blieb.
„Wir gehen mit." flüsterte Irma. Christine nickte. Sie hielt das Taschentuch vor die Nase. Sie weinte still. Sie sah nicht auf, als die Müller sie ansprach. Die Sackgasser hakte sich bei der Müller ein. Sie tuschelten, sie lachten. Die Fremde ließen sie nicht aus den Augen. Sie sprachen sie an. Die Fremde schüttelte den Kopf. Müller und Sackgasser liefen zum Marktcafe. Die Fremde kam auf Irma zu.
„Ich bin die Schwester ihres, ihres, wie sagt man?"

„Verlobten." Die Fremde nickte.
„Können Sie mir den Weg zum Grab zeigen?" Irma nickte. Sie schwiegen.
Irma und Christine gingen vor. Die Fremde folgte. Das Klacken ihrer Absätze klang wie das Aufschlagen von Pferdehufen. Irma schaute auf die Schuhe der Fremden. Sie trug hohe Strumpfstiefel. Das Geräusch ihrer Schritte machte Irma nervös. Sie lief schneller. Die Fremde missverstand. Sie holte sie ein.
„Hören Sie. Ich will nur auf die Grabstätte."
„Friedhof, es heißt Friedhof. Sie sind Amerikanerin?"
Die Fremde antwortete mit einem: „Yes." Es klang wie ein Juchzen. „Weite Reise.", sagte Irma. „Ich komme mit dem Flieger. Heute Abend geht er zurück."
Irma blickte sie an. „Sie sind nur wegen der Beerdigung gekommen?"
„Mein Bruder hat ihr Foto während des Krieges immer in der Brusttasche getragen. Sie war eine schöne Frau."
Irma und Christine sahen sich an. Es war eine stumme Übereinkunft, der Frau nichts von Ottilies Aussehen zu sagen. Irma hatte gerade beschlossen, die Frau zum Kaffeetrinken einzuladen. Sie war bereit, ihre selbstgebackenen Adventsplätzchen zu opfern. Aber die Frau würde Ottilies Zimmer sehen wollen. Unmöglich.
Der Kies knirschte, die Sonne brannte sich durch die Wolken. Kalter Wind raute die Haut auf. Die Totengräber schaufelten noch. Sie hielten inne, als die Frauen sich dem Grab näherten. Die Amerikanerin faltete die Hände. Irma und Christine taten es ihr nach. Sie standen vor einem Haufen aufgeworfener Erde. Muttererde roch nach Erblühen, roch nach Gras, roch nach Werdendem. Von all dem hatte es in Ottilies Leben nicht viel gegeben. Irma bedauerte, dass sie die Blumen nicht mitgenommen hatte. „Ich werde ihr Blumen bringen." sagte sie. Die Fremde lächelte sie an. „Sie sind wer?"
„Die Nachbarin. Sie hat mir viel geholfen."
Sie schwiegen. Christine schluchzte.
Auf dem Rückweg zeigte die Frau auf die Friedhofskapelle.
„Warum hat man sie nicht hier verabschiedet?"
„Zu kalt, es gibt keinen Ofen."

Die Fremde zog die Schultern hoch. „So etwas gibt es bei uns nicht."
Krähen flogen über ihre Köpfe. Christine duckte sich instinktiv.
„Bei uns Glücksboten." sagte die Frau. Irma verschwieg, dass sie diese Vögel für Todesboten hielt. Sie bog auf einen anderen Weg ab. Die Frau folgte.
„Ich will noch meinen Sohn besuchen." Irma sagte es leise. Die Frau verstand nicht, sie ging weiter neben ihr her.
„Noch ein Kind." sagte sie. Irma schwieg.
„Der Krieg?"
Irma antwortete nicht. Der Wind löschte sofort jedes entzündete Streichholz. Das Grablicht blieb ein totes Mal neben dem Kreuz. Irma dachte, zu Hause werde ich zwei Lichter anzünden.
Sie standen dicht beieinander. Sie starrten das Kreuz an. Christine schniefte leise. Irma spürte die Blicke der Frau. Sie drängte zum Gehen.
„Gibt es hier ein äh Pub?"
Irma verstand nicht. „Kneipe." sagte Christine. Es war das erste Wort, das sie seit der Trauerfeier sprach.

Rauch schlug ihnen entgegen. Am Stammtisch lärmten die Männer. Sie schlugen Karten auf den Tisch. Ihre Fäuste ließen die Gläser klirren. Sie lachten, sie stritten. Sie stießen an.
Irma wäre am liebsten wieder gegangen. Als die Fremde am Stammtisch vorbei ging, wurden die Männer still. Einer pfiff leise. „Wir können wieder gehen." sagte Irma.
Die Frau hob die Hände. „Ist gut, ist ein richtiges Pub."
Auf einer Schiefertafel neben dem Tresen stand. „Heute Bockwurst mit Brötchen und Senf."
„Morgen auch." Hatte jemand darunter geschrieben.
Die Männer setzten ihr Spiel fort. Die Frauen nahmen im hinteren Raum Platz. Er wurde eigentlich nur für Familienfeiern genutzt. Die Tapete war genauso vergilbt, wie im vorderen Raum. Allerdings hatte der Wirt hier weiße Tischdecken aufgelegt. Anstelle der Aschenbecher standen kleine Vasen mit Papierblumen auf den Tischen.

Die Frauen bestellten Bockwürste und Bier. Irma verzichtete auf die Wurst. „Aber Sie sind eingeladen." sagte die Frau. Irma schüttelte den Kopf. Sie betrachtete die Nähte am Saum der Tischdecke. Irgendwann würde die Frau nach Ottilies Sachen fragen. Diese Unordnung konnte man ihr nicht zumuten. Der Anblick würde das Bild der schönen, jungen Geliebten ihres Bruders zerstören.
„Wie haben Sie es erfahren?"
„Das Paket, es kam zurück. Ich habe ihr immer Sachen geschickt. Es kam zurück, Empfänger verstorben. Wie hat sie eigentlich gelebt?" Die Frau biss in die Wurst. Fett spritzte.
Irma schluckte. „Sparsam. Und es gab keinen Mann, falls Sie das meinen."
„Das ist, wie sagt man, rührig?"
„Rührend." Irma nickte. Sie trank das Bier in großen Schlucken. Am liebsten hätte sie Schnaps dazu bestellt. Ottilies Aromatique. Sie wollte aber keinen falschen Eindruck hinterlassen. Diese Frau schien etwas Besseres zu sein. Sie dachte, Ottilies Leben wäre anders verlaufen, wäre ein besseres Leben gewesen.
„Erzählen Sie mir von ihr, bitteschön." Irma und Christine sahen sich an.
„Sie war eine gute Seele. Sie hat sich nur ein bisschen gehen lassen. Vielleicht aus Kummer."
Irma bestellte jetzt doch einen Schnaps. Die Frau nickte, sagte: „Zwei."
Die Frau stellte ihre Handtasche auf den Tisch. Der Klemmverschluss glänzte im rauchgetrübten Licht. Schick, dachte Christine. Alles an dieser Frau war schick.
Die Frau zog ein Kuvert aus der Tasche. Sie reichte Irma ein Foto. Erst als Irma ihre Brille aufgesetzt hatte, erkannte sie Ottilie. Das war eine andere Ottilie. Nase ohne Leberfleck, wellige Haare, die ihr auf die Schultern fielen. Ein Mann hatte den Arm um sie gelegt. Sie lächelten sich an. Irma sah in diesem Lächeln eine Verbundenheit, die es zwischen Herbert und ihr nicht gegeben hatte. Nie hatten sich ihre Hände über den Frühstückstellern berührt. Nie hatte es einen Kuss außerhalb des Bettes gegeben. Oder hatte sie nur verdrängt, hatte der Überlebenskampf die Erinnerungen zersetzt. „Schön."

Sie reichte das Foto Christine. „Unglaublich!" Christine hielt sich die Hand vor den Mund. Irma schaute sie mahnend an.

19.

Die Postfrau überbrachte Irma ein Amtsschreiben. Irma quittierte den Erhalt. Die Tinte verwischte. Irma entschuldigte sich. Die Postfrau nickte, war schon an der Tür.
Mehrmals las Irma den Absender. Der Brief war von der Stadtverwaltung.
Sie dachte an Herbert. Sie nahm sein Bild in die Hand, stellte es zurück. Den Brief schob sie in die Schürzentasche. Keine Zeit zum Sinnieren. Unterm Nähfuß spannte Hosenstoff. Irma hatte am Morgen beschlossen, diese Hose wird noch vor dem Mittagessen fertig. Heute würde es Kartoffeln mit Leberwurst geben. Irma sah schon Sieglindes Flunsch. Sie würde betteln, sie würde Brot zur Leberwurst haben wollen. Die Kartoffeln waren Restbestände aus Ottilies Keller. Die Frau hatte ihr großzügig alles überlassen. Sie hatte die Schultern gezuckt.
„Wie soll ich das mitnehmen im Flieger. Ich brauche das nicht." Irma dachte, einmal nur möchte ich sagen können, ich brauche das nicht.
Das Kuvert knisterte bei jeder Bewegung. Irma trat auf das Pedal, drehte das Rad. Den Umschlag spürte sie trotzdem. Sie hielt die Maschine an, zog den Brief aus der Tasche. Sie hielt das Kuvert gegen das Licht, erkannte den Abdruck von Schreibmaschinentypen.
Sie riss den Umschlag auf, schnitt sich am Papier. Den blutenden Finger steckte sie in den Mund. Sie rückte die Brille zurecht. Sie las. Sie schaute zum Vorhang, sie las noch einmal. Ottilies Reich gehörte ab sofort zu ihrer Wohnung. Sie würden zwei Zimmer haben. Die Kinder müssten nicht mehr in den Hof gehen, wenn Kunden zur Anprobe kamen.

Man bat darum, dass sie Ottilies Sachen barg. Man lud sie vor. Sie sollte auf dem Wohnungsamt die Formalitäten klären. Selbstverständlich könne sie auch ablehnen.
Erst beim dritten Lesen fiel Irma auf, dass nichts von einer Mieterhöhung im Brief stand. Sie wusste, es gab nichts umsonst. Sie legte den Brief unter ihr Kopfkissen. Sie trat kräftig aufs Pedal. Schob das Rad. Blut auf dem Stoff. Sie leckte, wickelte ein Pflaster um die Fingerkuppe. Sie wusch den Stoff aus. Weiterarbeiten, nicht aufhören, die Blechdose war fast leer. Sie schaute immer wieder zum Vorhang. Sie dachte Nähzimmer. Sie dachte Schlafzimmer. Sie dachte Wohnstube und Küche. Sie dachte Zurückziehen, sie dachte Ruhe. Aber woher sollte sie Möbel für ein zweites Zimmer nehmen.
Fitz am Hosensaum. Es hatte keinen Sinn. Sie band die Schürze ab. Sie zog Rock und Bluse an, toupierte ihre Haare, trug Lippenstift auf. Sie lief zum Markt. Sie traf Frauen, für die sie genäht hatte. Sie grüßte, eilte an ihnen vorbei. Sie hatte keine Zeit für Klatsch.
Irma klinkte, rüttelte. Die Tür zum Rathaus war verschlossen. Sie ging um das Gebäude herum. Im Hinterhof war der Eingang zur Bibliothek. Sie klopfte. Niemand antwortete. Sie klinkte, öffnete die Tür. Hinter einem langen Tisch saß eine Frau und las. Ihr Stempelkissen war aufgeklappt. Als Irma eintrat, legte sie das Buch weg. stempelte Karteikarten.
Irma dachte, das wäre eine Arbeit für Christine. Sie fragte sich, was diese Frau verdiente. Irma entfaltete den Brief. Sie wusste, sie war in der Bibliothek. Aber sie wollte diese Sache klären, sofort. Die Frau schüttelte den Kopf. Sie lächelte Irma an.
„Dafür bin ich nicht zuständig. Hier kann man Bücher ausleihen." Sie erhob sich, glättete ihren Rock. Öffnete die Tür, winkte Irma heran.
„Sie müssen um das Gebäude herum gehen. Die sitzen vorne."
„Aber da ist zu."
„Sprechtag ist am Dienstag und am Donnerstag. Da müssen Sie morgen wiederkommen."
Irma schnappte nach Luft. Sie fragte sich, was diese Frauen taten, wenn sie keinen Sprechtag hatten.

Sie blickte auf die Uhr. Sie musste sich beeilen. Ulli und Sieglinde würden bald aus der Schule kommen. Zwei Männer trugen eine Tanne zum Marktplatz. Irma erschrak. Sie würde keine Geschenke und keinen Baum kaufen können. Wieder nicht. Sie dachte, ich habe keinen Mann, der seine Taschen für mich leert. Meine Kinder sollen aber trotzdem ein Weihnachtsfest haben. Sie sah den Männern beim Aufstellen des Baumes zu. Sie schluckte. Sie verbat sich Rührseeligkeiten.
Als sie die Treppe hochstieg, wusste sie, sie würde dieses Zimmer nehmen. Dieses Zimmer war ihr Weihnachtsgeschenk.

Sie bündelten die Zeitungen. Die Stapel trugen sie nach unten. Altstoffe brachten Geld. Einen Handwagen könnten sie sich borgen. Irma fürchtete Gerede. Auf das Geld konnte sie aber nicht verzichten. Sie dachte an die Männer auf dem Markt. Weihnachtsvorfreude in ihren Gesichtern. Auch ihre Kinder sollten große Augen haben.
Dietmar rief sie. Er wedelte mit Scheinen, die er zwischen den Zeitungen gefunden hatte. Irmas Puls raste. Sie wurde rot. Sie stopfte die Scheine in die Schürzentasche. Auf dem Abort zählte sie das Geld. Sie rieb sich die Augen. Die Zahlen auf den Scheinen verschwammen.
Ihre Brille lag noch auf dem Nähtisch. Bestimmt hatte sie sich verzählt. Sie zählte noch einmal, kam auf die selbe Zahl. Einhundertdreißig Mark, ein Vermögen. Sie schob das Geld in ihren Büstenhalter. Sie entstaubte, räumte, sang dabei einen Schlager. Dietmar stellte das Radio lauter.
Das Geld in ihrem BH drückte. War es richtig? Die Frau hatte von dem Geld nichts wissen können. Gehörte es ihr? Niemand hatte Geld bei Ottilie vermutet.
Irma blies sich Haare aus der Stirn. Sie setzte sich. Sie dachte an das Amt. War es Unterschlagung, was sie tat?
„Geht es dir nicht gut, Mutter." Christine klopfte Staub vom Sofa. Auf ihrer Stirn glänzte Schweiß. Das Sofa war noch nicht sauber. Der Stoff roch modrig.
„Ich glaube wir müssen eine Decke drauf tun." Irma reichte Christine den

Ausklopfer. Sie drosch auf die Polster ein. Staubflocken wirbelten auf. Dietmar nahm ihr den Ausklopfer weg. „So macht man das." Er schlug unerbittlich, schlug immer härter und fester. Er wütete. Irma und Christine sahen sich an. Wo kam diese Wut her. Irma hustete. Der Staub vernebelte die Luft. Sie schob schwarze Spinnweben zur Seite, öffnete das Fenster. Wie kann man nur so hausen, dachte sie, schämte sich ihrer Gedanken. Über Tote durfte man nicht so denken. Sie schaute auf das Bild Marias. Das Einzige in diesem Zimmer, was Ottilie entstaubt haben musste. Irma füllte Wasser in einen Eimer. Sie putzte das Fenster. Sie rieb den Rahmen. Ihre Hände wurden klamm, sie putzte weiter, hauchte die Scheiben an, polierte.
„Wir brauchen eine Gardine." sagte Christine. Irma fielen die hundertdreißig Mark wieder ein. Nein, nicht für so was. Noch immer war sie nicht sicher, ob sie das Geld behalten durfte.
Wen fragen? Agnes? Sie war Irmas einzige Freundin. Sie tratschte nicht. Agnes mischte sich nicht in das Leben anderer ein. Sie hatte genug an sich und ihrem Mann. Sie lächelte milde über die Müller und die Sackgasser. Sie sagte: „Solche sind es nicht wert, dass man sich Gedanken über sie macht." Irma gab ihr Recht.
Was, wenn Agnes nein sagte, nein, das Geld gehört dir nicht?
Irma dachte an die Frauen in der Stadtverwaltung, die nur Dienstags und Donnerstags zu sprechen waren. Sie rieb sich die schmerzende Stelle am Rücken. Sie beobachtete ihre Kinder beim Aufräumen.
„Wir werden den Sessel neben das Sofa stellen. Einen kleinen Tisch bekommen wir bestimmt
irgendwo. Dann hast du es gemütlich." Christine schaute sich um.
„Fast fertig." sagte Christine. Sie sah auf die Uhr. Sie nahm ihre Sonntagsbluse aus dem Schrank. Sie bürstete sich die Haare, cremte Wangen und Lippen.
„Machst du mir die Wärmflasche, bitte?" Irma streckte den Rücken durch. Sie verzog den Mund. Christine nahm die Flasche aus dem Küchenschrank, setzte Wasser auf, sah wieder zur Uhr. „Siggi, füllst du das Wasser auf, wenn's gepfiffen hat." Sieglinde grinste, nickte aber.
Sie hatte es gesehen, jedes Mal wenn Dietmar von den Kommunisten sprach,

wurde Christine rot. Christine ordnete die eben frisierten Haare noch einmal. Sie nahm den Mantel vom Haken, schlüpfte in die Schuhe, die sie zur Konfirmation getragen hatte.
Irma fauchte. „Du weißt genau, dass sie das nicht soll. Sie verbrüht sich. Wo willst du überhaupt hin, ohne zu fragen. Wir räumen noch."
Christine stand an der Tür. Sie drehte Irma den Rücken zu.
„Ins Waisenhaus. Ich helfe da, wegen Weihnachten." Sie umfasste die Klinke.
„Schau mich an, wenn du mit mir redest!" Irma trat auf Christine zu. Sie verbiss sich den Schmerz. Der im Herzen war stärker, als der Schmerz im Rücken. Der im Herzen war Versagen, war Misstrauen, war wie das Aufreißen eines Kleides, weil eine Naht nicht hielt.
„Das Lügen steht dir nicht." flüsterte Irma.
„Für ihren Kommunisten tut sie alles." spottete Dietmar.
Irma nahm Christine den Mantel ab. „Du bleibst! Setz dich da hin."
Christine verschluckte das Aber. Sie saßen auf Ottilies Sofa. Irma hatte den Vorhang zugezogen. Sie flüsterte. Sie wusste, die drei würden lauschen.
„Ist da was dran. Ist das ernst mit diesem Georg?"
„Aber ich helfe wirklich im Heim. Wir singen mit ihnen und backen Plätzchen. Manche Kinder haben sowas noch nie gemacht." Christine wickelte ihren Rocksaum um den Zeigefinger. „Zum Backen mit Kindern trägt man eine Schürze, keinen Lippenstift."
„Mutsch, wie hast du denn gemerkt, dass du Vater liebst?"
Irma nahm die Brille ab. Sie schaute Christine lange an, nickte dabei. Christine wich ihrem Blick aus.
„Weißt du, Liebe ist nicht so wichtig, verstehen muss man sich."
„Er will nicht, dass ich ins Heim gehe. Weil es der Kirche gehört. Aber mir macht die Arbeit dort Spaß."
„Dann ist er nicht der Richtige. Dann passt er nicht zu dir."
Irma öffnete den Schuhkarton, der immer in der Vorweihnachtszeit auf dem hohen Kleiderschrank stand. Sie legte ein paar Plätzchen auf einen Teller, zündete eine Kerze an.
Christine wische sich den Lippenstift ab.

„Aber er ist nett und er sieht gut aus und wir lachen viel."
„Warum will er denn nicht, dass du in die Kirche gehst?"
„Er sagt, die sind auch solche Ausbeuter."
„Wie wer?"
Christine zuckte die Schultern. Sieglinde brachte die Wärmflasche. Sie hatte ein Handtuch darum gewickelt. Das Bündel hielt sie vom Körper weg, grinste. Irma verkniff sich das Lachen. Sie schob die Wärmflasche zwischen ihren Rücken und die Sofalehne. Verbrannte sich fast die Finger.
„Er sagt, alles soll allen gehören. Ich verstehe das ja auch nicht."
Sieglinde stibitzte ein Plätzchen.
„Du hast zu fragen, das weißt du."
Sieglinde legte den angebissenen Zimtstern zurück auf den Teller.
„Nimm ihn und verschwinde."
„Schön, so ein extra Zimmer." sagte Christine. „Müsste bloß eine Tür dran sein."
Irma seufzte. Die Ruhe machte sie schläfrig. Sie stütze sich am Tisch ab. Sie humpelte zur Nähmaschine. Christine blieb sitzen. Ohne es zu merken, drehte sie einen imaginären Ring am Finger. Nicht der Richtige. Aber war es nicht so, dass die Frau für den Mann da sein musste? War es nicht richtig, wenn man zu dem Mann hielt, egal, was er sagte? Inge würde über ihre Gedanken lachen. Aber Inge war keine richtige Frau. Die Leute sagten, sie sei mannstoll.
Christine schaute zur Mutter. Ihr Rücken kam ihr noch runder vor. Vielleicht war ohnehin alles aus. Sie hatte ihn warten lassen, schon wieder. Sie lauschte. Sie hörte keine Motorradgeräusche. Er würde also nicht nach ihr sehen. Es war vorbei, bestimmt war es vorbei. Er missdeutete ihr Nichterscheinen als Desinteresse oder noch schlimmer, Untreue. Sie zog den alten Pulli wieder an. Sie entstaubte, sie kehrte, sie wischte, sie bohnerte. Ihr Gesicht war nass. Sie rieb die Dielen blank. Bis sie Irmas Hand spürte.
„Weißt du, es ist nicht so schlimm, wie es sich jetzt anfühlt."

20.

„Waltrauds Vater ist wieder da. Dann kommt unserer doch auch bald." Sieglinde klatschte in die Hände. Sie hüpfte. Sie drehte sich. Christine hielt sie fest. Sie streichelte kurz Siggis Wange, schüttelte den Kopf.
„Aber Platz für sein Bett haben wir doch jetzt." Sieglinde zeigte zum Vorhang.
„Wir wissen nicht, wo Papa ist. Niemand weiß das. Du kannst es dir wünschen, dass er wieder kommt. Du kannst deinen Wunsch der Jungfrau Maria flüstern." Christine zündete eine Kerze an. Sieglinde schaute in die Flamme. Irma blies die Kerze aus. „Du hast doch bestimmt Hausaufgaben auf."
„Du willst nicht, dass er kommt." flüsterte Sieglinde. Sie stach mit dem Bleistift kleine Löcher ins Papier. Die Miene brach ab.
„Du kennst ihn doch gar nicht. Du träumst dir nur was zurecht." sagte Irma. Sieglinde nahm das Foto. „Er wird kommen, und dann lobt er mich und er sagt, dass er sich freut, weil ich so gut in der Schule bin. Und er jubelt, wenn ich Tore schieße."
Das Foto rutschte ihr aus den Händen. Das Glas zersprang. Irma las stumm die Scherben auf.
Sie und Herbert hatten nur zwei Weihnachten zusammen verbracht. Dann war er einberufen worden. Sie sah ihn noch vor dem Christbaum stehen, mit gefalteten Händen. Als hätte er geahnt. Sie sah seine Tränen, fragte nicht. Sie hielt sie für Weihnachtsrührseligkeit. Herbert hatte sie in die Kirche begleitet. Er hielt ihre Hand. Sang mit warmer Stimme. Sie bewegte nur die Lippen. Ihm zu liebe.
Irma schüttelte den Kopf. Was sollte das jetzt. Die Erinnerungen waren die silbernen Kugeln am Weihnachtsbaum. Sie beschönten kahle, krumme Zweige.
„Bring deinen Georg am Sonntag zum Kaffeetrinken mit." sagte Irma.
„Dann bleib ich aber nicht hier." sagte Dietmar.

„Du wirst dich am Riemen reißen. Deine Parolen klingen auch nicht besser."
Christine wandte den Blick ab. Sie dachte, zu spät. Eine aus dem Kirchenchor hatte ihn gesehen, mit einer anderen. „Sah dir sogar ähnlich.", sagte sie.
„Ich weiß nicht."
„Du bringst ihn mit, Dietmar hat hier gar nichts zu melden."
Christine nickte.
Sie lag wach. Sie sah sein Gesicht. Sie versuchte sich die andere Frau vorzustellen. Es gelang ihr nicht. Sie hätte es der Mutter sagen sollen. Es ist aus. Wahrscheinlich wäre auch sie erleichtert gewesen. Aber diesen Satz konnte Christine nicht aussprechen. Wenn sie es versuchte, formten sich ihre Lippen zum Kuss.

Georg kam ihr entgegen, als sie auf dem Weg zur Kirche war. Er wechselte die Straßenseite. Christine erstarrte. Hatte er sie nicht gesehen? Wich er ihr aus? „Feigling" Ihre Fingernägel hinterließen rote Abdrücke im Handteller. Sie blieb stehen, sah ihm nach. Dann rannte sie los. Am Ellenbogen bekam sie ihn zu fassen. Er fuhr herum, lächelte, wurde ernst. „Was willst du?"
„Mit dir reden."
„Keine Zeit."
„Bleib stehen, bitte. Ich wollte ja kommen."
„Aber du hattest Wichtigeres zu tun. Lass mich raten, die Kirche."
„Mutter hat mich nicht gehen lassen. Ottilie ist gestorben."
Jetzt sah er sie an. „Deine Schwester?"
„Nein, die Mitbewohnerin."
„Das tut mir leid, aber trotzdem, du verbringst mehr Zeit mit deinen Waisenkindern, als mit mir."
„Und du, du gehst mit anderen Frauen, sogar untergehakt."
Er lachte, hob ihr Kinn an. Er küsste sie. Sie presste die Lippen aufeinander.
„Nicht auf der Straße."
Er küsste sie wieder, küsste sie lang. Sie spürte seine Zunge. Sie fühlte Tränen kommen. Sie entzog sich ihm, schnaubte ins Taschentuch.
„Mutter hat dich für Sonntag zum Kaffeetrinken eingeladen. Kommst du?"

„Wenn ich nichts Wichtigeres zu tun habe."
Christine trat zurück. „Also doch eine Andere."
Er lachte auf. „Das war meine Schwester Lene."

Sieglinde saß vor dem Rechenbuch. Sie kaute auf ihrem Stift herum, blätterte, las, ließ den Stift aufs Buch fallen.
„Ich kann das nicht."
„Frag Ulli."
„Der ist nicht da."
„Wo treibt er sich wieder rum?"
„Vielleicht auf dem Schrottplatz."
„Der soll mir bloß nicht wieder so viel Mist anschleppen."
Irma blinzelte. Sie polierte die Brille mit einem Schürzenzipfel. Sie bekam den Faden nicht durchs Nadelöhr.
„Aber der Tisch ist doch schön." sagte Christine.
Ullrich hatte einen Holztisch auf dem Schrottplatz gefunden. Er war oval und stand auf gedrechselten Beinen. Christine hatte ihn poliert. Seitdem stand er vor Ottilies Sofa.
Dietmar beugte sich übers Rechenbuch. Sieglinde verzog das Gesicht. Von Dietmar ließ sie sich nicht gern helfen. Er kniff sie in die Wange. Sie schrie lauter, als nötig.
„Musst du sie immer ärgern!" Der Faden riss. Irma stand auf. Sie streckte sich, rieb sich den Rücken.
„Warum lässt du mich nicht endlich arbeiten. Du hast Schmerzen und ich bin erwachsen." schimpfte Dietmar.
„Du machst die Schule fertig, basta."
Dietmar kritzelte die Lösung der Aufgabe ins Buch. Sieglinde schlug ihm auf die Hand.
„Nicht ins Buch!"
Dietmar ließ den Stift fallen. Er zog ein Schriftstück aus der Arschtasche. Irma las: Lehrvertrag zwischen dem VEB Lederwerke und Dietmar Geipel. Unterschrieben vom Betriebsdirektor. Irma zerriss den Vertrag.

„Kommt nicht in Frage, schon gar nicht ins Leder."
Sie trat kräftig aufs Pedal. Der Faden war zu locker. Er verknotete sich. Sie fluchte. Schnitt ihn ab. Sie begann von neuem. Ihre Hände zitterten. Sie schimpfte leise.
„Ausgerechnet ins Leder. Das ist nicht gut für deine Lunge. Für überhaupt gar nichts, ist das gut."
Dietmar knallte die Tür zu. Erst spät abends kam er zurück. Sein Atem stank nach Bier, seine Kleidung verströmten den Geruch von Rauch und Bratenfett.

Christine lief vom Spiegel zum Schrank, wieder zum Spiegel. Sie zog und zerrte an dem Kleid. Es gefiel ihr nicht. Sie gefiel sich nicht. Sie zog Rock und Bluse an. Zog die Bluse wieder aus. Nahm eine andere aus dem Schrank. Setzte sich in Unterwäsche aufs Bett.
„Bist wohl nicht fein genug fürs Kommunistenschwein." Dietmar spuckte die Worte. Christine erwiderte nichts. Seit Tagen fauchte Dietmar sie wegen Georg an. Sie hoffte, sie werden sich verstehen, wenn sie sich besser kennen. Sie zog das Kleid wieder an. Den Lippenstift trug sie vor Irmas Augen auf. Irma schluckte, besann sich. Das Kind wurde erwachsen.
„Kommt er denn schon?" Es war Sonntag, Irma nähte trotzdem. Christine zog die Schultern hoch. Sie wusste nicht, ob er überhaupt kam. Sie hatte ihn nicht mehr gesehen, seit er sie auf der Straße geküsst hatte. Vielleicht hatte Dietmar Recht und Georg passte wirklich nicht zu ihr. Noch immer verstand Christine nicht, weshalb er gegen die Kirche war.
„Wann kommt er denn?", Irma schnitt den Faden ab.
„Ich weiß es nicht."
Irma schüttelte den Kopf. „Wenn ihr denkt, ich warte den ganzen Nachmittag auf den Herrn, habt ihr euch geschnitten." Dietmar ging hin und her. Er zündete eine Zigarette an. Sieglinde hustete.
„Mach sie aus, sofort!" Irma schlug mit der Schere auf den Nähtisch. Sie sah Dietmar an. Sie fand keine Ruhe mehr. Woher kam dieser Aufruhr

in ihrem Jungen. Den sie gepflegt hatte, um den sie gebangt hatte, den sie beweinte, heimlich, wenn sie allein war.
Sie saßen am Tisch, sie lauerten. Dietmar hatte sich mit der Zeitung ins andere Zimmer zurückgezogen. Irma dachte, wenigstens ist er nicht gegangen. Sieglindes Gesicht glänzte. Sie hatte sich gecremt und frisiert und freiwillig ihr Kleid angezogen. Auch den Lippenstift wollte sie auftragen. Christine schlug ihr auf die Finger. Sieglinde schmollte noch immer mit ihr.
Ulli naschte Krümel. „Wann kommt er denn endlich?"
„Wir sollten anfangen." sagte Christine. Sie saß steif. Unterm Tisch faltete sie die Hände.
„Wir warten noch." sagte Irma.
Sie hörten Motorengeräusche, direkt vor dem Haus. Christine sprang auf, eilte zum Fenster. Ihre Wangen brannten. Sieglinde und Ulli drängten sie zur Seite.
„Eu!", machte Ulli. „Bist du schon mal mitgefahren?" Christine schüttelte den Kopf.
„Aber ich will."
„Ich auch. Wetten, dass er mich mitnimmt.", sagte Sieglinde.
„Das ist nichts für Mädchen!" Ulli stieß sie in die Seite.
„Setzt euch an den Tisch!" Irma band die Schürze ab. Sie trug ihr schwarzes Kleid. Die Kinder nannten es Kirchenkleid, weil sie es nur sonntags zum Kirchgang trug.
Georg blieb in der Tür stehen. Er knetete seine Mütze in den Händen. Christine nahm ihm die Jacke ab.
„Die Mütze auch." sagte sie.
Sie fiel runter. Georg und Christine bückten sich gleichzeitig. Georg stieß sich den Kopf an der Tischkante an.. Sieglinde kicherte. Irma wies auf einen Stuhl. Christine verteilte Apfelkuchen auf die Teller. Sieglinde saß mit aufgestützten Armen am Tisch. Sie musterte Georg unverhohlen.
„Na", sagte er.
„Na", sagte sie.
„Darf ich mal mitfahren?", fragte Ullrich.

„Wenn Sie es erlauben." Georg sah Irma zum ersten Mal an. Sie ließ die Frage unbeantwortet. „Ist gut, der Kuchen." Er sprach mit vollem Mund. Christine legte ihm noch ein Stück auf den Teller. Sieglinde trat sie unter dem Tisch. Traf aber nur das Stuhlbein. Sie durften nur ein Stück essen und der bekam noch eins.
„Wenn Ulli mitfahren darf, will ich auch."
„Ist das eine RT 125?", fragte Dietmar.
Georg nickte. „Willst du auch mitfahren?"
„Ich kaufe mir selber eine."
„Wovon willst du die denn bezahlen?", mischte Ulli sich ein.
„Mit vollem Mund, du weißt schon." mahnte Christine. Sieglinde zeigte auf Georg.
„Aber der kaut und redet auch."
„Ruhe!" schrie Irma. Sie schauten auf ihre Teller. Sieglinde scharrte Krümel zusammen.
„Ich arbeite ab Montag, du Klugscheißer." Dietmar sprang auf. Er zündete eine Zigarette an, drückte sie wieder aus.
„Du?", fragte Ulli. „Was machst du denn?"
„Ich gehe ins Leder, da verdient man gut."
„Und du hast eine Krankenversicherung und den FDGB an deiner Seite."
„Ich hab`s gewusst. Du bist einer von den Roten. Hast du dein Parteibuch auch mitgebracht?"
Georg nickte. Er drehte sich eine Zigarette. Christine zwickte ihn in den Oberschenkel. Er verstand. Er schob die Zigarette in die Brusttasche seines Hemdes.
„Was ist denn so falsch daran. Die Partei denkt an das Wohl Aller."
Ulli prustete. Milchschaum sprudelte aus seinem Mund.
„Benimm dich!"
Christine schob Krümel hin und her. Sie sah von einem zum anderen.
„Können wir nicht einfach ein bisschen miteinander plaudern."
„Wenn mir der junge Mann noch verrät, was er dagegen hat, dass du in der Kirche hilfst." sagte Irma.

Georg sah Christine von der Seite an. Er straffte sich.
„Die Kirche ist nur eine andere Institution, um die Menschen auszubeuten. Sie ist gegen
den Sozialismus. Und damit gegen das Wohl aller."
„Uns hat sie jedenfalls geholfen, als wir halbverhungert hier ankamen. Und meiner Christine tut es gut, dort zu arbeiten." Irma sprach ihn direkt an. Dietmar fuhr ihr ins Wort.
„Sprücheklopfer, Parolenspucker! Hast du das Parteibuch auswendig gelernt. Guck dich doch mal um. Hier geht alles zu Grunde."
Georg zog seine Hemdsärmel lang. Er knöpfte den Bund zu. Lobte noch einmal Irmas Kuchen. Sieglinde schluckte, sie dachte, wenn er noch ein Stück bekommt, rede ich nie wieder mit Christine. Christine begann den Tisch abzuräumen.
Dietmar sprang auf. Er ging zum Buffet. Trank Schnaps aus der Flasche, ignorierte Irmas Protest. Er zündete die Zigarette wieder an. Irma nahm sie ihm weg. Er schlug auf den Tisch. Das Geschirr klirrte.
„Wir können uns ja andermal darüber unterhalten. Es war nett bei Ihnen." Georg knöpfte sich das Jackett zu. Die Zigarette klemmte er hinters Ohr. Sieglinde fand das komisch, wagte es aber nicht zu lachen.
„Kommst du mit?" Christine schüttelte den Kopf.
„Wenigstens mit runter." Christine legte den Mantel um die Schultern. Die Hausschuhe behielt sie an. Irma rief, sie werde alles schmutzig machen. Christine hörte sie nicht.
Unten in der Durchfahrt legte Georg seine Arme um ihren Hals. Er küsste sie. Sie stemmte sich gegen seinen Körper. Ihre Lippen waren hart.
„Was ist bloß mit dir los!"
„Das war nicht schön."
„Was hätte ich denn sagen sollen, er hat mich provoziert. Deine Mutter übrigens auch."
„Aber es stimmt. Die Kirche hat uns geholfen. Du solltest nicht so schlecht über sie denken."
„Ja ich weiß, euer lieber Gott hört alles und sieht alles."

Sie ließ ihn stehen. Er trat die Maschine an. Die Räder drehten durch.

„Musste das sein?“ Christine fauchte. Sie stapfte durch die Wohnung. Das Geschirr in ihrer Hand klirrte. Dietmar belächelte sie. Sie warf einen Teller. Dietmar duckte sich. Der Teller zerbarst an der Wand. Irma stampfte auf.
„Beruhige dich, der kommt schon wieder. Und wenn nicht, um so besser.“ Dietmar rauchte. Irma schlug ihm ins Gesicht. Christine zog ihren Mantel an. Den Lippenstift schob sie in die Tasche.
„Willst du ihm nachlaufen?“
Christine schmiss die Tür zu. Irma bat Sieglinde um eine Wärmflasche. Sie trank den Rest Kaffee, obwohl er kalt war. Sie saß gebeugt. Die Brille lag neben ihr. Sie stierte das Muster der Tischdecke an. Christine hatte ihre Sanftmut an diesen Kerl verloren.
„Hättest dich ruhig ein bisschen zusammenreißen können.“
„Du bist doch auch gegen die Roten und für die Kirche.“
„Ich bin nicht gegen deine Roten, weil ich gar nichts von ihnen weiß. Ich möchte nur nicht, dass er Christine etwas verbietet, was ihr gut tut.“
„Waschweib!“
Dietmars Wange brannte, noch ehe das Wort verhallt war. Er schaute Irma an, schüttelte den Kopf, dann knallte auch er die Tür zu. Wo kam das her? Früher hatte Dietmar Ulli und Sieglinde beschwichtigt, wenn sie sich stritten.
„Hört auf. Hört auf damit!“ Sieglinde spülte das Geschirr. Von ihren Händen tropfte Spülwasser auf die Dielen. Sie schniefte.
„Sonst kommt doch das Christkind nicht.“ flüsterte sie.
Irma ordnete ihre Schnittmuster. Ihr Rücken fühlte sich steif an. Der Schmerz ließ sich nicht wegreiben, nicht wegwärmen, nicht wegsalben. Sie schlich in Ottilies Zimmer. Sie nannten es immer noch so. Irma legte sich auf das Sofa. Die Wärmflasche lag unter ihrem Rücken. Sie fror trotzdem. Sie setzte sich wieder auf. Sie fand keine Ruhe. Sie lauerte auf Christine. Sie lauerte auf Dietmar. Sie ahnte, Dietmar war bei den Halbstarken.

Christine lief durch die Straßen. Die feuchtkalte Luft ließ sie erschauern. Sie rieb sich die Hände, putzte sich die Nase. Sah dem Dampf ihres Atems nach. Sah zum Himmel auf, der verhangen war. Sie blieb vor einem Bekleidungsgeschäft stehen, in dessen Schaufenster ein Christbaum brannte. Sie schaute in das künstliche Licht. Sie schaute, bis der Lichtkreis sich vergrößerte, bis alles Licht war. Sie stand mit gefalteten Händen und schaute und wünschte. Sie flüsterte: „Liebe." Sie dachte Versöhnung. Sie bat um das wunderschöne Kleid, das der Schaufensterpuppe nicht stand. Die Mutter würde darin wunderschön aussehen. Die Farben würden ihr Gesicht strahlen lassen. Irma hatte noch nie ein Kleid getragen, dass andere genäht hatten.

Christines rieb die Hände, schob sie tief in die Manteltaschen. Sie lief weiter. Die Straßen waren menschenleer. Hinter manchen Fenstern flammte Kerzenlicht auf. Immer war Weihnachten etwas Besonderes gewesen. Es gab Stollen, Plätzchen, Äpfel und ein kleines Geschenk für jeden. Das Zimmer war beheizt und auf einem Hocker stand ein beleuchteter Baum, unter dem bunte Päckchen lagen. Meist verbargen sie etwas, dass die Mutter heimlich gefertigt hatte. Kleine Puppen, eine Bluse, gestrickte Strümpfe. Und manchmal gab es ein Extra. Christine erinnerte sich, wie Dietmar mit seinen neuen Fußballschuhen über den Hof gerannt war. Wer hat das kaputt gemacht? Dietmar oder sie? Weil sie einen Kerl liebte, der ihm nicht gefiel? Liebte, das Wort verging, wie die Schneeflocken, die nur nasse Flecken auf dem Pflaster waren.

In Inges Zimmer brannte Licht. Christine klingelte. Inge schaute aus dem Fenster.

„Ach du." Sie kam runter. Eine Zigarette klemmte zwischen ihren Lippen. „Oben darf ich nicht. Mein Vater ist da."

Christine zog die Schultern hoch. Die Hände schob sie tiefer in die Taschen. Kinn und Nase verbarg sie im Mantelkragen. Inge sah, dass sie zitterte. Sie nahm noch zwei Züge. Dann drückte sie die Glut an der Hauswand aus. „Komm." sagte sie. Ihr Zimmer war nicht beheizt. Christine

empfand es trotzdem wohlig. Inge nahm ihr den nassen Mantel ab. „Siehst beschissen aus. Was läufst du auch bei dem Wetter draußen rum."
Christine zog die Schultern hoch.
„Sie haben sich wieder gestritten. Zwei Kampfhähne am Tisch meiner Mutter. Du kannst dir vorstellen, wie sie reagierte. Ich verstehe Dietmar nicht. Ist das denn wirklich so wichtig, ob einer in die Kirche oder zur Parteiversammlung geht?"
„Das eine ist dein Bruder, das andere ist der, den du liebst. Ich mach uns mal Tee."
„Ich weiß es nicht." Christine sagte es leise. Inge hörte es trotzdem.
Sie warf Christine eine Wolldecke zu, bevor sie in der Küche verschwand.
Inge stellte Kanne und Tassen auf den Tisch. Der Tee dampfte. Es roch nach Kräutern. „Meine Mutter ist eine richtige Kräuterhexe. Schmeckt aber auch besser, als der Tee aus der Tüte." Sie schenkte ein.
„Was heißt das, du weißt es nicht?"
„Du hast das gehört?"
Inge zwickte Christine in die Wange. „Wach auf! Wenn Dietmar eine Freundin hätte, wäre ihm auch egal, was du von ihr hältst."
Inge rauchte am geöffneten Fenster. Christine zog die Decke über die Schultern.
„Mutter sagt auch, er ist nicht der Richtige."
„Warum?" Inges Vater näherte sich dem Zimmer. Sie schmiss die Zigarette aus dem Fenster, hob die Faust. „Hoffentlich habe ich bald eine eigene Bude."
„Weil er mir die Kirche verbietet. Er sagt, es sind Ausbeuter."
„Hat er nicht ganz Unrecht. Habt ihr schon mal?" Christine zuckte zusammen. Ihre Wangen brannten. Sie trank zu hastig, verbrannte sich die Zunge.
„Ist dir das peinlich?"
Christine schüttelte den Kopf. Sie erhob sich.
„Habt ihr wenigstens mal geküsst? Ich meine richtig."
„Ich muss." sagte Christine.

„Du bist feige!"
Ihr Mantel fühlte sich klamm an. Christine erschauerte.
„Bleib! Wie willst du mit ihm reden, wenn du nicht mal mit mir darüber sprichst."
Christine zog den Mantel wieder aus, setzte sich. Inge füllte die Tassen. Sie verschüttete Tee. Christine legte ein Taschentuch auf die nasse Stelle.
Inge winkte ab. „Ist ein alter Tisch. Also wie war das nun?"
Christine zuckte mit den Schultern.
„Wenn du ihn wirklich liebst ist das Küssen schöner als der Rest. Dann spürst du deinen Herzschlag im Hals und dir ist irgendwie komisch, als wäre dir übel."
Christine lachte auf. Dann liefen Tränen über ihre Wangen.
„Du bist völlig durch den Wind." Inge rieb ihr den Rücken. Christine schluchzte. Sie sprang auf, riss den Mantel vom Stuhl, rannte los.
Nein, sie hatte ihren Herzschlag nicht im Hals gespürt. Und ihr war auch nicht komisch. Und trotzdem rumorte da was in ihrem Bauch, wenn Georg sie ansah. Sie rannte nach Hause. Sie warf Mantel und Rock von sich. Sie legte sich ins Bett. Zog die Decke über den Kopf.
Irma hatte ihr Kommen gehört. Sie machte kein Licht. Das Holz der Dielen war rau unter ihren nackten Füßen. Sie hielt sich den Rücken, atmete durch, streckte sich, stöhnte auf.
Christine drückte das Gesicht ins Kissen. Niemand sollte ihr Schluchzen hören. Irma fasste Christines Arm. „Komm mit, ich hab mit dir zu reden!"
„Jetzt?"
„Ja, jetzt!"
Christine taumelte. Irma dachte für einen Moment, sie sei betrunken. Nein, ihr Mädchen war nicht betrunken. Ihr Mädchen war schwermütig. Das war noch schlimmer.
„Wag es dir nie wieder einfach abzuhauen!"
Christine schniefte ins Taschentuch. Sie stand vor Irma. Sie zitterte, schaute zur Tür.
„Lass uns morgen reden, bitte!"
„Nein, du redest jetzt mit mir!"

Christine schüttelte den Kopf, verschwand. Irma schlug mit der Faust ins Kissen. Dieser Kerl machte aus ihrem Mädchen ein Biest.
Christine schlüpfte ins Nachthemd. Sie wusch sich das Gesicht. Sie hörte Irma leise schimpfen. Es war egal. Alles war egal.

Irma schürte die Glut im Ofen. Sie setzte Teewasser auf. Christine und Dietmar schliefen noch. Sieglinde putzte sich ausgiebig die Zähne. Sie beschaute sich im Spiegel, zog an ihren Haaren. „Sie müssen länger werden." sagte sie.
Irma schaute zur ihr. Sie dachte, wird doch noch ein Mädchen. Sie gähnte, schaute in die Dose mit dem Kaffeepulver, Es würde noch für zwei Tassen reichen. Diesen Kaffee würde sie sich für den Nachmittag aufsparen. „Weck deine Schwester!"
Sieglinde schleuderte den nassen Waschlappen in Christines Gesicht. Sie erschrak, vor Christines verquollenen Augen. Christine zog die Decke über den Kopf. Irma drängte Sieglinde zur Seite. Sie riss die Decke weg. Christine murrte.
„Stehst auf und wasch dir das Gesicht. Das ist er nicht wert. Kein Mann ist das wert."
Sie ging zum Tisch, schnitt Brot. Der Laib lag an ihrer Brust. Die Scheiben gerieten dünn. Sieglinde presste die Lippen aufeinander. Das Messer war groß, der Brotlaib schmal. Sie hatte Angst, Irma würde sich in die Brust schneiden. Es passierte nie. Nicht einmal die Schürze bekam einen Riss.
Christine schlich zur Waschschüssel. Sie spülte ihre Augen aus. Sie cremte sich nicht die Wangen. Beim Kämmen vermied sie den Blick in den Spiegel. Egal, alles egal.
„Ich muss nachher zu einer Kundin. Und du wirst mitkommen!", sagte Irma.
Christine schaute auf. Irma hatte tatsächlich sie gemeint.
„Och, ich auch."
„Du gehst in die Schule. Sonst ist es vorbei mit dem Haaremachen." Sieglinde schmollte nicht.
Haaremachen war wichtiger, als Irma zu begleiten. Haaremachen war sogar wichtiger als Fußballspielen.

Sie liefen zum Altstadtbahnhof. Sie wichen Eispfützen aus, überstiegen die Schneehaufen an den Straßenrändern. Christine stützte Irma. Irma machte sich los, rutschte aber aus. Christine hielt sie fest. Sie kamen zum Bahnhof. Sie waren allein im Wartehäuschen. Irma kaufte die Fahrkarten.
„Wo fahren wir hin?"
Irma schwieg. Sie ist noch immer böse, dachte Christine. Irma konnte tagelang schweigen, wenn sie verärgert war.
„Was ist nun mit dir und diesem Georg?", fragte Irma. Der Zug fuhr ein. Sie nahmen im Abteil Platz. Auf der Sitzbank gegenüber saß eine Frau. Sie trug noch Mütze und Mantel. Auch ihre Handschuhe hatte sie anbehalten. Neben ihr stand eine Stiege mit Äpfeln. Ihr Duft machte Appetit. Christine schluckte. „Ich weiß nicht, ich weiß gar nichts mehr." flüsterte Christine.
„Lass dir bloß nicht gleich ein Kind andrehen!", zischte Irma.
Die Frau wandte den Blick ab. Sie schaute aus dem Fenster. Ihr rechter Arm lag auf der Stiege. Christine schüttelte den Kopf. Sie klemmte ihre kalten Hände zwischen die Schenkel.
Weiße Flocken fielen auf kohlegeschwärzte Schneehaufen. Sie stiegen aus. Christine schob die Hände in die Taschen. Handschuhe und Mütze hatte sie zu Hause vergessen. Sie stapften durch Matsch und Schnee. Christine blieb plötzlich stehen. Sie schaute dem Qualm nach, der aus dem Schornstein des Dolomitwerks quoll.
„Du wirst Recht haben Mutsch, mit allem."
Irma zog sie weiter. „Die Liebe ist nicht so wichtig." Sie sagte es leise.
„Hast du Vater nicht geliebt?"
„Es ist nur, weil er mich mit allem allein gelassen hat."
„Aber er kann doch nichts dafür."
„Wer weiß das schon." Das Haus vor dem Irma stehen blieb wirkte unbewohnt. Die Wände waren schwarz vorm Kohlestaub. Die Fensterläden geschlossen. Es gab keinen Briefkasten, keine Klingel. Irma öffnete die Tür, ohne anzuklopfen. „Sie liegt im Bett. Sie kann nicht aufstehen. Sie magert ab, sie braucht neue Hemden."
Die Frau lag reglos. Sie röchelte. Irma drückte ihre Hand. Sie schlug die

Bettdecke zurück. Christine verließ das Haus. Draußen schnappte sie nach Luft. Der Anblick dieser mageren Frau trieb ihr wieder Tränen in die Augen. „Es gibt wirkliches Leid.", sagte Irma.
Sie reichte Christine ihr Taschentuch.

21.

„Ich geh nicht ins Leder." verkündete Dietmar beim Abendessen. Irma hob die gefalteten Hände. „Dem Himmel sei Dank."
„Ich gehe zum Francke, in die Gerberei. Da muss ich den Kommunisten nicht in den Arsch kriechen. Der Francke ist privat." Irma stieß die Messerspitze ins Brettchen. „Himmel! Das ist ja noch schlimmer." Sie stand auf, ging hin und her. Sie räumte Geschirr in die Spüle. Es schlug aneinander. Sie achtete nicht darauf. Sie räumte Schmalz und Wurst vom Tisch. Sieglinde und Ulli schauten empört. Sie waren noch hungrig. Irma schürte das Feuer im Ofen. Ihr Gesicht wurde rot. Sie verbrannte sich am Griff der Ofenklappe.
„Ich verbiete es dir. Du bist unter meiner Fuchtel. Wenn ich es nicht erlaube, gehst du nirgendwohin."
„Aber ich muss endlich was tun." Dietmar schob sich eine Zigarette zwischen die Lippen.
Irma nahm sie ihm weg. Er packte Irma am Handgelenk.
„Ich nähe mir den Buckel krumm, damit aus euch was wird!"
Dietmar stieß einen Stuhl um. Ulli schimpfte, er solle sich beherrschen. Dietmar lachte auf, schlug auf den Tisch.
Ich lasse mir von dir nicht die Zukunft versauen." schrie er.
„Zieh dich an." Irma knöpfte ihren Mantel zu, stieg in die Stiefel. Dietmar blieb im Sessel sitzen.

„Los!“ Sie zog ihn am Arm. „Wir gehen jetzt zum alten Francke. Der kann dir sagen, was so eine Rinderhaut wiegt, wenn sie nass ist.“
„Ich will mit.“ sagte Ulli. Dietmar hatte etwas von Handbetrieb und wenigen, alten Maschinen erzählt. Das wollte er sehen.
„Du bleibst hier. Ihr räumt hier auf, verstanden!“

Dietmar schlich hinter der Mutter her. Vor dem schwarzen Fabriktor verlangsamte er seinen Schritt. Irma klingelte.
„Du kannst sie doch nicht abends rausklingeln.“
Irma drückte noch einmal auf den Knopf. Dietmar zog den Kopf ein. Der alte Francke öffnete. Er trug Filzschuhe und Strickjacke. Die Jacke zog er über der Brust zusammen, als er Irma und Dietmar sah. Seine Brille beschlug. Er nahm sie ab, putzte sie mit dem Jackensaum, hielt sie gegen das Licht der Straßenlaterne. Er setzte sie nicht auf, er schob sie in die Hosentasche.
Er blieb im Eingang stehen, schaute von Dietmar zu Irma, wieder zu Dietmar.
„Mein Sohn bildet sich ein, er wäre kräftig genug, hier zu arbeiten.“
Herr Francke nickte. „Wir haben darüber gesprochen.“
„Was wiegt eine nasse Rinderhaut. Sie verarbeiten doch Rind?“
Herr Francke gab die Tür frei. Irma rümpfte die Nase. Im Hausflur roch es nach verbrannter Haut. Diesen Geruch hatte sie nicht vergessen. Dieser Geruch ließ Bilder aufblitzen. Irma hielt sich ein Taschentuch vor die Nase. Sie gingen an Körben mit Lohe vorbei. Irma lief direkt auf die Gerberhalle zu. Herr Francke versperrte den Weg zum Grubenhof. „Ich will es sehen.“ sagte Irma. Dietmar stellte sich neben Herrn Francke.
„Die Häute wiegen 30 bis 40 kg, wenn sie aus der Weiche kommen. Ich denke, für einen jungen Burschen ist das kein Problem!“
Irma sah Dietmar an. Sie maß seinen Körper, als wolle sie ihm einen Anzug nähen.
„Er muss sie ja nicht alleine raus heben.“ Der Alte setzte seine Brille wieder auf. Er lächelte Irma an.
„Ich verstehe Ihre Sorge. Aber bisher ist bei uns noch niemand zusammengebrochen. Und wenn er es doch will. Was Dietmar?“

Dietmar nickte.
„Dann will ich alles sehen!“ Irma schaute durch Franckes Brillengläser hindurch. Sie dachte,
er hat gütige Augen. Er weicht meinem Blick nicht aus.
Francke gab die Tür frei. Sie betraten die Gerberhalle. Der Alte dirigierte seine Worte mit dem Zeigefinger. Er sagte. „Wir erleichtern die Arbeit Schritt für Schritt. So, wie wir es uns leisten können.“ Er öffnete die Holztür zum Ufer des Flusses. Irma atmete die Winterluft tief ein.
„Sehen Sie. Das ist unsere Bügelmaschine. Wir nennen sie so. Früher wurden die Falten, die nach dem Trocknen entstanden, mit dem Stoßeisen heraus gedrückt und geschoben. Hartes Brot.“ Er fasste sich an den Rücken. Sie liefen über einen Holzsteg an den Gruben vorbei.
Irma drehte sich zu Dietmar um. „Das willst du jeden Tag riechen?“
„Man gewöhnt sich dran. Und wenn sie ein fertiges Stück Leder in der Hand halten, ist das alles vergessen.“
Der alte Francke reichte Irma ein Stück Schuhkappenleder.
„Riechen Sie! Riecht nach Wald, nach Fichtenrinde.“ Irma hielt das Leder flüchtig an die Nase. Sie sagte: „Bei uns zu Hause riecht es besser.“
Der Alte lachte. Sie gab ihm die Hand. Sie wollte raus, nur schnell raus da.
„Vielleicht einen Kräuterschnaps?“ Francke hielt die Flasche schon in der Hand.
Irma schüttelte den Kopf.
Sie stapften durch frisch gefallenen Schnee. Sie schwiegen. Dietmar wusste, seine Mutter kämpfte mit Abneigung und Wut. Ihr Kampf ging ihn nichts an. Er hatte sich entschieden.

Irma erfuhr es beim Einkaufen. Ihr Sohn schwänzte die Schule, schon längere Zeit. Eine Lehrerin fragte, wie es Dietmar gehe, ob er bald wieder zur Schule käme.
„Ja, ja bald.“ Irma packte hastig Mehl, Schmalz und Eier in den Beutel. Sie zahlte, nickte, verschwand. Die Wut ließ sie schwitzen. Sie schritt weit aus. Sie rutschte trotzdem nicht. Sie hinterließ tiefe Abdrücke im Schnee. Zu

Hause riss sie die Tür auf. Dietmar war nicht da. Wo trieb er sich rum, wenn er nicht in der Schule war? Irma mutmaßte. Sie sah ihn bei den Halbstarken, sie sah ihn mit einem Mädchen, sie sah ihm beim Francke schuften.
Er pfiff, als er die Treppe hochkam. Er sagte nichts, grinste Irma an, schnappte sich die Zeitung, setzte sich damit in den Sessel. Sein Atem roch nach Bier und Zigaretten. Irma schlug zu. Er lachte darüber. Später lehnte er am Türpfosten und beobachtete sie, bis sie die Arbeit unterbrach.
„Was hätte ich denn tun sollen. Du hättest es nie erlaubt, dass ich mit dem Halbjahreszeugnis aufhöre.",„Das ist kein Grund zu lügen. Mich lügst du an, deine Mutter! Ich bin nicht einer deiner Fußballkumpanen."
„Die muss ich nicht anlügen." sagte Dietmar leise. Irma hatte es gehört. Sie reagierte nicht, sie drehte das Rad, trat aufs Pedal.

Sie hatte in der Kirche eine Kerze für Dietmar angezündet.
Jetzt schob sie ihm die Brotbüchse über den Tisch, Vaters Brotbüchse. Dietmar erkannte sie. Es hatte Schelte gegeben, weil er sie einmal als Sandkuchenform benutzt hatte. Er nickte Irma zu. Vaters Brotbüchse, seit Jahren lag sie im Schrank. Niemand durfte sie benutzen. Jetzt war sie bis zum Rand mit belegten Broten gefüllt. Dietmar warf Irma eine Kusshand zu.
Sie blickte auf die Uhr. „Du musst!"
In der vergangenen Nacht hatte es ununterbrochen geschneit. Dietmar zog Filzstiefel und Wattejacke an. Auch die Stiefel waren die seines Vaters. Er hatte sie auf dem Dachboden gefunden. Sie passten. Unten auf der Straße reihte er sich in den Strom der Arbeiter ein. Er hob das Kinn, er achtete nicht auf den Weg. Er verstand die Betrübnis in den Gesichtern nicht. Vielleicht war es nur Müdigkeit. Es war früher Morgen. Der Schneepflug hatte die Straßen noch nicht geräumt. Sie stapften. Sie rutschten, besonders die Frauen mit ihren dünnen Schuhsohlen. Ihre Blicke waren zum Boden gerichtet. Sie hielten sich aneinander fest. Sie schimpften, dass es keine Apfelsinen gab, nicht mal Äpfel. Dietmar war das egal. Er hatte kaum Schlaf gefunden in der vergangenen Nacht. Trotzdem fühlte er sich wach. Er wollte sich gut anstellen, alles richtig machen. Er dachte an die Brotbüchse in seinem Beutel. Hieß

das, der Vater war tot. Wusste die Mutter mehr, als sie den Kindern preisgab? Oder hatte sie aufgehört zu warten?
Er sollte sich im Büro melden. Er klopfte. Niemand antwortete. Er klopfte noch einmal, nichts. Er lehnte sich an die Hauswand, wartete. Niemand kam. Hatten die ihn vergessen? Stellten sie doch lieber einen Anderen ein, dessen Mutter nicht so ein Theater machte. In die Schule würde er jedenfalls nicht zurückgehen. Es war schwer genug gewesen, den Direktor von seinem Abbruch zu überzeugen. So ein schlechter Schüler sei er doch gar nicht.
Er spähte durch das Schlüsselloch. Im Büro brannte Licht. Er klopfte etwas lauter. Er klinkte. „Ah Herr Geipel. Nicht so zaghaft, kommen Sie rein." Es war Frau Francke, die ihn empfing. Eigentlich hieß sie Sonntag. Sie und Theo durften nicht heiraten. Ihr Vater war dagegen. Aber jeder nannte sie Frau Francke. Alle wussten, dass sie es heimlich miteinander taten. Dietmar musste bei dem Gedanken lächeln.
In der Mitte des Büros stand ein Schreibtisch aus Sperrholz, hinter dem Frau Sonntagsfrancke jetzt Platz nahm. Sie gefiel Dietmar. Er konnte verstehen, dass Theo sich diese Frau nicht verbieten ließ. Dietmars Stiefel hinterließen nasse Abdrücke auf dem grünen Linolboden. Er tapste zum Stuhl. Sie winkte ab. Sie las ihm eine Belehrung vor. Ihre Stimme hatte den Klang eines jungen Mädchens. Dietmar unterschrieb, ohne noch einmal zu lesen. Seine Hand zitterte ein wenig.
„So, Arbeitskleidung tragen Sie ja schon. Herr Francke wird sie gleich abholen."
Süß, wie sie das sagte, wenn man doch wusste, dass sie zusammen im Bett lagen.

Francke Junior war hager. Er stieg über Stege, sprang über Schwellen, ohne hinzusehen.
Schon als Kind war er zwischen den Gruben herum gerannt.
„Du fängst am besten in der Lohe an." Er führte Dietmar an den Gruben vorbei. Sie gingen über den Hof. In einem Keller stand eine riesige Maschine. Theo blieb an der Tür stehen. „Das ist unsere Madam." Dietmar verstand

nicht. Für ihn sah Madam wie ein Ungetüm aus. Der Maschinenrücken glänzte nass. Es roch nach Schmieröl. Theo tätschelte die Maschine. „Unsere Dampfmaschine. Wir machen alles mit Dampf. Mit ihr steht und fällt alles." Theo ging weiter. Die Lohe lag etwas abseits. Auf einem umgestülpten Eimer saß ein älterer Mann und rauchte. „Karl nicht hier!" Karl erhob sich. Er trat gegen den Eimer. Es polterte. Theo schüttelte den Kopf. „Du weist ihn ein." Karl runzelte die Stirn. Auch seine Nase kräuselte sich dabei. Sie war viel zu groß für das schmale Gesicht.

„Du musst die Rinden da rein hauen. Da werdens Stücke. Ist ja nicht schwer, was." sagte Karl. Er ging. Er ließ Dietmar einfach stehen. Dietmar schaute ihm nach. Er hoffte, Karl würde gleich zurückkommen. Er ließ sich aber Zeit. Dietmar beschaute die Maschine. Ist ja nicht schwer, hatte der Alte gesagt. Aber wenn man nicht wusste, wo man die Rinde einfüllte und wieviel, war es auch nicht leicht. Was, wenn er die Maschine kaputt machte. Über der Schubkarre war eine Öffnung. Das konnte bedeuten, die Rindenstücke kamen hier heraus. Also musste er sie da oben einfüllen. Aber wieviel? Er wagte es nicht. Er postierte sich im Türrahmen. Er schaute in die Richtung, in die Karl gegangen war. Er schob sich eine Zigarette zwischen die Lippen. Er steckte sie zurück in die Schachtel, als er an das Rauchverbot dachte. Er biss sich ein Stück Fingernagel ab, spuckte es aus. Er schob die Hände in die Hosentaschen. Nahm sie wieder raus, als es ihm bewusst wurde. Niemand sollte denken, er hätte keine Lust. Ein Arbeiter mit Gerberschürze und Gummistiefeln stellte eine Karre vor der Lohe ab. Er wischte sich Schweiß vom Gesicht, rief nach Karl.

„Er ist gegangen, ich weiß nicht wohin."

„Mann, wir brauchen frische Lohe." Er ging hinein. Dietmar hörte ihn schimpfen.

„Keine Säcke da. Wie lange ist er denn schon weg?" Dietmar überlegte. Durfte er das sagen? „Wer bist du überhaupt?" Dietmar hielt ihm die Hand hin. Der Mann ignorierte sie.

„Bist neu." Dietmar nickte. „Wir begrüßen uns hier nicht so förmlich. Gibt höchstens mal ein Schulterklopfen, wenn einer nen Witz reißt. Ich bin

Schürze." Dietmar schaute auf die Gerberschürze, die dem Mann bis zum Knöchel reichte.

„Ja genau deswegen."

Karl kam zurück. Sein Gesicht war von roten Äderchen überzogen.

„Wusste ich's doch, der war schon jetzt beim dritten Farbgang." Karls Augen waren klein. Er schaute Schürze nicht an, als er sagte: „Wartste schon wieder. Kann ja nicht hexen. Theo hat mir nen Lehrling aufgebrummt."

„Irgendwann fliegst du. Das weißt du. Wir warten, die Grube muss neu gefüllt werden."

„Hab doch dem Jungen gesagt, er solls machen." Dietmar wurde rot.

„Ich wusste doch nicht wieviel da rein kommt."

„Solang bis voll ist." Karl zündete sich eine Zigarette an. Schürze nahm sie ihm aus dem Mund, trat sie aus. „Komm mit, Junge." Dietmar folgte ihm in die Lohe. Schürze zeigte ihm, wo die Rinde hineingehörte, wie sie geschichtet wurde.

„Sonst verstopfst du den Rindenbrecher." Dietmar nickte. Schürze zeigte ihm, wie der Sack festgemacht wurde. Dietmar machte die Handgriffe nach. Schürze klopfte ihm auf die Schulter. „Hau rein Junge, wir warten." Dietmar füllte Rindenstämme auf. Er wechselte die Säcke. Er belud den Karren.

Schürze brachte die nächste Schubkarre. Dietmar krempelte die Ärmel hoch. Wischte Schweiß, fühlte Blasen an den Händen. Er beschichtete die Maschine neu. Wo war Karl? Dietmar fand ihn dösend in der Ecke. Francke Senior ging über den Hof. Dietmar rüttelte Karl wach. Karl stöhnte. Er setzte sich auf den Eimer, zündete eine Zigarette an. Dietmar winkte ab. Selber schuld, wenn der Alte ihn erwischte. Dietmar füllte den Rindenbrecher neu. Stöhnen und Scheppern. Vermutlich war Karl wieder eingedöst. Dietmar stoppte die Maschine. Da stimmte was nicht. Er betätigte den Rüttler, wie Schürze es ihm gezeigt hatte. Die Rinden liefen normal durch. Trotzdem kamen die Stücke als Bröckchen heraus. Er drehte sich zu Karl um. Karl lag neben dem Eimer. Dietmar beugte sich über ihn. Karls Atem stank wie reiner Schnaps. Dietmar schlug ihm ins Gesicht. Karl kam zu sich, blieb aber liegen. Er lächelte. Nein, es war kein Lächeln. Seine Gesichtsmuskeln zuckten. Dietmar

wich zurück. Ständig sah ihn ein anderer Karl an. Die Augen aufgerissen, der Mund verzerrt. Dietmar rannte raus, rief nach Schürze, rief nach Theo. Den Karl hat`s erwischt, rief Gunter über den Hof. Er schaute aus der Luke des Abwelkbodens. Theo rannte ins Büro. Er rief die Schnelle Medizinische Hilfe an. Die Sanitäter hoben Karl auf die Trage. Er fuchtelte mit den Armen. Rief Unverständliches. Dietmar verstand, er wollte nicht mit. Aus den umliegenden Häusern schauten die Menschen zu. Dietmar hätte sie am liebsten angeschrien. Sie tuschelten, sie lächelten. Dietmar spuckte in ihre Richtung. „Lass." sagte Schürze. Theo schloss die Lohe ab. „Genug für heute." Dietmar schaute auf die Werksuhr, über dem Durchgang. Es war noch nicht halb vier. „Komm duschen." sagte Schürze.
„Ist noch nicht Feierabend."
„Wenn der Chef sagt genug, dann ist es genug."
Es gab keine Trennwände zwischen den Duschhähnen. Dietmar zögerte. Sie bewarfen ihn mit Seiflappen. Er zog sich langsam aus, hielt die Hände vor sein Geschlechtsteil. Sie johlten. Sie zogen ihn ins Duschbecken. Sie hielten seinen Kopf unter den Wasserstrahl.
„So jetzt bist du getauft. Jetzt darfst du mit zum dritten Farbgang." Sie lachten. Dietmar entstieg dem Becken. Er hatte nichts zum Abtrocknen.
„Hier, das ist der Spind vom Karl." Schürze stand nackt neben ihm. Es schien ihm nichts auszumachen. Er öffnete Karls Spind, warf Dietmar dessen Handtuch zu. Dietmar trocknete sich nur flüchtig ab. Das Handtuch roch nach Schweiß und Leder.
„Was ist der dritte Farbgang?" Dietmar flüsterte die Frage.
„Lohbrühe trinken." sagte Schürze. Er machte eine Handbewegung, Dietmar solle ihm folgen. Sie betraten einen Gastraum. Ein runder Tisch stand in der Mitte. Er füllte den Raum fast aus. Auf einem Tablett standen Schnapsgläser, die Theo füllte. Er winkte Dietmar heran.
„Unser dritter Farbgang hat 32 Prozent. Prost!" Er hob das Glas. Die anderen taten es ihm nach. Sie leerten die Gläser mit einem Schluck. Dietmar nippte.
„Bist wohl noch Jungfrau?", fragte Helmut. Dietmar spürte Hitze in seinen

Wagen. Er schüttelte den Kopf, sagte aber: „Mh." Sie stießen darauf an, dass er bald zum Mann würde. Schürze füllte die Gläser neu. Dietmar wehrte ab. „Komm schon. Auf einem Bein kannst du nicht stehen." Sie ließen es nicht zu, dass er aussetzte. Er kippte die Schnäpse runter. Es brannte nur, wenn man langsam trank. Ihm wurde schwindlig. Er lehnte sich an die Wand. Theo hob das Glas:
„Auf Dietmar! Machst dich gut, Junge." Dietmar taumelte zu einem Stuhl. Er war müde, sehr müde. Er dachte an Karl. Vielleicht war die Lohe schuld. Bestimmt, war die Lohe schuld. Und überhaupt sie alle waren schuld. Er war doch Mann, hatte er doch bewiesen. Hatte er.

Er erwachte in seinem Bett. Wusste nicht, ob es schon morgen war. Das Radio dudelte. Die Dielen knarrten unter Irmas Schritten. Er hörte das Pfeifen des Wasserkessels. Er hob den Kopf. Die Uhr verschwamm.
„Aufstehen! Wer abends saufen kann, kann auch früh wieder zur Arbeit." Irma blieb vor dem Bett stehen.
„Aber sie haben."
„Ich will es nicht wissen. Hoch jetzt!" Dietmar stand langsam auf. Den Kaffee ließ er stehen. Ihm wurde schon vom Geruch schlecht. Er hielt den Kopf unter kaltes Wasser. Der Schmerz wurde heftiger. Irma gab ihm eine Tablette.
„Gnade dir Gott, du kommst heute wieder so!"
Er schüttelte den Kopf, fasste sich an die Stirn. Der Schwindel ließ nur langsam nach.
Irma schob die Brotbüchse über den Tisch. Er beachtete sie nicht.

Sie standen auf dem Hof, alle. Sie rauchten schweigend, sahen dabei zu Boden. Sie sahen auch nicht auf, als Dietmar kam. Aber sie hatten ihm doch immer wieder nachgeschenkt. Dietmar schaute auf die Uhr. „Sind doch nur sieben Minuten. Es kommt nicht wieder vor."
„Karl ist tot. Ist gestorben. Im Krankenhaus." Theo hielt seine Mütze in den Händen. Der umgestülpte Eimer stand neben der Tür. Als würden sie warten, dass Karl sich darauf setzte. Dietmar senkte den Blick, weil sie alle es taten.

„Geht nach Hause, heute." sagte Theo. Sie zögerten. Theo ging ins Haus. Sie rauchten.
Stumm reichten sie die Flasche weiter. Sie tranken einen Schluck auf Karl. Dann gingen sie auseinander.
Die Leute in der Straße steckten die Köpfe zusammen. Dietmar schnappte ihre Worte auf. Sie sagten, es geschehe Karl Recht. „Ist ja kein Wunder, soviel wie der gesoffen hat. Hätte sich doch eine neue Frau nehmen können, nach Annemaries Tod."
Irma hatte auch schon von Karls Ableben gehört. Die Sackgasser hatte es heraus posaunt. „Die saufen dort ja alle. Jetzt noch der Dietmar." Sie schüttelte den Kopf. Sie wischte und polierte das Treppengeländer den ganzen Tag.
Irma stand am Tisch. Sie schnitt Stoff zu. Sie sah Dietmar nicht an.
„Du machst da nicht mit. Versprich mir das!" Es dauerte bis Dietmar begriff, dass sie vom Saufen sprach. Er nickte.
„Sag es!"
„Ja ich verspreche es."

Sieglinde war ruhig. Auffallend ruhig. Störend ruhig. Sie malte oder las. Sie sprach nicht über die Schule, nicht übers Haaremachen. Es beunruhigte Irma. Das war nicht ihre Siggi. Ein Grund zum Friseur zu gehen. Das Geld in der Dose war knapp. Aber das war es immer. Irma hoffte auf ein Wunder. Weihnachten stand unmittelbar bevor. Die Wünsche ihrer Kinder waren bescheiden. Und trotzdem musste sie streichen und vertrösten. In diesen Tagen nahm sie Herberts Foto oft zur Hand. Sie beschimpfte ihn, sie polierte das Glas, sie fluchte heimlich, sie stellte eine Vase mit Tannenzweigen neben das Foto. Sie schaute zum Kreuz. Sie dachte, für meine Flüche werde ich bestraft werden.
Irma vermied den Blick in die weihnachtlich geschmückten Schaufenster. Sie stapfte den Schnee von den Schuhen. Keine Kundschaft im Friseurladen. Frau Schrader gab ihr lächelnd die Hand. Sie fragte nicht. Sie führte Irma zum Frisiertisch.
„Geht aufs Haus." sagte sie. Irma schüttelte den Kopf. Frau Schrader wusch die Haare und massierte dabei die Kopfhaut. Irma seufzte.

„Wie geht es meiner kleinen Freundin?", fragte die Schrader. Irma fuhr herum.
„Sie kommt also nicht mehr zu Ihnen?"
„Sehr selten. Die Liebe, die Liebe."
„Was?"
„Sie wissen also gar nicht, dass sie einen Freund hat? Wir nennen ihn den Apfelfreund, weil er ihr immer Äpfel schenkt."
„Dieses elende Miststück."
„Ach, sie ist ein lieber Kerl!"
Irma streckte den Rücken durch. Sie sagte: „Reicht so." Die Schrader wollte ihr Farbe aufschwatzen. Irma wehrte ab. Ihre Haare waren grau. Das war das Leben. Wem wollte sie noch gefallen.
Frau Schrader schnitt und schnitt, drehte Lockenwickler ins Haar. Sie führte Irma zu einem haubenartigen Monster. Irma blieb davor stehen.
„Neue Trockenhaube, habe ich von Drüben." Irma setzte sich. Frau Schrader senkte die Haube über Irmas Kopf, legte eine Illustrierte in Irmas Schoß. Irma las nicht darin. Sie behielt die Uhr im Blick. Die Arbeit konnte nicht liegen bleiben. Weihnachten leisteten sich die Frauen neue Röcke und Blusen.
„Entspannen Sie sich!"
„Wie bitte?"
Frau Schrader zeigte auf die Zeitschrift. Irma schlug sie auf. Was ging sie das Liebesleben anderer Frauen an. Sie klappte die Zeitschrift wieder zu, dachte an Sieglinde. Kleines verliebtes Fräulein. Es stach in der Brust. Die Schrader wusste mehr über ihr Kind, als sie selbst.
Auf dem Weg nach Hause begegnete Irma Christine und Georg. Christine zog ihre Hand aus Georgs Manteltasche. „Wir sehen uns morgen." flüsterte sie. Er hielt ihr den Mund zum Kuss hin. Christine gab ihm die Hand. Sie holte Irma ein. Irma hatte den Kussmund gesehen. Sie fragte sich, wie lange es dauern wird, bis Christine ihm alles gab. Sie sah Christine und Georg nicht vor dem Altar. Sie hatten geredet, mehr als einmal. Spaziergänge an nasskalten Abenden, die zu nichts führten. Die Liebe, die Liebe, hatte die

Schrader gesagt. Die Liebe war ein Teufelswerk. Irma sah erschrocken zum Kirchturm.

Irma beobachtete Sieglinde. Sie legte das Brot nach jedem Bissen zurück auf ihr Brettchen. Sie kaute langsam. Sie rieb Krümel von den Fingerspitzen. Sie spitzte den Mund, als wolle sie die Lippen mit einer Serviette abtupfen. Woher kam dieses Getue? Vor kurzem war sie noch, auf Bäume geklettert und hatte beim Fußballspielen den Ton angegeben.
„Wie kannst du es wagen, mich zu belügen?" Sie schauten auf, alle. Sieglinde senkte sofort den Blick. „Mit dir rede ich! Wo bist du, wenn du nicht zu Frau Schrader gehst?"
Irma zog das Brotmesser mehrmals über einen Schleifstein. Das Geräusch ließ Christine und Ulli erschauern. Auch Sieglinde rieb sich die Arme.
„Bei Jürgen, wegen den Hausaufgaben. Wegen der Hausaufgaben." verbesserte Sieglinde sich selbst. Ihre Wangen nahmen die Farbe der Weihnachtsäpfel an, die eine Kundin mitgebracht hatte. „Warum wirst du dann rot?"
Sieglinde pustete. „Mir ist warm. Der Tee ist viel zu heiß."
„Offenbar ist Christine nicht die Einzige, die verliebt ist." sagte Irma.
„Wer ist denn der Glückliche." Christine stupste Sieglinde am Kinn. Sieglinde drehte ihr Gesicht zur Seite.
„Man nennt ihn den Apfelfreund. Wenn du mich noch einmal belügst, dann gnade dir Gott. Bis Weihnachten hast du Stubenarrest. Sofort nach der Schule kommst du Heim. Die Weihnachtsfeier ist gestrichen."
„Ist mir sowieso zu doof, mit den anderen zu singen."
Irma holte aus. Sieglinde ging in Deckung. Irma schob die Hand in die Schürzentasche. Das muss aufhören, dachte sie.

„Du kannst deine komischen Äpfel behalten. Die schmecken sowieso nicht."
„Was ist denn?" Jürgen fragte leise. Die anderen Jungen uzten über ihn und Sieglinde. „Eigentlich kann ich dich überhaupt nicht leiden. Du spielst ja nicht mal Fußball." Sieglinde ließ ihn stehen. Sie und verliebt. So ein Quatsch. Fehlte noch, dass sie mit diesem blöden Dauerlächeln herum lief, wie Christine.

„Gleich heult er." frotzelte Gerd. Die Jungen lachten.
„Warum bist du denn so gemein?", fragte Hannelore.
„Weil er ein Memme ist, genau wie du."
„Ist er nicht." Hannelore sah zu Jürgen rüber. Er saß am Tisch, den Kopf auf die Arme gestützt.
„Sowas bringt nur Unglück, sehe ich bei Christine, mal heult sie, dann lacht sie, dann weint sie wieder. Ich habe keine Zeit für so was. Ich muss im Laden helfen." Sieglinde hob das Kinn. Gleich nach der Schule wollte sie zu Frau Schrader gehen. Frau Schrader gab ihr immer etwas vom Trinkgeld ab. Sieglinde sparte die Münzen in ihrem Schuhkarton. Sie wollte für die Mutter ein Weihnachtsgeschenk kaufen. Damit die wieder fröhlich war. Ihr war aufgefallen, die Mutter lachte nicht mehr. Nie mehr. Sie hielt sich immer öfter den Rücken. Sie stöhnte schon morgens, wenn sie aus dem Bett aufstand. Sie schimpfte über jede Kleinigkeit.
„Ich finde die Liebe schön." Hannelore seufzte. „Ich habe es heimlich im Fernsehen gesehen, wie richtige Küsse gehen. Es muss himmlisch sein."
Sieglinde winkte ab. „Setzt dich doch zu dem. Vielleicht spielt der mit dir, Mutter, Vater, Kind."

21.

„Wir gehen alle oder keiner." sagte Theo. In seinem schwarzen Anzug wirkte er noch schmaler. Dietmar schloss sich den Männern widerwillig an. Er trug sein kariertes Hemd und eine beige Hose. Was soll ich auf der Beerdigung. Habe ihn doch kaum gekannt, dachte er. Er sprach es nicht aus. Er ging hinter ihnen her. Sie trugen Blumen. Sie sprachen wenig. Dietmar dachte an Ottilies Beerdigung. Alles war ihm unwirklich erschienen. Da in dem Sarg sollte die Frau mit dem Kopftuch liegen. Man sprach über sie, über ihr Le-

ben. Für Dietmar klangen die Worte, wie das Geschwätz der Sackgasser und der Müller.
Und nun sollte er auf eine Holzkiste starren, in der Karl lag. Oder das, was von ihm übrig geblieben war. Und er sollte so tun, als vermisse er diesen Karl, der ihn an seinem ersten Tag im Stich gelassen hatte.
Sie saßen vorn. Da wo sonst die Familienmitglieder Platz nahmen. Es gab keine Familie. Es gab niemanden, außer den Kollegen.
„Seine Saufkumpanen lassen sich natürlich nicht blicken." flüsterte Schürze.
Glockenläuten, dann Musik. Dietmar kannte das Stück nicht. Die Orgeltöne schrillten. Er atmete auf, als der letzte Ton verklang. Er schaute auf seine Schuhe, schaute auf Schürzes Schuhe. Sie glänzten. Seine nicht. Er musste grinsen, als er an Irma dachte. Sie würde Spucke verreiben, ihn dabei einen Liederjan nennen.
Der Bestatter sagte Karls Lebensdaten auf. Es klang, wie bei einem Polizeibericht. Sie hatten gesammelt, damit Karl überhaupt bestattet werden konnte. Franckes hatten das Meiste bezahlt. „Armer Hund." hatte Theo gesagt. Sie wussten, er hatte Recht.
Jetzt erfuhr Dietmar, es hatte eine Familie gegeben. Annemarie Naumann hatte sich das Leben genommen. Sie hatte den Tod ihres Sohnes nicht verwunden. Dietmar fragte sich, wie der Sohn ums Leben gekommen war. Das erwähnte der Bestatter nicht. Seine Rede war zu Ende. Knarzen der Holzbänke. Schweigen. Sie blickten nach unten. Musik. Wieder ein klassisches Stück, das Dietmar nicht kannte. Sie erhoben sich. Sie liefen hinter dem Sarg her zur Grabstätte. Jemand schniefte. Tatsächlich, Frau Sonntagsfrancke weinte. Theo legte seinen Arm um ihre Taille. Er ließ los, als er Dietmars Blicke bemerkte.
Sie warfen Erde auf den Sarg. Dietmars Hand zitterte. Er dachte an seinen Vater. Schürze legte seine Hand auf Dietmars Rücken. Dietmar stellte sich abseits. Er wollte diesen Ort verlassen. Ort der Krähen. Ort der Tränen seiner Mutter. Worauf noch warten? Aber sie standen um die aufgeworfene Erde. Sie stierten auf den Sargdeckel. Sie schüttelten die Köpfe. Francke Senior verließ als Erster die Grabstätte. Gunter ging ihm nach. Er zündete sich

eine Zigarette an, hielt Dietmar die Schachtel hin. „Warst wohl noch nie auf einer Beerdigung?"
„Doch."
Sie liefen Francke Senior nach. Er schloss die Gerberstube auf. So nannten sie den Gastraum mit dem runden Tisch. Das Tablett mit den Schnapsgläsern stand noch da. Schürze spülte die Gläser aus. Theo legte ein Bild von Karl auf den Tisch. Frau Sonntagsfrancke zündete eine Kerze an. Sie hoben stumm die Gläser. Sie prosteten nicht. Sie sahen auf das Bild. Dietmar starrte die Wand an. Das leere Glas behielt er in der Hand. Theo schenkte trotzdem nach.
„Wie ist denn der Sohn gestorben?" Sie sahen Dietmar lange an. Dann setzten sie sich. Francke Senior sprach leise. „Wegen einer Gitarre." Dietmar verstand nicht.
„Er wollte Musiker werden. Es war ihm ernst damit. Nicht so eine Jungenspinnerei. Er übte sich jeden Tag die Finger wund. So hats der Karl erzählt. Ein Russe wollte ihm die Gitarre wegnehmen. Der Klaus hat sie an sich gepresst, als wärs seine Freundin. Der Soldat gab nicht auf. Klaus zerschlug seine eigene Gitarre. „Lieber mach ich sie kaputt, als sie dir Mörder zu geben." soll er geschrien haben. Der Russe hat ihn erschossen."
Dietmar trank. Er schüttelte den Kopf. „Nein wegen so was." sagte er. Er schenkte sich selber nach. Francke Senior stellte die Flasche außer Reichweite.
„Ja, das haben sie euch in der Schule nicht erzählt."
Dietmar stellte das Glas hart ab. Es zersprang. Er knallte die Tür.
Er wollte sich baden, sich die Haut schrubben. Die Verachtung, die er für Karl empfunden hatte, abschrubben. Kein Mensch hatte so ein Schicksal verdient. Die Scheißkommunisten! Die Russen waren ihre Heiligen. Die Russen waren ihre Retter. Lügner! Noch ein paar Schnäpse und er würde es heraus brüllen. Sollten sie doch alle aus den Fenstern schauen und über ihn reden, wie sie über Karl geredet hatten.

22.

Georg stand in der Mitte des neuen Zimmers. Er stellte eine Fichte auf. Irma ging um den Baum herum. „Wir könnten ein paar Äste eindrehen." sagte Georg.
Irma hielt die Hände vor den Mund. „Schön." sagte sie. „Aber ich habe keinen Schmuck. Ist zurück geblieben."
„Wo?", fragte Sieglinde.
„Zu Hause." flüsterte Irma. Sie sah die silbernen Vögel vor sich. Sie hatten Schwänze aus silbergrauem Pinselhaar. Sie schillerten ohne Kerzenlicht. Sie dachte an die silbernen Kugeln mit dem weißen Schnee. Der Baumschmuck ihrer Mutter. Auch den musste sie zurücklassen. Sie sank in den Sessel, schaute auf ihre Hände. Kräftige Hände, wie die ihrer Mutter. Hände die schafften, gefaltet nur zum Gebet. Nie lagen sie im Schoß. Hände, die ihrer Kinderhand Schutz und Wärme gegeben hatten.
Irma stand auf. Weihnachtswehmut führte zu nichts. Mutter war tot. Die Flucht war ihr erspart geblieben. Sie hätte den Soldaten ins Gesicht gespuckt. Sie hätte ihnen nichts überlassen. Sie hätte gerafft, nicht aus Gier. Es war der Stolz hart verrichteter Arbeit.
„Der erste Weltkrieg hat mich nicht umgebracht. Vom zweiten lasse ich mich nicht berauben!" Mit diesen Worten hatte sie Goebbels Radiostimme übertönt.
Sieglinde rieb ihre Wange an Irmas Hand. „Hier ist doch zu Hause." sagte sie leise.
Irma legte kurz ihre Hand auf Sieglindes Schulter. Dann polierte sie das Glas auf dem Foto ihrer Mutter.
Mutter im weißen Kleid mit Hut. Ihre Brauen bildeten eine dunkle Linie. Irma stellte das Foto neben Herberts. Sie drehte das Rad. Sie trat das Pedal. Der Nähfuß glitt auf und ab, auf und ab. Das Rattern übertönte das Geräusch der Säge, mit der Georg den Baum kürzte.

Sieglinde hielt Irma ein Blatt Papier vors Gesicht. Sie hatte rote Weihnachtskugeln gemalt. „Wenn ich die ausschneide und du einen Faden durchziehst, dann haben wir Baumschmuck." „Schön." sagte Irma. Sie hatte gar nicht hingeschaut. Sieglinde hielt das Blatt an den Baum.
„Du musst auch die andere Seite ausmalen. Sonst hast du weiße Flecken."
„Du bist ja dumm. Das ist der Schnee." Georg lachte. Er schaute zu Irma. Er sah den runden Rücken, das fahle Gesicht, das spitze Kinn. Verhärmte Frau. Warum ging sie nicht in die Fabrik. Sie hätte es leichter gehabt, hätte regelmäßige Arbeitszeiten. Bräuchte sich um Kundschaft nicht zu sorgen. Er schüttelte den Kopf. Irma hatte seine Blicke bemerkt.
„Der Baum ist schief." sagte sie.
Sie hörte Flüche aus dem Treppenhaus. Sie erkannte Dietmars Stimme. Irma lauerte neben der Tür, den Ausklopfer in der Hand. Sieglinde kicherte. Irma legte den Ausklopfer weg. Dietmar war kein Kind mehr. Dem musste sie anders beikommen. Gegen die Sauferei halfen keine Schläge und keine Predigten. Viele Männer soffen. Sie waren heimgekehrt. Die Bilder des Todes hatten sie nicht zurückgelassen. Sie betäubten ihre Erinnerungen mit Schnaps. Aber Dietmar hatte keinen Grund zu saufen. Die Männer aus der Lohgerberei taten ihm nicht gut.
Dietmar stolperte über die Schwelle. Er fing sich am Türrahmen. Er schimpfte und schrie, stellte eine Flasche Halb und Halb auf den Tisch. Er hatte sie bis unters Etikett leer getrunken. Seine Hose war fleckig. Hitze schoss Irma in den Kopf. Sie schlug Dietmar ins Gesicht. Er hielt ihre Arme fest, stieß sie weg. Dann wankte er auf Georg zu. „Ihr Scheißkommunisten. Ihr Lügner! Ihr Mörder!" Er stieß den Baum um. Er trat die Äste nieder. Der Baum zerbrach. Dietmar ließ sich in den Sessel fallen, wimmerte, stammelte Schimpfwörter, schlug mit der Faust auf die Sessellehne ein. Irma zog den Vorhang zu. Sie schluckte. Sieglinde stand am Vorhang und starrte. „Komm da weg." sagte Irma. „Vergiss, was du gesehen hast."
Georg drehte die Mütze in den Händen.
„Er wird schon noch zur Vernunft kommen." sagte er.
„Gehen Sie jetzt bitte!"

Irma schluckte. Bitterer Geschmack auf der Zunge. Bilder von Herbert im Kopf. Herbert lallend und schimpfend. Bekleckert mit dem Duft anderer Frauen.

23.

Sieglinde kaute auf ihrem Stift. Dietmar schlich um den Tisch. Sieglinde zog Buch und Heft weg. „Soll ich dir nicht helfen?"
Sieglinde klappte das Buch zu. „Du hast Weihnachten kaputt gemacht." sagte sie.
„Wegen dir kommt Papa nicht heim."
„Wer hat dir denn das eingeredet." Dietmar öffnete ein Bier. Irma nahm ihm die Flasche weg. Die Flasche schlug hart auf. Bierschaum floss auf den Tisch. „Wisch das weg!", sagte Irma. „Und lass Siggi in Ruhe!" Das waren ihre ersten Worte, seit Dietmar den Baum zerbrochen hatte. Für ihn gab es kein Gedeck auf dem Tisch, keine gebügelten Hemden, keine frischen Socken. Die Brotbüchse blieb im Schrank. Irma dachte, das wird ihn zur Vernunft bringen. Auf die Familie konnte keiner verzichten.
Irma sah zu Herberts Foto. Sieglinde hatte Tannenzweige davor abgelegt. Sie wartete. Sie wartete immer noch. Irma stach sich in den Finger. Das Blut hinterließ Tupfer auf dem Stoff. Warum Sieglinde? Sie kannte ihren Vater nicht. Sie wartete auf einen Traumvater. Irma seufzte. Sie trat zu heftig aufs Pedal. Das Garn fitzte. Erst jetzt bemerkte sie die Flecken auf dem Stoff. Sie suchte Pflaster. Der Stich war fast nicht zu sehen. Trotzdem blutete es. Sie tupfte, sie dachte. War sie ihnen nicht genug? Sie gab alles. Sie zehrte sich aus. Hätte auch Dietmar den Vater gebraucht? Wo kam diese Wut in ihm her?
Sie schaute ihn an. Er war blass. Blass und schmal und sein Gesicht noch

immer kindlich. Irma klemmte die Wärmflasche zwischen Stuhllehne und Rücken. Sie trat das Pedal. Der Schmerz in ihrem Rücken war laut. Sie ging zur Kredenz. Sie trank Schnaps aus der Flasche, schluckte eine Tablette. Im Rücken wurde es warm. Der Schmerz ließ nach.

Dietmar hatte sie beobachtet. Sie musste sich ein neues Versteck für die Flasche einfallen lassen. Ihr Sohn würde kein Trinker werden. Das Maul der Sackgasser sollte brennen, wenn sie ihn noch einmal so nannte.

Sieglinde schimpfte vor sich hin. Sie blätterte im Buch. Sie stöhnte. Wer musste schon rechnen beim Haaremachen. Sie stützte das Kinn auf. Wenn Ulli doch da wäre.

Sie schrieb ihm die Aufsätze. Er rechnete ihre Aufgaben. So hatten sie es oft gehalten. Irma schwieg dazu. Ulli war immer schnell mit den Aufgaben fertig. Sieglinde brauchte mindestens zwei Stunden für einen Aufsatz. Ulli tobte mit den Jungs. Sie schrieb seinen Aufsatz. Dann bereute sie. Aber abgemacht, war abgemacht.

Sieglinde klappte Heft und Buch zu.

„Schon fertig?", fragte Irma. Sieglinde nickte. Sie schaute Irma nicht an. Buch und Heft schob sie schnell in die Schultasche. Sie holte ein Päckchen unter dem Bett vor.

„Darf ich zu Gisela?"

Seit wann duzte sie diese Frau. Entglitt ihr auch dieses Kind?

„Dann geh. Um sechs gibt es Abendbrot, denk dran. Eigentlich hast du noch Arrest."

Sieglinde wickelte ihren Schal um das Päckchen. Im Treppenhaus trällerte sie „Oh Tannenbaum". Irma schluckte. Weihnachten hatte seinen Glanz verloren. Weihnachten war Kampf. Noch immer hatte sie nicht für jedes ihrer Kinder ein Geschenk. Sie schaute auf die Äste der Fichte in der Kohlenschütte. Sie würden im Ofen knacken. Die Platte würde glühen. Es würde schnell warm werden. Aber Sieglinde vermisste den Baum. Und auch Irma glaubte noch immer daran, dass es Unglück brachte, wenn man Weihnachten keinen Baum anputzte. Jedes Jahr hatte ihre Mutter auf dem Baum bestanden. Lieber auf Stollen und Plätzchen verzichtet. Irma erinnerte sich an ein Weih-

nachten, an dem sie nur das Licht der Baumkerzen wärmte. Der Ofen war seit Tagen kalt geblieben.
Sie nahm Herberts Foto in die Hand. Sie schaute ihn lange an. Fremder Mann, der von all dem nichts wusste, der Ruhe gefunden hatte oder Heimat in einer anderen Familie. Manchmal träumte sie von ihm. Er hob Kinder auf seine Schultern. Fremde Kinder. Oder sie sah ihn auf dem Leiterwagen, gestapelt zwischen anderen Leichen. Sie schreckte auf. Sie fand dann keinen Schlaf mehr.
Dietmar warf die Zeitung auf den Tisch. Er knallte die Tür. Über Irmas Gesicht liefen Tränen. Sie setzte sich an die Maschine.

Ullis Hosen waren nass. Das Hemd triefte am Körper. Die Jacke hielt er an sich gedrückt. In ihr zappelte etwas. Er lächelte Irma an.
„Ich brauche Wasser." sagte er. Der Karpfen entglitt ihm. Lag auf dem Boden. Schnappte, wand sich.
„Hol den Eimer vom Klo."
„Da rein?", fragte er.
„Wo sonst. Und dann bringst du ihn zurück, wo du ihn hergeholt hast."
Irma ging hin und her. Sie fasste sich an den Hals. Sie wrang die Hände in der Luft.
„Wie oft habe ich dir gesagt, du sollst nicht klauen! Zieh das nasse Hemd aus. Ohne Jacke rennst du rum. Es ist nicht zu glauben." Irma schrie sich die Stirn heiß. Sie schluckte noch eine Tablette. Sie dachte an die Flasche. Trank aber nicht. Der Schmerz ließ sich nicht betäuben, nicht mehr.
„Aber Hartmuts Opa hat gesagt, wenn ich einen erwische, darf ich ihn behalten."
„Du lügst!"
„Nein, tu ich nicht!" Irma zog den Mantel über die Schürze. „Nimm den Eimer."
„Er hat ihn uns geschenkt."
„Das soll mir der Opa selbst sagen."
Ulli redete auf sie ein. Sie solle ihm glauben. Irma ging mit dem Eimer

vorne weg. Ulli sah, wie Wasser aus dem Eimer schwappte. Irmas Schuhe wurden nass. Ulli dachte, sie wird sich erkälten und sie wird noch mehr Tabletten schlucken und noch mehr schimpfen.
Irma spürte die Nässe an ihren Füßen. Die Sohlen ihrer Schuhe waren brüchig. Das Geld in der Dose reichte nur für die Schuhe der Kinder.
Sie lief schneller. Ulli wollte ihr den Eimer abnehmen. Sie ließ es nicht zu.
Hartmuts Opa hauste in einer Scheune. Er trug mehrere Jacken übereinander. Er kaute während er sprach.
„Hat Recht der Kleine. Habe es ihm erlaubt. Meine Zucht war gut, dieses Jahr." Er zeigte auf den Teich.
„Die Fische wissen, wenn's ein harter Winter wird." Er spuckte dunklen Schleim aus.
Irma ging einen Schritt zurück.
„Nehmen sie ihn mit. Sie haben's auch nicht dick."
Irma schüttelte den Kopf. Sie wohnten nicht im Armenhaus. Sie hatten zu essen. Sie trugen saubere, ordentliche Kleidung. Sie aßen fast an jedem Sonntag Kuchen. Und Irma stellte Blumen auf das Grab ihres Kindes. Der Alte lächelte sie an.
„Kommen Sie, einen Karpfen kurz vor Weihnachten, werden Sie doch nehmen."
Er hauchte sich die Hände warm. Irma sah die Beulen an Fingern und Handknöcheln. Sie sah sich um. Warum hauste ein Gichtkranker in einer Scheune?
Ulli warf Futter in den Teich. „Ist gut, ist genug für heute." rief der Alte.
„Warum?", fragte Irma.
„Ich mag Ihren Jungen. Er hilft unserem Hartmut mit dem Rechnen."
Irma gab ihm die Hand. Sie fühlte die Beulen. Sie lockerte den Druck.
„Wusste ich ja nicht." sagte sie zu Ulli. „Du hast mir nie davon erzählt."
Du hörst es nicht, wenn du an der Maschine sitzt, dachte Ulli. Er sagte es aber nicht.. Er wusste, sie musste das tun. Er wusste, seine Antwort hätte ihr wehgetan.
„Ich werde ihm Handschuhe nähen. Richtig dicke." sagte Irma.

„Hast du Zeit für deinen Bruder? Oder bin ich für dich auch Luft?“, fragte Dietmar.
Christine fuhr herum. „Musst du mich so erschrecken!“ Sie spuckte in ihr Taschentuch, wischte und rieb. Der Lippenstift auf ihrer Wange ließ sich schwer entfernen.
„Das kommt davon, wenn man heimlich Mutters Lippenstift benutzt.“
„Habe ihn nur mal probiert. Sie braucht ihn doch sowieso nicht.“
Dietmar wedelte mit einer Tüte. „Mein erster Lohn. Ich will Weihnachtsgeschenke kaufen. Du sollst mir helfen. Hab keine Ahnung, was Mutter gefallen würde.“
„Ein Baum vielleicht.“
Dietmar zog eine Grimasse. „Geh ich eben allein.“
„Georg wartet.“ Christine wechselte die Unterwäsche hinter dem Vorhang.
„So weit seid ihr also schon.“
Christine wurde rot. „Geht dich nichts an.“
„Passt er wenigstens auf.“
„Hör auf so zu reden.“ Sie zog ihre Spitzenbluse an. Toupierte die Haare. Verzichtete aber auf den Lippenstift. Georg sollte nicht denken, sie putze sich für ihn heraus. Sie war nicht wie Inge.
„Du lässt Georg aber in Frieden!“, sagte sie. Dietmar antwortete nicht. Er ging stumm hinter ihr her.
Georg parkte gerade sein Motorrad. Er nahm den Helm ab, presste seine Lippen auf Christines Mund. Sie drehte den Kopf zur Seite.
„Wir müssen noch was einkaufen, für Weihnachten.“ sagte sie.
Dietmar wartete abseits. Er kickte Steine in Georgs Richtung.
„Ach, besinnt er sich plötzlich?“ Georg schoss die Kiesel zurück.
„Sei ruhig.“ flüsterte sie.
Dietmar zuckte mit den Schultern. Er ging. Sie schauten ihm nach.
Georg rieb Christines Rücken. „Zu mir?“
Sie schüttelte den Kopf.
„Aber irgendwann muss es doch sein.“ Er trat die Maschine an. Christine

umschlang seinen Oberkörper, drückte das Gesicht an seinen Rücken. Für sie war das genug.

Dietmar schritt durch Gassen und Straßen. Er rauchte. Er fluchte. Georg, Georg, Georg. Schleimte sich bei der Mutter ein. Brachte Tannenbäume. Keiner fragte, woher er die hatte. Er und seine Leute! Alles erklärten sie zum Volkseigentum und bedienten sich. Dietmar blieb stehen. Genau, Volkseigentum. Da gehörte der Wald auch dazu.
Im Konsument trank er zwei Bier, aß eine Bockwurst, die wässrig schmeckte. Die hier taten so, als wäre das eine Speisegaststätte. So stand es auf dem Schild. „Konsument Speisegaststätte" Dabei war es nur eine Mitropa. Das Bier war lau. Er legte Münzen neben den Teller, ging grußlos.

Irma füllte frisches Wasser in den Eimer. Sie schleppte den Fisch zum Markt. Diesen Fisch würde sie nicht essen. Es sollte Braten geben, wenigstens das. Sie wusste, es war nicht fromm, was sie tat. Die Frommen aßen Fisch am Heiligen Abend. Der liebe Gott hatte sie im Stich gelassen, schon lange. Da konnte sie auch ihrem Appetit nachgeben. Weihnachten kam Rinderbraten auf den Tisch.
Die Schürze des Fischweibs war blutbeschmiert. Sie schob die Haube zurück, kratze sich die Kopfhaut. Unter ihren Fingernägeln klebte Talg. Sie schaute Irma aus zusammengekniffenen Augen an. „Woher?", fragte sie.
„Mein Sohn hat ihn geschenkt gekriegt. Sie verstehen, dass die Kinder ihn nicht essen würden."
Das Weib senkte die Lider, wog den Fisch. Sie zählte Münzen in Irmas Hand. Irma nickte. Sie zählte nicht nach. Sie spuckte ins Taschentuch, rieb sich die Hände damit sauber. Das Weib fischte mit bloßen Händen einen Karpfen aus dem Bottich. Er landete zielsicher im Eimer der nächsten Kundin. Es war nicht Ullis Fisch. Irma hätte ihn erkannt. Sie würde Ulli sagen, dass sein Karpfen weiter lebte. Sie würde sagen, sie hätte es nicht übers Herz gebracht, ihm den Bauch aufzuschlitzen. Das würde Ulli gefallen.
Irma ging zur Fleischerin. Frau Herzsprung trug eine saubere Schürze. Das

Häubchen auf ihrem Kopf ließ kein Haar auf die Stirn gleiten. Sie lächelte jeden Kunden an. Den Kindern reichte sie Miniwürstchen über die Ladentheke.

Irma bat um ein Stück Rind für den Heiligenabend. Die Fleischerin schrieb die Bestellung in ein Buch.

„Müssen Sie aber früh kommen, sonst kann ich es nicht garantieren."

Irma schaute in die Auslage. Die Leberwurst war frisch. Sieglinde würde sich die Lippen lecken. Der Fisch war aber leichter gewesen, als Irma es vermutet hatte.

„Außerdem noch etwas?", fragte Frau Herzsprung. Sie sang diesen Satz nach jedem verkauften Stück Wurst oder Fleisch. Irma bedankte sich. Die Fleischerfrau wickelte ein Stück Speck ins Papier. Irma schüttelte den Kopf.

„Sie nähen immer so sauber und man hat's pünktlich." Irma winkte ab. Ließ das Päckchen in den Beutel gleiten. Sie drückte kurz Frau Herzsprungs Hand.

„Schmeckt besser so, der Rinderbraten." Irma nickte. Sie ging leichtfüßig. Der Schmerz im Rücken hatte Ruhe gegeben und in ihrem Beutel lag ein Stück Speck.

Sie saßen am Abendbrottisch. Alle, außer Dietmar. Irma sah zur Uhr. War er wieder versackt? Sie würde mit dem alten Francke reden müssen. Ihren Jungen ließ sie sich nicht kaputt machen. Dietmar war zu jung, um zu wissen, wohin das führte, dieses Trinken, dieses späte Heimkommen. Eine Freundin würde ihm gut tun. Offenbar interessierten ihn die Mädchen nicht. Irma schaute Christine an. Ob sie etwas wusste?

Die Tür wurde aufgerissen. Dietmar stellte eine Kiefer an die Kredenz. Er zündete sich eine Zigarette an. Der Baum fiel. Er riss einen Porzellanengel zu Boden. Irma sprang auf. Der Engel war ein Andenken an die Zeit als Weihnachten noch Licht und Glanz war.

Der Engel blieb ganz. Irma riss Dietmar die Zigarette aus dem Mund, warf sie in den Ofen.

„Wir essen, falls du es nicht gemerkt hast." Sie roch seinen Bieratem. Sie sagte nichts. Sie faltete die Hände unterm Tisch.

Sieglinde hob den Baum an. Ulli zeigte, wo er noch Äste eindrehen würde. „Nichts kann man euch recht machen. Euch allen nicht." Dietmar knallte die Tür.
Sie sahen sich an. Christine strich Irma über den Rücken.
„Der fängt sich schon wieder."
Irma wünschte Herbert würde heimkommen. Zum ersten Mal sehnte sie sich nach seiner Strenge. Nach seiner Weißheit, die sie oft für Besserwisserei gehalten hatte.

24.

Irmas Hand zitterte, als sie den Erhalt des Briefes quittierte. Die Postfrau wünschte ihr ein
schönes Weihnachtsfest, dann radelte sie davon. Der Umschlag war mit mehreren Stempeln versehen. Irma entzifferte den Absender. Sie schob den Brief in ihre Schürzentasche. Heute war Heilig Abend. An so einem Tag öffnete man besser keine amtliche Post.
Sie bestrich und zuckerte den Stollen. Sie stellte sich Ullis und Sieglindes zuckerweiße Münder vor. Sie drehte das Radio an. „Weihnachten, Weihnachten bin ich zu Haus."
Sie schluckte. Sie sah zum Foto auf der Kommode. Sie wusch sich das Gesicht. Das kalte Wasser bewahrte vor Sentimentalitäten. Sie schaltete das Radio wieder aus. Sie kochte Kakao, rief nach den Kindern. Sieglinde kratzte Schnee auf dem Fenstersims zusammen. Sie bewarf Ulli damit.
„Wenn ihr euch nicht benehmt, gibt es keine Geschenke. Das Christkind sieht alles und hört alles." Sie lächelten. Das Christkind und auch der Weihnachtsmann waren für sie längst Angstgespinste, die es nicht gab. Sie wurden ernst. Sie sahen Irmas schmerzverzogenen Mund. Sie hatte Näharbeiten

aus der Schuhfabrik angenommen. Dafür gab es neue Schuhe für Ulli und Sieglinde.

„Soll ich dir den Rücken salben?", fragte Christine. Sie verbrannte sich die Haut am Bügeleisen. Irma winkte ab. Sie hatte wach gelegen, gesalbt und gewärmt. Es half nicht. Sie entriss Christine das Bügeleisen. Christine pustete.

„Halts unter kaltes Wasser. Muss man euch alles sagen." Irma schüttelte den Kopf. Christine schaute sie an. Da stimmte was nicht. Da war was im Kopf und im Herzen der Mutter. Etwas, das sie nicht sagen konnte. Deshalb war sie so, und schimpfte und tat und rannte vom Bügeltisch zum Herd und sah aus dem Fenster und schaltete das Radio an und schaltete es gleich wieder aus. Irma schickte Christine zum Fleischer.

„Der Braten ist bestellt." sagte sie, mehr nicht. Christine beobachtete jede Geste, jeden Blick der Mutter. Irma nahm das Geld aus der Dose, zählte es nicht. Sie ließ die Dose offen stehen. Da stimmte was nicht.

Irma spickte den Braten, kaum dass Christine zurück war. Ein großes Stück. Teurer, als erwartet. Sie hätte den Fisch behalten sollen. Sie hätte nicht so ein Tamm Tamm um Weihnachten machen sollen. Das Fleisch schmorte. Sie träufelte Bratensaft darauf. Es roch nach Sonntag. Es roch nach Zufriedenheit. Es roch nach Familie. Es roch nach Heimkommen. Irma sperrte sich im Klo ein. Sie wendete den Briefumschlag. Sie zählte die Stempel. Sie las den Absender, als wüsste sie nicht. Sie schaute ins Madenheim. So hatten die Kinder das Rohr getauft. Den Brief hineinwerfen? War doch alles gut so, wie es war. Sie schob das Kuvert zurück in die Schürzentasche. Sieglinde saß die ganze Zeit auf dem Fensterbrett, schaute in den Hof.

„Falls du auf den Weihnachtsmann wartest, der kommt erst, wenn es dunkel ist." neckte Dietmar.

„Ich will Papa als Erste sehen."

„Wie kommst du denn darauf?", fragte Christine.

„Steht doch auf meinem Wunschzettel."

„Solche Wünsche kann kein Weihnachtsmann erfüllen, auch kein Christkind."

Sieglinde schmollte. Sie wollte fragen, wieso nicht, sah aber die Zornfalte auf der Stirn der Mutter. Sie schaute weiter in den Hof.
„Wir gehen in die Kirche und zünden für ihn eine Kerze an." sagte Irma.
„Aber warum kommt er denn nicht?"
Niemand antwortete. Irma schaute zur Schürze, die am Haken hing. Für die Kirche zog sie ihr braunes Kostüm an. Sie alle zogen sich um. Es gab keine Widerworte. Sie zogen an, was Irma ihnen aufs Bett gelegt hatte. Sieglinde trug ihr neues Kleid, das Irma für sie gestrickt hatte. Sie kratzte sich an Bauch und Armen, sagte aber nichts. Irma schaute zu Dietmar. Er verbarg das Gesicht hinter einer Zeitung. Ein Sportkicker aus dem Westen. Sie fragte nicht, woher er das hatte. Man hatte ihn bei den Halbstarken gesehen. Nach Feierabend standen sie unterm Brückenbogen, die Bierflasche in der Hand. Sie rauchten. Sie lästerten über die Leute. Sie schimpften auf die Zone. Mädchen waren auch dabei. Irma hatte nichts gesagt. Sie wusste, jedes Wort würde ihn noch sturer machen.

Irma hatte Grablichter gekauft. Sie wickelte sie in Zeitungspapier ein. Sieglinde sollte sie tragen.
„Wieso zwei? Und außerdem gibt es doch Kerzen in der Kirche." sagte Sieglinde.
„Wir gehen erst auf den Friedhof."
Sieglinde stöhnte. Wieder an das Grab dieses Norberts. Sie musste leise sein und stillhalten.
Und die Mutter weinte trotzdem. Und Weihnachten sollte man nicht weinen. Weihnachten war das Fest der Freude. Das hatten sie in der Schule gesagt. Es war der erste Pioniernachmittag, der Sieglinde gefiel. Sie hatten Geschenke gebastelt und gesungen. Sie sollten aufschreiben, was sie an Weihnachten besonders mochten. Sieglinde schrieb in ihr Heft: Weihnachten ist das Bollern des Feuers im Ofen. Weihnachten ist Kerzenlicht, das die Zornfalte meiner Mutter verschwinden lässt. Weihnachten ist Schokolade.
Die Lehrerin sagte, sie sei eine kleine Poetin. Sieglinde wurde rot. Die anderen lachten.

Irma schaute zu Dietmar. Es las noch im Kicker.
„Willst du nicht mitkommen?“, fragte Christine. Dietmar reagierte nicht.
„Es ist Weihnachten!“
Irma schob Christine in den Hausflur.
„Warum ist er bloß so?“ Christine schüttelte den Kopf.
„Späte Rüpelphase, hoffe ich.“
„Wehe, du kriegst das auch!“ Sieglinde drohte Ulli. Irma lachte. Sie lachte zum ersten Mal, an diesem Tag. Sie lachte zum ersten Mal seit Wochen, verstummte aber, als sie das Läuten der Kirchenglocken hörte.

Dietmar suchte nach der Schnapsflasche. Er fand sie im Schrankfach unter der Nähmaschine. Die Mutter wollte ihm verbieten, was sie selbst tat. Die Mutter forderte, du arbeitest nicht beim Francke. Die Mutter predigte, die Halbstarken sind kein Umgang für dich. Die Mutter schrie, du trägst mir keine Niethosen und keine langen Haare. Sie sagte, sie forderte, sie herrschte. Dietmar schlug auf die Schürze ein, die wie immer über der Stuhllehne hing. Der Brief fiel aus der Tasche. Dietmar sah auf den Umschlag. Er stand und stierte. Dann schob er den Brief mit der Schuhspitze weg. Er nahm einen großen Schluck. Er versuchte zu erkennen, woher die Stempel stammten. Vater! Bestimmt war der Brief von Vater. Sie verheimlichte. Sie log. Sie! Sie unterschlug. Sie entsagte ihnen den Vater. Er trank. Er riss den Umschlag auf, sank auf den Nähstuhl, sprang wieder auf, knüllte die Schürze, warf sie durchs Zimmer. Er ging hin und her, die Flasche in der Hand. Er nahm das Bild von der Kommode, lachte auf, biss sich in den Handrücken, trank und schluckte Tränen. Er stellte das Bild zurück. Er warf den Porzellanengel an die Wand. Der Engel zerbrach. Dietmar knallte die Tür. Er rannte durch den Hausflur. Er rannte über den Hof. Er rannte die Straße rauf. Tränen liefen ihm übers Gesicht. Er ließ es zu. Er lehnte sich an die Scheibe des Stadtcafes. Geschlossen, wegen Weihnachten.
„Scheiß auf eure Heiligkeit!“, rief er. Er trat gegen die Tür. Oben wurde ein Fenster geöffnet. Sie drohten ihm mit der Polizei.
„Scheiß drauf!“, rief er. Er rannte weiter. Im Rauchergässchen lehnte er

sich an bröckelnde Hausfassaden. Niemand da. Die Kumpel machten auf Familie. Er ging weiter. Wann wollte sie das sagen. Wann! Er dachte an Sieglinde, wie sie auf dem Fensterbrett gesessen hatte. Ihr Wunsch würde sich nie erfüllen. Scheinheilige Mutter. Ihn hatte sie der Lüge bezüchtigt. Er schüttelte den Kopf. Er sah sie auf der Kirchenbank sitzen. Die Kerze für den Vater im Blick. Er trat gegen einen Stein. Kein Wort aus ihrem Mund hatte noch Bedeutung. Sie war tot. Tot, wie der Vater. Sie hatte sich selbst ein Grab geschaufelt.

Er stand rauchend vor der Lohgerberei. Er dachte an Brigitte. Er hatte ihr ein Tuch gekauft, echte Seide. Es lag noch da, wo er nicht mehr hingehörte. Auch die Jacke hatte er vergessen. Er rieb sich Arme und Schultern warm. Wer würde ihm die Tür öffnen, am heiligen Abend? Er dachte an Schürze. Schürzes Kinder würden ihn für den Weihnachtsmann halten. Weihnachtsmann ohne Kostüm, ohne Geschenke.

Er ging zu Brigitte, klingelte mehrmals hintereinander. Brigitte sah aus dem Fenster. Er trat die Zigarette aus. Er wusste, sein Rauchen störte sie. Sie wedelte den Rauch fort, wenn er bei ihr war. Sie drückte seine Zigaretten aus.

Brigittes Wangen waren rot.

„Was willst du?"

„Es ist Weihnachten." sagte er.

Sie lachte. Er zog den Kopf ein.

Sie sagte: „Mein Vater ist heimgekommen." Sie schloss das Fenster. Er hob die Kippe auf, zündete sie an. Den Rauch blies er hoch zu ihrem Fenster. Brigitte konnte ihn mal. Alle konnten ihn mal.

Die Kirche war nicht beheizt. Der Gottesdienst hatte eine Ewigkeit gedauert. Die Kerze, die Sieglinde für den Vater angezündet hatte, erlosch, noch bevor sie die Kirche verließen.

Die Predigt des Pfarrers hatte Irma nicht erreicht. Sie dachte, einer fehlt. Der Satz in ihrem Kopf war lauter, als die Worte des Pfarrers. Einer fehlt. Es war der erste Heiligabend, an dem sie nicht alle zusammen auf der Kirchenbank saßen. In dieser Kirche hatte sie gesessen, die Hände gefaltet, geweint und gehofft und gebetet, dass Dietmar wieder gesund würde.

Draußen verrauchte ihr Atem. Sie rieben sich die Hände warm. Sie eilten nach Hause. Irma dachte, ich muss Holz nachlegen. Eine warme Stube gehörte zu Weihnachten, wie knirschender Schnee und Stollen. Sie würde Kerzen anzünden. Ulli und Sieglinde würden singen. Das war Tradition. Sonst gab es keine Geschenke. Sie würden Punsch trinken. Irma hoffte, auch Dietmars Augen würden glänzen.

Scherben knirschten unter ihren Schuhen. Sie knirschten nicht weich, wie der Schnee. Sie knirschten wie das Geröll bombardierter Häuser. Irma blieb in der Tür stehen. Sie erblickte die fast leere Schnapsflasche. Sie sah den aufgerissenen Briefumschlag. Sie schickte die Kinder in den Hof.
„Aber wir wollten doch Bescherung machen." Sieglindes Protest verhallte im Hausflur.
Irma schloss die Tür. Sie fiel auf die Knie. Sie schnitt sich. Sie spürte keinen Schmerz in der Schnittwunde. Der Schmerz war in ihrem Innern. Er drückte auf ihren Brustkorb, wie ein zu enges Korsett. Sie schaute zum Foto. Sie hob den Umschlag auf. Christine stand und starrte.
„Steh nicht rum. Hilf mir."
Christine schüttelte den Kopf. „Was ist denn bloß passiert?"
„Weiß ich doch nicht. Das vielleicht." Irma zeigte auf die Flasche. Sie sammelte die Scherben auf.
„Aber etwas muss ihn doch so wütend gemacht haben."
Irma warf den Umschlag in den Ofen.
„Von wem war der Brief?" Christine stellte sich Irma in den Weg.
„Weiß ich nicht."
„Ich geh ihn suchen.", sagte Christine."
„Du bleibst hier! Es ist Heiligabend."
Christine ging.
Irma legte die Scherben vorsichtig ab. Die Schnapsflasche stellte sie zurück

in den Schrank. Heute Abend würde es auch keinen Punsch geben. Sie legte Holz nach. Sie entzündete Kerzen. Sie rief Ulli und Sieglinde.
„Aber wo sind denn alle?“, fragte Sieglinde.
„Weißt du, Dietmar und Christine sind doch schon groß, beinahe erwachsen. Die machen ihre eigene Feier.“ Sieglinde schmollte. Ulli runzelte die Stirn. Er wusste, die Mutter log.
Irma ging auf den Abort. Sie öffnete die Bluse, rieb sich am Brustbein. Atme! Atme, befahl sie sich. Sie japste und hechelte. Das Fensterkreuz verschwamm. Sie hielt sich an der Wand fest. „Reiß dich zusammen.“ Sie erschrak vor ihrer Stimme.

Glockenläuten. Das Krippenspiel begann. Christine knöpfte den Kragen bis oben hin zu. Sie zog die Ärmel lang. Sie schaute sich um. Sie entschied: zum Sand. Sie senkte den Blick. Sie wollte keine Fragen beantworten. Sie wollte keine aus Mitleid geäußerte Einladung ablehnen müssen. Sie wollte nicht in glänzende Augen sehen. Sie war allein. Am Heiligabend war man nicht allein.
Sie stand vor dem Rauchergässchen, lauschte. Sie tastete sich an den Häuserwänden entlang. Hier gab es keine erleuchteten Fenster. In diesen Ruinen hausten nur Tauben und Ratten. Christine stampfte auf. Ihre Tritte hallten. Die Mutter behauptete: „Ihr müsst aufstampfen, dann flüchten die Ratten.“ In den Keller ging sie trotzdem nie.
Am Ufer wurde es heller. Christine rief nach Dietmar. Niemand antwortete. Sie sah zu, wie ihr Atem verdampfte. Sie bemerkte, dass sie fror. Sie weinte, schimpfte mit sich, weil sie weinte.
„Bin doch kein kleines Mädchen mehr.“ Sie rieb sich Hände und Arme warm. Sie zog die Schultern hoch. Wohin?
Sie trat hart auf, nicht nur wegen der Ratten. Dietmar hätte wenigstens mit ihr reden können. Seinetwegen stand sie hier in der Kälte, allein, am Heiligabend. Was konnte so schlimm sein, dass man den Engel kaputt schlug, dass man davon rannte, ohne ein Wort. Sogar seine Jacke hatte er vergessen. Welcher Schmerz war so groß, dass man ihn nicht aussprechen konnte. Brigitte?

Vielleicht war der Brief von Brigitte. Die Männer leiden stumm, sagte Inge. Inge kannte sich aus mit den Männern.
Christine stand vor Brigittes Haustür. Die Wohnung war hell erleuchtet. Ein Fenster war geöffnet. Christine hörte Jazzmusik. Sie zögerte. Vielleicht war Dietmar da oben und vergnügte sich. Und sie stand hier auf der Straße und fror. Sie klingelte. Sie rief nach Dietmar. Brigitte erschien am Fenster. In ihrer Hand glänzte ein Sektglas. Sie trug ein ausgeschnittenes Kleid.
„Lasst mich in Frieden! Alle beide! Habt wohl kein zu Hause." Sie schloss das Fenster, zog die Vorhänge zu.
Kein zu Hause, hatte sie gesagt. Zu Hause war noch da. Zu Hause war nur kaputt, wie der Porzellanengel.
Christine schaute hoch zu den Fenstern. In der Küche brannte Licht. Wahrscheinlich aßen sie den Kartoffelsalat. Ulli stocherte auf dem Teller rum. Er mochte den Salat nicht. Irma ermahnte ihn. So war es jedes Jahr. Kein Weihnachten ohne Kartoffelsalat und Weißwürste. Kein Weihnachten ohne Ullis verzogenen Mund und Irmas Ermahnungen.
Christine konnte Weihnachten nicht fühlen. Wenn sie die Augen schloss, sah sie kein Kerzenlicht. Es blieb dunkel in ihr. Sie verspürte auch keinen Hunger und keinen Appetit. Sie schluckte mehrmals. Das flaue Gefühl ließ sich nicht runterschlucken. Georg hatte gesagt, er würde sich freuen, wenn sie später noch zu ihm käme.
„Hab Kerzen gekauft und Rotwein für Punsch." sagte er, als er ihr die Tür öffnete.
Sie umarmte ihn heftig. Sie weinte, schnaubte ins Taschentuch, entschuldigte sich für ihr Kommen. Er schüttelte den Kopf. Sie stand am Ofen, hielt die Hände über die Herdplatte. Das Holz knackte. Sie zog den Mantel aus. Er füllte Tassen mit Punsch. Sie trank einen Schluck. Sie verbrannte sich die Lippen. Georg setzte sich aufs Kanapee. Er klopfte neben sich auf das Polster. Sie setzte sich. Den Rocksaum zog sie über die Knie. Er umfasste ihren Hals, küsste sie heftig.
„Au, meine Lippen."
Er sprang auf. „Wozu bist du dann hergekommen." Er zündete zwei Zigaretten

an. Wusste er denn nicht, dass sie nicht rauchte, nie geraucht hatte. Verwechselte er sie mit einer anderen. Mit einer, mit der er all das machen konnte, wovor sie sich scheute? Sie trank das Glas leer.

„Wahrscheinlich liebst du mich gar nicht?", sagte er. Er ging rauchend im Zimmer hin und her. Die Kerzenflammen flackerten. Sein Schatten an der Wand war groß. Das Wort lieben hatte er noch nie gesagt. Liebte er sie denn? War es Liebe, wenn er es unbedingt mit ihr tun wollte. Liebten die Männer so?

Beim zweiten Mal macht es schon ein bisschen Spaß, hatte Inge gesagt. Sie lachte über Christines Scheu.

„Dietmar ist weg. Hat den Engel kaputt geschlagen und ist gegangen." Sie sagte es leise.

Georg blieb stehen. „Bist du deswegen gekommen?"

Sie nahm ihren Mantel vom Stuhl. Er schaltete das Licht an. Sie sah ihn nicht an. Sie sagte auch nichts. Sie ging einfach.

„Ich bin nicht dein Ascheeimer." rief er ihr nach.

Es schneite große Flocken. Als Kind hatte Christine wirklich geglaubt es seien Bettfedern.

In der Wohnung war es dunkel und ruhig. Christine schaltete das Licht nicht an. Sie tastete ins Leere. Dietmars Schuhe standen nicht an ihrem Platz.

Sie zog sich aus. Schlüpfte ins Nachthemd. Sie legte sich ins Bett, lauschte den Atemzügen der Kinder, lauschte ins Neue Zimmer. Christine zog die Decke übers Gesicht. Ihr Herz schlug gegen die Müdigkeit an.

Irma setzte sich an den Rand des Bettes. Sie flüsterte: „Er wird schon wieder kommen. Heulen hilft nichts. Heulen hilft nie was."

Sie schaltete die Nählampe an. Gedämmtes Licht, dass die Kinder nicht aufweckte.

Sie schürte im Ofen die Glut, legte ein Holzscheit nach. Schob den Wasserkessel in die Herdmitte. Füllte Kräutertee ins Teeei. Sie gingen ins Neue Zimmer, saßen nebeneinander.

Christine wärmte ihre Hände an der Tasse. Sie trank aber nicht. Sie schluchzte leise.

„Ist es wegen Georg? Bist du seinen Eltern nicht gut genug." Irma wurde laut. Christine schüttelte den Kopf. Sie schniefte. Sie schnaubte ins Taschentuch. „Ich kann es nicht. Ich kann es noch nicht."
Irma verstand. Sie schwieg. Sie dachte, das ist meine Erziehung. Sich nicht verschwenden. Den eigenen Willen bewahren.
„Vielleicht ist er es nicht."
Christine schaute auf. Tee lief über den Tassenrand auf ihre Hände. Sie wischte sie am Rockstoff trocken. Irma legte sich ins Bett. Christine setzte sich in den Sessel. Sie wickelte eine Decke um Leib und Füße. Sie stierte, trank in kleinen Schlücken. Sie sah Georg, wie er seine Mütze zurecht rückte. Sie sah sein burschikoses Lachen. Sie schüttelte den Kopf. Er war richtig, nur ungeduldig. Eben ein Mann, würde Inge sagen.

Dietmar war zum Bahnhof gegangen. In der Bahnhofshalle wollte er übernachten. Dort musste er nicht in Irmas verlogenes Gesicht schauen. Die hier saßen warteten auf nichts. Sie taten auch nicht so. Sie reichten eine Schnapsflasche von Mann zu Mann, tranken Bier. Ihn sparten sie aus. Er sah nicht aus, wie einer von ihnen. Sein Hemd war sauber. Seine Hose gebügelt. Sie nannte man Assis. Sie mieden die sozialistischen Werkhallen. Man beschimpfte sie als faule Bande. Georgs Worte fielen ihm ein. Im Sozialismus muss keiner auf der Straße leben.
Einer von der Bahnpolizei verlangte die Ausweise. Sie verhöhnten ihn. Er drohte, sie einzusperren. Sie wurden still. Er sagte: „Raus hier! Will Euch nicht mehr sehen hier drin." Sie verschwanden. Ihre Flüche verhallten in der Bahnhofshalle.
„Habt Glück, dass Weihnachten ist." rief er ihnen nach.
Er wandte sich Dietmar zu. Dietmar tastete die Brusttasche seines Hemdes ab.
„Vergessen." sagte er.
„Wieso rennst du ohne Jacke rum. Wo kommst du her."
„Geht Sie nichts an. Wieso duzen Sie mich."
Der Polizist zeigte zur Tür. „Hau ab, aber schnell."

Dietmar setzte sich auf den Bahnsteig. Die Asozialen waren nicht mehr da. Er sammelte Kippen auf, rauchte sie runter bis zum Filter. Ein Zug fuhr ein. Warum hielten diese verdammten Züge, wenn keiner ausstieg. Das Warten hatte aufgehört, war vorbei.
Er stierte den beleuchteten Baum auf dem Bahnhofsdach an. Die Lämpchen klirrten, wenn der Wind zwischen die Äste fuhr.
Der Polizist hatte ihn im Blick. Dietmar spürte es. Gleich würde er kommen, ihn auffordern zu gehen. Aber wohin sollte er verdammt noch mal gehen. Sie hatte gelogen. Sie hatte verschwiegen.
Jetzt stand der Polizist hinter ihm. „Geh nach Hause Junge. Einer wie du, hat doch ein Zuhause."
Dietmar schüttelte den Kopf. Der Polizist blieb dicht hinter ihm.
„Wenn du nicht gehst, muss ich dich verhaften."
Dietmar erhob sich langsam. Er schaute dem Polizisten ins Gesicht. Die Spucke schluckte er runter.
Er lief durch die stillen Straßen. Die Lichter verschwammen vor seinen Augen. Er fror nicht mehr. Er war wie erstarrt. Er lief durchs Rauchgässchen, setzte sich ans Ufer. Niemand da von seinen Kumpels. Sie spielten die Heiligen, ihren Familien zuliebe. Er lief zu dem Haus, in dem Brigitte wohnte. Ihr Zimmer war hell erleuchtet. Er warf Kiesel an ihr Fenster. Sie lachte, als sie es öffnete. Sie nannte ihn Kindskopf. Sie ließ ihn rauf kommen.
„Leise mein Vater schläft nebenan. Sie stellte sich auf die Zehen. Küsste ihn auf die kalte Nasenspitze. Sie füllte Gläser mit Sekt. Sekt hatte er noch nie getrunken. Er stellte das Glas ab, rülpste. Nicht sein Getränk. Trotzdem tat es gut. Der Sekt brachte sein Blut zum Rauschen. Die Starre wich von ihm. Er presste seinen Unterleib an Brigittes Bauch, küsste sie derb. Sie stieß ihn weg.
„Du hast mich noch nicht verdient."
„Kann ich bei dir pennen?"
„Mein Vater!"
„Ich bin verschwunden, bevor er aufwacht, versprochen."
Sie breitete eine Decke auf dem Sofa aus. Sie legten sich nebeneinander. Sie malte mit der Fingerspitze Kreise auf seine Brust.

„Behaart gefällt mir besser."
Er sagte nichts. Sein Gesicht berührte fast die Wölbung ihrer Brust. Sie anfassen? Sie berühren? Sie küssen? Sie hatte ihn abgewiesen, vorhin. War das nur ein Spiel? Ihr Spiel?
„Du bist ja noch ein Junge." Sie drehte ihm den Rücken zu. Nein, war er nicht. Er würde ihr beweisen, dass er ein Mann war, dass er ihr Kerl sein konnte. Er rückte nah an sie heran. Er rieb seine Lust zwischen ihren Schenkeln. Er stöhnte auf. Sie schrie ihn an.
„Raus hier. Raus du Versager!" Ihr Schuh traf ihn im Rücken.

Der alte Francke blinzelte. Dann sah er Dietmar lange an, gab die Tür frei. Er zog die Couch im Herrenzimmer aus, brachte Decken. Er fragte nicht.
Er sagte: „Ist schon spät. Schlaf Junge."
Dietmar schlief lange nicht ein. Am Morgen holte ihn der Alte zum Frühstück. Frau Francke stellte wortlos noch ein Gedeck auf den Tisch.
„Deine Mutter ist eine starke Frau, sie muss hart mit euch sein. Also geh wieder heim."
Frau Francke nickte zu den Worten ihres Mannes. Dietmar trank den Kaffee aus. Brot und Butter rührte er nicht an. Er nickte, dankte, ging.

Sie saßen am Frühstückstisch. Dietmar trat ein, ging am Tisch vorbei, setzte sich in den Sessel. Das Gesicht verbarg er hinter der Zeitung vom Vortag.
Die Kinder rührten sich nicht. Sie aßen auch den Stollen nicht. Sogar ihren Kakao ließen sie stehen. Sieglindes rieb sich die Augen. Unterm Tisch faltete sie die Hände. Sie schaute Irma von der Seite an. Irma stand auf. Sie warf die Scherben des Engels in den Aschekasten. Zeiten gingen vorbei. Die schönen Jahre kamen nicht zurück, nur weil sie Scherben klebte. Glückliche Zeiten waren die Blüten nur eines Frühlings.
Christine zuckte beim Klirren der Scherben zusammen. Irma setzte sich wieder. Sie lächelte die Kinder an, forderte sie auf zu essen. Ulli und Sieglinde schauten sich über den Tisch hinweg an.
„Ohne Dietmar esse ich nicht." sagte Sieglinde.

Irma aß selbst ein Scheitchen Stollen. Sie schmeckte nicht Süße und Butter. Ihr schmeckte alles bitter. Sie schmatzte aber trotzdem.
Dietmar sprang auf. „Hör auf mit diesem Weihnachtsgetue!"
„Du sei still!", sagte Irma leise.
Sie sah ihre Kinder an. Sie senkte den Blick. „Euer Vater ist tot."
Ticken, Hupen auf der Straße. Das Pendel der Uhr schlug aus, rechts, links, rechts, links. Erneutes Hupen. Christine rührte sich trotzdem nicht.
Sieglinde sprang so heftig auf, dass der Stuhl umkippte. Sie hämmerte mit Fäusten auf die Tischplatte ein. „Daran bist du schuld! Du hast den Engel umgebracht." schrie sie Dietmar an. „Still, sei still." Christine hielt Sieglindes Fäuste fest. Sie umarmte ihre kleine Schwester.
„Niemand von uns hat daran Schuld." sagte Irma.
„Es waren die Russen." sagte Dietmar. Er sprang auf. Die Zeitung rutschte ihm vom Schoß.
Er trat sie weg, ging hin und her. Er trug noch seine Straßenschuhe. Irma sagte nichts, auch nicht, als er rauchte. Sie drückte die Stirn gegen die Fensterscheibe. Endlich konnte sie weinen. Dietmar sah das Beben ihres Körpers. Mit ausgestreckten Armen stand er hinter ihr. Berührte sie aber nicht.
Jemand klopfte. Christine wusste, dass es Georg war. Sie schaute auf Irmas Rücken. Schaute zur Tür. Georg rief nach Christine. Irma machte eine fahrige Handbewegung Richtung Tür. Christine tupfte sich Augen und Nase trocken. Die Tränen flossen weiter.
Georg flüsterte eine Entschuldigung. Er hatte den Arm voller Päckchen. „Schöne Weih..." Er verstummte. Unaufgefordert setzte er sich auf Irmas Stuhl, schaute von einem zum anderen. Sieglinde schnappte sich ihre Puppe und sperrte sich auf dem Klo ein. Es war deutlich zu hören, wie sie die Tür verriegelte.
„Nachher kommt sie nicht wieder raus." sagte Ulli.
Irma drehte sich um. „Bleibst du zum Essen?", fragte sie Georg. Der schaute Christine an.
Sie nickte. Irma begann Kartoffeln zu schälen.
„Du kannst schon mal den Herd anheizen."

Christine tat, was Irma sagte. Ihre Hände zitterten, Rotz lief ihr aus der Nase. Sie schniefte und schnaubte und da war wieder dieses flaue Gefühl im Hals, das sich nicht runterschlucken ließ. Sie schaute zum Foto des Vaters. Nie wieder würde er ihr das Knie verbinden oder tröstliche Worte in ihr Ohr flüstern.
Sieglinde zog und rüttelte. Der Riegel ließ sich nicht zurückschieben. Sie setzte sich auf den Klodeckel, drückte ihre Puppe an sich.
„Sieglinde bist du bald fertig! Andere müssen auch mal."
Sieglinde rutschte vom Deckel, die Puppe noch immer im Arm.
„Kommst du wieder nicht raus?"
Sieglinde drückte ihren Körper gegen die Tür. Mit aller Kraft zog sie am Riegel.
Endlich ließ er sich zurückschieben. „Siehst de!", sagte sie zu Dietmar.
„Kannst du deine Puppensprechstunde nicht woanders halten!"
„Wo denn?"
Sieglinde rümpfte die Nase, als sie in die Küche kam. Es roch nach gebratenen Zwiebeln und nach Schmorfleisch.
Irma band schwarzen Samt um den Fotorahmen. Georg hielt noch immer seine Mütze in den Händen.
Er stammelte Beileidsbekundungen. Er sagte, er könne andermal wieder kommen. Er ging. Die Geschenke ließ er zurück.
Sieglinde stellte das Foto auf den Platz, auf dem der Engel gestanden hatte. Sie betrachtete lange das Gesicht ihres Vaters.
„Erzählst du mir von ihm?"
„Ich muss mich ums Essen kümmern." Sieglinde strich noch eine Weile um das Bild herum. Sie fragte sich, wo der Vater jetzt war. Irgendwo musste er sein. Niemand konnte einfach verschwinden.
Rauchschwaden in der Küche. Christine zerrte die Pfanne vom Ofen. Irma öffnete das Fenster.
„Der ist hin." sagte Ulli. Christine rannte weinend davon.
„Dein Getue ist daran schuld!" Dietmar holte die Schnapsflasche aus dem Nähschrank. Er schenkte sich großzügig ein, trank im Stehen. Irmas Blicke

scheute er nicht. Ihr Schimpfen hielt ihn nicht davon ab, weiter zu trinken. Irma spießte den Braten auf. Sie schnitt und schabte die verbrannte Kruste ab.
„Den kann man noch essen."
„Ich will nichts essen." sagte Sieglinde. „Ich will wissen, wo er jetzt ist."
Das Fleisch rutschte von der Gabel. Fett verspritzte, verdunstete zischend auf der Herdplatte.
„Möchte wissen, warum ich mir all die Arbeit mache." Irma zog sich die Schürze aus.
„Warum verdammt, tust du so, als sei nichts passiert."
Spuckeregen. Irma wich zurück. Sie sah rote Flecken an Dietmars Hals.
„Euer Vater ist schon seit acht Jahren tot. Er starb im Juli 45. Du weißt es, hast doch den Brief gelesen. "
„Waaas!" Ulli sank zusammen. Er kaute an seinen Fingernägeln. Biss Haut ab, schluckte sie runter. Blut tropfte auf seine Knie.
„Du hast uns acht Jahre warten lassen!"
Irma band sich die Schürze enger. „Nein. Die Sterbeurkunde kam gestern, vom Standesamt Breslau. Ich hatte keine Ahnung"
Sie aßen nicht. Sie stierten in Kerzenflammen. Das Bild des Vaters stand in der Mitte des Tisches. Irma und Christine falteten die Hände. Dietmar rauchte. Das Rauchen vertrieb den Gestank der Häute in der Gerberei. Es half aber nicht gegen das Aufschreien in seinem Innern.
Leise, ganz leise begann Sieglinde zu singen. Sie sang vom Frieden, sie sang vom ewigen Grün. Das Lied kannte Irma nicht, aber es gefiel ihr. Ulli schrie, sie solle aufhören.
Sieglinde sagte: „Es ist für Papa, er kann es hören. Die Müller hat gesagt, niemand kann verschwinden. Die Seele bleibt immer da. Ich habe es gehört, als ich auf dem Klo saß. Und die Sackgasser hat ihr Recht gegeben."
Irma stützte sich am Tisch ab. Sie ging am Ofen vorbei, ignorierte Braten und Klöße. Sie füllte heißes Wasser in die Blechbohne. Beim Gehen zog sie das rechte Bein nach. Nur ein wenig. Christine bemerkte es trotzdem. Sie sorgte sich schon länger. Die Mutter klagte über Schmerzen. Keine Salbe half, auch nicht die Wärmflasche, die sie trotzdem jeden Abend mit ins Bett nahm.

Christine hatte die leeren Tablettenkärtchen im Aschekasten gesehen.
„Du bist traurig." sagte Sieglinde.
„Nur müde, sehr müde." Irma sagte es leise. Sieglinde verstand nicht. „Aber fehlt Papa dir denn nicht?"
„Ich war die meiste Zeit mit euch allein."
„Du hattest ihn gar nicht lieb?"
„Du bist zu klein, um das zu verstehen."
Irma winkte ab, ging ins Neue Zimmer. Sie verschloss die Tür. Sieglinde klinkte und klopfte.
„Lass sie, sie will ein bisschen allein sein." sagte Christine. „Ihr könnt ja runter gehen, zum spielen. Aber keinen Fußball, heute ist Feiertag."
Sie blieben am Tisch sitzen. Christine besah die Geschenke, die Georg zurückgelassen hatte.
Nein, ohne ihn werden die nicht geöffnet. Sie kämmte ihre Haare flüchtig. Sie schminkte sich nicht. Schminke verriet das Weinen.
„Ich bin bald zurück." sagte sie.
Sieglinde und Ulli flüsterten. Dietmar schaute zum Foto des Vaters. Er entfernte das schwarze Samtband. Er knallte die Tür. Noch im Hausflur zündete er eine Zigarette an. Die Sackgasser ermahnte ihn. Er blies den Rauch in ihre Richtung.
„Brut!", sagte sie. Sie wedelte hinter ihm her.
Dietmar rauchte und sinnierte. Die Wut auf seine Mutter verrauchte nicht. Er stiebte in den Schneematsch. Bespritzte sich Hose und Schuhe mit Schlamm. Recht so, dachte er. Soll sie schimpfen, soll sie sich ärgern. Sie hat uns geboren. Sie hat aber keine Wärme, nicht für Vater, nicht für uns. Aus einem blutleeren Leib sind wir gekommen Er trat gegen den Aschekübel. Sein Fuß schmerzte. Die Sackgasser fluchte hinter ihm.

25.

Sie schauten sich an. Keine Lust, in den Hof zu gehen. Was sollten sie dort, ohne Ball. Sieglinde stieß Ulli an.
„Ich hab's." Sie ging zum Aschekasten, zog ihn aus dem Ofen, stellte ihn auf den Tisch.
„Bist du blöd, der ist doch heiß."
Mit den Fingern schürte Sieglinde die Asche. Keine Glut, nur Staub. Ulli hustete. Er verstand nicht. „Sie wird schimpfen, sie wird dir das neue Kleid für Fritzi wieder wegnehmen. Und Georgs Geschenke darfst du auch nicht auspacken, wetten?"
„Hilf mir lieber!"
Sieglinde laß die Scherben aus der Asche. Ulli verstand endlich. Er suchte im Schuhregal nach Leim. Nicht viel drin im Glas. Der Schuster hatte es Irma geschenkt.
„Bei den emsigen Fußballspielern in der Familie." hatte er lächelnd gesagt.
Sieglinde putzte die Scherben mit dem Abtrockentuch. Sie tüftelten, bauten die Scherben zusammen, verwarfen, puzzelten neu. Ihre Köpfe stießen aneinander. Es störte sie nicht. Splitter und kleine Teile fehlten. Sieglinde war überzeugt, die Mutter würde sich trotzdem freuen. Sie klebten die Teile zusammen. Fast sah der Engel aus wie vorher. Sein wissendes Lächeln war nicht gebrochen. Sie klatschten die Hände aneinander. Vorsichtig stellte Siggi den Engel neben das Foto des Vaters.

Christine war auf dem Weg zu Georg. Sie verlangsamte ihren Schritt, blieb schließlich stehen. Es war Weihnachten. Vermutlich war Georg bei seinen Eltern, zum Kaffeetrinken. Da würde sie nicht hingehen. Kuchen und Küsse, das passte nicht mehr. Weihnachten war wie zerbombt, durch die Nachricht vom Tod des Vaters. Sie stand vor einem Schaufenster. Der Baumschmuck glänzte matt im Tageslicht. Würde es in ihrer Familie wieder Weihnachten werden, irgendwann? Sie lief zur Kirche. Sie wollte ein Licht anzünden, dass Vater Frieden fand. Sie hörte Gesang, sie hörte Gebete. Sie betrat die Kirche nicht. Sie wollte allein sein mit den Gedanken an Vater. Das Licht sollte nur für ihn brennen.

Sie entschied am Abend noch einmal in die Kirche zu gehen. Georg musste das verstehen. Seine Partei war vielleicht gut für die Arbeiter. Sie spendete aber keine Hoffnung. Im Sitzungssaal brannten keinen Kerzen. Niemand sprach dort tröstliche Worte. Er hatte es ihr selbst erzählt. Es ging um Pläne, um Aufbau, um Sozialismus, was auch immer das sein mochte. Konnte Georg überhaupt verstehen? Sein Vater lebte, war vom Krieg verschont geblieben wegen eines Lungenleidens.

Christine ging zurück nach Hause. Sie gehörten zusammen jetzt, alle vier. Sie hoffte, auch Dietmar würde sich besinnen.

Dietmar stand vor dem Marktcafe. Er hatte keine Gespräche und keine Kartenspiele im Sinn. Er wollte rauchen und trinken. Er wollte still am Tresen sitzen und die Hoffnung auf die Rückkehr des Vaters ertränken. Ertränken auch die Enttäuschung über seine Mutter.

Die Fenster waren beschlagen. Er hauchte und rieb ein Sichtloch frei, entdeckte Brigitte an einem der Tische. Sie stierte in die Kerzenflamme. Vor ihr stand ein Teller mit Kuchen. Ein Schälchen mit Sahne stand neben der Kaffeetasse. Dietmar wich zurück. Sein Versagen viel ihm wieder ein. Brigitte würde ihn ignorieren oder belächeln. Er hatte versucht ihr zu schreiben, noch in derselben Nacht. Alle Versuche verbrannten im Ofen. Er scheiterte schon an der Anrede.

Dietmar sog Luft ein, hielt den Atem an. Er war doch ein Kerl. Er würde sich jetzt zu ihr setzen, ihr sagen, dass sein Vater gestorben war. Deshalb, nur deshalb, hatte er sich nicht unter Kontrolle gehabt.

Jemand näherte sich dem Tisch. Dietmar erkannte Brigittes Tanzpartner. Sie hatten kaum einen Tanz ausgelassen. Mit heißem Kopf und schlagbereiten Fäusten hatte Dietmar sie beobachtet, unfähig Brigitte anzusprechen. Unfähig, sie diesem Kerl zu entreißen.

Der Kerl küsste ihren Handrücken. Seit wann stand sie auf Altherrenmanieren!?
Dietmar lehnte sich an die Scheibe. Drinnen musste man seinen Rücken sehen. Ob sie ihn erkannte?
Er tastete nach den Zigaretten in der Manteltasche. Das Päckchen fiel auf den Gehsteig. Es landete im Matsch, sog sich voll. Er stieß sich von der Scheibe ab, blickte noch einmal ins Cafe. Sie sah aus dem Fenster. Erkannte sie ihn? Er ging ins Gässchen, wartete. Er berührte das Tuch in der Manteltasche. Anschmiegsamer Stoff. Sein Geschenk für sie. In seiner Vorstellung hatte er ihr das Tuch beiläufig um die Schultern gelegt, sie dann geküsst, abwartend, ob sie dem Druck seiner Lippen ausweichen oder ihn erwidern würde. Er ging im Gässchen auf und ab. Sie kam nicht. Er lief durch die Stadt. Feuchte Kälte ließ seine Glieder erstarren. Orgelklänge aus der Kirche. Er blieb stehen, schmeckte plötzlich Blut. Schon als Kind litt er ungewöhnlich oft an Nasenbluten. Mutter hatte ihm einen kalten Waschlappen in den Nacken gelegt. Doktor Finsterbusch hatte gesagt, er solle jeden Morgen ein weich gekochtes Ei essen und nicht so schnell wachsen.
Er hielt das Tuch unter die Nase. Das Tuch, das ihren Duft tragen sollte und nun sein Blut aufsaugte. Er lief durch Gassen, überquerte Straßen, streunte über Gehwege, hielt am Friedhofstor, stand vor Karls Grab, stand vor Ottilies Grab, verharrte vor Norberts Grab. Sein Vater tot. Tot wie Karl, tot wie Ottilie, tot wie Norbert. Er rauchte, starrte, rauchte, stand wie eine Grabstele, rauchte. Es begann zu schneien. Schneeflocken löschten Grablichter.
Er ging nach Hause. Mutter war nicht kalt, Mutter war auch nicht tot wie der Vater, sie war nur verhärmt, musste verhärmt sein.

Sie waren still. Saßen am Tisch, grinsten sich an, grinsten Dietmar an. Sieglinde schielte zum Engel. Dietmar sah das zersplitterte Lächeln. Er ballte die Hände, unterdrückte den Impuls, den Engel umzustoßen. „Ihr klebt und kittet und meint alles ist wieder gut. Nichts ist gut.
Sie verbietet uns das Lügen und lügt selbst."
Er ließ sich in den Sessel fallen, nahm die Zeitung, obwohl er sie schon gele-

sen hatte. Ulli griff nach dem Brotmesser. Er hieb ins Zeitungspapier. Dietmar sprang auf, packte Ulli, schüttelte ihn. Ulli wehrte sich nicht. Er sah Dietmar nur an. Fest sah er ihm in die Augen.
„Aufhören!", schrie Sieglinde. Dietmar packte fester zu, hob die Faust.
„Du hast den Engel kaputt geschlagen, du bringst nur Streit, du machst Mama krank!", schrie Ulli. Dietmar stieß ihn weg. Sie starrten sich an. Sieglinde wandte ihren Blick als erste ab. Sie weinte stumm.
Irma rief aus dem Neuen Zimmer nach Christine. Ulli und Sieglinde sahen Dietmar an. Er klopfte an die Tür, wartete. „Komm rein, Christine."
„Wo ist sie denn!", fragte Dietmar.
Sie zogen beide die Schultern hoch. Dietmar öffnete die Tür, spähte durch den Spalt.
„Nicht du, schick die Christine.", sagte Irma. Sie zog die Decke über ihren verschwitzten Leib. „Nicht da." sagte Dietmar. Sieglinde schob sich an ihm vorbei. Sie setzte sich aufs Bett, legte ihre Hand auf Irmas Stirn.
„Mama, Mami! Soll ich den Doktor holen?"
Irma schüttelte den Kopf. „Christine!", sagte sie. Sie setzte sich auf. Blutflecke am Saum des Nachthemds. Sieglinde sprang vom Bettrand auf.
„Was ist mit dir, Mama?"
„Du verstehst das noch nicht."
Sieglinde heulte los. Sie rannte aus dem Zimmer. Sie dachte, wenn auch Mama stirbt, sind wir ganz allein. Sie wollte das nicht denken, dachte es trotzdem, konnte nichts anderes denken. Sie stürmte los. Sie hatte beschlossen, dieses Mal nicht auf die Mutter zu hören. Die Mutter lügt, hatte Dietmar behauptet. Vielleicht hatte sie auch dieses Mal gelogen. Vielleicht konnte Doktor Finsterbusch sie retten, wie er Dietmar gerettet hatte. Im Hof kam ihr Christine entgegen. „Wo warst du!"
„Seit wann muss ich dir sagen, wo ..."
„Mama stirbt." fiel Sieglinde ihr ins Wort.
Christine schlug ihr ins Gesicht, streichelte dann Sieglindes Wange, rannte die Treppe hoch stürmte ins Zimmer. „Mach die Tür zu." sagte Irma. Sie schlug die Decke zurück. Blut im Schoß, Blut auf dem Laken. Christine wich zurück.

„ Stell dich nicht so an, weißt doch was das ist. Hol mir Wasser und Waschlappen und ..“

Irma schluckte. „Und Binden.“

Christine füllte Wasser in eine Schüssel. Ihre Hände zitterten. Da war wieder das Raue ihrem Hals, das sich nicht runterschlucken ließ. Die Kinder fragten, was mit der Mutter sei. Sie antwortete nicht. Wasser schwappte über, als sie die Schüssel ins Zimmer trug. Irma entriss ihr den Lappen.

„Lass mich allein.“ sagte sie.

„Mama, aber Mutsch, soll ich nicht doch den Doktor holen. Das ist doch nicht, nicht normal.“

„Wird der Wechsel sein. Ich hab vier Kinder geboren, da bringt mich das nicht um.“

„Aber die Schmerzen.“

„Aber, aber. Die kommen vom Rücken. Arbeit schändet nicht.“ sagte Irma.

Christine verließ das Zimmer. Am Abend stand Irma wieder am Herd. Sie war blass. Nur die Glut im Ofen rötete ihr Gesicht, wenn sie Holz nachlegte. Sie hielt sich den Rücken, wenn sie sich bückte. Sie stöhnte und ächzte aber nicht mehr. Sie lächelte sogar, als sie den Engel sah.

26.

Sie aßen schweigend. Das Fleisch war hart und trocken. Sie kauten es wie Brotrinde.

Sieglinde hatte ihren Teller leer gegessen. Sie bat um ein zweites Stück Fleisch, verlangte auch noch einen Kloß.

Irma runzelte die Stirn. „Kloß hab ich nicht mehr und Fleisch muss noch für morgen reichen.

Sage mir nicht, dass du nicht satt bist.“

Dietmar schob seinen Teller weg. „Kannst meinen Fraß essen."
Irma schlug mit der Faust auf den Tisch. Sie sagte aber nichts. Sie schwor sich, Dietmar bluten zu lassen. Ausbluten sollte er, damit er schätzen lernte. Sieglinde aß auch seinen Teller leer.
„Wenn jemand tot ist, ist er in einem drin, und man muss für ihn mit essen." Sie sprach mit vollem Mund. Irma sah sie an. Die Zornfalte auf ihrer Stirn vertiefte sich.
„Da hast du etwas falsch verstanden." flüsterte Christine. Ihre Stimme klang heiser. Sie hatte die ganze Nacht geweint. Sie wusste nicht, weinte sie um den Vater, weinte sie wegen Georg. Irma hatte sie gehört. Sie dachte, das Kind muss da durch, wir alle mussten da durch. Sie zwang sich, nicht an Christines Bett zu gehen. So oft hatten sie geredet. Es hatte nichts genützt. Christine hatte ihr eigenes Herz.
„Nein, habe ich nicht." behauptete Sieglinde. Sie kaute auf einem Fleischbissen herum.
„Wer hat dir denn den Blödsinn erzählt?", fragte Ulli.
„Giselas Freund ist weg und sie hat gesagt, er bleibt in ihr. Und sie isst Pralinen und Kuchen. Als er noch da war, hat sie sowas nicht angerührt."
„Weißt du, man kann an jemanden denken, auch wenn er fort ist. Das wird Frau Schrader gemeint haben." Irma stapelte die Teller. Ein Messer fiel zu Boden. Sie bückte sich, verzog den Mund. Bekam das Messer nicht zu fassen. Sie hielt sich an der Tischkante fest. Die Haut über ihren Handknöcheln wurde weiß. Irma biss sich auf die Unterlippe. Sie schluckte die Schmerzlaute.
„Oder man hat ihn im Herzen." sagte Christine. Sie rannte in den Hausflur, sah aus dem Fenster. Der leise fallende Schnee dämmte nur die Geräusche der Straße. Dämmte aber nicht das Pochen in ihrem Innern. Sie wischte sich die Augen. Sie ging zurück in die Küche. Stumm zogen sie sich die Sonntagssachen an. Irma hatte Christines weiße Bluse schon aufs Bett gelegt.
„Wir gehen auf den Friedhof." sagte Irma. Sie hatte zwei Holzscheite zum Kreuz genagelt und Herberts Namen ins Holz gebrannt. Nicht sein Geburtsdatum, nicht seinen Todestag. Christine dachte Notdurft. Sie fragte nicht warum.

Dietmar saß im Sessel, er las nicht, er stierte. Christine stieß ihn an. Er reagierte nicht.
„Es ist auch dein Vater." sagte sie. Er wich ihrem Blick aus.

Sie legten Tannenzweige auf dem Grab ab. Sie entzündeten zwei Kerzen, eine für Norbert, eine für den Vater. Auf dem Holzkreuz tauten Schneeflocken. Sieglinde war still. Sie kickte keine Steine, sie zappelte auch nicht. Sie schaute in die Kerzenflammen. Alle schauten in die Kerzenflammen. Christine atmete hörbar ein und aus. Sie seufzte, fasste die Hand der Mutter. Irma ließ es zu. Sieglinde sah es, fasste die andere Hand. Raue Hand der Mutter, warme Hand der Mutter. Sie wollte nie wieder loslassen. Mutter war da. Mutter würde nicht sterben. Ulli formte einen Schneeball aus Matsch. Ließ ihn fallen, als er Irmas Blick sah.
Sie verließen schweigend den Friedhof. Sieglinde hielt noch immer die Hand der Mutter. Sie dachte an den Jungen aus ihren Träumen. Er hatte keinen Grund mehr, ihr zu drohen. Er war verstummt.
Christine sagte, sie habe Inge einen kurzen Besuch versprochen. Irma wusste, sie log. Sie sagte aber nichts. Sie dachte an Dietmars Vorwurf. Er hatte sie eine Lügnerin genannt. Sie hatte nicht gelogen, sie hatte beschützt. Weihnachten war Frieden, war knackendes Holz im Ofen und Zusammenrücken, das geschmückt war mit Liebesgaben. Das hatte sie schützen wollen, auch für Dietmar.
Er war nicht da, als sie nach Hause kamen. Irma sah zu dem Korb mit Näharbeiten, sah ihre Kinder an. Es ging nicht anders. Die Nähmaschine musste rattern, auch am Feiertag. Sie kochte sich Kaffee, sie erlaubte den Kindern zu spielen. Sie saßen ratlos am Tisch. Sie wussten, Ballspielen war verboten. Die Feiertagsruhe durfte nicht gestört werden. Die Müller und die Sackgasser würden schimpfen und toben, dass es im Hausflur hallte. Sieglinde holte das Kartenspiel aus der Schublade. Ottilie hatte es ihnen geschenkt.
„Dürfen wir mit Ruß spielen?", fragte Ulli.
„Wehe ihr schmiert überall rum. Es werden nur die Karten angefasst. Wehe ich sehe einen Rußfleck an Tisch, Stuhl oder sonst wo."

Sieglinde jubelte. „Du wirst schwärzer als der Peter auf dem Bild aussehen." sagte sie.
Ulli zeigte ihr einen Vogel. Er verlor das erste Spiel. Sieglinde verbrannte sich fast die Finger an der Ofenklappe. Sie beschmierte Ullis Nase mit Ruß.
Irma ächzte. Sie ging zum Schrank, schluckte eine Tablette. Im Neuen Zimmer trank sie einen Schnaps. Die Schmerzen waren heftig. Sie aber musste das Pedal treten, musste den Stoff gleichmäßig unter dem Nähfuß durchschieben. Sauber musste die Naht sein, gerade musste die Naht sein, ohne Schlaufen, ohne Knötchen. Fest musste die Naht sein. Weiter treten, nicht fühlen, nur treten und schieben und hoffen.

Christine war durch die Stadt gelaufen, hatte in Schaufenster geschaut, am Kirchtor den Orgelklängen gelauscht, zu Inges Fenstern hoch gesehen, dabei Mut gefasst.
Heute würde es sein, heute würde sie Georgs Wunsch erfüllen. Er sollte haben, was er wollte.
Sie sollte er haben.
Sie stand vor seiner Haustür, holte Luft, schaute auf. Hinter seinen Fenstern brannte kein Licht. Leise stieg sie die Treppe hoch, klopfte. Georg öffnete nicht. Sie verließ das Haus. Nichts passiert, noch nicht. Irgendwann würde es sein. Sie hoffte, der Schmerz würde schnell vergehen, hoffte, es würde ihr ein bisschen gefallen.

Die Halbstarken trafen sich nicht mehr im Gässchen. Die Zeiten des heimlichen Rauchens und unerlaubten Trinkens waren vorbei. Sie erlernten Berufe, sie marschierten an den Werktagen in die Betriebe. Sie packten mit an. Also durften sie rauchen und trinken und den Mädchen hinterher pfeifen.
Sie trafen sich in der Turmschänke zum Kartenspiel.
Dietmar war dran mit Mischen und Geben. Er zählte immer drei Karten ab, schmiss sie auf die Plätze, Futter vor die Hunde.
„Wasch dir die Pfoten." maulte Heiner. Er fächerte die Karten in der Hand.
„Schneller, du gibst wie ne Jungfrau." forderte Alfred.

Dietmar sah auf. Georg setzte sich an den Tresen, bestellte Bier und Korn.
„Bist du eingeschlafen?“, fragte Heiner.
Dietmar machte eine Kopfbewegung in Richtung Tresen.
„Das ist der Kerl von meiner Schwester.“
Alfred und Heiner sahen kurz zum Tresen. Heiner zuckte mit den Schultern.
„Ich denk, die sind nicht mehr zusammen.“ sagte Alfred. Er pfiff.
„Ist ne Kleene Hübsche, deine Schwester.“
„Dich nimmt sie bestimmt nicht.“
Georg bestellte noch ein Herrengedeck. Er drehte sich zu ihnen um, prostete Dietmar zu.
Dietmar sah auf sein Blatt. Sie stritten, schlugen mit Fäusten auf den Tisch, bestellten Lagen, zählten Geld in die Kasse, lachten, neckten, rauchten. Dietmar sprang plötzlich auf. Draußen ging Brigitte vorbei. Sie hatte sich bei ihrem Tanzpartner untergehakt. Dietmar wurde rot. Er warf die Karten auf den Tisch.
„Was ist, spielst du noch mit?“, fragte Heiner.
„Bist selber schuld. Wenn du es ihr nicht ordentlich besorgst, tut es eben ein anderer.“
Alfred lachte.
Dietmar stieß den Tisch weg. Sein Stuhl kippelte.
Heiner packt ihn am Arm. „Setzt dich wieder hin. Er hats nicht so gemeint. Die Weiber versteht keiner. Er auch nicht.“ Er zeigte auf Alfred. „Bist dran mit der nächsten Runde. Und mach Doppelte, keine Kurzen.“
Alfred winkte den Wirt ran.
Dietmar leerte erst seins dann Alfreds Schnapsglas. Georg kam an ihren Tisch. Er klopfte auf die Tischplatte, zog sich einen Stuhl ran.
„Hau ab!“
„Lass ihn doch.“ sagte Heiner.
„Mit Kommunistenschweinen spiele ich nicht.“ Dietmar bekam rote Flecken im Gesicht und am Hals. Die Kumpels wussten, jedes falsche Wort würde ihn jetzt zur Raserei bringen.
Alfred gab. Er warf auch Georg Karten zu. Georg zählte Münzen in die Kasse.

Er rief: „Anna, eine Runde für uns."
Heiner und Alfred lachten. „Sie heißt Erna, du Blödmann."
Dietmar nahm seine Karten nicht auf. Im Stehen trank er sein Glas leer.
„Setz dich wieder hin!", sagte Heiner.
„Deine Schwester ist schlauer als du." sagte Georg.
Dietmar warf ihm die Karten ins Gesicht. Er zog ihn an den Haaren hoch. Georg stieß ihn weg. Dietmar fiel. Sie lachten, alle in der Kneipe lachten über ihn. Der Wirt steckte vier Finger in den Mund. Sein Pfiff gellte. Er wies zur Tür.
„Verschwinde!"
Dietmar nahm eine Schnapsflasche vom Tresen. Stolperte damit auf die Straße.

Sieglinde drehte Lockenwickler raus, bürstete Haare, hängte Handtücher auf. Sie massierte die Kopfhaut alter Damen, fühlte deren Hände in ihrer Schürzentasche, in der Münzen klimperten. Es war der letzte Tag des Jahres. Im Friseurladen waren alle Stühle und Hocker belegt. Die Frauen ließen sich schön machen für den Silvesterabend. Frau Schrader war froh über Siggis Hilfe. Sie selbst würde sich die Haare nach Ladenschluss waschen und legen. Helmut hatte sie zum Essen eingeladen. „Es gibt Karpfen." Er hatte die Wangen eingezogen und nach Luft geschnappt. Er wurde aber ernst, als er sagte: „Danach werden wir sehen."
Siggi hatte es beobachtet, Gisela war rot geworden. Sie dachte an Christine, die auch immer rot wurde, sobald Georgs Name fiel.
Sieglinde fegte Haare zusammen. Im Laden wurde es still. Getuschel und Gekicher verklangen. Sieglinde putzte Spiegel und Waschbecken. Frau Schrader drehte sich Klips ins Haar. Sie probierte verschiedene Lippenstifte aus. Sie schaltete das Radio an. Sieglinde trällerte den Schlager mit. Verstummte aber, als sie Helmut sah. Er wickelte Blumen aus dem Papier. Weiße Nelken. Frau Schrader errötete schon wieder. Siggi kicherte leise.
„Wo hast du die denn her?"
Helmut zuckte mit den Schultern. „Man hat seine Beziehungen." Er fuhr

sich mit der Hand über die Haare. Sie waren streng nach hinten gekämmt. Eine Strähne fiel ihm ins Gesicht. Besser so, dachte Sieglinde. Jetzt passte seine Frisur zu seinem Lächeln. Sie sah zu Gisela.
Die konzentrierte sich auf die Haarnetze, die sie glatt zog, um sie dann aufzuhängen.
Sie hatten sich nicht geküsst, nicht umarmt. Sieglinde verstand nicht, warum Gisela so verlegen war, wenn sie doch nicht taten, was die Verliebten tun.
Helmut kam zu ihr. Sieglinde sah nicht auf.
„Hast du Lust, mit uns zum Chorkonzerte zu gehen, Neujahr, also morgen?" Sie schaute zu Gisela. Die Schrader nickte. Sieglinde dachte, Schlager wären mir lieber. Sie biss sich auf die Lippe, weil sie die Stimme ihres Traumjungen hörte. Norbert war also noch da. Schimpfte sie undankbar. Sie nickte, sah wieder zu Gisela. Gisela stieß die Luft hörbar aus. Sieglinde dachte, irgendwas stimmt mit denen nicht. Sie sind wie die Katzen, damals im Hof. Von deren Geschrei war Sieglinde nachts aufgewacht. Sie hatte sie beobachtet. Sie näherten sich an, stoben auseinander. Fauchten, brüllten wie hungrige Babys. Eine hatte schließlich die andere besiegt. Sie saß auf ihr drauf. Biss ihr in den Nacken, ließ sie frei. Sieglinde fragte sich, ob Helmut oder Gisela den Kampf gewinnen würde. Sie fragte sich auch, ob es ein Fehler war, mit ins Konzert zu gehen.
„Ich muss Mutter erst fragen." sagte sie.
„Natürlich." Helmut nickte. Er kämmte sich die Haare nach hinten.
Gisela zählte Geld aus der Kasse, schob es in Sieglindes Hand.
„Du kannst gehen." sagte sie. Sieglinde zögerte. Sie fühlte die Scheine in ihrer Hand. Sie wusste nicht, war es richtig soviel Geld anzunehmen.
„Nimm!", sagte Gisela. „Warst mir eine große Hilfe und deine Mutter kann es gebrauchen."
Sieglinde bedankte sich. Sie dachte, Mutter wird mir nicht glauben, sie wird denken, ich habe es geklaut."
Sie wünschte einen Guten Rutsch. Alle Kundinnen hatten sich so verabschiedet. Draußen fing sie Schneeflocken mit der Zunge. Sie dachte, der Schnee reicht nicht zum Rutschen. Sie fragte sich, warum alle diesen komi-

schen Spruch sagten. Sie zählte das Geld in ihrer Manteltasche. Sie wiegte es in der Hand. Sie dachte, vielleicht freut Mutti sich doch. Vielleicht gibt es heute Abend Punsch und Bratäpfel und Sterne, viele bunte Sterne am Himmel.

Christine saß in der ersten Reihe. Die Bank war schmal. Das Holz drückte sich hart ins Fleisch ihrer Schenkel. Sie erlitt es, erlitt es schon lang. Erlitt auch das Frieren. Sie starte Maria an. Das milde Lächeln half ihr heute nicht. Sie schämte sich ihrer Gedanken. Gedanken sind schon die halbe Tat, hatte Ottilie oft gesagt. Christine wusste, sie hatte Recht. Christine war froh, dass sie Georg nicht angetroffen hatte. Die Scham bleichte dennoch ihr Gesicht. Sie hatte an es gedacht, sie war bereit, es ihm zu geben.
Die Dielen knarrten hinter ihr. Sie schreckte auf. Sie vermutete den Pastor, blickte aber in ein fremdes Gesicht. Der Mann schaute kurz zu Maria. Dann nahm er neben Christine Platz. Sie rückte von ihm ab.
„Sie haben Kummer." sagte er. Christine schwieg. Sie blickte auf ihre Hände, die in ihrem Schoß lagen. Sie fragte sich, warum er das tat, warum er sie nicht in Ruhe ließ, wenn er doch ahnte. Von fremden Männern würden sie keinen Trost annehmen. Sie hatte ein zu Hause, sie hatte Mutter. Sie sprachen nicht viel über diese Dinge. Christine wusste trotzdem, die Mutter fühlte mit, sie verstand auch ohne Worte.
„Heute ist Silvester. Sie sollten nicht allein sein. Eine schöne Frau wie Sie, sollte heute Abend tanzen gehen."
Sie verzog den Mund, um nicht zu lächeln. Ihn anlächeln hieß, ihm Hoffnung machen.
Sie stand leise auf. Sie entzündete eine Kerze am Kranz, warf eine Münze in den Opferstock.
Der Mann folgte ihr zum Ausgang. Sie hielt ihm nicht die Tür auf. Er rannte zwei, drei Schritte, lief dann neben ihr.
„Nur tanzen, nur heute Abend." sagte er. Sie schüttelte den Kopf. Er bückte sich, schabte den Schnee mit bloßen Händen auseinander, rupfte ein paar Stängel dürres Gras.

Er sagte: „Sehen Sie die schöne Blüte." Sie schob seine Hand weg, schüttelte den Kopf.
Er ließ das Gras fallen, klopfte Dreck von den Fingern.
„Sie müssen es sich nur vorstellen. Man kann sich alles vorstellen." Er lachte. Jetzt bemerkte sie, dass er das linke Bein nachzog. Was würde er denken, wenn er wüsste, warum sie sich schämte. Da half kein Vorstellen. Vorstellen war schon die halbe Sünde. Gedanken waren der Anfang der Tat.
Sie blieb stehen, starrte. War es Georg, der über den Steg lief? Sie sah nur Rücken und Hinterkopf des Mannes. Es war Georg. Sie erkannte ihn am Schritt. Sie fächerte sich Luft zu, sah ihm nach. Neben Georg lief eine Frau. Christine schätzte sie im selben Alter. Das konnte nur bedeuten, Georg hatte eine andere. Eine Frau ohne Scham. Sie fassten sich nicht an, noch nicht. Christine rannte weg. Der Fremde rannte hinter ihr her, holte sie ein, fasste sie am Ärmel. „Sie müssen wirklich keine Angst vor mir haben, nur tanzen, nur heute Abend. Es ist Silvester." Sie nickte, sie hörte sich selbst fragen: „Wohin gehen wir denn tanzen?"

Sie saßen dicht am Ofen. Die Herdplatte knackte, Irma hatte Holz nachgelegt, dann den Topf mit Punsch aufgesetzt. Es hatte aufgehört zu schneien. Heftiger Wind kämmte kleine Schneedämme. Ulli mischte Karten. Sieglinde gähnte. Sie hatte keine Lust zum Kartenspielen. Sie wollte aber wach bleiben, wollte die bunten Sterne am Himmel sehen. Die Frauen im Frisörladen hatten geschwärmt, dann über den Rauch geschimpft und das Knallen, dass ihnen die Strümpfe kaputt riss. Irma trug Wollstrümpfe. Sie war auch nicht beim Friseur gewesen. „Wozu!", hatte sie gesagt, als Sieglinde danach fragte. „Bin in die Jahre gekommen. Nach mir dreht sich keiner mehr um." Sieglinde schmollte. Warum musste die Mutter so reden. Frau Plunz war im selben Alter. Sie trug Lippenstift auch wenn sie den Aschekasten leerte. Mit Lockenwicklern ging sie nicht einmal aufs Klo.
„Schlaf nicht!" Ulli stieß Sieglinde an. Sie schreckte auf. Sie war am Tisch eingeschlafen.

„Geh doch ins Bett, wenn du so müde bist. Was verpasst du schon. Geht auch im Neuen Jahr alles so weiter."
„Aber die bunten Sterne."
Irma schüttelte den Kopf. „Die reden dir nur Blödsinn ein, da im Laden."
„Nein! Und sie nehmen mich sogar mit ins Konzert, morgen." Sieglinde sah Irma an.
„Wer nimmt dich mit?"
„Gisela und Helmut. Ich darf doch mit, bitte?"
„Meinetwegen."
Sieglinde jubelte, wackelte am Tisch. Ulli fluchte, der Turm, den er aus Schwefelhölzern gebaut hatte, krachte ein.
„Punsch ist gleich fertig." sagte Irma. Mit dem Schürhacken zog sie den Topf an den Rand des Ofens. Ihr Gesicht färbte sich rot, als sie die Ofenklappe öffnete, um die Glut zu schüren.
„Wo ist eigentlich Christine?", fragte Sieglinde.
„Tanzen." Irma stellte das Radio an. Sie blickte in den Spiegel. Sie zupfte sich die Frisur zurecht, band endlich die Schürze ab.
„Mit dem Kommunisten." Ulli stürzte seinen Turm selber um.
Irma schlug mit der Kelle auf den Tisch. „Du fängst mir nicht auch noch an, so zu reden. Musst Dietmar nicht alles nachplappern."
„Wo ist Ditti eigentlich?"
Irma zuckte mit den Schultern. Sie goss Rum in ihre Tasse. Es war der letzte Schluck aus Ottilies Flasche. Sie dachte an Ottilie, sie dachte an Gerda, die schon lang keinen Brief mehr geschickt hatte. Gerda lebte drüben und sie hier. Da fand man keine Worte für lange Briefe. So war das eben mit den Jahren. Irma dachte an Herbert, dessen Grab vermutlich ein Erdhäufchen war, wenn überhaupt.
Im Radio zählten sie die Sekunden. Ein Knall, ein Blitz. Sieglinde rannte ans Fenster. Sie sah aber keine bunten Sterne, nur ab und zu einen hellen Schein, der schnell verglomm. Kerzenlicht flammte hinter den Fenstern auf. Es blieb still im Hof, still auf der Straße. Die Menschen prosteten sich leise zu. Die Damen mussten keine Angst um ihre Nahtstrümpfe haben.

Irma drückte ihre Kinder an sich. Ihre Küsse schmeckten nach Schnaps. Ulli wischte sich den Mund trocken. „Ich wünsche uns ein besseres Jahr, uns allen." flüsterte Irma.

Der Saal war geschmückt mit Papiergirlanden und Ballons. Ihre Farbigkeit vernebelte im Dunst des Zigarettenqualms und verschwitzter Leiber.
Klaus nahm ihr den Mantel ab. Die Garderobenmarke schob er in seine Hosentasche.
Sie nahmen am Tisch eines Paares Platz. Die Frau spreizte den Finger mit dem Ehering ab.
Sie fuhr mit der Hand über ihren Dutt. Nicht eine Strähne fiel ihr ins Gesicht. Der Mann lächelte Christine an. Sah aber weg, als seine Frau ihn in den Arm kniff.
Er rückte seinen Schlips zurecht, bestellte Wasser für seine Frau, Bier für sich selbst.
„Heute darf ich, heute ist Silvester." sagte er. Sie nickte, schaute zur Bühne. Die Musiker nahmen hinter ihren Instrumenten Platz. Bierhumpen standen neben den Stativen. Sie nahmen hin und wieder einen Schluck, während sie die Instrumente stimmten. Die Frau schüttelte den Kopf. Klaus bestellte Weißwein, obwohl Christine abwehrte. Er füllte ihr Glas bis zum Rand. Sie nippte, verzog den Mund. Sie verlangte nach einem Wasser. Klaus lief zum Tresen. Er musste lange auf das Wasser warten. Die Kapelle begann zu spielen. Der Mann forderte seine Frau zum Tanz auf. Sie blieb sitzen. „Ich mache mich nicht zum Gespött der Leute." zischte sie. Er bat Christine um einen Tanz. Sie war froh, dass Klaus in diesem Moment das Wasser brachte. Sie nahm einen großen Schluck. Klaus hob sein Glas. Sie stießen an.
„Meine Frau, braucht immer ein bisschen, ehe sie warm wird." sagte er. Sie trat gegen seinen Schuh. Er lächelte sie an. „Du solltest auch ein Glas Wein trinken." Sie hob das Wasserglas zum Mund und schaute wieder zur Bühne. Die Tanzfläche füllte sich nur mäßig.
„Nicht so schüchtern, meine Herren. Schöne Damen schmücken diesen Saal. Schauen Sie sich um, meine Herren." rief der Sänger.

Klaus bat Christine um einen Tanz. Sie zog ihren Rock glatt. Sie achtete auf ihre Schritte. Er drückte sie an sich. Sie streckte die Arme, hielt ihn auf Abstand. Nach dem Tanz brachte Klaus sie zurück an den Tisch. Er trank sein Glas in einem Zug leer. Ließ sie mit dem Ehepaar am Tisch zurück. Am Tresen trank er einen Bierhumpen. Er wusste, er hatte verloren. Christine hatte sich versteift, hatte jeden Schritt, jede Berührung während des Tanzes bedacht. Er ging zurück zum Tisch. Er dachte, ich darf mir nichts anmerken lassen, ich muss diesen Abend mit Anstand zu Ende bringen. Christine sah, dass er lahmte.
Der Mann forderte Christine auf. Sie schüttelte den Kopf. Zog den Rocksaum über ihre Knie.
„Gehen Sie ruhig mit." sagte die Frau. Der Mann zog Christine auf die Tanzfläche. Die Kapelle spielte einen Boogie-Woogie. Christine blieb stehen. Diesen Tanz kannte sie nicht. Für sie sah es aus, als würden die Frauen und Männer sich verrenken. Sie schaute zum Tisch. Sah die Ehefrau mit den Armen fuchteln. Der Mann lachte.
„In den Augen meiner Frau gehört es sich nicht, so zu tanzen."
Christine entschuldigte sich. Sie rannte die Wendeltreppe hoch zur Toilette. Sie öffnete das Fenster, schnappte nach Luft. Ihr war, als sähe sie Georg, auf dem Gehweg gegenüber. Er war allein. Sie rannte die Treppe runter, rannte raus auf die andere Straßenseite. Rannte einem Mann hinterher, der nicht Georg war, nur eine ähnliche Mütze trug.
Sie ging zurück in den Saal, drängte zum Tisch, verlangte die Garderobenmarke, antwortete nicht auf Klaus' Fragen, hörte nicht auf das Vernunftgerede der Frau. Klaus folgte ihr zur Garderobe. Sie riss ihm den Mantel aus der Hand. Erst auf der Straße schlüpfte sie hinein.
Sie rannte nach Hause, vorbei an Funkenregen, an sich umarmenden Menschen, an brennenden Kerzen.

Christine stürmte ins Zimmer. Sie ließ den Mantel vor dem Bett fallen schlüpfte unter die Decke. Ein Zipfel ihres Rocks lugte hervor. Sieglinde schüttelte den Kopf. Irma schimpfte leise. Christine hatte das Gesicht zur Wand gedreht.

Sie schluchzte. Ulli blähte die Wangen. Sieglinde setzte sich ans Bett, strich Christine über den Kopf. Christine zog das Kissen über ihr Gesicht. Irma füllte Punsch in Tassen, ging damit ins Neue Zimmer. Sie rief nach Christine. Christine wusste, dies war Irmas Art Verständnis zu zeigen. Sie wusste auch, die Mutter würde keine Ruhe geben, bis Christine ihr alles erzählt hatte. Sie folgte Irma ins Neue Zimmer. Irma verriegelte die Tür. Sieglinde drückte das Ohr ans Holz. Ulli zwickte sie in den Oberarm. Er sagte: „Du bist genau wie die Sackgasser, ein richtiges Waschweib.". Sieglinde schmollte. Sie ging ans Fenster. Suchte vergeblich nach Sternen, legte sich schlafen.

Der Punsch war lau. Sie schlürften trotzdem. Irma sah Christine an. Sie wartete. Christine fuhr mit dem Zeigefinger über den Tassenrand. Sie wurde rot. Sie dachte an ihren Besuch bei Georg. Nichts passiert, noch nicht. Sie holte tief Luft. Irma ahnte, jetzt war es so weit. Sie sprach ihre Gedanken nicht aus. Christine musste von selbst damit kommen.
Die Tassen waren fast leer. Christine stellte ihre auf dem Holztisch ab.
„Ich vermisse ihn so. Ich kann nicht anders. Es ist mir egal, ob er ein, na ja, so ein Kommunist ist." Sie sprach nicht weiter. Irma öffnete den Mund, schluckte, schwieg. Sie dachte, ich muss meiner Erziehung vertrauen.
Poltern und Fluchen. In der Küche krachte ein Stuhl auf die Dielen. Sieglinde schrie auf.
Irma und Christine rannten in die Küche. Dietmar saß auf dem Boden. Eine Flasche klemmte zwischen seinen Schenkeln. Er wimmerte.
„Hilf mir!" schrie Irma. Zusammen mit Ulli hievte sie Dietmar aufs Bett. Als er nach ihr grapschte, schlug sie ihm ins Gesicht. Er lachte. Irma wandte sich ab. Sie standen um Dietmar herum, starrten ihn an. Er begann zu wimmern. Wiegte sich vor und zurück, vor und zurück. „Es tut weh, tut so weh." jammerte er.
„Er ist einer von den Halbstarken." flüsterte Sieglinde. Sie hob die Hände über den Kopf.
Irma sah sie an, nickte.
„Geht ins Bett! Alle."

27.

Sieglinde putzte ihre Schuhe. Sie wusch sich Hände und Gesicht. Sie sah sich lange im Spiegel an. Dann zog ihr bestes Kleid aus dem Schrank. Irma schüttelte den Kopf. Sieglinde protestierte. „Es ist zu dünn." sagte Irma. „Im Radio haben sie minus 15 Grad angesagt."
„Aber sie hat gesagt, ich soll mich feinmachen."
„Feinmachen, feinmachen." Irma schnaubte. Sie legte Ullis Keilhosen aufs Bett, dazu einen Pullover, den sie für Sieglinde gestrickt hatte.
Sieglinde saß in Unterwäsche auf dem Bett. Sie verschränkte die Arme vor der Brust, stampfte auf.
„Dann musst du eben da bleiben."
Hupen auf der Straße. Christine rannte ans Fenster. Nicht Georg, wieder nicht. Sie schreckte bei jedem Motorengeräusch auf. Sie senkte jedes Mal den Blick. Sie schimpfte sich eine dumme Kuh. Sie hatte es doch gesehen. Georg war mit einer anderen zusammen. Vielleicht haben sie in der Silvesternacht getan, was Christine ihm verwehrte. Christine verfluchte beide. Sah aber zum Kreuz, bat um Vergebung.
Es war Helmut, der gehupt hatte. Er hielt Gisela die Wagentür auf.
„Siehst de, ich muss nicht raus, im Auto ist es warm."
„Aber in der Kirche nicht. Du ziehst an, was ich dir sage, oder du bleibst hier."
Sieglinde zog Hose und Pullover an. Sie mied den Blick in den Spiegel, sah auch Frau Schrader nicht an, als sie ihr die Hand gab. Ohnehin war es ihr peinlich, dass Dietmar noch im Bett lag und die Mutter an der Nähmaschine saß. Sieglinde hatte ihr alles Geld gegeben. Auch das heimliche Trinkgeld aus der Schürzentasche.
„Hast dich schön frisiert." sagte Gisela. Sie sah rüber zum Bett. Sie hob die Augenbrauen, sah weg, als Dietmar sich zur Wand drehte.
Irma nahm Geld aus einem Umschlag, auf den sie Sieglindes Namen ge-

schrieben hatte. Sieglinde wollte ihr um den Hals fallen. Irma wehrte ab. „Hast ja dafür gearbeitet."
Helmut hatte unten gewartet. Er rieb sich die Hände warm, obwohl er schwarze Lederhandschuhe trug. Er öffnete erst Gisela, dann Sieglinde die Autotür. Er zeigte Sieglinde, wie man den Schnee von den Schuhen klopfte. Sieglinde schlug ihre Füße so heftig aneinander, dass es schmerzte.
Während der Fahrt erzählte Helmut Episoden aus seiner Sängerknabenzeit. Sie lachten über einen Solisten, der den Liedtext vergessen hatte und deshalb ein anderes Lied sang.
Sie schüttelten die Köpfe über einen Trunkenbold, der sich hinter den Chorleiter stellte, dirigierte und alle Sänger durcheinander brachte.

Die Kirche war mit Tannenbäumen und silbernen Glaskugeln geschmückt. Kerzen brannten. Hinter dem Altar hatte man eine Chortreppe aufgebaut. Sieglinde sah sich um. Sie war das einzige Kind. Sie setzte sich aufrecht. Ihr Rücken berührte die Lehne nicht.
Beifall toste wie Platzregen. Ein Mann im schwarzen Anzug betrat das Kirchenschiff. Ihm folgten viele Frauen. Sieglinde zählte sie. Bei zwanzig gab sie auf. Die Frauen trugen alle die gleichen schwarzen Röcke und weiße Blusen. Mit hohen Schuhen balancierten sie die schmalen Stege entlang. Jede schien ihren Platz genau zu kennen. Der Beifall verstummte. Die Frauen schlugen Mappen auf, die sie zuvor unter dem rechten Arm getragen hatten. Der Mann im dunklen Anzug summte einen Ton. Die Frauen nahmen ihn auf. Sie sangen vom Heiland. Sie sangen vom Christkind. Später sangen sie die Petersburger Schlittenfahrt. Die Frauen in der ersten Reihe schwangen Rasseln. Ein Klang wie von Schlittenglocken erfüllte den Raum. Sieglinde war aufgesprungen. Sie schnipste mit den Fingern, wippte mit dem Fuß im Takt. Gisela hielt Sieglindes Hand fest. Sie legte den Zeigefinger auf den Mund. Jetzt trat eine junge Frau aus der Reihe. Sie sang ganz allein. Ihr Mund war weit geöffnet. Sieglinde konnte das Auf und Ab ihrer Zunge sehen. Ihre Stimme klang hell. Sie sang von Liebesschmerz. Ihre Hand lag dabei auf der linken Brust. Sieglinde verstand, ihr Liebster hatte sie verlas-

sen. Sie dachte an Christine. Sie sah Maria an. Maria sollte machen, dass alles wieder gut wird.
Die Frau verneigte sich. Sieglinde klatschte heftig. Sie seufzte. Gisela sah sie an, lachte. Gisela und Helmut saßen dicht beieinander. Die ganze Zeit hielten sie sich an den Händen. Sieglinde dachte, sie sind doch nicht wie die Katzen. Sie kämpfen nicht.

Irma hatte genug. Sie drehte das Radio laut. Sie zerrte Dietmar die Decke vom Leib, wies ihm die Tür. „Für einen Halbstarken ist hier kein Platz. Komm wieder, wenn du dich besonnen hast." Spuckeregen über Dietmars Gesicht. Er stand schwerfällig auf. Irma spürte Nässe. Sie rannte zur Toilette. Sie blutete, blutete schon wieder heftig. Sie knetete Watte. Sie verdrängte den Gedanken an einen Arztbesuch. Sie war eine Frau in den Wechseljahren. Sie hatte Sorgen. Der Ärger über Dietmar ließ sie auch nachts die Zimmerdecke anstarren. Sie nahm sich vor, Agnes zu fragen, wie es ihr mit dem Wechsel erging. Agnes hatte aber nicht ihre Sorgen. Agnes hatte einen Mann und ihre Kinder waren längst aus dem Haus. Irma blieb eine Weile auf dem Abort sitzen. Sie fühlte in sich hinein. Sie hatte schon schlimmere Schmerzen ausgehalten. Vielleicht hatte sie sich nur erkältet. Sie nahm sich vor, in Kamillenlösung zu baden. Die Ärzte übertrieben gern. Sie machten aus Wehwehchen Katastrophen.
Dietmar war nicht mehr da, als sie zurückkam. Irma dachte, der kommt schon wieder. Sie seufzte, sah zu Herberts Bild. Offenbar hatte Dietmar den Vater mehr vermisst, als Irma es geahnt hatte. Die Leute sagten, ohne Vater fehlt den Kindern die straffe Hand.
Das Gefühl der Nässe in ihrem Schritt blieb. Sie sah an sich herab, entdeckte Blutflecken im Schürzenmuster. Sie zerriss alte Baumwollhemden, faltete den Stoff. Wie lange würde er aufsaugen, was niemand sehen sollte?
Irma breitete alte Zeitungen auf der Sitzfläche ihres Nähstuhls aus. Jeder Tritt auf das Pedal schmerzte. Sie biss sich auf die Lippen. Weiter treten, weiter arbeiten, den Schmerz wegarbeiten. Sie legte die Wärmflasche auf ihren Bauch. Sie fluchte, faltete die Hände. Bat, das möge aufhören. Ahnte, dass

sie krank war. Wusste, sie durfte nicht krank sein, befahl sich durchzuhalten, weil die Kinder sie brauchten.
Sie schluckte mehrere Schmerztabletten, trank zwei Gläser Magenbitter. Der Schmerz ließ sich nicht wegschlucken. Sie legte sich ins Bett. Sie dachte, nur heute.

Irma erwachte vom Rattern der Nähmaschine. Sie hörte Sieglinde einen Schlager singen. Ihr fiel der Spruch ihrer Mutter ein, Vögel die am Morgen singen, holt am Abend die Katz. Morgens oder abends, es war egal. Übermut tat selten gut.
Sie schlug die Decke zurück. Keine neuen Flecken. Sie erhob sich langsam. Ihre wurde schwindlig. Sie hielt sich am Schrank fest. Sie atmete ein paar Mal ein und aus, bevor sie die Tür aufriss. Christine saß an der Nähmaschine. Ihre Nähte wurden zusehends besser. Bald würde sie eine Hilfe sein. Sieglinde plättete Ullis Hemden. Sie bügelte aber Knitter in den Stoff. Irma drängte Sieglinde zur Seite. Sie fasste nach dem Eisen. Der Schmerz peinigte sie. Sie hielt sich an der Tischkante fest. Sieglinde sah, dass die Mutter blass wurde.
„Ich lerne es noch, Mama."
Irma winkte ab. Sie setzte sich, sagte: „Christine, du musst das Abendbrot machen."
„Aber was ist denn Mutter?"
„Hab mich erkältet." sagte Irma. Sie ging zur Toilette. Sieglinde stellte das Eisen zum Abkühlen auf das Ofenblech. Sie dachte, ich werde sowieso Sängerin. Ulli zeigte ihr einen Vogel. Sieglinde erschrak. Sie hatte ihren Vorsatz laut ausgesprochen.
„Ich werde bestimmt eher eine berühmte Sängerin, als du ein Fußballer."
Ulli hielt sich die Ohren zu. Er schnitt eine Grimasse.
Auf dem Abort wechselte Irma heimlich die Wäsche.
Christine schnitt Brot. Sie schnitt viel zu dicke Scheiben. Sie achtete nicht darauf. Sie wusste, wegen einer Erkältung würde die Mutter niemals die Arbeit liegen lassen. Sie hörte das Rauschen in der Wasserleitung. Sie fragte sich, warum Irma sich auf dem Klo wusch.

Irma schüttelte den Kopf, als Christine ihr ein Butterbrot reichte. Ulli langte nach der Schnitte. Irma bekam sofort ein schlechtes Gewissen. Ihre Kinder schienen nie satt vom Tisch aufzustehen. Die Blutung war wieder stärker geworden. Sie legte sich hin. Sie nahm sich vor, sich nur wenig zu bewegen. Sie hoffte, dann würde das aufhören.
Christine schmierte am Morgen die Schulbrote. Sieglinde sah zur Tür.
„Lass Mutter in Ruhe!“, sagte Christine.

Die Lehrer schickten die Kinder nach Hause. Der Unterricht musste ausfallen. Es gab nicht genug Brennmaterial, um die Räume zu heizen.
Ulli jubelte. Er warf sich in den Schnee. Sieglinde blieb auf dem Treppenabsatz stehen. Sie schaute in seine Richtung, schüttelte den Kopf. Er bewarf sie mit Eisbällen.
„Los komm rodeln.“
Sieglinde klopfte sich Eisbröckchen von der Jacke. „Wir haben keinen Schlitten.“
Ulli lachte. „Wir setzen uns auf ein Brett.“
„Ich geh arbeiten.“ Sieglinde hob das Kinn. „Und du solltest auch endlich vernünftig werden.“ In letzter Zeit plapperte sie oft die Weisheiten der alten Frauen nach.
Ulli klopfte sich den Schnee ab. Er sagte: „Schau mal in den Spiegel, du siehst schon aus wie die Sackgasser und die Müller.“
Sieglinde drohte ihm mit der Faust. Sie rannte aber nicht wie sonst hinter ihm her. Sie warf auch keine Schneebälle nach ihm. Sie stemmte die Arme in die Seiten. „Hast du es nicht begriffen, Dietmar ist weg. Jetzt sind wir die Großen. Wir müssen ihr helfen.“ Sie stiebte mit der Schuhspitze in den Schnee. Ulli formte einen Ball. Ließ ihn aber fallen.

Lange putzte sich Sieglinde die Schuhe auf der Fußmatte ab. Sie grüßte höflich, wartete bis Frau Schrader sich ihr zuwandte.
„Nanu, bist du nicht in der Schule?“
„Fällt aus, wegen der Kälte.“

Die Kundinnen schimpften sofort auf den Staat, der die Jugend verkommen ließ.
„Du willst helfen?"
„Mutter ist krank." Die Schrader nickte, sie verstand.
Sieglinde band sich die Schürze um. Sie fegte Haare, polierte Spiegel, entfernte Wickler und Klips von den Köpfen fremder Frauen. Sie legte Handtücher zusammen, sie wusch Haarnetze.
Sie war schnell fertig damit. Nicht viel zu tun an diesem Tag. Frau Schrader sagte: „Die Leute haben sich zu Weihnachten verausgabt. Im Januar müssen sie sparen." Sie winkte ab.
Sie brannte sich eine Zigarette an. Sie hatte sich das Rauchen wieder angewöhnt. Sie sagte, es täte ihrer Figur gut. Sie trug enge Kleider und Röcke. Die Nähte an ihren Strümpfen bildeten immer eine gerade Linie. Ihre Lippen glänzten bordeauxrot. Sieglinde wusste, sie stand morgens eine halbe Stunde eher auf, um sich zu schminken. Eine Geschäftsfrau müsse immer taff aussehen, sagte sie. Jede Stunde schminkte sie sich die Lippen nach. Sie sah oft zur Tür. Sieglinde wusste, Gisela schminkte sich für Helmut.
Gisela zählte drei Groschen in Sieglindes Hand. Magere Ausbeute. „Es wird bald wieder besser." tröstete sie.

Sieglinde blieb vor der Kirche stehen. Sie hörte Gesang, obwohl die Eingangstür geschlossen war. Sie lauschte. Hörte hohe Stimmen, hörte tiefe Stimmen. Sie ergaben ein klangvolles Ganzes. Der Kantor unterbrach. Er sprach laute Worte. Sie klinkte vorsichtig, öffnete die Tür einen Spalt, linste hinein. Jetzt sah sie den Rücken des Kantors. Schwarzer breiter Rücken. Sie zog die Schultern hoch. Der Kantor hob die Arme. Die Stimmen der Mädchen und Frauen klangen nach dem Duft von Wiesenblumen, nach süßem Apfelkuchen mit Zimt, nach Regentropfen, die nachts auf das Fensterblech klopften. Sieglinde zwängte sich durch den Türspalt ins Innere der Kirche. Der Kantor senkte den Taktstock. Er klopfte auf den Rücken des Klaviers. „Stellt euch vor, da draußen blüht alles, und Schmetterlinge flirren um eure Nasen. Das will ich hören. Gebt euch Mühe." sagte er. Sieglinde setzte sich

vorsichtig auf eine Bank. Das Holz knarrte. Sie erschrak. Der Kantor drehte sich kurz zu ihr um. Er hob den Taktstock. Sieglinde hörte das Atmen der Sängerinnen, dann den Klang ihrer Stimmen. Sie schloss die Augen. Sie tauchte ein, in eine Traumwelt, in der alles grün und bunt war, in der die Sonne die Haut wärmte, in der alles duftete, wie die Haarwäsche im Friseurladen. Traumwelt, in der die Mutter keine Schmerzen hatte, in der Dietmar sie mit Grashalmen kitzelte. Traumwelt, in der sie Ball spielen durften bis die Sonne unterging. Traumwelt in der die Mutter lachte und auch Christine keine Tränen ins Taschentuch heulte. Sie öffnete die Augen. Sie schniefte, schnaubte ins Taschentuch. Der Kantor stand plötzlich vor ihr.
„Wir haben einen Spion." sagte er. Einige Mädchen kicherten.
„Was verschafft uns die Ehre?"
Sieglinde stand stramm. Tausend Gedanken, tausend Ermahnungen in ihrem Kopf. Sie dachte an ihre Einschulung. Sie dachte an Frau Angermann. Sie sah das Kopfschütteln, hörte das Lachen.
„Willst du mitsingen?"
Sieglinde nickte, schüttelte dann den Kopf.
„Setzt dich dahin. Ich werde dich nach der Probe abhören."
Sieglinde starrte auf die Münder der Mädchen und Frauen. Runde Münder, breite Münder, Fischmäuler. Wie konnte etwas so Schönes so dumm aussehen. Der Kantor unterbrach oft den Gesang. Er mahnte, nicht auf die Töne zu drücken, forderte die Frauen auf, beim Singen den Arm auszustrecken, den Ton himmelwärts zu singen. Sieglinde konnte das Lachen nicht unterdrücken. Der Kantor schlug mit der Stimmgabel auf das Klavier. Die Frauen verstummten. Er setzte sich auf den Hocker, winkte Sieglinde heran.
„Du bist dran." sagte er. Sieglinde wurde heiß. Sie blies sich die Haare aus der Stirn. Sie wünschte sich weit weg. Der Junge in ihrem Kopf blähte die Wangen.
„Wer lachen kann, kann auch singen." Der Kantor spielte einen Ton an, nickte in ihre Richtung. Sieglinde schluckte und räusperte sich. Der Ton hing in ihrem Hals fest.
„Du sollst den Ton nachsingen, den ich anspiele." Sieglinde hob an. Aus ih-

rem Mund kam ein Krächzen. Gelächter und Gekicher. Sieglinde sah zur Tür. Sie dachte, einfach raus rennen und die Kirche nie wieder betreten. Sie dachte, Frisieren macht viel mehr Spaß als singen. Der Kantor war vom Hocker aufgestanden. Er zeigte mit dem Finger auf seinen Mund.
„Du musst den Mund formen, siehst du so. Sonst quetschst du die Töne."
Er ging zurück an das Klavier, spielte denselben Ton noch einmal. Sieglinde formte den Mund, wie er es gezeigt hatte. Sie sang ein A. Das A schwebte durch den Raum. Ihr A hallte durch das Kirchenschiff. Der Kantor spielte die Tonleiter rauf und runter. Sie sang ihr A.
„Mittelstimme." sagte er. Sieglinde musste sich in der mittleren Frauengruppe einreihen.
Die meiste Zeit stand sie da und lauschte dem Gesang der anderen. Sie kannte nicht eines der Lieder. Zum Ende der Probe rief sie der Kantor noch einmal zu sich.
„Deine Mutter muss kommen. Sie muss ihr Einverständnis geben. Und ich brauche deine Taufurkunde. Du bist doch getauft?" Sieglinde zuckte mit den Schultern. „Das weißt du nicht?" „Ich weiß, dass ich Pionier bin." sagte sie.
„Geh, ich kläre das mit deiner Mutter."
Draußen lag Schnee. Er kam ihr unwirklich vor. Sie sah noch die Blumen und Bäume aus ihrer Traumwelt. Sie bemerkte erst jetzt das Knurren ihres Magens. Sie rannte nach Hause. Rannte und überlegte, was sie der Mutter sagen sollte.

Das Hoftor stand offen. Sieglinde wunderte sich. Es waren sogar beide Flügel geöffnet.
Sie hörte Motorengeräusche. Im Hof stand ein Framo. Sieglinde sah die Roten Kreuze an seinen Türen. Sie las die Aufschrift: Deutsches Rotes Kreuz. Sieglinde hoffte, dass es die Müller oder die Sackgasser war, die ins Auto geschoben wurde. Ihre Beine zitterten, weil sie ahnte, weil sie wusste. Sie glaubte, sie könne nicht weiter gehen, aber sie ging. Sie ging und sie dachte alles durcheinander, und sie fühlte ein Pulsieren hinter ihrem Brustbein. Sie hörte Männer und Frauen reden. Was sie sagten, verstand sie nicht. Sie rannte auf

Christine zu, sah in rote Augen. Christine versperrte ihr den Weg zum Transportraum des Wagens. Sieglinde sah, dass auch Ulli an der Seite stand. Sie sah ihn ins Taschentuch schnauben, sah wie er versuchte sie anzulächeln. Sie sah die Sackgasser und die Müller am Tor lauern. Sie sah, wie sie tuschelten, was sie sagten, verstand sie nicht. Sie sah, wie die Sackgasser etwas sagte, und die Müller abwinkte. Sieglinde rannte auf sie zu. Sie schlug auf den Rücken der Müller ein. Die Sackgasser zerrte sie weg, schlug ihr ins Gesicht, zuckte mit den Schultern, als Christine sie anherrschte. Der Krankenwagen trieb sie auseinander. Blaues Licht befleckte Häuserwände und Türen, befleckte die Gesichter der Gaffer, die aus den Fenstern sahen. Sie hatten die Arme auf Kissen aufgestützt. Sie schauten dem Krankenwagen nach. Sie beobachteten Christine, sie beobachten Sieglinde und Ulli. Ulli hob die Faust. Die Fenster wurden geschlossen. Es gab nichts mehr zu sehen außer tuschelnden Weibern und rotzverschmierten Kindergesichtern.
Die Sackgasser sah Sieglinde an. Sie sagte: „Du wirst dich bei Frau Müller entschuldigen. Kein Wunder, dass deine Mutter so krank ist, bei solchen Plagen."
Sieglinde hörte nicht hin. Sie dachte Mutter. Sie dachte Mama. Sie formte dieses Wort mit den Lippen, immer wieder.

28.

Christine schmierte Brote. Dünne Schnitten, mit einer dünnen Schicht Schmalz darauf. Sie wusste, sie würden sich noch mehr einschränken müssen. Der Wohlstand, den Georg herauf beschwor, blieb ein Gespinst aus Worten. Es gab nicht genug Kohlen, es gab nicht immer Wurst und Fleisch. Äpfel gab es nur im Herbst. Andere Obstsorten kannten die Kinder nicht. Für diese Waren musste man ein paar Extrascheine hinlegen. Scheine, die

Irma nicht hatte. Nun war sie krank. Christine hatte die Münzen in der Blechdose gezählt. Das Geld würde noch für eine Woche reichen, wenn sie sparsam lebten, wenn sie Brot ohne Wurst aßen und Kartoffeln ohne Fleisch und Gemüse.
Christine gab jedem eine Schnitte. Sie sprachen nicht, sie aßen auch nicht, alle drei nicht. Sieglinde hatte Fritzi auf dem Schoß. Sie streichelte ihr dauernd über den Kopf. Sie hatte sie aus dem Schrank geholt. Noch vor ein paar Tagen hatte sie verkündet, dass sie kein kleines Mädchen mehr sei und deshalb nicht mehr mit Puppen spiele.
Ulli rutschte auf seinem Stuhl herum. Christine biss ein Stück Brot ab, kaute lange daran. Auch sie verspürte keinen Hunger. Sie aß, damit die Kinder aßen.
„Wenn ihr Fragen habt, fragt und esst endlich!" Sie sah zur Uhr, sah zum Kreuz, dachte, wenn wenigstens Dietmar da wäre. Offenbar hatte Brigitte ihn doch erhört. Sie überlegte kurz, ob sie Dietmar Bescheid geben sollte. Sie verwarf den Gedanken. Brigitte erwiderte ihren Gruß nicht. Christine wusste, Dietmar hatte der Mutter große Schmerzen zugefügt. Irma sprach nicht darüber. Christine sah es, wenn Dietmars Name fiel. Sie sah es, wenn Irma Dietmars Hemden bügelte. Wie sie den Stoff berührte, ihn mit der Hand glatt zog. Wie sie zum Fenster sah oder zum Bett, in dem Dietmar gelegen hatte, als er krank war.
„Wann kommt sie denn wieder?", fragte Ulli.
„Was hat sie überhaupt?" Sieglinde schniefte noch immer.
„Ich weiß es nicht." Christine sah schon wieder zur Uhr.
„Geht ins Bett. Ist schon spät."
„Du hast uns gar nichts zu sagen." Ulli setzte sich mit der Zeitung in den Sessel. Christine nahm sie ihm weg. „Habe ich doch, gewöhn dich lieber gleich dran." Sie erschrak. Ulli und Sieglinde sahen sie mit offenen Mündern an.
„Du spinnst ja." fauchte Ulli. Er riss die Zeitung an sich. Christine ließ es zu.

In der Nacht fasste Christine einen Entschluss. Sie würde in der Fabrik arbeiten. Die Mutter brauchte Ruhe. Die Mutter brauchte warme Kleidung. Die Mutter brauchte Sonntagsspaziergänge, brauchte Kinobesuche, brauch-

te Kaffeetrinken mit Agnes, brauchte heiße Bäder in der Badeanstalt und vielleicht auch eine Kur.
Am Morgen stand Christine am Werktor der Schuhfabrik. Sie sah sich um. Schmutzig graue Gebäude. Abgaswolken der LKWs, Lärm der Maschinen, der bis auf den Hof drang. Es musste sein. Frauen gingen lachend an ihr vorbei. Sie waren nicht stärker als Christine.
Die Mutter hatte gesagt, du bist zu zart für diesen Dreck und diesen Lärm. In der Fabrik beschmutzen sie auch deinen Geist. Weil sie dumm sind und ungehobelt, besonders die Männer. Sie hatte gesagt, das Arbeiten in der Fabrik treibt den Frauen die Seele aus dem Leib.
Es ist Hast, es ist Ermüdung. Christine sah den runden Rücken der Mutter. Hast und Ermüdung. War das Leben der Mutter anders?
Ausgerechnet Georg lief ihr über den Weg. Er blieb stehen, lächelte sie an. Ihr schoss Hitze ins Gesicht. Er gab ihr die Hand, wie er seinen Parteigenossen die Hand gab. Es ist aus, dachte sie. Für ihn bin ich eine seiner Bekannten. Sein Lächeln ist Höflichkeit, ist Überlegenheit. Sie dachte, die andere hat ihm gegeben, was er wollte. Deshalb lächelt er.
Sie sah, dass er sprach, hörte nicht seine Worte. Er nahm sie an die Hand, zog sie in einen Eingang.
„Wo hast du gesteckt? Trauerst du immer noch." Sie antwortete nicht. Tausend Worte in ihrem Kopf. Beschimpfungen, Liebesworte, Flüche. Nichts davon sprach sie aus.
„Ich muss. Heute Nachmittag Marktcafe? Dann sagst du mir, was du überhaupt hier willst."
Er legte zwei Finger an die Mütze, sagte: „Alter Frische." Es klang wie ein Parteigruß.

Georg lehnte an der Scheibe. Christine verlangsamte ihren Schritt. Er kam auf sie zu. Fasste ihre Hand, umklammerte ihre Finger.
Sanft schob er sie ins Café, wies auf einen freien Tisch am Fenster. Die Serviererin lächelte ihn an. Georg grinste. Er bestellte zweimal Kaffee und Kuchen, ohne zu fragen.

„Ich hätte lieber einen Kakao." Er entschuldigte sich nicht, winkte der Serviererin, rief:
„Nur einen Kaffee und einen Kakao." Christine wurde rot. Sie hatte auch keinen Appetit auf Kuchen, sagte es aber nicht. Sie saß auf der Stuhlkante, schaute sich im Café um. Georg fragte, was sie in der Schuhfabrik gewollt hatte. Sie reagierte mit Schulterzucken. Später sagte sie: „Mutter ist krank." Sie stand auf, suchte im Gehen nach den Toiletten. Der Mann am Bierausschank reichte ihr den Schlüssel über den Tresen. Nasse Hände, nasser Schlüssel. Sie wischte ihre Hand am Rockstoff trocken. Im Toilettenraum wusch sie sich das Gesicht. Die Hitze in ihren Wangen blieb. Sie hatte sich fest vorgenommen, Georg nach der anderen Frau zu fragen. Vor dem Spiegel schloss sie den oberen Blusenknopf, presste ihre Lippen auf Klopapier. Blasse Lippen, rote Wangen, geschlossener Blusenkragen, sie sah aus wie ein Schulmädchen. Besser, als so ein Tresenflittchen.
Die Serviererin stand mit verschränkten Armen an ihrem Tisch. Christine hörte sie lachen. Sie ging zurück an den Tisch. Die Serviererin musterte sie, als sie sich begegneten.
„Du bist schön." sagte Georg.
„Kennst du die?"
„Bin öfter hier." Er rührte seinen Kaffee weiß. Sie schob ihren Kuchenteller an den Rand des Tisches.
„Mein Tinchen." Georg fasste nach ihren Händen, fasste aber ins Leere.
„Für die Krankheit deiner Mutter kann ich nichts." sagte er. Er winkte, verlangte einen Aschenbecher. Die Serviererin wies auf die große Wanduhr über dem Tresen. Er behielt die Zigarette im Mundwinkel, zündete sie aber nicht an.
Sie nippte, stellte die Tasse wieder ab. Sie hatte keinen Appetit auf Süßes.
Er spießte Kuchenstücke auf. Die Zigarette legte er neben dem Teller ab. Christine zog am Riemen ihrer Handtasche. Er umfasste ihr Handgelenk.
„Ich will wissen, was ich dir getan habe. Du hast dich nicht gemeldet. Du hattest nicht mal einen Neujahrsgruß für mich." sagte er. Spucke verfing sich

auf ihrem Arm. Er ließ endlich los. Sie wich zurück. Sie zog ein umhäkeltes Taschentuch aus der Handtasche, schnaubte, behielt das Tuch in der Hand. „Ich habe dich gesehen." Sie sprach leise. sah ihm dabei in die Augen. Er drehte die Zigarette in der Hand. Schaute zur Serviererin, zeigte auf die Uhr. Sie brachte den Aschenbecher, blieb am Tisch stehen. Er sagte: „Danke." Sie räumte die Tassen ab. Den Teller mit dem Kuchen ließ sie stehen.
Er zog gierig an der Zigarette. „Du musst mir schon sagen, was du meinst. Wo und wann hast du mich gesehen?" Rauchverhangene Worte. Christine fächerte die Luft vor ihrem Gesicht.
„Du weißt es genau. Mit der anderen habe ich dich gesehen. Ihre Hand in deiner Manteltasche."
Er lachte auf. Christine knetet das Taschentuch in ihren Händen.
„Das war meine Schwester Lene." Christine senkte den Blick. Er hob ihr Kinn an.
„Wieder gut?", er tupfte eine Wimper von ihrer Wange. Sie nickte. „Ich muss." sagte sie.
„Mutter ist im Krankenhaus."
„Dann komme ich mit."
Sie schüttelte den Kopf. Riss die Tasche an sich, nahm ihren Mantel vom Garderobenhaken. Schneematsch unter ihren Füßen. Sie fasste dennoch Tritt, rutschte auch nicht, als sie den Mantel anzog. Er stand an der Tür, kehrte um, bezahlte am Tresen die Rechnung. Die Serviererin bot an, ihn zu trösten. Er sagte: „Später." Legte zwei Finger an die Mütze. „Alter Frische." Sie lachte ihm nach.

Der alte Francke stieß das Fenster auf, als Christine daran vorbeilief. Sie erschrak.
„Was ist mit Dietmar?", fragte er.
Christine blieb stehen. Sie verstand nicht.
„Dietmar ist schon zwei Tage nicht erschienen. Ist er krank?" Christine sagte ja, schüttelte aber den Kopf.
„Dann muss er seinen Krankenschein abgeben. Ich muss ihm sonst Fehlschichten eintragen. Die anderen murren schon."

Christine versprach, es Dietmar auszurichten.
Der Alte gab sich nicht zufrieden. „Morgen muss der Krankenschein da sein, besser noch heute."
Christine ging mit hochgezogenen Schultern. Sie nahm die Hände aus den Taschen, weil sie ausrutschte. Matsch spritzte auf, blieb an Schuhen und Strümpfen hängen. Sie eilte nach Hause. Sie putze ihre Schuhe, zog frische Strümpfe an. Sie würde die Mutter besuchen. Sie nahm sich vor, Dietmar nicht zu erwähnen.

Türen wurden aufgetreten, Betten durchgeschoben. Knallend stießen die Flügel wieder zusammen. Christine sprang zur Seite. Sie wurde an die Wand gezwängt. Sie versuchte die Aufschriften an den Türen zu lesen. Es gelang ihr nicht. Eine Schwester ging vorbei.
„Die Anmeldung ist da vorne!", rief sie. Christine ging in die angewiesene Richtung.
Die Sprechluke im Schalterfenster war geschlossen. Hinter einer Wand aus Aktenschränken brannte Licht. Christine klopfte. Spähte. Ihre Stirn berührte das Fensterglas. Mit dem Ärmel putzte sie den Fettfleck an der Scheibe weg. Endlich kam eine Schwester hinter den Aktenschränken vor. In der Hand hielt sie eine Kaffeetasse. Sie sprach durch die geschlossene Scheibe. „Besuchszeit vorbei, kommen Sie morgen wieder." Christine las die Worte von ihren Lippen ab. Sie rief laut Irmas Namen. Die Schwester zeigte auf ein vergilbtes Schild, das am oberen Ende der Scheibe hing. Besuchszeit täglich von 15.00 bis 16.00 Uhr. Die Schwester verschwand wieder hinter den Schränken. Christine holte Luft. Sie dachte, ich werde Mutter finden. Ein Mann betrat die Anmeldung. Er stapfte Schneematsch von den Stiefeln. Seine Wattejacke war fleckig. Er roch nach Maschinenöl und Rauch. Sein rechtes Auge war blutunterlaufen. Er hielt ein Taschentuch darauf. Er klopfte derb, zog den Rotz hoch. Christine rückte von ihm ab. Sie zwängte sich durch die Pendeltür.
„Wer hat Sie denn reingelassen?" Eine Schwester stellte sich ihr in den Weg. Christine schluckte. Sie dachte Notlügen sind keine Lügen.

„Ich darf. Ich arbeite Schichten. Geht nicht anders."
„Wer hat gesagt, dass Sie dürfen."
„Aber ich muss meine Mutter sehen."
„Ihre Mutter! Wer ist denn ihre Mutter?"
„Irma Geipel."
„Zehn Minuten. Sie wird morgen operiert. Sie braucht Ruhe." Christine erschrak. Sie schaute sich auf dem Gang um.
„Drüben in der Gyn. Wenn Sie in zehn Minuten nicht verschwunden sind, besuchen Sie Ihre Mutter nie wieder." Kräftiger Tritt gegen die Tür. Christine wusste, die Schwester würde die Uhr im Auge behalten.
Christine klopfte zaghaft, wartete. Dann öffnete sie leise die Tür. Irma lag auf dem Rücken. Sie blickte zur Decke. Im Zimmer roch es nach Desinfektionsmittel und Urin. Ich hätte Blumen mitbringen sollen, dachte Christine. „Mutter", flüsterte sie. „Mutsch." Irma sah sie an. Christine erschrak. Sie sah in das Gesicht einer alten Frau. Über dem Jochbein spannte die Haut. Irma öffnete den Mund, sprach aber nicht. Christine stand vor dem Bett. Sie knetete ihre Finger. Irma zeigte auf einen Stuhl am Tisch. Der Stuhl glitt Christine aus den Händen. Das Poltern schreckte eine Mitpatientin aus dem Schlaf. Christine entschuldigte sich mehrmals. Sie saß auf der Kante, fasste nach Irmas Hand unter der Decke. Sie konnte jeden Knochen spüren.
„Du frierst Mutsch."
Irma schüttelte den Kopf. Grau, dachte Christine, ihre Haut ist grau. Christine schluckte. Sie konnte nicht sprechen. Jeder Ton hätte ihren Kummer verraten.
„Die haben mir nichts zu essen gegeben, wegen morgen." sagte Irma. Sie zog die Decke bis zum Kinn. „Alles in Ordnung zu Hause?" Christine nickte, dachte schon wieder, Notlüge.
„Sie sagen, du wirst morgen operiert."
Irma räusperte sich. „Eine Ausschabung." Ihre Stimme brach. Christine reichte ihr die Tasse mit Tee vom Nachtisch. Irma wehrte ab. Für einen Moment schloss sie die Augen.

„Bist du müde?“ Die Tür wurde aufgerissen. Die Schwester stand mahnend im Türrahmen.
Christine erhob sich. Sie war versucht, die Mutter zu küssen. Die Schwester tippte auf ihre Armbanduhr. Christine stellte den Stuhl zurück an den Tisch. Sie drückte die Hand der Mutter.
„Morgen bring ich dir Blumen mit, Mutsch.“
„Sie werden ihre Mutter morgen nicht besuchen.“
Doch, dachte Christine. Für die Schwester hatte sie nicht mal ein Kopfnicken.
Sie blieb vor dem Krankenhaus stehen, suchte die Reihen der Fenster ab. Das Zimmer der Mutter fand sie nicht. Ihr Winken hätte Irma ohnehin nicht sehen können. Christine konnte die Tränen nicht zurückhalten. Sie befahl sich aufzuhören. Sie hörte die Stimme der Mutter, Jammern hat noch niemandem geholfen. Sie wischte sich Augen und Wangen trocken. Dietmar war nicht da. Sie war die Große. Sie musste Hoffnung spenden. Sie musste trösten.
Sie stellte den Mantelkragen auf, bedeckte das Kinn. Sie lief durch nasse Straßen mit nassem Gesicht. Sie dachte, Vater tot, Mutter krank, schwerkrank, Dietmar weg. Der Schnee unter ihren Füßen wurde zusehends dunkler. Dietmar musste nach Hause kommen. Auch er hatte Pflichten.
Hinter Brigittes Fenstern flackerte rotes Licht. Eines der Fenster stand einen Spalt breit offen. Christine hörte Brigittes Lachen. Sie hörte auch eine Männerstimme. Nicht Dietmars Stimme. Christine ging vor der Haustür hin und her. Sie lauschte, sie schaute nach oben, klingelte endlich. Brigitte erschien am Fensterspalt. Christine sah die Spitze ihres Unterrocks, den Ansatz ihrer Brüste, das gerötete Gesicht.
„Ich habe doch gesagte, ihr sollt mich in Ruhe lassen.“
„Bitte, du musst mir sagen wo Dietmar ist. Unsere Mutter ist krank.“
„Begreifst du`s nicht. Ich hab nichts mit deinem Bruder. Vielleicht haben sie ihn verhaftet. Was weiß ich.“
Verhaftet. Wieso verhaftet? Verhaftet, weil er seit zwei Tagen die Arbeit schwänzte? Christine schüttelte den Kopf. Niemand wurde wegen Krankheit verhaftet.

Die Turmuhr schlug. Christine zählte sechs Schläge. Sie rannte nach Hause. Ulli und Sieglinde waren schon den ganzen Nachmittag allein.

Sieglinde schälte Kartoffeln. Die Schäler in der Schüssel waren dick. Sie leckte an der Kuppe ihres rechten Zeigefingers. Christine nahm ihr das Messer ab. Sie fasste nach Sieglindes Hand. „Zeig her." Sieglinde behielt den Finger im Mund.
„Du bist nicht Mutter." sagte sie. „Ich kann auch für uns kochen."
„Das sehe ich. Hol dir wenigstens ein Pflaster." Sieglinde wickelte ihr Taschentuch um den Finger.
„Hast du deine Hausaufgaben gemacht?" Sieglinde antwortete nicht.
„Du Ulli?" Ulli nickte. Er blätterte in der Zeitung. Er saß im Sessel, ein Bein über das andere geschlagen.
Christine riss die Zeitung an sich, knüllte sie, warf sie in den Ofen.
„Gewöhn es dir gar nicht erst an." fauchte sie.
„Du bist schlimmer, als Mutter. Geh zu deinem Georg."
Ulli knallte die Tür. Er schloss sich im Neuen Zimmer ein. Sieglinde klopfte.
„Komm raus da, es ist Muttis Zimmer."
Ulli reagierte nicht. Er hatte das Radio laut gedreht.
Christine schnitt die Kartoffeln in Scheiben. Sie sah aber nicht hin. Sie dachte, das darf nicht sein. Ulli darf nicht werden wie Dietmar. Sie hämmerte gegen die Tür, schimpfte. Ulli öffnete. Er stand in der Tür, grinste sie an. Sie schob die Fäuste in die Schürzentasche.
„Mutter wäre enttäuscht, wenn sie euch sehen würde."
„Mutter würde auch nicht einfach wegbleiben und sich dann aufspielen." sagte Ulli.
„Ihr seid Kinder, ich bin fast erwachsen. Mutter kann nicht für euch sorgen, im Moment."
Ulli verteilte Spielkarten auf dem Tisch. Sie spielten ohne Regeln. Sie stritten. Sie schrien sich an. Sieglinde warf die Karten zurück auf den Tisch. Stumm saß sie da, die Puppe auf dem Schoß.
„Du lutschst am Finger, du sprichst mit einer Puppe. Pass auf, dass sie dich

nicht in den Kindergarten schicken." sagte Ulli. Sie schnappte die Puppe und sperrte sich im Klo ein.

Christine sagte, er solle sich entschuldigen. Er rührte sich nicht. „Wird Zeit, dass Dietmar wieder kommt. Ihr seid mir zu zickig." sagte Ulli.

Christine schüttete Öl in die Pfanne. Es zischte und spritze. Sie salzte, sie pfefferte. Die Kartoffeln buken an. Die obere Seite war aber noch roh. Christine kostete. Etwas fehlte. Mutters Hand, dachte sie. Sie suchte im Küchenschrank nach Gewürzen. Sie streute Kümmelkörner über die Kartoffelscheiben.

„Also ich esse das nicht." sagte Ulli.

„Dann lässt du es eben." Sie fluchte leise. Keiner machte Bratkartoffeln so gut wie Irma. Ihr Gespür für die richtigen Zutaten, ihr Gefühl für die richtigen Mengen machten aus den einfachsten Gerichten Festessen. Nichts davon hatte Christine mitbekommen. Die Mutter brauchte nie ein Maß. Sie benutzte nie eine Waage. Sie maß mit den Augen. Sie schmeckte ab mit Gefühl. Die Kartoffeln brannten an. Christine schabte, und kratzte. Ulli öffnete das Fenster. Er nahm sich eine alte Zeitung, setzte sich damit in den Sessel.

Sieglinde legte jedes einzelne Kümmelkorn am Tellerrand ab. Sie schluckte ohne zu kauen. Sie spickte und stocherte, aß aber auf.

Männerstimmen im Hof, dann im Hausflur. Christine dachte, Dietmar, endlich kommt Dietmar. Es war aber nicht Dietmar. Georg stand vor der Tür. Er war nicht allein. Er gab Christine die Hand. Ihre Umarmung wehrte er ab. „Das ist Genosse Schurig." sagte er.

Er blinzelte. Oder zwinkerte er ihr zu? Christine stierte. Sie hörte Brigitte sagen: verhaftet.

Georg ging an ihr vorbei in die Küche. Er nahm Platz, wies auch dem Genossen einen Stuhl zu. Christine stand noch immer in der Tür. Sie hatte das Gefühl, sie könne keinen Schritt gehen. Sie schluckte bitteren Speichel. Schluckte Widerwillen gegen den Genossen an ihrem Tisch. Schluckte Widerwillen gegen das Wort verhaftet. Empfand Widerwillen sogar gegen Georg. Sie schluckte und hustete, rannte raus, spuckte in ihr Taschentuch, kam zurück mit roten Augen.

„Setz dich." sagte Georg. Ulli und Sieglinde starrten ihn an. Georgs Art hemmte sie. Der hier saß, war nicht der Georg, der Weihnachtsgeschenke brachte und sie auf seinem Motorrad mitnahm. Der hier saß, diskutierte nicht, er ordnete an.
„Was wissen Sie über den Aufenthaltsort Ihres Bruders?" fragte der Genosse. Er sah Christine auf den Busen, dann in die Augen. Sie stützte die Arme auf. Der Kerl sah auf ihren Mund, dann wieder in ihre Augen. Sie schaute Georg an. Warum schützte er sie nicht? Warum hatte er diesen Kerl mit hierher gebracht. Christine räusperte sich. Sie sprach nicht. Sie schüttelte nur den Kopf.
„Sie wissen also nicht, wo ihr Bruder sich aufhält?"
„Nein." Sie sprach leise. Der Genosse rückte näher an sie heran.
„Denken sie noch einmal über ihre Antwort nach!"
Christine schüttelte den Kopf. Ulli schlug auf den Tisch. „Lassen Sie sie in Ruhe!"
„Und du, junger Mann, was ist mit dir? Hast mit ihm Fußball gespielt. Warst also mehr Kumpel als Bruder, stimmt`s."
„Ist er tot?", fragte Sieglinde.
„Das genügt." sagte Georg. Er stand auf. „Du siehst, dass sie es nicht wissen."

„Wir sagen Mutter nichts von diesem Besuch. Habt ihr verstanden!"
Sieglinde schüttelte den Kopf. Sie weinte. Ulli ermahnte sie. „Wegen denen weint man nicht. Gegen die muss man kämpfen."
„Aber wenn Dietmar nun tot ist?"
„Ist er nicht, sonst hätten sie anders gefragt."
„Wie denn?"
„Ruhe, alle beide!"
Christine ging vom Tisch zum Fenster, vom Fenster zum Tisch. Wieder zum Fenster. Sie schaute in den Hof.
„Auf wen wartest du eigentlich. Willst du den wirklich noch knutschen?"
Stille. Keine Worte, nicht einmal Blicke, nur Stille. Christine sah, auch das Pendel der Wanduhr war stehen geblieben.

Sie schlief nicht. Sie sah den Schatten, den der Engel warf, wenn ein Fetzen Hoflicht auf ihn fiel. Sie sah das Kreuz, als Schatten an der Wand. Sie sah den Kasten der stehengebliebenen Uhr. Das Leben hatte aufgehört zu atmen. Sie lag. Sie zählte die Schatten.
Am Morgen schmierte sie Schulbrote. Ulli und Sieglinde saßen am Tisch. Sie machten keine Anstalten aufzubrechen. „Ihr geht, alle beide!"
„Damit du Mutter einen Bären aufbinden kannst." sagte Ulli.
„Halt dich da raus. Halt dich am besten aus allem raus. Es ist meine Sache."
„Ist es nicht."
Er ließ sein Brot auf dem Tisch liegen. Auch den Ranzen nahm er nicht mit. Sieglinde rannte ihm nach.
Christine nahm Georgs Geschenk aus ihrem Nachttisch, schwarze Seidenstrümpfe mit Naht. Sie hatte sie noch nie getragen. Sie ließ die Hand über den feinen Stoff gleiten, wickelte die Strümpfe in Papier ein.
Die Gärtnerin schüttelte den Kopf, als Christine um Blumen bat.
„Irgendwas, wenigsten Alpenveilchen."
„Es ist Winter."
„Ich weiß, dass Winter ist. Ich weiß auch, dass sie trotzdem Blumen haben."
Christine schob die Strümpfe über den Ladentisch. Die Gärtnerfrau schaute sich um, obwohl niemand sonst im Laden war.
Sie nahm die Strümpfe ohne einen Blick an sich. Sie ging hinter den Vorhang. Kurze Zeit später kam sie mit drei Nelken zurück. Wenigstens sind sie gelb, dachte Christine.
Rote Nelken hätte sie abweisen müssen. Die Mutter mochte sie nicht. Sie sagte: „Die stecken im Knopfloch der Russen. Die gehören nicht auf unseren Tisch, auch nicht auf Norberts Grab."

Sieglinde versteckte sich im Schuppen. Sie wartete bis Christine das Haus verließ.
Dann lief sie zur Lohgerberei. Sie hockte hinter dem Pförtnerhäuschen und überwachte den Eingang. Jeder Arbeiter wurde von ihr gemustert. Dietmar war nicht unter ihnen. Der alte Francke entdeckte sie. Er scheuch-

te sie weg. Sie solle in die Schule gehen, wo sie hingehöre. Sie rannte davon. Die Bücher in ihrem Ranzen schlugen derb aneinander. Sie lief zum Rauchergässchen, ging auf und ab, bis sie Stimmen hörte. Die Halbstarken kamen. Dietmar war nicht dabei. Sieglinde rannte weiter zum Fußballplatz. Sie scheute die Blicke. Niemand sollte sie aufhalten. Der Ranzen auf ihrem Rücken machte sie verdächtig. Für die Schule hatte sie aber keine Zeit. Sie musste Dietmar finden.

Auf die Frage, wer dieser Mann war, hatte Christine nicht geantwortet.

Sieglindes Ranzen wurde schwerer. Die Riemen schnitten ein. Sie rannte weiter. Sie würde Dietmar finden.

Der Sportplatz war leer, bis auf einen Jungen. Er schoss einen Ball an die Wand. Der Ball prallte nach jedem Schuss zurück zu dem Jungen. Sieglinde dachte, welcher Blödi schießt an die Wand, wenn er Tore hat. Sie erkannte Ulli und sie sah, dass er rot war und verschwitzt. Sie hörte ihn fluchen. Jeder seiner Schüsse war von einem Schimpfwort begleitet. Sie ging auf ihn zu. Er schoss den Ball in ihre Richtung, traf sie am Bauch. Sie sank zusammen, japste nach Luft. Spucke lief aus ihrem Mund. Ihre Augen tränten.

„Was kommst du auch hierher." schrie Ulli. Er hackte mit der Schuhspitze ins Gras.

„Hast du auch Dietmar gesucht?", fragte sie, als sie wieder sprechen konnte.

„Er ist abgehauen, hast du es nicht begriffen. Hat mich allein gelassen."

Ulli lag auf dem Bauch. Er rupfte Gras. Er wühlte in der Erde. Schweiß und Tränen tropften von seinem Gesicht.

Sieglinde zog sich an der Wand hoch. Das Atmen fiel ihr noch immer schwer.

„Mich auch." sagte sie leise.

Die Schwestern verwehrten Christine den Zutritt.

„Ihre Mutter ist frisch operiert. Niemand besucht sie."

Sie nahmen Christine die Blumen ab. „Wir geben sie Ihrer Mutter, sobald sie in ein normales Zimmer verlegt wird."

Sie behielten Christine im Auge. Keine Chance, sich an ihnen vorbei zu schleichen.
Sie stand auf der Straße. Sie spürte Blicke, spürte Zeigefinger auf sich gerichtet. Sie ging mit hochgezogenen Schultern. Sie wälzte Gedanken. Sie suchte Worte. Wie sollte sie der Mutter sagen, dass ihr Sohn gegangen war. Nicht gegangen, geflohen, nein nicht geflohen, abgehauen. Nichts erklärte sein Verhalten, nichts ergab einen Sinn. In den Augen der Regierung war Dietmar ein Verbrecher, ein Republikflüchtiger. Sie wusste, auch Georg würde ihn insgeheim so nennen. Das Stechen hinter der Brust war noch da, wenn sie seinen Namen dachte. Sie beschloss, das musste aufhören. Georg hatte ihre Familie verraten.
Christine lief schnell. Sie floh vor Blicken und Zeigefingern. Sie floh, wie Dietmar geflohen war. Zu Hause warf sie sich aufs Bett. Endlich konnte sie weinen. Sie hörte die Stimmen der Sackgasser und der Müller vor der Wohnungstür. Sie stand auf. Sie wischte sich die Augen trocken, kämmte sich die Haare. Sie rückte Stühle und Tisch bei Seite. Sie kehrte, sie wischte, sie bohnerte, sie polierte. Sie wischte Staub, sie putze die Spüle blank. Sie rieb und scheuerte bis kein Gedanke an Georg mehr in ihr war. Sie sah sich im Zimmer um. Mutter würde sich freuen, wenigstens ein bisschen.

29.

Sie riss Georg die Blumen aus der Hand. Rosen im Winter. Sie warf sie in den Kohlenkasten. Georg war gekommen, mit Blumen und einem Lächeln, als hätte es seinen letzten Besuch nicht gegeben. Er ging zum Ofen, holte die Blumen aus dem Kasten. Geschwärzte Rosen, er blies den Kohlestaub von den Blüten, sie blieben schmutzig. In seinem Gesicht schwarze Flecken. Christine wischte sie ihm nicht ab.

„Sieglinde, gib du ihnen Wasser." sagte Georg. Sieglinde blieb am Tisch sitzen. Sie sah Georg nicht an. Sie blickte in ihr Buch.
„Seit Ihr denn alle verrückt geworden!"
Christine zog sich den Mantel an. Die Reißverschlüsse an ihren Stiefeln ratschten laut, als sie sie schloss. Sie öffnete die Tür, schaute Georg auffordernd an. Er folgte ihr. Unten riss er ein Streichholz an der Hauswand an. Er rauchte mehrere Züge. Christine blieb dicht vor ihm stehen. Sie wich dem ausgestoßenen Zigarettenrauch nicht aus.
„Du wirst mich nicht mehr besuchen."
Sie wandte sich um. Er versperrte den Hauseingang. Die Müller und die Sackgasser hatten die Fenster geöffnet. Es störte Christine nicht.
„Dumm bist du." sagte er.
Sie fauchte. Er küsste sie fest auf die Lippen. Sie machte sich los, zwängte sich an ihm vorbei, in den Hausflur.
„Hast du es denn wirklich nicht begriffen?", rief er ihr nach.

„Er ist einer von denen." sagte Ulli. Sie saßen am Tisch. Sie kauten stumm. Sieglinde hatte eine halbe Schnitte gegessen. Christine drängte sie zum Weiteressen.
„Wen meinst du?", fragte sie.
„Du weißt es. Georg ist bei der Stasi."
Sie hielt im Kauen inne. „Red nicht so was!"
„Wo hat er denn sonst die Rosen her, im Winter?" Ulli fegte die Vase vom Tisch.
Christine sprang auf. Mit dem alten Bohnerlappen trocknete sie den Boden.
„Ich nehme sie Mutti mit." sagte sie.
„Die will sie nicht, bestimmt nicht." sagte Sieglinde. Für sie war klar, Georg hatte Dietmar vertrieben. Christine biss sich auf den Fingerknöchel, um nicht zu schreien.
„Dietmar hat euch alle aufgehetzt." Sie ging ins Neue Zimmer. Sie saß im Sessel und stierte in die Dunkelheit. Hast du es nicht begriffen? Was nicht begriffen? Was hatte Georg gemeint? Von seiner Schuld war sie nicht mehr

überzeugt. Er tat nichts Unrechtes. Er hatte oft gesagt, die Partei will den Mangel abschaffen. Die Partei will, dass alle in Wohlstand leben, nicht bloß ein paar, wie drüben. Christine massierte sich die Nasenwurzel. Für sie waren Georgs Worte, tote Worte, Worte ohne Bilder. Trotzdem glaubte sie, dass er Gutes wollte.
Sie streifte die Schürze ab. Sie zog den neuen Rock an, dazu die bunte Bluse. Die oberen zwei Knöpfe ließ sie offen. Den Lippenstift packte sie ein. Vor den Kindern wollte sie sich nicht schminken.
„Räumt den Tisch ab, und kein Theater Ich bleib nicht lange weg. Meinetwegen spielt noch ein bisschen Mau Mau. Wehe ich höre von der Müller oder Sackgasser, dass es Ärger gab!"
Sieglinde stellte sich ihr in den Weg. „Du gehst zu Mutti, ich will mitkommen."
Christine schüttelte den Kopf. Sie stieß Sieglinde sanft zur Seite.

Blaues Licht hinter seinem Fenster. Georg war der einzige ihrer Bekannten, der einen Fernseher besaß. Christine zögerte. Ein Mann trat aus der Haustür. Er nickte ihr zu, hielt ihr die Tür auf. Kein Entkommen. Jetzt war sie im Hausflur. Nur fragen, mehr wollte sie nicht, fragen und verstehen. Trotzdem zitterten ihre Beine. Sie klingelte nicht, sie klopfte. Er war sofort an der Tür, als hätte er gewartet, als hätte er gewusst. Er zog sie rein, küsste sie derb. Sie stieß ihn weg. Sie hatte keine Liebe, nur Fragen im Sinn. Sein Lächeln erstarb. Er schob sich eine Zigarette zwischen die Lippen. Sie öffnete den Mantel, zog ihn aber nicht aus. Sie hatte vergessen, sich die Lippen zu schminken, vielleicht war es besser so. Sie raffte den Kragen ihrer Bluse zusammen. Er räumte einen Stuhl frei. Sie setzte sich. Er zeigte auf die Rumflasche auf dem Küchenschrank, fragte: „Grog zum Warmwerden?" Sie wehrte ab. Er füllte trotzdem zwei Tassen. Der Wasserkessel pfiff leise auf dem Herd. Er stellte Zuckerdose und Aschenbecher auf den Tisch. Im Ascher die Zigarette verglomm. Er stand plötzlich hinter ihrem Stuhl, packte sie an den Schultern. Christine zog den Rocksaum über die Knie. Derber Griff, sie atmete hörbar ein und aus. Er gab sie frei. Sie stand auf, ging zum Fenster. Er füllte Wasser auf, rührte, stellte die Tassen hart ab.

„Warum bist du eigentlich gekommen?“
„Weil ich es nicht verstehe.“ sagte sie.
„Weil du was nicht verstehst? Hast du kein Vertrauen?“
Vertrauen, dachte sie. Es blieb ein Wort.
„Ich habe auf Familie vertraut.“ Sie sagte es leise. Er kam zu ihr, reichte ihr die Tasse. Zu heiß, sie stellte sie auf dem Fensterbrett ab. Er zog sie an sich, küsste sie, dieses Mal sanft. Dieses Mal öffneten sich auch ihre Lippen.
Der Mantel lag auf dem Boden. Er schob sie zum Bett, sie küssend, sie kostend, ihren Kopf umfassend. Ihre Haut brannte von seinen Küssen. Sie fühlte Tränen.
„Keine Angst, keine Angst.“, flüsterte er. Es beruhigte sie nicht. Er schmeckte ihre Tränen. Er hielt inne, umfasste ihr Kinn, zwang sie, ihn anzuschauen, küsste sie verlangender, drängte sie auf das Bett. Sein Schenkel an ihrem Geschlecht. Er führte ihre Hand an sein Glied. Die Härte erschreckte sie. Er schob ihren BH hoch, knetete ihre Brust. Er zog ihr den Schlüpfer aus. Sie fühlte ein Brennen, fühlte Schmerz, sagte es aber nicht, dachte, jetzt ist es zu spät. Sie schloss die Augen, ballte die Hände auf seinem Rücken.
„Ich kann nicht mehr warten.“ flüsterte er. Seine Stöße wurden heftiger. Sie dachte, bald vorbei. Sie dachte Mutter und Agnes haben Recht, es ist nur was für Männer. Wir müssen es ertragen.
Er lag neben ihr. Er zwängte sein Glied in die Unterhose.
„Jetzt bist du meine Frau.“ Sie sprang auf, schnappte ihre Sachen. Hinter der Tür zog sie sich an. Er hörte die Wohnungstür zuschlagen. Er stand rauchend am Fenster. Er dachte an die Kellnerin. Er zog sich an, ging ins Café.

Sie kamen ins Zimmer. Sie hatten nicht geklopft, nahmen Stühle, stellten sie an Irmas Bett, setzten sich, einer rechts, einer links. Sie sagten nicht, wer sie waren. Sie stellten Fragen. Irma antwortete nicht. Sie sagten, sie mache sich strafbar. Irma rief nach der Schwester. Die Schwester kam nicht. Sie richteten grelles Licht auf Irma. Sie leuchteten ihr in die Augen. Sie sagten: „Sie lügen, Sie wissen wo Ihr Sohn sich aufhält.“
Irma schüttelte den Kopf. Sie sah zur Tür, hoffte, flehte. Sie dachte, ein Fie-

bertraum. Die Männer rissen ihr die Zudecke weg. Irma bedeckte ihren Schoß mit den Händen.
Einer schrie: „Aufstehen." Sie stand nicht auf, konnte nicht aufstehen.
„Sie sagen uns jetzt alles was sie wissen."
Irma wusste nichts. Sie warf den Kopf hin und her. Sie flüsterte: „Aufhören." Die Männer hörten nicht auf. Einer fegte Zahnputzbecher und Seife vom Waschbecken. Irma rief um Hilfe. Sie fühlte Nässe in ihrem Schoß. Die Männer drohten. Sie sagten; „Wir können Ihnen die Kinder auch wegnehmen."
Irma schrie lauter. Endlich die Schwester. Sie rannte auf das Bett zu, rief nach dem Arzt.
Der Arzt wies den Männern die Tür „Sie gehen jetzt."
„Ihr Name!"
Der Arzt nannte seinen Namen nicht. Die Männer gingen. Einer drehte sich an der Tür um. Er sagte: „Wir kommen wieder."

Christine lief, bis ihr die Füße schmerzten, lief bis aus Enttäuschung Wut wurde. Sie hielt vor Inges Haustür. Wusste, Inge würde lachen, würde sie ein Schaf nennen. Sie ging weiter, stand vor dem Kirchentor, klinkte. Die Tür war verschlossen. Niemand nahm ihr diesen Kummer ab. Die Sorge um Ulli und Sieglinde trieb sie endlich nach Hause. Sieglinde und Ulli saßen am Tisch. Ulli zeigte zur Tür. „Sie ist mit der Taxe gekommen."
Christine rannte ins Neue Zimmer. Irma lag im Bett. „Ich dachte, ich könne mich auf dich verlassen." sagte sie. Christine schluckte.
„Wieso bist du schon hier. Geht es dir wieder gut?"
Irma antwortete nicht. Sie sagte: „Das mit Georg muss aufhören."
Christine dachte, zu spät. Sie wandte den Blick ab. Irma sah Röte, sah Verlegenheit. Sie sagte: „Hat er wenigstens aufgepasst?"
„Ich fang in der Schuhfabrik an, schon morgen." sagte Christine. Keine Widerworte aus Irmas Mund. Auch keine Fragen. Christine atmete auf.
Am Morgen stand Irma am Tisch, den Brotlaib an der Brust. Sie schnitt dünne Scheiben.

Sie sagte: „Dietmar ist für uns gestorben." Sie schob Christine die Brotbüchse über den Tisch. Vaters Brotbüchse, Dietmars Brotbüchse.

Sie standen im Umkleideraum hinter der Fabrikhalle. Sie kicherten, als sie sich die Netzhauben aufsetzten. „Arbeitsschutz, damit die Härchen nicht in die Maschine kommen." hatte der Brigadier gesagt. „Belehrung ist nachher." Christine stand in der Ecke am hinteren Spind. Sie hatte noch kein Wort mit den anderen Mädchen gesprochen. Der Kittel war ihr zu weit. „Enger haben wir nicht." hatte der Fritsche gesagt. Sie fühlte ein Brennen im Magen. Die Brote hatte sie nicht angerührt. Noch immer verspürte sie keinen Appetit. Zusammen mit den anderen ging sie über den Hof ins Kaderbüro. Hupen, Quietschen, Schneematsch spritze auf, derber Griff an ihrem Arm. Den Lastwagen hatte sie übersehen. Der Fahrer drohte im Vorbeifahren mit der Faust, lächelte aber.
Im Büro wartete der Fritsche. Neben ihm saß eine Frau. Sie trug kein Schutznetz, sie trug ein Kopftuch, das sie im Nacken zusammen gebunden hatte. Sie stellte sich als Lehrmeisterin vor. „Ihr steht unter meinen Fittichen. Mit mir könnt ihr über alles reden. Ich hoffe, ihr schließt erst die Ausbildung ab, bevor ihr Kinder kriegt." Ihren Namen sagte sie nicht. Eines der Mädchen meldete sich. „Wie sollen wir Sie denn anreden?"
„Schubert, ich heiße Helga Schubert."
Der Fritsche las ein paar Punkte aus der Betriebsordnung vor. Die Mädchen lehnten sich an die Wand. Sie flüsterten miteinander und schnitten Grimassen. Christine stand gerade. Sie zeigte keine Regung.
„Den Rest kennt ihr aus der Schule." Fritsche ließ ein Klemmbrett rum gehen. Die Mädchen mussten unterschreiben.
„So, jetzt führe ich euch durch den Betrieb." Helga schüttelte den Kopf. „Hab es nie verstanden, dass sie die Lehrlinge nicht erst in die Berufsschule schicken." sagte sie zu Fritsche. Er zuckte mit den Schultern.
Die Schubert fasste Christine am Arm. „Habe gelesen, du bist zwei Jahre älter, als die anderen.
Was hast du in den zwei Jahren gemacht?"

„Wir sind geflohen, aus Breslau. Ich musste die Schule nochmal neu anfangen."
Die anderen drehten sich nach Christine um. Wann hört das auf, dachte sie. Wann sind wir endlich, wie alle anderen. Druck im Magen. Sie rannte zur Toilette. Sie spuckte Speichel. Sie hörte das Gekicher der Mädchen. Sie warteten am Eingang der Fabrikhalle. Frau Schubert zeigte auf Schuhmachereisen. Sie fragte: „Wisst ihr was das ist?" Christine dachte, Hakenkreuz dem ein Balken fehlt. Sie biss sich auf die Lippen. In den Gesichtern der anderen Mädchen sah sie, dass sie ähnliches gedacht hatten. Frau Schubert erklärte ihnen die Pneumatische Presse. Sie sagte: „Das ist unser Stolz." Sie streckte das Kinn vor. Sie tippte auf jedes Maschinenteil, das sie nannte. Sie führte die Mädchen in die Schaftfertigung. Christine erschrak. Große, schwere Steppmaschinen füllten die Halle. Die Lehrmeisterin schrie gegen den Lärm an. Die Nähnadeln nannte sie Schweinsborsten. Vergeblich suchte Christine nach Pedal und Rad. Die Frauen an den Maschinen sahen nicht ein einziges Mal von ihrer Arbeit auf. Sie nahmen zwei zugeschnittene Teile vom Band, nähten sie zusammen, legten den Schaft zurück auf das Band, fassten nach den nächsten Stücken. Ihre Rücken waren rund, wie der der Mutter.
Auch in der Mittagspause verspürte Christine keinen Hunger. Eines der Mädchen stieß sie an. Sie sagte: „Los iss, wir müssen nachher ran." Christine schüttelte den Kopf. Das Mädchen wandte sich ab.
Am Nachmittag saßen sie das erste Mal an den Maschinen. Die Frauen platzierten die Zuschnitte, sie führten ihnen die Hände. Sie seufzten oder fluchten leise. Die Lehrlinge hielten sie davon ab, ihre Norm zu schaffen. Christine hatte drei Versuche. Auch der Letzte misslang. Die Frau trennte die missratene Naht auf. Sie blähte die Wangen, sagte aber nichts. Es dämmerte, als sie das Werk verließen. Die Frauen schwangen Einkaufstaschen. Sie wünschten sich gegenseitig einen Schönen Feierabend, stoben auseinander. Sie liefen zum Bäcker oder zum Kindergarten. Sie eilten nach Hause, um Wäsche zu bügeln oder das Abendessen zu bereiten. Christine blieb stehen. Sie schüttelte den Kopf. War das das Leben? Wollte sie das? Mit Georg? Er

stand hinter der Schranke, rückte seine Mütze zurecht, kam auf sie zu. Seine Umarmung wehrte sie ab.
„Schämst du dich?“ Sie schüttelte den Kopf, ging weiter. Den ganzen Tag hatte sie Erklärungen formuliert. Jetzt war nur Irmas Stimme in ihrem Kopf, das mit Georg muss aufhören. Er reichte ihr ein Päckchen, hatte es wohl erst gekauft, es noch im Geschäft in Seidenpapier eingeschlagen. Sie nahm es nicht an. „Bist du sauer wegen gestern? Bleib doch mal stehen!“ Sie blieb stehen. Sie sah, dass seine Schuhe staubig waren. Sie sagte:
„Es geht nicht mehr mit uns.“ Sie rannte weg, Er winkte ab, legte dann zwei Finger an die Mütze. „Na dann Alter Frische.“ sagte er leise. Er kickte Steine, schlug den Weg ins Café ein.
Die Kellnerin stand hinter dem Tresen und winkte. Er nahm auf einem der Hocker Platz. Sie rückte den Ausschnitt ihrer Bluse zurecht. Sie lächelte. Sie schminkte sich vor seinen Augen die Lippen, ehe sie fragte, was er wolle. Er bestellte ein Herrengedeck. Sie lief um den Tresen, stellte Schnaps und Bier vor ihm ab, berührte zweimal seinen Arm, flüsterte:
„Ich habe in zwei Stunden Feierabend.“ Er nickte, trank Bier, wischte sich den Schaum vom Mund, bestellte nach, reichte ihr das Päckchen. Sie wickelte es aus, drückte die Schachtel an ihren Busen, naschte drei Pralinen, bot ihm dann eine an. Er wehrte ab, sagte:
„Habe sie für dich gekauft.“
Sie hauchte ihm ihren Namen ins Ohr: „Anita“. Er lachte. Er sagte: „Passt zu dir.“ Sie stieg vor ihm die Treppe hoch. Er kniff sie in den Po. „Nimmst du eigentlich immer den letzten Gast mit nach Hause?“ Sie stahl ihm die Mütze, rannte weg. Er jagte hinter ihr her. Sie zogen sich hastig aus. Sie spreizte die Beine, sie wiegte ihre Brüste in den Händen. Er küsste, massierte, leckte. Sie drückte ihn weg, zwang ihn auf den Rücken, setzte sich auf ihn, gab sich voll ihrem Rhythmus hin. Er leckte sich die Lippen, lag mit geschlossenen Augen, seufzte, stöhnte, knetete ihre Brüste, bis sie aufschrie. Er bäumte sich auf, schrie mehrmals ihren Namen. Sie zündete eine Zigarette an, zog den Rauch tief ein, schob dann die Zigarette zwischen seine Lippen. Er hustete, richtete sich auf. „Du bist toll. Mit dir ist alles so einfach.“

„Wirst du schon noch sehen." Sie rieb sich an seiner Haut in Lust, bis er wieder in sie eindrang.
Sie blieben wach, rauchten sich heiser, streichelten, küssten, flüsterten.
Erst am Morgen schliefen sie ein. Er schreckte auf. Hastig zog er sich an.
Sie blinzelte. „Wann kommst du wieder?"
Er antwortete nicht.

30.

Irma stand in Nachthemd und Schürze am Tisch. Sie bügelte.
„Zieh ich sowieso nicht an." sagte Ulli. „Ich auch nicht." sagte Sieglinde.
Irma stellte das Eisen auf den umgestülpten Porzellanteller. Er knackte, hielt der Hitze aber stand.
„Ihr müsst, ihr habt Pioniernachmittag."
Sie ließen die angebissenen Brote auf dem Teller zurück. Sie schmollten.
Sieglinde zappelte. Sie sah zur Tür. „Wann kommt die denn wieder, ich muss auch mal." Christine war seit sie aufgestanden war auf dem Klo. Irma rief nach ihr. Keine Antwort, die Tür blieb verschlossen. Sieglinde hämmerte dagegen. „Eh, ich muss auch mal!" Die Tür blieb zu. „Brauchst du eine Schere oder was?", fragte Siggi. Den Spruch hatte sie von Irma. Christine reagierte auch darauf nicht. Irma scheuchte Siggi und Ulli weg.
„Esst auf, zieht euch an, ihr kommt zu spät!"
Irma klopfte leise, flüsterte. „Was ist mit dir, bist du krank?" Christine öffnete endlich.
Sie schüttelte den Kopf. Ihr Gesicht war nass, ihre Augen klein und rot.
Siggi rannte an ihr vorbei zur Toilette. Christine saß stumm am Tisch.
Sie pickte Krümel mit dem Zeigefinger auf. Sie aß aber nicht.

Ulli und Sieglinde zogen die Pionierblusen an, banden sich gegenseitig das Halstuch um.
„Für Frieden und Sozialismus seid bereit." schrie Ulli. Er machte nicht den gelernten Gruß. Er fächerte die Hände vor dem Mund, sagte: „Keine Zeit."
Irma holte aus. Ulli und Sieglinde sahen sie verwundert an. Früher hatte sie über diesen Spruch gelacht. Irma zeigte zur Uhr. Sie scheuchte beide zur Tür raus. Sie wollte mit Christine allein sein.
Auf Irmas Fragen antwortete Christine mit Schulterzucken und lautem Schnauben. Irma trug ihr die Brotbüchse nach. Christine schüttelte den Kopf. „Ich habe keinen Hunger." Irma bestand darauf, dass sie das Frühstück mitnahm. Der Beutel schlenkerte um Christines Bein.
Die Büchse klapperte bei jedem Schritt.
Im Rauchergässchen banden Ulli und Sieglinde die Halstücher ab. Sie stopften sie in die Ranzen. Sie würden sie kurz vor dem Pioniernachmittag wieder umbinden. Die meisten der Schüler taten das. Wenn die Lehrer fragten oder sie wegen des fehlenden Halstuchs tadelten, sagten die Schüler, sie würden schwitzen. Ausrede, die Lehrer nickten trotzdem.
Gleich in der ersten Unterrichtsstunde wurde Ulli ermahnt. Der Deutschmann schlug mit dem Zeigestock auf Ullis Heft. Er sagte: „Ihr habt Reue zu zeigen. Es ist deine Pflicht dankbar zu sein für diesen Staat, der dich weiter ernährt, weiter unterrichtet, obwohl dein Bruder uns den Rücken gekehrt hat." Ulli zog das Tuch aus dem Ranzen. Er glättete es mit den Händen, es blieb zerknitterte. Der Pionierknoten misslang. Seine Banknachbarin half. Ulli las die eingeritzten Buchstaben auf der Tischplatte, obwohl er sie schon oft gesehen hatte. Christa war eines der Mädchen, dem man nicht gern ins Gesicht schaute. Ihre Nase war spitz und ihr Mund zu breit. Breitmaulfrosch wurde sie heimlich von den anderen Mädchen genannt.

Sie standen neben den Schulbänken. Sie übten den Pioniergruß mehrere Male. Erst dann durften sie sich setzen. Der Pionierleiter schrieb das Wort Republikflucht an die Tafel. Sie tuschelten. Sie schielten zu Ulli. Er senkte den Kopf.

„Ich denke, ihr wisst alle, was mit diesem Begriff gemeint ist." sagte der Pionierleiter. Er ging durch die Reihen. Er schlug Holger auf die Finger, weil er mit der Zirkelspitze die Buchstaben BRD in das Holz ritzte. „Aufstehen!" Holger stand stramm.
„Warum hast du das getan? Hast du es noch nicht begriffen, dass die Menschen im Kapitalismus arm sind, weil sie keine Arbeit haben."
Holger wurde rot. Wolfgang blies seinen Kaugummi auf. Die Blase platzte hörbar. „Westkaugummi." flüsterte er. Der Pionierleiter schlug mit dem Zeigestock an die Tafel.
„Ihr seid dumm. Ihr quatscht nach, was die Werbung euch einreden will. Von einem Kaugummi wird niemand satt."
Holger durfte sich setzten. Wolfgang meldete sich. „Wenn es nicht stimmt, dass drüben alles besser ist, warum wollen dann so viele weg von hier."
Der Pionierleiter klopfte sich Kreidestaub von den Händen.
„Erstens, es sind nicht viele. Es sind ein paar wenige, verblendet durch Werbung und falsche Propaganda vom Feind. Aber was ..." Er hob den Zeigestock. „Was sind Kaugummis gegen unsere sozialistischen Errungenschaften. In der BRD gibt es keine Schulspeisung und schon gar keine kostenlose Schulbildung. In unserem Staat hat jedes Kind das gleiche Recht auf Bildung, egal wer seine Eltern sind. In der BRD gibt es Obdachlose, weil sich nicht jeder eine Wohnung leisten kann."
Wolfgang gab sich nicht zufrieden. „Dann müssten die, die abhauen ja wiederkommen."
„Unser sozialistischer Staat hat auch seine Grenzen. Wer ihm den Rücken kehrt, kommt nie mehr in den Genuss unserer Vorteile und Errungenschaften."
Er malte einen Garten an die Tafel. Wolfgangs Fingerschnipsen überhörte er. Im Garten sprossen viele Blumen. Er umzäunte den Garten mit dicken Kreidestrichen.
Er sagte: „Dieser schöne Garten ist unsere DDR. Würdet ihr ihn nicht auch schützen wollen, vor bösen Menschen, die alles niedertrampeln, weil sie die Schönheit nicht sehen."

Niemand antwortete. Ein Bleistift rollte über einen Tisch. Wolfgang ließ eine Kaugummiblase platzen.
„Kaugummi raus, spuck ihn aus, sofort." Wolfgang stand auf. Langsam ging er zum Papierkorb. Den Kaugummi legte er in seine Hand, zog lange Fäden, spielte den Komiker, der am Kaugummi festhing. Der Pionierleiter zerrte ihn am Arm.
„Du schreibst bis morgen drei Seiten über unsere sozialistischen Errungenschaften."
Sie mussten aufstehen. Er fragte, ob es jetzt alle verstanden hätten, welches Geschenk es sei, in diesem Staat zu leben.
Sie nickten. Er forderte ein lautes Ja.
„Für Frieden und Sozialismus seid bereit." schmetterte er. Das „Immer bereit!" der Schüler klang wie das Gejohle der Halbstarken.

Wieder eine schiefe Naht. Irma lehnte sich zurück. Schmerzen im Rücken, Schmerzen im Unterleib. Die Ärzte würden ihr nicht helfen. Sie hatte sich selbst aus dem Krankenhaus entlassen. Sie musste ihre Kinder beschützen, sie musste arbeiten. Sie hatte keine Zeit zum Kranksein.
Sie griff nach der Flasche, schob sie zurück in den Schrank. Der Kräuterschnaps linderte die Schmerzen nicht mehr. Sie schluckte Tabletten, umsonst. Die Haare gingen ihr davon aus, die Schmerzen blieben.
Sie trennte die Naht wieder auf. Ihre Hände zitterten. Mit diesen Händen konnte sie keinen Stich ordentlich platzieren. Sie zählte das Geld in der Dose, entnahm ein paar Groschen, hoffte, es würde reichen. Wieder würde es zum Mittag nur Brotsuppe geben. Das Brot im Kasten hatte Dietmar noch gekauft und wie immer hatte er schon auf dem Heimweg Brotrinde genascht. Wieder würde sie Butter durch Schmalz ersetzen müssen. Wieder bekamen die Kinder kein Gemüse, kein Obst. Sie hob die Hände zum Kreuz. Sie fluchte leise.
Die Apothekerin fragte, wo genau die Schmerzen säßen. Irma zeigte auf ihren Bauch.
Die Türglocke läutete. Ein Mann betrat den Laden. Die Apothekerin schien

das nicht zu stören. Sie sagte: „Können Sie mir das etwas genauer beschreiben?“ Irma schüttelte den Kopf. Sie drehte sich nach dem Mann um. Die Apothekerin verstand den Hinweis nicht. Sie öffnete eine hohe Blechdose. Sie wog Kamillenblüten ab, füllte sie in eine Tüte.
„Sie baden morgens und abends darin, oder Sie machen Sitzbäder. Zusätzlich trinken Sie dreimal täglich eine große Tasse frisch gebrühten Kamillentee.“ Sie zählte die Groschen, die Irma über den Ladentisch schob. Sie hob den Zeigefinger. „Ich habe noch was für Sie.“ Irma senkte den Kopf. Sie konnte den Mann hinter sich spüren. Die Apothekerin stellte eine Glasflasche auf den Ladentisch. Das Etikett war handbeschriftet. Irma las Intimwaschungen. Sie wurde rot, wehrte ab. Die Apothekerin sagte: „Warum denn nicht, es hat schon vielen Frauen geholfen. Es ist ein Gemisch aus Kamille, Taubnessel, Frauenmantel und Thymian.“
Irma fasste nach der Tüte. Sie eilte aus dem Laden. An der nächsten Ecke hielt sie an, atmete tief. Sie schüttelte den Kopf. Als ob sie sich nicht waschen würde, als ob sie nicht sauber wäre. Diese Apotheke würde sie nie wieder betreten. Kamillenblüten, da hätte sie auch selbst drauf kommen können. Vielleicht wäre ihr dann der Krankenhausaufenthalt erspart geblieben. Vielleicht wäre Dietmar noch bei ihnen und niemand würde drohen, ihr die Kinder zu nehmen.

Sie holte den alten Windeltopf vom Boden. Sitzbäder hatte die Apothekerin gesagt, als sei es normal, auf einem Topf über heißem Kamillendampf zu sitzen. Der Deckel rutschte vom Topf, rollte die Treppenstufen herunter, kreiselte. Das Scheppern hallte. Die Sackgasser erschien sofort im Hausflur.
„Willst du einkochen Irma? Hat dir der Dietmar Obst geschickt. Die haben ja sogar im Winter alles.“ Irma antwortete nicht. Die Sackgasser rief nach der Müller.
„Also das war der letzte Rock, den die mir genäht hat, lässt mich einfach stehen, ist wohl jetzt was Besseres, wo der Dietmar Drüben ist.“
Irma stellte den Topf auf den Herd, schürte die Glut, legte Holzscheite nach. Sie lächelte über die Blödheit der Sackgasser. Sollte sie doch glauben, sie

äßen Erdbeeren statt Brotsuppe. Die Gelbsucht sollte sie kriegen, vor Neid. Das Wasser begann zu sieden. Irma zog den Topf vom Herd. Sie stellte das Nudelbrett auf den Boden. Der Topf war zu schwer. Sie schöpfte Wasser ab, hob den Topf auf das Brett. Sie verteilte eine große Menge Kamillenblüten im Wasser. Sie zog den Schlüpfer aus, hob den Rock. Sie sprang auf. Der Wasserdampf verbrühte ihre Haut. Sie schimpfte auf die Apothekerin. Sie zog sich wieder an. Am Nähtisch begutachtete sie den Rock für die Sackgasser. Sie wusste, die Sackgasser würde drängen, würden schon aus Neugier klopfen und dann einfach in die Küche treten. Diese Weiber gönnten ihr nicht den Dreck unter dem Abstreicher.
Irma schloss die Tür ab. Das Kastenschloss klackte laut. Sie tauchte den Zeigefinger ins Wasser. Jetzt hatte es die richtige Temperatur. Blut im Schlüpfer, sie erschrak, dachte, nur der Topf, er war zu schwer. Sie saß auf dem Windeltopf. Sie fühlte Druck in ihrer Blase. Sie hörte die Sackgasser und die Müller tratschen. Sie standen vor ihrer Tür. Die Müller klopfte, klinkte.
„Abgeschlossen. Vielleicht zählt sie da drin das Westgeld."
„Oder sie hat Besuch von einem Mann." Die Müller kicherte.
Die Sackgasser rüttelte an der Klinke. „Irma mach auf, ich weiß, dass du da bist. Ich will meinen Rock abholen."
Irmas Blase fühlte sich prall an. Ihr Urin schien zu kochen. Sie musste dringend zur Toilette. Sie hielt sich den Bauch, ging im Zimmer hin und her. Sie lauschte. Die Weiber wichen nicht von ihrer Tür.
„Die hat sogar die Vorhänge zugezogen. Die hat einen Mann bei sich."
„Oder sie dreht durch, verwechselt Tag und Nacht. Bei der alten Schmalfuß ist es auch so gewesen."
Irma konnte den Urin nicht mehr zurückhalten. Sie pinkelte in den Topf. Sie weinte. Sie war eine Frau von siebenundvierzig Jahren. Sie hatte fünf Kinder geboren, eines davon unter Schmerzen begraben. Sie hatte alles ertragen und jetzt machte sie in einen Windeltopf, weil sie Angst vor zwei Klatschweibern hatte.
Sie hörte Ullis Pfeifen. Hastig zog sie sich einen Schlüpfer an, richtete den Rock. Ihr wurde schwindlig. Sie hielt sich an der Spüle fest. Der Topf, wo-

hin mit dem Topf? Die Weiber redeten auf Ulli ein. „Deine Mutter ist verrückt geworden, sperrt sich am helllichten Tag ein, macht nicht auf. Das kommt, weil ihr so ungezogenen Kinder seid."
Ulli klinkte, rüttelte. Irma schloss auf, zog ihn zur Tür rein.
„Hier riecht es wie beim Arzt. Was ist denn los?" Irma winkte ab. „Hab mir den Rücken eingeschmiert. Hilf mir den Topf auszuschütten."
Ulli trug den Topf alleine. Er kippte das Wasser ins Becken. Irma scheuerte Topf und Becken aus. Sie weinte still, war froh, dass Ulli Zeitung las.

Sieglinde schlürfte die Suppe. Sie legte den Löffel nicht ab, schöpfte, schlürfte, sah nicht vom Teller auf. Irma stoppte die Maschine. Sie konnte sich nicht an einen einzigen Tag erinnern, an dem Sieglinde freiwillig Brotsuppe aß.
„Bist du so hungrig?"
Sieglinde nickte, sagte aber: „Ich muss zur Chorprobe."
Irma stützte sich am Tisch ab. „Da gehst du nicht mehr hin. Du singst im Pionierchor mit oder gar nicht." Sie unterstrich jedes Wort mit erhobenem Zeigefinger.
„Hä?", sagte Ulli. „Die Weiber haben Recht, du bist wirklich verrückt geworden."
Er lachte laut. Suppe tropfte ihm vom Kinn. Irma schlug auf den Tisch. Das Geschirr klirrte. Die Zornfalte über ihrem Auge blitzte auf. Sie hielten die Hände schützend vors Gesicht. Sieglinde lehnte sich zurück. Sie verschränkte die Arme, sagte:
„Singen ist sowieso blöd. Da muss man so komische Übungen machen, mit dem Kiefer wackeln und den Bauch hüpfen lassen. Da gehe ich lieber zu Gisela."
Irma nickte. Sie fasste Ulli am Kinn. „Du wirst sie nie wieder Weiber nennen. Sie heißen Frau Müller und Frau Sackgasser. Und für euch beide gilt, ihr werdet ordentliche, fleißige Schüler sein. In euren Heften will ich keine Eselsohren und keine Tintenkleckse mehr sehen. Ihr tragt das Halstuch, wenn die Lehrer es verlangen."
Sieglinde prustete. Irma zog die Brauen hoch. „Das ist mein absoluter Ernst."

Sie nahm das Kreuz von der Wand, trug es auf den Abstellboden. Oben unterm Dach, bekreuzigte sie sich. Sie flüsterte: „Es muss sein." Sie bat um Vergebung, sie bat um Schutz für ihre Kinder. Auf der gewalzten Wand, blieb ein heller Abdruck des Kreuzes zurück.

31.

„Geh zum Kantor, sage ihm, dass du nicht mehr kommst." Sieglinde schmollte. Irma beharrte auf Anstand.
„Und pass auf, wer dir über den Weg läuft. Du beantwortest keine Fragen, du kommst sofort wieder nach Hause! Verstanden?" Sieglinde schaute die Mutter erstaunt an. Irma biss sich auf die Lippen. Sie dachte, ich darf ihnen keine Angst machen. Sie lächelte. Für Sieglinde sah es so aus, als unterdrücke die Mutter ein Gähnen. Irma blickte ihr nach. Sieglinde dachte, alles wegen Dietmar. Sie kam am Marktplatz vorbei. Sie sah Buden mit farbigen Dächern. Sie sah auch ein Karussell und die Gondeln der Luftschaukel. Ein Junge mit roten Haaren half beim Aufbau. Er trug Handschuhe, die ihm zu groß waren. Er schwitzte, obwohl es kalt war und er ein kurzärmeliges Hemd trug. Seine Oberarmmuskeln spannten sich bei jeder Bewegung. Ständig schob er sich Locken aus der Stirn. Sieglinde schaute ihm zu.
„Ist was?" Sie schüttelte den Kopf, rannte weg.
Die Klinke rutschte ihr aus der Hand. Die Kirchentür schlug laut zu. Der Kantor stampfte mit dem Fuß auf, dirigierte aber weiter. Als das Lied zu Ende war drehte er sich um.
„Einreihen, mitmachen, über dein Zuspätkommen reden wir nachher."
„Ich singe nicht mehr mit." sagte sie und rannte raus. Draußen kickte sie Steine gegen das Tor. Sie ging wieder am Marktplatz vorbei. Der Junge war nicht mehr da.

Sie erschrak, als er am nächsten Tag neben dem Lehrerpult stand.
Der Junge hieß Rolf. Frau Wolfram sagte, er sei vorübergehend in der Klasse. Sie schaute die Reihen ab. Die Schüler beugten sich über ihre Hefte. Sie tuschelten.
„Wir setzen dich am besten neben Sieglinde." Sieglinde spürte ein Grummeln im Bauch.
Dieses Mal fühlte es sich nicht an, als hätte sie den Lederschlampen verschluckt. In ihrem Bauch war ein Juchzen, als säße sie in der Luftschaukel und flöge hoch und höher. „Hannelore setze dich bitte neben Peter." Hannelore verzog das Gesicht. Sie raffte ihre Sachen, nahm neben Peter Platz, baute eine Barrikade aus Büchern auf. Sieglinde wurde rot. Ihre Wangen brannten. Sie stierte in ihr Heft. Frau Wolfram stand neben ihr. Sie klopfte auf die Heftseite. Sie sagte. „Du wirst Rolf helfen. Er reist von Schule zu Schule, deshalb braucht er unsere Unterstützung. Verstanden!" Sieglinde nickte. Frau Wolfram schrieb lückenhafte Sätze an die Tafel. Die Kreide quietschte. Sieglinde bekam Gänsehaut. Auch auf Rolfs Armen richteten sich die Härchen auf. Er lächelte Sieglinde an. Sie wandte den Blick zur Tafel.
„Was sollen wir damit machen?", flüsterte Rolf. Sein Atem kitzelte an ihrem Hals.
„Die richtigen Verben einsetzen. Wegen der Fälle."
Rolf biss sich in den Handrücken. Sieglinde schob ihr Heft in die Mitte. Er lächelte sie an. Und in ihrem Bauch war es, als flöge sie hoch und höher.

Georg verbrachte die Abende im Café. Er saß am Tresen, trank Bier, beobachtete Anita, beobachtete die anderen Männer. Sie stierten auf Anitas Hintern. Sie spähten in ihren Blusenausschnitt. Ihren Blicken würden keine Taten folgen. Sie trugen Beinprothesen. Sie zeigten Zahnlücken. Sie liebten nur in der Phantasie.
Berührungen in der Öffentlichkeit hatte Georg sich verboten. Die Leute redeten trotzdem. Er war immer der letzte Gast. Er wartete, bis Anita die Gläser gespült und den Tresen poliert hatte. Sie rannten durch die Nacht. Sie lachten und küssten. Sie achteten nicht auf offene Fenster und heimli-

che Späher. Noch im Hausflur öffnete sie den Reißverschluss seiner Hose. Er drückte sie an die Wand, berührte ihre Brüste, küsste sie, saugte und schmeckte ihre Haut.

Anita gab damit an, dass sie einer Prüden den Freund ausgespannt hatte. Inge hatte es Christine erzählt.

Christine wollte nicht glauben, was alle wussten. Sie wartete vor dem Werktor auf Georg. Er kam nicht. Sie ging vor seiner Haustür auf und ab. Sie sah das Licht hinter seinem Fenster. Sie hörte das Lachen einer Frau. Sie redete sich ein, es käme aus einer anderen Wohnung. Sie nahm die Hand vom Türknauf. Sie presste die Lippen aufeinander.

„Die halten nicht nur Händchen." sagte Inge. Christine verdrängte die Bilder. Trotzdem träumte sie von Georg jede Nacht. An seiner Hand ging eine andere Frau. Ein Schatten ohne Gesicht, trotzdem da. Sie sah sein Lächeln, sah den zum Kuss geöffneten Mund. Sie hörte seine Stimme. Wenn sie endlich verstummte, war nicht Stille in ihr, nur Leere.

Inge zwickte Christine in die Wange. „Du siehst blass aus. Lass dir den Kummer nicht anmerken, das freut den bloß." Sie tupfte Rouge auf Christines Wangen. Christine wusch sich das Gesicht. Inge klatschte in die Hände. „Wir gehen aus!" Christine zog sich nicht um, sie trug keinen Lippenstift auf. Sie toupierte sich die Haare, weil Inge es verlangte. Sie trank nichts. Sie stierte auf die Tischdecke. Als ein Mann sie um einen Tanz bat, verließ sie den Saal.

Christine saß am Küchentisch, den Kopf über den Kalender gebeugt. Sie markierte Tage, zählte, radierte die Striche wieder aus. Sie hörte Irmas Schritte, schob den Kalender zurück in die Schublade.

Stumm deckten sie den Abendbrottisch. Es gab frisches Brot, Butter und Eier. Irma hatte das Kostüm einer Kundin fertig bekommen. Die Frau war zufrieden, hatte sich vor dem Spiegel gedreht und Trinkgeld gegeben. Trotzdem behielt Irma die Blechdose im Auge, zählte jeden Abend das Geld, rechnete, überlegte, schrieb Einkaufszettel, beschränkte sich dabei auf das Notwendigste. Zu viele Leute kauften ihre Kleidung inzwischen von der Stange. Für Änderungs- und Flickarbeiten bekam Irma nur ein paar Mark.

Christine aß schon wieder nicht. Irma machte sich Vorwürfe. Ihr Mädchen sah krank aus. Ihr Mädchen war blass und stumm. Irma hatte Abnäher in Christines Röcke einnähen müssen.
Nach dem Abendessen spülte Christine das Geschirr. Sie legte sich noch vor Ulli und Sieglinde ins Bett.
Irma hatte von den Gerüchten gehört. Sie fluchte leise, dachte aber, gut so, besser jetzt, als in der Ehe. Sie wusste, wie demütigend es war, nachts auf die Uhr zu schauen, sich zu sorgen, sich zu fragen, wo der eigene Mann war. Und dann zu riechen, dass er aus einem anderen Bett kam.

Sieglinde aß und trank im Stehen. Nebenbei zog sie sich an. Irma riss ihr das Brot aus der Hand. „Du wirst dir Fettflecken in die Bluse machen." Sieglinde ließ das angebissene Brot liegen. Sie stürmte los. Ihr Weg führte am Marktplatz vorbei. Sie hoffte, sie würde Rolf begegnen. Sie ging um die Wohnwagen herum. Sie fragte sich, in welchem der Wagen Rolf wohnte. Sie hüpfte hoch. Es gelang ihr nicht, durch die Fenster zu schauen. Eine Tür wurde aufgestoßen. Sieglinde rannte davon. Fehlte noch, dass Rolf sie ertappte.
Rolf kam zu spät zum Unterricht. Die Wolfram schüttelte den Kopf, sagte aber nichts.
Den Jungen zu erziehen schien ihr vergebliche Mühe. Rummelkinder wurden zu Karussellbetreibern. Sie mussten rechnen und lesen können, mehr nicht. Niemand verlangte gute Leistungen von so einem Kind.
„Du bist zu spät." flüsterte Sieglinde. „Sie wird dir einen Tadel ins Schulaufgabenheft schreiben."
Rolf winkte ab. „Hab gar keins." sagte er. Die Wolfram hatte Rechenaufgaben an die Tafel geschrieben. Sie schritt die Reihen ab. Neben Rolf blieb sie stehen. Sieglinde zog schnell ihr Heft weg. Sie hatte Rolf wieder abschreiben lassen. Die Wolfram tat, als bemerke sie es nicht. Insgeheim belächelte sie Sieglinde. Kleine Närrin, hatte sich in einen Rummelburschen verliebt. Er wird ihr das Herz brechen. Schon in der nächsten Stadt wird er sie vergessen haben.
„Soll ich mit dir Hausaufgaben machen?", fragte Sieglinde in der Pause.

„Kannst du mich nicht einfach weiter abschreiben lassen?“ Sieglinde schüttelte den Kopf.

Rolf klappte sein Heft zu. „Ist auch egal. Mein Vater meint, ich kann Groschen zählen und das Karussell zusammenschrauben. Das reicht.“

Sieglinde sagte nichts. Sie dachte, ich kann bohnern und abwaschen und Haare toupieren kann ich auch. Und es reicht nicht.

„Nimmst du mich mal mit?“

„Ist nichts für Mädchen. Bei uns geht es rau zu, sagt mein Vater. Meiner Mutter ist die Härte nicht bekommen, sagt mein Vater, deshalb ist sie zu einem anderen Mann gegangen. Mein Vater nennt ihn Bubi.“

„Ich bin aber keine Puppe. Ich spiele Fußball und ich prügele mich, wenn es sein muss.“

Sieglinde boxte in die Luft. Rolf lachte. „Glaub ich nicht.“ sagte er.

Das letzte Klingelzeichen verhallte in den Gängen. Sieglinde passte Rolf am Ausgang ab.

Er beachtete sie nicht. Sie ging ihm nach. Er machte große Schritte. Sie musste rennen, um ihn einzuholen. „Guckt mal, wir haben ein Liebespaar.“ rief Hannelore. Sie gab Schmatzlaute von sich. Rolf wurde rot. Sieglinde drehte sich um. Sie hob die Faust. Hannelore verstummte.

Rolf öffnete die Tür zum Wohnwagen. Sieglinde spähte hinein. Sie sah einen Ofen, kleiner als der Ofen zu Hause. Sie sah ein Doppelstockbett. „Schläfst du oben?“ Rolf nickte.

Unterm Fenster war ein Klapptisch angebracht. Stühle suchte Sieglinde vergeblich. Rolf zeigte auf zwei Hocker, die auf dem unteren Bett standen. Ihre Beine spießten in die Luft. Sieglinde hatte sofort den Geruch von Bohnerwachs in der Nase. Irma stellte die Stühle nur auf den Küchentisch, wenn sie bohnerte. Sieglinde entdeckte Kratzer und Schlieren auf dem Linoleum. „Bohnert ihr nicht?“ Rolf lachte. „Genug jetzt.“ Er schloss die Tür. Sieglinde setzte sich auf die schmale Treppe. „Wenn ich dir einen Kuchen backe, essen wir den dann im Wohnwagen?“ Rolf schüttelte den Kopf. Locken verfingen sich in seinen Brauen. Er strich sich die Haare aus der Stirn. Sieglinde schmollte. Sie merkte nicht, dass sie die Lippen schürzte. Rolf lachte auf.

„Bist ja doch eine Prinzessin."
Sie stand auf, zog sich den Rock glatt. Kickte einen Stein in seine Richtung. Er stoppte den Stein, schoss ihn zurück. Der Stein traf sie am Schienbein. Sie ließ sich den Schmerz nicht anmerken.
„Darf ich mich mal reinsetzen? Nur kurz."
„Was willst du da?"
„Ist so romantisch."
„Du spinnst. Es ist eng und unbequem."
Sie stieg die Treppe hoch, fasste nach der Klinke. Rolf hielt ihre Arme fest.
„Mensch kapierst du es nicht, mein Vater hat etwas dagegen. Er sagt: „Die Weiber bringen nur Unglück."
Sie stieg die Treppe runter. Sie sah sich nicht nach ihm um, als sie sagte: „Ich muss meine Hausaufgaben machen."
Rolfs Vater winkte mit den Handschuhen. Rolf rannte zum Kettenkarussell.

Sieglinde ging in der Wohnung hin und her. Sie schaute aus dem Fenster. Sie blickte zur Tür. Selbst das Ticken der Uhr störte sie. Sie schaltete das Radio an, tanzte ein paar Schritte. Sie schaute in leere Töpfe. Wo die Mutter nur blieb? Sie biss vom Brot ab. Ihr kam die Idee, Christines BH anzuprobieren. Sie stopfte Wattebäusche in die Körbchen. Sie betrachtete sich lange im Spiegel. Sie fand, der BH stand ihr gut. Schritte im Hausflur, sie riss sich den BH vom Leib, stopfte ihn zurück in den Schrank. Die Schritte verhallten. Sie stöberte weiter.
In Dietmars Schuhkarton fand sie Zeitschriften, die er heimlich gelesen hatte. Sieglinde erinnerte sich, dass die Mutter sehr wütend war, als sie davon erfuhr. Sieglinde vermutete, die Zeitschriften waren verboten. Sie hatte es gesehen, wie Dietmar sie aus dem Ärmel seiner Jacke zog, wenn die Mutter nicht hinsah. Wie er sie zwischen Sessellehne und Rücken verschwinden ließ, wenn die Mutter ins Zimmer kam. Sieglinde verstand aber nicht warum. Sie fand die bunten Bilder schön. Sie sah Männer mit gegelten Haaren. Sie rauchten und lächelten. Sie trugen dunkle Anzüge. Die Männer gefielen ihr. Aber nicht so gut wie Rolf. Sie blätterte weiter. Sie staunte über Frauen,

die ihre Brust entblößt hatten. Sie sah an sich herunter. So etwas würde sie nie tun. Auf einer der Seiten, war ein Paar abgebildet, das sich innig küsste. „Sie merken es am ersten Kuss, ob er sie liebt." stand darüber. Diesen Artikel musste sie lesen. Sie rollte die Zeitschrift zusammen, schob sie unter den Pullover. Etwas fiel zu Boden. Sieglinde achtete nicht darauf. Sie hatte es eilig, zum Abort zu kommen. Sie las den Artikel mehrmals. Sie leckte und biss sich die Lippen wund. Wie es wohl sein würde, Rolf zu küssen? Vielleicht wartete er nur darauf, von ihr geküsst zu werden. Sie hörte Stimmen und Schritte. Schnell verbarg sie die Zeitschrift hinter Eimern und Kohleschütten. Sie würde Rolf ins Rauchergässchen locken. Und dann vielleicht würden sie das Küssen üben. Er war rot geworden, als Hannelore Schmatzlaute von sich gab. Bestimmt träumte er auch davon, Sieglinde zu küssen. Hannelore hatte ihn nur ertappt.

Irma blieb auf jedem Treppenabsatz stehen. Sie hielt sich am Geländer fest, verschnaufte. Jede Stufe erklomm sie wie einen Berg. Woher diese Schwäche kam, wusste sie nicht. Den Gedanken an eine Krankheit verdrängte sie aber. Sie wollte für ihre Kinder da sein. Sie hatte sich geschworen, es auch ohne Dietmar zu schaffen.

Sieglinde saß am Küchentisch über Hefte und Bücher gebeugt. Ihre Wangen waren rot, sie lächelte. Irma ging ins neue Zimmer. Sie wollte sich ein paar Minuten aufs angewärmte Kissen legen, dann weiter arbeiten.

„Sieglinde, was hast du in Christines Schrankfach verloren!" Sieglinde zuckte zusammen.

Sie biss sich auf die Zunge. „Ich habe was gesucht, für die Hausaufgaben."

„Lüg mich nicht an!" Irma schloss die Tür. Sieglinde schob den gerade begonnenen Brief an Rolf zwischen Buchdeckel und Schutzumschlag. Irma bückte sich nach Zeitungsfetzen, die unter der Kommode lagen. Sie hielt sich den Rücken, zog sich am Schrank hoch. „Ausnahmezustand in der DDR" las sie, und „Sowjetische Panzer in demonstrierende Menschengruppen gefahren." „Volk probt den Aufstand; Niedergang der DDR?" Sie schüttelte den Kopf. Sie setzte sich, ließ die Hände in den Schoß sinken. Die Zeitungsartikel glitten vom Rock auf den Boden. Dietmar musste sie gesammelt haben. Deshalb also war er geflohen. Sie stand auf. Sie zerriss die Artikel, warf sie ins Feuer. Kein Grund die Familie im Stich zu lassen.

Es knisterte auf der Herdplatte. Irma röstete altbackenes Brot. Sieglinde mochte den Geruch. Ulli rümpfte die Nase. Ihm schmeckte das Knusperbrot nur mit Zucker bestreut. Er wusste, die Mutter würde es nicht erlauben. Sie sagte. „Abendbrot ist kein Zuckerbrot!" Sie stellte den Schmalztopf auf den Tisch. Ulli behauptete, er habe keinen Hunger. Irma überraschte ihre Kinder. Sie legte auf jeden Teller ein Spiegelei. Sie selbst verzichtete. Ulli stach sofort hinein. Er leckte das Eigelb vom Teller. Sieglinde lachte über seinen Eibart. Ulli sprang auf. Er wusch sich aber nicht das Gesicht. Er durchwühlte seinen Ranzen, legte einen Bilderrahmen auf den Tisch. „Habe ich gemacht, im Werken. Habe sogar eine Eins bekommen."
„Trotzdem schief." sagte Sieglinde. Irma nickte, sah aber zur Uhr. Sie fragte sich, wo Christine blieb. Ihr Ei wurde kalt. Irma hatte sich geschworen, so lange neben Christine zu sitzen, bis sie aufgegessen hatte. Sie war bereit, Christine zu füttern, wenn sie es nicht anders verstand. Inzwischen spannte ihre Haut über dem Jochbein. Ulli nannte sie Vogelscheuche. Irma verbot es ihm. Christine selbst reagierte nicht auf den Spottnamen. Sie antwortete auch nicht auf Irmas Fragen. Sie zuckte die Schultern, schlüpfte sofort nach der Arbeit ins Bett, starrte die Wand an. Wenn Irma sie um einen Gefallen bat, erledigte sie stumm die Hausarbeit, legte sich dann zurück ins Bett.
Irma schaute auf den Bilderrahmen. Sie sagte: „Schön."
„Du hast ihn dir gar nicht angeschaut." Irma nickte. „Später." versprach sie. Christine streifte die Schuhe ab, ging am Tisch vorbei, verzog den Mund. Irma hielt sie am Ärmel fest. „So nicht, so geht das nicht weiter. Du setzt dich jetzt hin und isst." Christine setzte sich, aß aber nicht. Irma spießte Ei und Brot auf. „Du isst jetzt, sonst gnade dir Gott." Sieglinde und Ulli kicherten. Die Zornfalte über Irmas Auge war tief. Ulli entfernte sich ohne Erlaubnis vom Esstisch. Irma ermahnte ihn nicht. Sie achtete darauf, dass Christine die Bissen auch schluckte. Ulli schnitt und klebte etwas. Er pass-

te ein Bild in den Rahmen. Dann stellte er ihn neben das Foto des Vaters. Irma tobte, als sie hinsah. Sie warf das Bild in den Ofen. „Dietmar gehört nicht mehr zu dieser Familie, merkt euch das ein für allemal. Wir haben keinen Kontakt zu ihm!“ Ulli schnaubte. Er warf den Ball an die Wand, knallte die Tür zu.
„Jetzt geht er zu den Halbstarken.“ sagte Sieglinde. Irma wandte sich wieder Christine zu. Sie hatte nicht aufgegessen, erhob sich trotzdem. Sie deckte das Bett ab. Irma entriss ihr das Nachthemd. Sie schlug eine tiefe Kerbe ins Kopfkissen.
„Du gehst jetzt mit mir spazieren!“ Christine schüttelte den Kopf. Irma umfasste ihr Handgelenk. Erst auf der Straße ließ sie los. „Wenn es sein muss, gehen wir in die Kirche. Ich will wissen, was mit dir los ist.“

Ulli lief zum Sportplatz. Er kickte Steine, achtete nicht darauf, was oder wen er traf.
Eine Frau schimpfte ihn einen Rüpel. Er rülpste und lachte laut. Sie stapfte schimpfend davon.
Die Kumpel würden da sein. Sie würden seine Wut verstehen. Sie würden mit ihm über den Rüpel lachen. Sie trafen sich jeden Abend auf dem Sportplatz. Keine Jungs, richtige Männer waren sie. Sie verdienten Geld. Sie kauften sich Motorräder. Sie gingen mit Frauen aus. Auf dem Sportplatz aber hatten Frauen nichts zu suchen. Ulli war das recht. Er hatte genug von diesem Weiberhaushalt daheim. Er wollte nie mehr Bohnerwachs riechen. Er wollte nichts mehr hören, von Backrezepten und Spitzen-BHs. Neuerdings stolzierte auch Sieglinde in Christines Tanzschuhen durch die Wohnung.
Ulli war stolz auf seine Freunde. Er war der Einzige von ihnen, der noch zur Schule ging. Und er wusste, die Jungs aus seiner Klasse beneideten ihn. Er hatte beschlossen, die Schule zu beenden. Er würde in die Lohe gehen, wie Dietmar.
Von weitem hörte er sie reden und lachen. Sie tranken Bier, redeten über Reisen, die sie machen wollten. „Mensch, am Balaton ist es fast wie am

Meer." sagte Fred. Er zog eine Ansichtskarte aus der Brusttasche seines Hemdes. Rainer fasste danach. Fred schob sie zurück in die Tasche. „Nee, ist von meiner Braut, zeige ich dir nicht."
Hinter dem Zaun kicherten ein paar Mädchen. Bernd späte in ihre Richtung. Fred winkte ab.
„Am Balaton, da kannst du Weiber sehen. Sind richtige Schönheiten, nicht solche Hutzelweiber, wie hier. Die zeigen dir alles, wenn du sie zum Palinka einlädst." Sie lachten, sie stießen die Bierflaschen aneinander. Der Platzwart kam näher. Er beobachtete sie. Sie gehörten nicht zur örtlichen Fußballmannschaft. Er verbot ihnen das Betreten des Rasens.
„Ganz ruhig Mann, wir tun schon nichts Unsozialistisches." Sie juchzten. Sie öffneten Flaschen, prosteten ihm zu. Der Platzwart behielt sie im Auge. Fred beugte sich vor. Er flüsterte. „Eigentlich sind mir die Mädels egal. Ich will das Meer sehen, und dann ab, übern Zaun." Das Lachen erstarb „Halt die Fresse! Du spinnst doch." Bernd legte die Skatkarten aus der Hand. Er ging rauchend hin und her.
Ulli häufte zwischen seinen Füßen Erde auf. Plötzlich war alles anders, alles klarer. Er trank die Flasche mit einem Zug leer. Pfeifend wankte er nach Hause. Er dachte an Dietmar. Dietmar würde bald seine Familie sein.

Sie zitterte. Sogar ihr Kinn zitterte. Irma blieb stehen. Sie rieb Christine die Arme warm.
Vergebliche Mühe. Sie wusste es. Ihr Mädchen zitterte im Inneren. Irma sprach trotzdem harte Worte. Sie schimpfte, sie warf Christine Vertrauensbruch vor. Sie schnaufte im Gehen. „Was habe ich dir getan, dass du nicht mit mir reden kannst?" Irma war stehengeblieben. Sie schaute Christine ins Gesicht. Das Mondlicht bleichte ihre Haut. Irma sah, Christine hatte wieder geweint. Sie durfte sich jetzt aber nicht erweichen lassen.
Sie ahnte, ihr Mädchen erlitt den ersten Liebestod. Christine sprach noch immer nicht.
„Es geht vorbei, weißt du, manchmal schneller als man denkt." Christine schüttelte den Kopf, Irma sah es nicht.

In der Kirche brannte noch Licht. Jetzt ging Christine voran. Irma hielt mühevoll Schritt.

Der Pastor wollte gerade abschließen. Er blieb vor Irma stehen, begrüßte Christine freundlich. „Was vergessen?“, fragte er. Christine schüttelte den Kopf. „Wollen Sie noch rein?“

Irma wehrte ab. Christine folgte ihm ins Innere der Kirche.

„Du warst heimlich zum Gottesdienst?“

„Was hast du auf einmal dagegen? Keiner versteht dich, Ulli nicht und Sieglinde auch nicht.“

„So redest du nicht mit mir!“

Christine schluchzte. „Verstehst du denn nicht, es geht nicht um dich. Es hat nichts mit dir zu tun.“

Irma schaute sich um. Sie sah dem Pastor prüfend ins Gesicht. Seit ihrem Krankenhausaufenthalt sah Irma überall Männer, die sie beobachteten. Sie lauerten ihr auf. Wenn sie auf sie zuging, verschwanden sie. Sie wusste nicht, war es Einbildung oder gab es diese Schattenmänner wirklich. Die Angst lies sie schwerer atmen. Die Wohnungstür schloss sie auch tagsüber ab. Bei jedem Kundengespräch schloss sie die Fenster.

Christine warf eine Münze in den Opferstock. Sie entzündete eine Kerze. Der Pastor verließ die Kirche. „Ich bin drüben im Pfarrhaus.“ sagte er.

Irma öffnete ihre Jacke. Sie atmete, atmete tief. Christine stand vor der Kerze. Irma trat zu ihr. „Was ist so schlimm, dass du es mir nicht sagen kannst.“

„Es gibt kein zu Hause mehr. Nicht bei dir, nicht bei Georg. Ich bin so alleine?“

Irma zog den Kopf ein. Sie warf sich vor, nicht genug Nestwärme geschaffen zu haben. Dann aber dachte sie, es ist das Leben. Das müssen sie begreifen. Sie fluchte leise. Ihre Kinder sollten lebenstauglich sein. Sie hörte Christines Schluchzen. Sie fasste nach ihrer Hand, zog Christine mit nach draußen.

32.

Georg war nicht ins Café gegangen. Er brauchte Schlaf. Der Bereichsleiter hatte ihn in sein Büro zitiert. „Siehst müde aus." sagte er. Er grinste. Auch er hatte von Georgs Liebesabenteuern gehört.
„Such dir was Solides! Ich habe einen Studienplatz für dich. Maschinenbau, das wolltest du doch." Georg rieb sich die Stirn. Er unterdrückte ein Gähnen.
„Was hat das mit meinem Privatleben zu tun?"
„Dein Lotterleben, kommt bei den Obersten nicht gut an. Wir brauchen gesunde Familien."
Georg prustete.
„Ich hatte mehr Begeisterung von dir erwartet." Georg nickte, er erhob sich. Die Mütze hielt er in den Händen. Trotzdem legte er Zeige- und Mittelfinger an die Stirn. „Ich überlege es mir. Alter Frische!"

Jetzt lag Georg rauchend auf dem Bett. Er hörte Anitas Rufen, hörte ihre Absätze auf dem Kopfsteinpflaster. Er knipste die Lampe aus. Zu spät. Anita hatte das Licht bereits gesehen. Sie steckte zwei Finger in den Mund. Ihr Pfiff schreckte die Hunde im Viertel auf.
Georg trat ans Fenster. Er schüttelte den Kopf. Manchmal benahm sie sich, wie die Kerle im Café. Er mochte das nicht. Immer öfter dachte er an Christines weiche Haut, an ihr Erröten, an ihr Flüstern, wenn sie über Sex sprachen. Anita warf Steine an sein Fenster. Er öffnete es. Ein Stein fiel ins Zimmer, verfehlte ihn nur knapp. „Bist du wahnsinnig?" Sie lachte. Sie verstand nicht, dass er sie nicht sehen wollte. Sie glaubte an ein Spiel. Sie hatte mit vielen Männern gespielt. Mit Georg war es ihr ernst. Sie hatte ihm Liebesbotschaften in die Hosentasche gesteckt. Sie brachte ihm Geschenke mit, die sie nicht gekauft hatte. Sie steckte sie heimlich in die Tasche, wenn der Oberkellner nicht hinsah. Ihr Beweis, dass sie für Georg alles wagte. Er hatte darüber gelacht. Jetzt begriff er, sie hatte sich verliebt. Sie würde nicht so leicht aufgeben.

„Komm hoch, aber leise."
Noch im Treppenhaus knöpfte sie sich die Bluse auf. Er wich zurück, wies auf einen Stuhl. „Mach die Knöpfe zu!" Sie kicherte, zündete eine Zigaretten an. Er stand am Fenster, schaute noch immer auf die Straße.
„Das geht nicht mehr mit uns." Sie warf den kristallenen Aschenbecher in seine Richtung.
Er schmetterte über den Holzboden, zerbarst aber nicht. Er war eines ihrer Geschenke. Georg lachte auf, stellte den Ascher zurück auf den Tisch. Asche und Kippen lagen auf dem Boden verstreut. Er ließ sie liegen. Er dachte, sie wird noch mehr kaputt schlagen. Sie wird Schmutz hinterlassen. Er schaute sie an. Ihre Schönheit war erloschen. Sie war die Asche und die Kippen am Boden, war der Kopfschmerz nach durchfeierter Nacht.
Sie trat zu ihm ans Fenster, legte ihre Arme um seine Taille, spitzte den Mund, er stieß sie weg.
Sie taumelte, fing sich am Vorsprung des Fensterbrettes ab. Sie hatte sich den Kopf angestoßen. Sie rieb die schmerzende Stelle. Sie spuckte Georg ins Gesicht, schnappte ihre Handtasche. Der Stuhl krachte auf die Dielen. An der Tür drehte sie sich um. Ihr Zeigefinger durchschnitt die Luft.
„Du wirst mich nicht vergessen, nie!"
Er sah ihr nach, rauchte, trank den letzten Rum aus der Flasche, zertrat die Kippen am Boden, bis sie zerriebenes Papier waren. Er saß bis zum Morgen, dachte, nein, reihte Worte aneinander, die keinen Sinn ergaben.

Die Lehrerin schrieb lange Wörter an die Tafel. Sieglinde sah nicht hin. Sie schielte zu Rolf. Sie musterte sein Profil. Sie überlegte, wie sie ihn ins Rauchergässchen locken könnte.
„Starrst du denn so? Habe ich Pickel?" Sieglinde schaute nach vorn. Die Lehrerin sprach von zusammengesetzten Substantiven. Sieglinde hörte nur das Wort zusammen. Sie stellte sich vor, wie es sein würde, Rolf zu küssen. Sie fragte sich, ob er sie wieder küssen wird.
Sein Kuss verrät Ihnen alles. So hatte es in der Zeitschrift gestanden.

„Sieglinde, du bist dran mit Vorlesen." Sie schreckte auf. Ihre Mitschüler kicherten.
Die Buchstaben verschwammen vor ihren Augen. Sie stotterte.
„Du bekommst eine extra Hausaufgabe. Bis morgen übst du diesen Text fehlerfrei zu lesen!"
Sieglinde schmollte. Sie hörte Hannelore hinter ihrem Rücken lästern. Es war ihr egal. Sie hatte jetzt einen Freund, mit dem sie nicht Mutter, Vater, Kind spielte.
„Kommst du nach der Schule mit, ich will dir was zeigen, was Geheimes."
Rolf schaute an ihr vorbei zur Tafel. Er nuschelte. „Ich kann nicht, wir reisen übermorgen ab. Ich muss Vater beim Abbau helfen."
„Was übermorgen!" Sie wurde rot. Sie hatte laut gesprochen. Alle hatten es gehört.
„Sieglinde an die Tafel!"
Sie erhob sich langsam. Schon wieder fühlte sich ihr Bauch prall wie der Lederschlampen an.
Nur nicht pupsen. Dann würde Rolf sie niemals küssen.
„Du schreibst folgenden Satz an die Tafel: Ich darf im Unterricht nicht schwatzen!"
Ihre Mitschüler tobten, sie wieherten. „Wer lacht bekommt extra Aufgaben für zu Hause."
Stille. Die Kreide quietschte. Sieglinde bekam Gänsehaut. Sie setzte den Kreidekeil jedes Mal neu an. „ In Schreibschrift! Du schreibst den Satz zehnmal, bis ich Schönschrift sehe."
Sieglinde schielte zu Rolf. Er malte etwas in sein Heft. Warum schaute er nicht zu ihr?
Waren sie doch kein Liebespaar? Sie wollte es herausfinden. Und deshalb musste sie ihn küssen.
Die Kreide brach ab. Sieglinde riss sich den Fingernagel ein. Sie unterdrückte einen Aufschrei. Es tat nicht weh. Aber das Schleifgeräusch schmerzte in den Zähnen. Rolf sah sie mitfühlend an. Sie lächelte. Schönschrift und Hausaufgaben hatten keine Bedeutung mehr.

Sie holte Rolf auf der Treppe ein. Sie hakte sich bei ihm unter. Er riss sich los.
„Was hast du denn für ein Geheimnis?", fragte er trotzdem.
„Komm mit." Sie rannte davon. Er stolperte hinter ihr her. Sie spürte, dass sie rot geworden war. Sie redete sich ein, die Hitze in ihrem Gesicht komme vom Rennen.
An der engsten Stelle der Gasse blieb sie stehen. Hier war es auch am Tag dunkel.
Rolf stand ihr gegenüber. Er lehnte an der Hauswand. Sie rangen beide nach Luft.
„Und was ist hier?" Er schaute sich um.
„Hast du schon mal geküsst?"
Rolf schüttelte den Kopf. „Lass mich zufrieden damit."
Sie küsste ihn auf die Wange, rannte davon. Er holte sie ein, hielt sie am Ärmel ihrer Jacke fest. „Hast du mich deswegen hierher gelockt?"
Sie legte den Zeigefinger auf die Lippen. „Das ist unser Geheimnis. Liebende müssen ein Geheimnis haben."
„Du spinnst." Er sah auf seine Taschenuhr. „Ich muss, mein Vater wartet."
Sie blieb stehen. Starrte eine Weile vor sich hin. Dann ging sie zurück ins Gässchen. Sie lehnte an der Hauswand. Genau an der Stelle, wo sie ihn geküsst hatte. Sie fühlte in sich hinein. Da war wieder diese Achterbahn in ihrem Bauch. Aber sie wusste noch immer nicht, ob auch er dieses Gefühl im Bauch hatte. Sie hatte ihn geküsst, das zählte nicht. Sie schloss den Reißverschluss ihrer Jacke bis zum Kragen. Sie lief zum Rummelplatz. Dieses Mal blieb sie am Zaun stehen. Rolf trug wieder nur einen Pulli und diese großen Handschuhe. Er machte sich am Kettenkarussell zu schaffen. Sie beobachtete die Bewegungen seiner Oberarmmuskeln. Rolf war eben ein Mann. Der gab sich nicht mit einem Kuss auf die Wange zufrieden. Der wollte richtige Küsse. Sie dachte an das Paar in der Zeitschrift. Sie formte die Lippen. Dann ging sie zum Kettenkarussell. Ihre Beine zitterten und ihr Herz schlug laut. Im Mund war es trocken, viel zu trocken für einen Kuss. Sie dachte an Himbeerbrause und Zuckerwatte. Es half nicht. Ihr Mund blieb trocken.
„Was willst du noch?"

„Einen richtigen Kuss." Er lachte auf. Beugte sich über den Kettenarm.
„Magst du mich denn gar nicht?"
Er sah nicht auf. „Mögen schon."
Sie hockte sich zu ihm. Eine Unterlegscheibe rutschte aus seiner Hand. Sieglinde steckte sie ein. Er schaute sich um. Sein Vater war im Wohnwagen. Die anderen waren mit dem Abmontieren beschäftigt. Er küsse sie flüchtig auf den Mund. „Jetzt zufrieden?"
In Sieglinde bebte und juchzte es. Es fühlte sich an, als säße sie in der Gondel und flöge höher und höher.
Rolfs Vater trat aus dem Wohnwagen. „Du musst gehen." flüsterte Rolf.
„Bis morgen."
„Ich komme nicht mehr." sagte er. Sie hörte es nicht.

Irma saß an der Maschine. Das Blumenmuster des Stoffes verschwamm vor ihren Augen. Sie sah nicht auf, als Christine ins Zimmer kam. „Du musst es ihm sagen!" Christine erstarrte. Sie sah Irma mit großen Augen an. Sie schluckte mehrere Male.
„Woher weißt du?"
„Der Kalender." Irma packte Christine am Arm. Ihr Griff schmerzte.
„Er hat ein Recht, es zu wissen." Irma lockerte den Griff. Christine rieb sich die schmerzende Stelle am Handgelenk. „Es ist meins."
„Benimm dich nicht wie ein dummes Kind. Dazu habe ich dich nicht erzogen."
Irma schnitt viel zu dicke Scheiben vom Brotlaib. Das Messer blieb am Schürzenknopf hängen. Der Stoff riss ein. Sie fluchte. „Weißt du denn nicht, wie schwer es ist, Kinder ohne Vater großzuziehen. Denkst du, es macht mir Spaß, euch die Schnitten zuzuteilen, euch die Schuhe zu kleben, eure Sachen wieder und wieder zu flicken.
„Inge hat gesagt, es gibt da Möglichkeiten."
Irma rammte die Messerspitze ins Brettchen. „So etwas darfst du nicht mal denken. Stell dir vor, ich hätte das bei Ulli oder Sieglinde gedacht." Sie sah zur Wand. Das Kreuz lag noch immer auf dem Dachboden. Der helle Ab-

druck war alles, was daran erinnerte. Sie hatte es nicht fertig gebracht, ihn mit Farbe zu übertünchen. Sie hoffte, die Schattenmänner ließen sie in Ruhe. Christine schnaubte ins Taschentuch. Sie schmeckte Salz auf den Lippen, fühlte das Brennen in den Augen. Es war das Erste, was sie seit Tagen schmeckte und fühlte.
„Ich will nicht, dass er mich deswegen heiratet."
„Kapierst du es denn nicht, du musst! Die Liebe ist was für Schnulzensänger." Irma zeigte zum Radio. „Glaubst du denen etwa?"
Sieglinde kam nach Hause. Sie sah nicht Christines nasses Gesicht. Sie sah nicht die Zornfalte über Irmas Auge. Ihre Wangen waren rot. Sie schlich zum Nähtisch. „Komm da weg."
„Ich brauche aber einen Faden, einen dicken."
„Jetzt nicht."
„Aber ich muss was für Nadelarbeit machen."
„Jetzt wird gegessen." Irma hielt sich den Bauch. Sie ging zum Abort. Sieglinde schnappte sich die Rolle mit dem roten Zwirn. Sie schielte zu Christine. Die schien nichts bemerkt zu haben. Sieglinde hielt Unterlegscheibe und Zwirn fest in der Hand. Sie trat von einem Bein aufs andere. Sie stöhnte. „Ich muss auch mal." Es dauerte eine Ewigkeit, bis Irma den Abort verließ. Sieglinde hatte vor der Tür gewartet. Sie verriegelte die Tür. Sie flocht das Garn zu einem Band, zog es durch die Unterlegscheibe. Kälte und Gestank waren ihr egal. Den Würmern im Rohr gab sie Spitznamen. Sie hießen Jaucheheini, Kackwurstfresser und Stinkerhannes. Sie wusste, auch Rolf würde darüber lachen.
Das Band mit der Scheibe trug sie um den Hals. Sie verbarg es unter dem Pullover. Irma sah es trotzdem. Sie sagte aber nichts. Sie sah zur Uhr, zog sich den Mantel an. Vom Brot hatte sie nur einen Bissen gegessen. Sie sagte nicht, wohin sie ging. Christine faltete die Hände. Sieglinde bemerkte es nicht. Sie träumte von einem Kettenkarussell und großen Handschuhen und Lippen.

33.

Ihr Atem verdampfte in der Dunkelheit. Sie stapfte durch Morast. Sie trat fester auf. Sie blieb stehen, fächelte sich Luft zu. Den Kragen ihres Mantels schloss sie trotzdem. Die Nacht war kühl. Sie ballte die Hände in den Taschen, bis ihre Handflächen brannten. Sie dachte sich Strafen aus. Jeder Schritt eine neue Pein. Sie würde dafür Sorgen, dass Ulli nie wieder auf den Sportplatz ging. Das beste Mittel war, ihn vor seinen Freunden zu blamieren. Sie würde nicht noch einmal versagen. Den Schattenmännern wollte sie beweisen, ihre Kinder gehörten nicht zu den Halbstarken. Ihre Kinder brachten es auch in diesem Staat zu etwas.
„Irma, ist was passiert?" Sie erkannte den Mann erst beim Näherkommen. Es war der alte Francke. Er führte die Hunde anderer Leute aus. Jeder im Ort lächelte darüber. Die Frau war gegangen, die Hunde gekommen. Irma dachte, so leicht sind wir zu ersetzen. Sie schüttelte den Kopf. „Nur ein Spaziergang." sagte sie. Der Alte ging weiter. Er wusste, Irma hatte gelogen. Frauen lügen oft. Sie lügen, um andere nicht zu belasten. Seine Gerlinde hatte jede Sorge weg gelogen. Was hatte es ihr gebracht? Den frühen Herztod. Er blieb stehen, zündete die Pfeife wieder an. Er sah Irma nach. Wehender Mantel, der eins wurde mit der Dunkelheit.

Spähende, kichernde Mädchen. Irma ging an ihnen vorbei. In einer dunklen Ecke blieb sie stehen. Sie knöpfte ihren Mantel auf, rieb sich die Brust. Sie tupfte sich Schweiß vom Gesicht. Sie hörte Gelächter und Gegröle. Ulli konnte sie aber nicht sehen. Nässe im Schritt. Sie wusste es längst, sie musste wieder ins Krankenhaus. Sie fluchte leise. Dann steckte sie zwei Finger in den Mund. Ihr Pfiff misslang. Sie rief nach Ulli. Sein Name hallte über das Gelände. Das Gegröle und Gelächter verstummte. Die Mädchen kamen aus ihrem Versteck. Sie rannten davon. Jetzt entdeckte Irma die Kerle im Zuschauerraum. Einer hatte ein Streichholz an-

gezündet. Irma schritt auf die Gruppe zu. „Ach du Scheiße!", hörte sie Ulli sagen.
„Ist das deine Alte?", fragte Fred. Ulli nickte. Irma schlug Fred ins Gesicht. „Für die Alte."
Sie packte Ulli, zerrte ihn mit. Erst auf der Straße ließ sie los.
„Nie wieder, gibst du dich mit solchen Leuten ab." Sie lief schnell, Beine und Rücken schmerzten. Sie ließ es sich nicht anmerken. Ulli schwieg.
„Hast du das verstanden! Du endest mir nicht wie Dietmar." Sie war stehen geblieben, umfasste Ullis Schultern Er schlug gegen ihre Brust. Irma stand starr. Sie wehrte sich nicht. „Du hast ihn vertrieben, du mit deinem Bohnerwachs, mit deiner Heimlichtuerei. Wegen dir ist er gegangen, wegen dir ist Vater nicht zurückgekommen."
Er schrie sich heiser. Fenster wurden geöffnete. Irma sah Köpfe. Sie zerrte Ulli weiter. „Sei still! Die Männer hören alles. Sie sehen auch alles." Sie biss sich auf die Lippen. Die Tränen kamen trotzdem.
„Welche Männer? Du spinnst doch." Ulli rannte davon. Sie hoffte, er rannte nach Hause.

Es war schon dunkel, als Christine nach Hause ging. Sie war durch die Stadt gelaufen, hatte an Georgs Haustür verharrt, zu seinem Fenster hoch geschaut. In seinem Zimmer brannte kein Licht. Sie vermutete, Georg war im Café. Das Caféhaus mied sie. Sie wollte nicht wissen, wollte nicht sehen. Sie ging einen Umweg, um Inge zu besuchen. Sie stand, starrte nach oben, hörte eine Männerstimme, hörte Inges Lachen. Sie nahm die Hand vom Klingelknopf, ging weiter. Sie fror. In ihr war etwas, das durfte nicht frieren, durfte nicht zittern. Und fühlte sich doch kalt an.
Sie sah Licht in der Küche, Licht auch im Neuen Zimmer. Ungewöhnlich, Irma sparte Strom.
Keine Lampe brannte unnötig.
Georg saß in der Küche. Trug noch Jacke und Straßenschuhe. Irma schien es zu dulden. Er schaut auf, als Christine ins Zimmer kam. Sie erwider-

te weder Blick noch Gruß. Er langte nach ihrer Hand. Christine umfasste die Rocknaht. Auf Irmas Stirn blitzte die Falte auf. Blumen standen in der Vase, Blumen lagen auf dem Tisch. Georg nahm den Strauß, hielt ihn wie ein Schild. Gerberas im Winter. Christine rümpfte bei ihrem Anblick die Nase. Georg räusperte sich, öffnete den Mund, schloss ihn wieder. Christine band sich die Schürze um, baute schmutziges Geschirr aus der Schüssel auf den Tisch. Setzte Wasser auf. Die Blütenköpfe zitterten in Georgs Hand. Er umfasste den Strauß fester. „Nicht jetzt." zischte Irma. Sie nahm Christine das Geschirrtuch aus der Hand. Den Wasserkessel schob sie an den Rand der Herdplatte. Das leise Pfeifen verstummte. Ulli knisterte mit der Zeitung. Irma bat Georg und Christine ins Neue Zimmer. Sie verriegelte hinter ihnen die Tür. Sie selbst erledigte den Abwasch, schaute aber immer wieder zur Tür. Sie brühte Tee, füllte drei Gläser, trug sie ins Neue Zimmer. Christine errötete. Sie rückte von Georg ab. Georg erhob sich. Er griff nach den Blumen, die wieder auf dem Tisch lagen, ließ sie aber fallen. Er stierte auf einen Punkt an der Wand.
„Ich möchte Christine heiraten."
Er sagte es leise. Irma ahnte die Worte mehr, als dass sie sie hörte. Sie schaute Christine lange an. Christine stellte das Glas ab, knetete den Rocksaum, sagte ebenso leise: „Ja."
Irma stellte Gläser und Schnapsflasche auf den Tisch. Sie stießen mehrere Male an. Christine stellte das volle Glas ab. Irma trank es in einem Zug leer.

Sieglinde hatte Christine die Haare auftoupiert. Christine kämmte sie glatt. Sie entfernte auch die Lockenwickler am Pony.
„Siehst du eben aus wie immer.". Sieglinde schürzte die Lippen. Sie verließ die Küche. Neuerdings verbrachte sie viel Zeit auf dem Klo. Sie schrieb heimlich Briefe an Rolf. Bisher hatte er nicht einen beantwortet. Sieglinde hoffte und wartete und schrieb weiter.
„Setz dich endlich hin." sagte Irma. Christine ging im Zimmer hin und her. Jede Diele knarrte unter ihren derben Schritten. „Es macht mich verrückt. Hörst du!" Irma saß an der Maschine. Kraftlos trat sie das Pedal. Der Faden

bildete Schlingen. Sie fluchte. Sie stützte den Kopf auf. Die ganze Nacht hatte sie nicht in den Schlaf gefunden. Ein Satz ratterte in ihrem Kopf. Meine Christine, mein Mädchen wird gehen, zu einem Mann, der sie nicht verdient hat.

Christine zog Rock und Bluse wieder aus, holte das Sonntagskleid aus dem Schrank. Den Kragen knöpfte sie zu bis zum Kinn. Besser so. Sie betrachtete sich im Spiegel. Sie trug blassrosa Lippenstift auf. Georgs Mutter sollte nicht denken, sie sei ein leichtes Mädchen. Ob sie wusste? Christine zuckte zusammen. Sie war schwanger vor der Ehe. Keiner Mutter würde das gefallen, wenn ihr Sohn eine Hure heiratete. Sie stellte sich seitlich vor den Spiegel, glättete den Rockstoff. Die Wölbung ihres Bauches war nicht zu sehen.

„Sie wird es ahnen", sagte Irma. „Frauen spüren so etwas." Sie ging zum Schrank, zog die Perlenkette aus der Blechdose. Sie hatte sie vor Christine und Sieglinde versteckt, trug sie nur zum Kirchgang, zu Weihnachten und am Geburtstag. Sie war ein Geschenk von Herbert.

Christine wehrte ab. Irma legte ihr die Kette um den Hals.

„Sollen nicht denken, dass wir es nötig hätten." Christine umarmte die Mutter. Lautes Hupen, sie fuhren auseinander. Georg bockte das Motorrad auf. Er wartete aber unten auf der Straße. Irma schlug Aschkuchen in Papier ein. Christine hatte ihn gebacken. Der Teig hatte den Stricknadeltest bestanden. Die Nadel glitt leicht hinein. Kein Krümel blieb an ihr kleben. Christine seufzte. Sie hoffte, der Kuchen würde Georgs Eltern schmecken.

„Hättest dich nicht so rausputzen müssen. Sie sind einfache Leut." sagte Georg. Sie wurde rot, zog den Rock hoch, stieg auf. Ausgerechnet heute hatte Georg den Beiwagen abgekoppelt.

Georgs Mutter stand in der Tür, die Schürze hielt sie noch in der Hand. Am Ausschnitt ihres Kleides fehlte ein Knopf. Sie ignorierte Christines Hand.

„Kannst gleich in die Küche gehen, Lene helfen." sagte sie. Den Kuchen nahm sie Christine nicht ab.

„Lass sie doch erstmal reinkommen." Georg schob Christine ins Wohnzimmer. Sein Vater saß in Unterhemd und Trainingshose im Sessel. Er blies den

Rauch seiner Zigarre in ihre Richtung. Christine wedelte die Schwaden fort. Als es ihr bewusst wurde, legte sie die Hand an den Rocksaum. Georgs Mutter war ihnen gefolgt. „In die Küche, habe ich doch gesagt." Christine schluckte. Sie fasste nach der Kette. Georg zeigte ihr die Küche. Eine Frau, etwa in Christines Alter, stand am Tisch. Sie brühte Kaffee, achtete darauf das Wasser gleichmäßig im Filter zu verteilen. Sie sah nicht auf, sie zeigte auf ein Messer, sagte:

„Du kannst den Kuchen schneiden." Christine wickelte den Aschkuchen aus dem Papier. „Nicht den. Hab Apfelkuchen gebacken, mit einer Brise Zimt. Weißt du, man muss das richtige Gespür für die Menge an Zimt haben."

„Und du hast es, nehme ich an."

Lene nickte. Ihr Kinn stach in die Luft. Hexenkinn, dachte Christine. Sie schnitt den Apfelkuchen, legte aber auch Stücke vom Aschkuchen auf die Kuchenplatte. Sie trug den Teller ins Wohnzimmer. „Wir essen in der Küche." sagte Georgs Mutter.

Lene streute Salz in die Kaffeekanne. Sie rührte um, schmeckte ab. „Genau richtig." sagte sie. Sie strahlte Christine an. „Den Trick verrätst du aber nicht weiter." Christine schüttelte den Kopf, sah zur Tür. Wo war Georg, warum ließ er sie allein?

Georgs Eltern nahmen am Küchentisch Platz. Die Mutter trug noch immer das schmuddelige Kleid. Christine schaute auf das Knopfloch ohne Knopf. Sie ermahnte sich, musste trotzdem immer wieder hinschauen.

„Mutter dir fehlt ein Knopf." sagte Lene.

„Fehlt er eben. Ist doch keine feine Gesellschaft hier."

Sie aßen stumm. Georg sah Christine über den Tisch hinweg an. Er lächelte. Sie schaute auf ihren Teller. Georgs Vater kostete den Aschkuchen. Tauchte das Stück in seinen Kaffee.

„So ist's gut." sagte er. „Man muss ihn genau zum richtigen Zeitpunkt aus dem Ofen holen, damit er nicht zu trocken wird." sagte Lene. Christine verschluckte sich. Georg klopfte ihr auf den Rücken. „Simsalabim." sagte er. Er hielt eine Schachtel mit silberner Schleife in den Händen. Georgs Mutter

runzelte die Stirn. Georg achtete nicht darauf. Er reichte die Schachtel über den Tisch. Christine wehrte aber ab.
„Nicht ohne Mutter."
Georgs Vater trank den Kaffee im Stehen aus. „Dann kann ich ja jetzt Fußball gucken."
Er ging zurück ins Wohnzimmer.
„Und ich gehe die Hühner füttern."
Christine und Lene wuschen das Geschirr ab. „So sind sie eben." flüsterte Lene. „Aber sie werden dich schon mögen."
Christine drehte die Perlen zwischen ihren Fingern. Weg, nur weg hier.
Georg brachte sie nach Hause. Er fuhr ihr durchs Haar. Sie trat zurück. Wind spielte mit den Zipfeln ihres Gürtels.
„Das wird schon noch. Ist auch für Mutter nicht leicht. Sie tut sich immer schwer mit Neuem."
Christine presste die Lippen zusammen. Sie dachte an die Serviererin. Ihre Lippen hat er geküsst, ihren Busen gestreichelt. Kein Ring konnte das wieder gut machen.
„Ich brauche Zeit."
Er trat das Motorrad an.

34.

Sieglinde meldete sich kein einziges Mal. Die Lehrer forderten sie zur Mitarbeit auf. Sie schrieben Tadel in ihr Hausaufgabenheft. Sieglinde blieb stumm. In der Pause stand sie abseits. Sie antwortete nicht auf Fragen. Sie wehrte sich nicht gegen die Neckereien der anderen. Die Jungs beschmissen sie mit Papierfliegern. Sie schimpften sie Püppchen. Die Mädchen warfen ihr verstohlene Blicke zu. Sie tuschelten hinter vorgehaltenen Händen. Hannelore

bot ihr Kuchen an. Sieglinde schüttelte den Kopf. Sie starrte aus dem Fenster. Die Unterlegscheibe hielt sie fest in der Hand. Rolf hatte ihr noch immer nicht geantwortet.
„Mensch Siggi, was ist los mit dir? Ist dein Bruder wieder krank?" Erika hatte sich zur ihr gesellt. Das Gerede ihrer Großmutter war vergessen. Sie mochte Siggi. Und sie wusste, Sieglindes Mutter nähte jeden Tag bis zum späten Abend. Das hatte sie ihrer Großmutter erzählt. „Man kann nicht alle über einen Kamm scheren." hatte die Oma geantwortet.
„Red mit mir, bitte. Ich sag's auch nicht den anderen."
„Hast du schon mal geküsst?"
„Du hast geküsst, so richtig?"
Sieglinde nickte, legte den Zeigefinger auf die Lippen.
„Aber warum bist du dann so traurig."
„Er antwortet nicht auf meine Briefe. Bestimmt hat er ein anderes Mädchen. Bei meiner Schwester und ihrem Georg war es auch so. Aber jetzt sind sie wieder zusammen. Sie wollen sogar heiraten."
„Na siehst du." sagte Erika. „Es ist Rolf, oder?"
Sieglinde nickte. Sie hängte sich die Unterlegscheibe wieder um den Hals.
Erika fasste sich ans Kinn. „Aber wenn einer immer woanders ist, wo schickt man dann die Briefe hin."
Sieglinde hielt die Hand vor den Mund. Sie flüsterte. „Ich habe eine Adresse, ein Postfach."
„Wer weiß wann die das leeren.", sagte Erika.
Sie schreckten auf. Das Klingelzeichen trieb die Schüler zurück an ihre Plätze. Erdkunde stand auf dem Stundenplan. Sieglinde hörte nicht die Worte von Frau Schmitz. Sie sah auch nicht hin, als sie die Landkarte entrollte. Sie wurde aufgerufen. Sie sollte die Bezirke der DDR aufzählen. Sie konnte nur zwei von vierzehn Bezirken nennen. Frau Schmitz forderte sie auf, nach vorn zu kommen. Sie drückte Sieglinde den Zeigestock in die Hand. „Du zeigst uns jetzt jeden einzelnen Bezirk, bis dir der Zeigestock aus der Hand fällt und du sie im Schlaf nennen kannst." Sieglinde fuhr mit dem Stock über die Karte. Sie traf nicht die Bezirksgrenzen, erkannte auch nicht die Namen. Sie dachte

an Rolf, fragte sich, wo er gerade war. Erika hatte bestimmt Recht. Er hatte noch nicht einen ihrer Briefe bekommen.
Was tun? Sie zuckte mit den Schultern.
„Das sehe ich, dass du nichts weißt. Setze dich wieder hin. Bis zur nächsten Stunde malst du eine Karte und du zeichnest jeden Bezirk unseres sozialistischen Staates dort ein!"
Sieglinde widersprach nicht. Sie sinnierte. Sie musste einen Weg finden, dass Rolf ihre Briefe bekam. Ein zusammengefalteter Zettel landete auf ihrer Schulbank.
„Liebende finden immer zueinander, vertrau deinem Schicksal, sagte meine Oma immer." hatte Erika geschrieben.
Sieglinde nickte ihr zu. Ihr kam eine Idee. Natürlich, sie würde den Brief an einen Ballon binden und vertrauen. Liebende fanden immer zueinander. Sie las den Satz wieder und wieder.

Sie standen um den Küchentisch. Irma schnitt die Schnüre auf, zögerte. Das Paket hatte sie annehmen müssen. Sieglinde und Ulli waren dabei, als die Postfrau es brachte. Sie ließ sich den Empfang quittieren. Dreimal musste Irma unterschreiben. Die Postfrau hatte die Schultern gezuckt. „Ist bei Post von Drüben so." Sie grinste. Die Leute sagten aber, sie hätte Westpakete unterschlagen. Sie war mit einer Verwarnung und Einsätzen als Erntehelferin davon gekommen. Von der Arbeit auf der Kartoffelkombine schmerzte ihr noch immer der Rücken.
Irma hatte Dietmars Handschrift auf dem Adressaufkleber sofort erkannt. Wollte er zeigen, dass es ihm dort besser ging als bei ihr? Zu spät. Die Nächte, in denen sie sich seinetwegen die Haut wund schnäuzte, machten ein paar Strumpfhosen und Schokolade nicht wieder gut.
„Mutti, was ist denn, nun mach schon." Ulli zerschlitzte mit einem Messer die Klebestreifen. . Ein Duftgemisch nach Seife, Apfelsinen und Kaffee breitete sich in der Küche aus. Ein Duft zum Träumen von fremden Welten. Irma rümpfte trotzdem die Nase. Sieglinde stellte sich auf die Zehenspitzen. Irma öffnete endlich das Paket. Sie entnahm Strumpfhosen, Dosen mit Ölsardi-

nen, Schokolade, Kaffee, Seife, Apfelsinen, von denen eine bereits faulte und eine Flasche Jägermeister. Sie schüttelte den Kopf. Kein Brief, kein Gruß, kein Bitten um Verzeihen. Den Jägermeister würde sie nicht anrühren. Sie trank einen Halb und Halb. Auf Dietmars Gaben war sie nicht angewiesen.
„Mama, warum freust du dich nicht?", fragte Sieglinde.
Irma antwortete nicht. Sie trank noch einen Schnaps, dann schloss sie sich im Neuen Zimmer ein. Sie schlug sich gegen die Stirn. Sie dachte, ich hätte es nicht annehmen dürfen. Die Männer werden es erfahren, bestimmt wissen sie es längst. Sie sprang auf. Der Schmerz in ihrem Rücken nahm ihr den Atem. Sie hielt sich am Buffet fest.
Sie öffnete die Tür, hob den Zeigefinger.
„Schmeckt viel besser als unsere Schokolade." sagte Sieglinde mit vollem Mund. Sie aß aber nicht viel. Sie hatte sich vorgenommen, ihre Schokolade mit Rolf zu teilen.
„Sei still!", rief Irma. „Ihr werdet niemandem etwas von diesem Paket erzählen! Versprecht es!"
„Aber warum denn?" Sieglinde verstand nicht.
„Keine Fragen, haltet euch einfach dran!"
„Sowieso egal." Ulli stieß den leeren Karton vom Tisch. Sieglinde boxte ihn in die Seite. Er schlug nicht zurück. Mit Weibern ließ er sich auf keinen Kampf mehr ein. Die Zeiten, in denen er mit Siggi Fußball spielte, waren vorbei.
„Seine Schokolade kann er sich in den Hintern schieben. Keine Sportkicker und Poster, nichts von dem was wichtig ist, hat er geschickt." Irma schlug mit der flachen Hand auf die Tischplatte. „Ich höre keinen Mucks mehr darüber." Sie zerriss den Karton. schob die Streifen nacheinander in den Ofen. Schokolade, Schnaps und Strumpfhosen schloss sie im Buffet ein. Den Schlüssel schob sie in die Schürzentasche. Sie öffnete eine Fischdose, schnitt Brot, brühte Tee.
Jeder durfte eine Sardine aus der Dose nehmen. Sie selbst aß Schmalzbrot.
Ulli setzte sich nicht an den Tisch. Er zog Jacke und Schuhe an, ignorierte Irmas Blicke. Er knallte die Tür. Sie wusste, er würde zum Sportplatz gehen. Jetzt half nur warten, bis er selbst zur Vernunft kam.

Unten zündete Ulli eine Zigarette an. Er paffte. Irma sollte den Rauch ruhig sehen. Seine Freunde ließ er sich nicht verbieten. Er rannte zum Sportplatz. Den Zettel mit Dietmars Adresse behielt er in der Hand. Fred kam ihm entgegen. Er fuchtelte mit den Armen. „Niemand da." rief er. Ulli rannte auf ihn zu. Er flüsterte: „Besser so. Ich hab mit dir zu reden, allein."
Fred fragte nicht, er starrte Ulli an. Ulli wedelte mit dem Zettel. „Ich hab sie?"
„Was hast du?"
Ulli fächerte die Hand vor dem Mund. Er flüsterte in Freds Ohr.
„Die Adresse von Dietmar. Du willst doch auch weg."
Fred nickte, winkte aber ab. Auch er flüsterte jetzt. „Über Ungarn ist's besser, glaube ich."
„Glaub ich nicht. Wir setzten uns einfach in den Zug. Wir besuchen meinen Bruder."
„Bist du blöd!" fauchte Fred. „Das erlauben die niemals."
„Pst." machte Ulli. „Wenn du zu feige bist, mach ich es alleine."
„Wir müssen es über Berlin schaffen." sagte Fred. Sein Atem krabbelte in Ullis Ohr.
Sie saßen auf einer Steintreppe zu einem Wohnhaus. Fred stellte zwei Bierflaschen auf die Stufe. Die Bügelverschlüsse klackten laut. Sie lachten. Sie stießen an, auf ihr neues Leben, das bald, ganz bald beginnen würde. Sie hoben die Hände zum Schwur. Keiner würde den anderen verraten. Keiner würde über ihren Plan mit einem Dritten reden.

Noch in der Nacht schrieb Ulli einen Brief an Dietmar. Er hatte sich auf dem Klo eingesperrt. Sieglindes Klopfen und Bitten ignorierte er. Den Brief versteckte er unter der Schlafanzugjacke. Dann schob er ihn zwischen Matratze und Lattenrost. Gleich morgen würde er ihn zur Post bringen.
Sieglinde huschte ins Klo, kaum dass Ulli den Abort freigab. Sie hatte vor der Tür gewartet. Sie trug nur ihr Nachthemd. Ihre Zähne schlugen aufeinander. Sie sehnte sich nach der Wärme ihres Bettes. Den Brief an Rolf wollte sie aber unbedingt schreiben. Die Buchstaben verwischten und verschmierten.

Sie konnte kaum lesen, was sie geschrieben hatte. Die Worte wollten nicht fließen, wollten nicht sagen, wie sehr sie sich sehnte. Für ihre Aufsätze bekam sie nie eine Eins oder Zwei. Aber das hier war kein Aufsatz. Es war ein Liebesbrief. Sie zerknüllte das Papier, setzte neu an. Den Brief schrieb sie nicht zu Ende. Sie schlief ein, träumte von einem Grab. In ihrem Nachthemd stand sie auf dem Friedhof. Mit bloßen Händen wühlte sie in der Erde, trug sie ab, bis sie Norbert sah. Er hob den Zeigefinger. Er sagte:
„Er liebt dich nicht, er liebt dich nicht." Immer wieder sagte er das, sprach es wie einen Kinderreim. Sie schüttete Erde auf sein Gesicht. Seine Stimme blieb.

Irma suchte nach Sieglinde. Sie spähte in den Hof, schaute unters Bett, klopfte an die Klotür.
Sie weckte Ulli und Christine. Beide schüttelten die Köpfe, als Irma nach Sieglinde fragte.
„Sie war noch mal auf dem Klo, glaube ich." sagte Ulli.
Irma klopfte an die Tür. Sie rüttelte, sie rief. Sieglindes Name hallte durch den Hausflur. Die Müller und die Sackgasser hatten sich Schürzen über die Nachthemden gezogen. Sie trugen noch die Haarnetze. „Meine Siggi ist da drin."
Jemand rief nach Herrn Planert. Er hatte bisher jedes Schloss aufbekommen. Langsam hinkte er die Treppe runter. Sein Holzbein klackte bei jedem Schritt. Irma rief und rüttelte weiter.
Er drängte sie von der Tür, drehte den Dittrich ins Schloss.
„Da ist aber ein Riegel zum Zuschieben." sagte Ulli.
Herr Planet ließ den Dittrich auf den Boden fallen. „So, so." sagte er.
„Wir müssen die Feuerwehr rufen." sagte die Müller.
„Ich hab's." sagte Ulli. „Ich klettere auf das Blechdach. Das Fenster ist doch immer angekippt. Ich passe da durch."
„Wollen wir nicht lieber doch die Feuerwehr rufen?"
Ulli war schon im Hof. Er legte die Holzleiter an. Sie war von Würmern zerfressen. Er hatte aber keine Angst. Vom Blechdach aus, konnte er sich am

Sims hochziehen. Der Fensterrahmen war morsch. Er öffnete das Fenster mit einem Stoß. Sieglinde lag vor der Tür. Ihr Körper bebte. Ihre Haare waren nass. Ulli kniff sie in die Wange. Sie reagierte mit einem leisen Seufzen. Ulli schob den Riegel zurück. Irma stürmte ins Klo. „Hilf mir!“ Ulli trug Sieglinde ins Bett. Die Hausbewohner raunten und klatschten Beifall. Irma schloss die Tür ab. Christine stand schon am Ofen, schürte Asche, entzündete Holzscheite. Sie setzte Teewasser auf. Irma suchte Tücher für Wadenwickel. Brief und Stift hatte sie in ihre Schürzentasche geschoben. Keine Zeit zu lesen. Sie vermutete, Sieglinde hatte ihre Hausaufgaben vergessen.

Sie legte ihre Hand auf die fieberheiße Stirn. „Ich glaube, wir müssen den Doktor rufen.“ Christine zog sich an. Sie frisierte sich nur flüchtig. Sie wusste, für den Weg zum Doktor brauchte sie zehn Minuten, wenn sie rannte. Doktor Finsterbusch war noch verschlafen. Er fragte nicht. Er wusch sich das Gesicht mit kaltem Wasser, schnappte Mantel und Tasche, folgte Christine.

Der Doktor nahm Sieglinde das Band mit der Unterlegscheibe ab. Er schaute Irma an. Sie zog die Schultern hoch.

„Ein grippaler Infekt. Ihr Herz ist nicht geschwächt. Sie ist bald wieder auf dem Damm.“

Er vergaß seine Tasche. Ulli trug sie ihm nach. Er wird auch alt, dache Irma. Sie sah zum Kreuzschatten an der Wand. Sie dachte, ein Neuer wird nicht mehr so gefällig sein. Sie nahm sich vor, ihm den Jägermeister zu schenken. Das Band mit der Unterlegscheibe lag auf dem Tisch. Jetzt war Irma doch neugierig. Sie las den Brief. Sie lächelte. Ihre Siggi war verliebt. Dennoch, sobald sie gesund war, würde sie ihr einschärfen, dass ein anständiges Mädchen keinem Jungen nachläuft.

Nacht der Stimmen. Nacht der Gespenster. Sieglinde warf den Kopf hin und her. Sie rief einen Namen, den Irma nicht verstand. Irma erneuerte die Wickel, flößte ihr den Saft ein, den der Doktor verordnet hatte, kochte Lindenblütentee. Nicht eine Minute schloss sie die Augen. Dennoch blitzten Bilder von Norberts kleinem, fieberheißem Körper auf. Der Schnaps, den sie trank,

konnte die Erinnerung nicht trüben. Das eigene Kind sterben sehen, diesen Schmerz leuchtete kein noch so heller Sommer weg.
Sieglindes bebenden Leib umhüllte sie mit zwei Decken. Immer wieder fasste sie nach Händen und Stirn, streichelte Sieglindes Wange.
Am Morgen schaute Sieglinde klar. Das Fieber war gesunken, ihre Körpertemperatur fast normal. Auf dem Hocker neben dem Bett lagen die Unterlegscheibe und der Brief. Sieglinde linste zur Mutter, versteckte beides unterm Kopfkissen.
Irma brachte Fleischbrühe ans Bett. Sie stricht Sieglinde die feuchten Haare aus der Stirn.
„Brauchst es nicht verstecken. Jemanden gern haben ist keine Schande. Später wirst du dich danach sehnen. Aber trotzdem, ein anständiges Mädchen rennt einem Jungen nicht nach. Merk dir das!"

35.

Der Zug hatte Fahrt aufgenommen. Bäume und Häuser verschmolzen vor dem Fenster zu dunklen Schatten. Ulli lehnte sich zurück ins Sitzpolster. Im Westen, dachte er, im Westen ist es auch nachts bunt und hell. Graue Zone, bald würde sie hinter ihnen liegen. Das Neue, das Bunte, das Leben kam mit jedem Daadapdadap des Zuges näher.
Ulli öffnete ein Bier an der Kante des Fensterbrettes. Er trank die Flasche mit einem Zug leer, wischte sich Bierschaum von den Lippen.
„Wir sollten nüchtern bleiben." flüsterte Fred. Das Licht im Mittelgang wurde angeschaltet. Eine Röhre flackerte.
„Die Fahrkarten bitte!"
Ulli sprang auf. Er leerte seine Hosentaschen. Die Fahrkarte fand er nicht. Der Schaffner drückte die Mine seines Kulis rein und raus. „Ihren Ausweis!"

„Nein, ich hab sie gleich." Fred schnaufte. Er rümpfte die Augenbrauen. Ulli fand die Fahrkarte in der Brusttasche seiner Jacke. Der Schaffner ging endlich weiter. Ulli öffnete den Kragen seines Hemdes. Er fächerte sich Luft zu.
„Mensch, reiß dich zusammen!" Fred schob sich eine Zigarette in den Mund. Er öffnete das Fenster. Die Zugluft kühlte Ullis erhitztes Gesicht. Er schluckte. Das Kratzen in seinem Hals ließ sich aber nicht runterschlucken. Er öffnete die zweite Flasche Bier, trank in großen Schlücken. Fred schaute auf die Flasche, dann zu Ulli. „Muss das sein?".
„Ja, muss sein auf den Schreck."
Fred schloss die Augen. Er schlief sofort ein. Seine Lippen vibrierten bei jedem Atemstoß. Wie konnte er jetzt schlafen. Ulli langte nach einer Zigarette. Sie glitt ihm aus der Hand. Er bückte sich, stieß Fred dabei an. Fred öffnete kurz die Augen, schlief aber weiter. Ulli riss ein Streichholz an. Es brach ab. Die Flamme erlosch am Boden. Der Mann im Abteil gegenüber, bot ihm Feuer an. Holsten-Pils las Ulli auf dem Feuerzeug. Er dachte, das schmeckt bestimmt besser, als diese Plärre, die ich gerade getrunken habe. Er musterte den Mann. Weißes Hemd, grauer Schlips, grauer Anzug, Parfüm, das den Zigarettenrauch übertünchte. Kein Zweifel, der war aus dem Westen. Ulli pustete Asche von seinem Hosenbein. Der Mann bot ihm ein Bier an. Ulli setzte sich zu ihm. Sie stießen die Dosen aneinander. Ulli dachte an die Kumpel vom Sportplatz. Sie bewahrten Bier- und Limonadendosen aus dem Westen in Vitrinen auf. Jeder Besucher musste sie bewundern. Ulli nahm sich vor, ihnen Dosenbier zu schicken, sobald er Westgeld in der Tasche hatte.
„Auch nach Berlin? Ich kann nie schlafen im Zug."
„Warum fahren Sie denn nicht erste Klasse?"
Der Mann winkte ab. „Auch nicht besser, nur teurer." Er lachte. Seine Zähne waren nicht nur gelb, sie waren auch zu groß, für das schmale Gesicht.
„Seid ihr oft in Berlin?"
Ulli schüttelte den Kopf. „Das erste Mal. Und Sie, kennen Sie sich aus da? Ist bestimmt das pralle Leben."
„Ja, ja, die Stadt, die nie schläft, sagt man. Aber ich bin kein Partymensch. Und ihr wollt wohl das Berliner Nachtleben auskosten?" Ulli nickte, sagte.

„Auch."
„Ihr habt viel Gepäck dabei."
„Wir wollen noch weiter, besuchen meinen Bruder. Mal sehen, wie der so lebt. Sie sind doch
auch von Drüben oder?"
Fred sprang auf. Er schnappte seine Taschen. „Los komm, wir sind gleich da."
Ulli tippte sich an die Stirn. Fred sah ihn fest an. Er stellte auch Ullis Tasche in den Gang. Ulli nickte dem Mann zu und folgte Fred zum Ausstieg.
„Bist du bescheuert? Wir sind doch noch gar nicht da."
„Halt die Klappe." Fred stieß ihn in die Seite. Sie stiegen aus. Die Nacht war kühl. Es nieselte. Sie standen rauchend auf dem Bahnsteig. Ulli schimpfte und fluchte. Fred schlug ihm ins Gesicht. Ulli schlug zurück. Fred packte ihn. Er drehte ihm die Arme auf den Rücken, hielt ihn fest.
„Du bist zu blöd, einen Eimer Wasser auszukippen!" Er ließ los. „Hast du nicht gemerkt, dass der dich aushorcht. Das war einer von denen."
„Glaub ich nicht." Fred spuckte vor Ulli aus. Er ließ ihn stehen, betrat die Bahnhofshalle. Das Fenster des Fahrkartenschalters war verhangen. Heute Nacht fuhr kein Zug mehr.

Irma sah zur Uhr, sah zum Kreuzschatten, sah wieder zur Uhr. Ihre Augen brannten. Die Wärmflasche in ihrem Rücken war kalt. Sie gähnte. Sie sah zum leeren Bett. Es war kurz vor Mitternacht. Ulli war noch immer nicht zu Hause. Sie stöberte in seinem Kleiderschrank. Ein paar seiner Hemden und Unterhosen fehlten. Auch seinen Konfirmationsanzug hatte er mitgenommen. War er bei einem Mädchen? Sie glaubte nicht daran. Die Ahnung quälte. Sie hatte es gesehen, wie er Dietmars Adresse notierte, wie er den Zettel im Ärmel seines Hemdes verschwinden ließ.
Sie schaute auf den Berg mit Stoffen und Schnitten. Sie schaffte nicht genug. Nie war es genug. Jede Nacht lag sie mit Schmerzen im Bett und wartete auf den Schlaf. Und faltete die Hände auf dem Bauch. Und stierte und sah Herberts Gesicht und sah manchmal die Leiterwagen, mit denen sie den Tod transportierten. Und hörte Schreie und sah Kinderhände und Arme,

die zogen und zerrten. Und hörte die Stimmen der Frauen, die nach ihren Kindern riefen. Auch sie rief nach Ulli. Und Sieglinde auf ihrem Arm wurde immer schwerer. Fest umklammert sie den Koffergriff. Sie drückte Christine an sich. Christine schaute zu ihr auf, mit nassen Augen. Sie kaute auf ihrem Zopfende herum. Sie weinte, weil sie fror, sie weinte, weil sie nicht verstand. Sie weinte, weil sie Hunger hatte.

Irma war am Tisch eingeschlafen. Blick zum Bett. Ulli war noch immer nicht nach Hause gekommen. Sie seufzte, trank einen Schnaps, schluckte eine Tablette. Ulli beklagte oft den Mangel. Er wollte Fußballspielen, er wollte auf ein Motorrad sparen, er wollte die Mädchen zum Eis einladen. Sein Taschengeld musste er sich selbst erarbeiten. Dazu hatte er wenig Lust.

Irma sah es ihm an, sie war schuld. Sie brachte nur selten einen Braten auf den Tisch. Sie flickte seine Klamotten. Sie klebte seine Schuhe.

Irma zündete eine Kerze an. Sie dachte ein Gebet, sprach es aber nicht aus. Sie löschte die Flamme, brühte Kaffee. Sie arbeitete weiter. Das Geräusch der Maschine störte die Kinder nicht. Sie hatten sich daran gewöhnt.

Ulli kam am Morgen, sagte nichts, warf die Tasche ab, zog sich aus, ging ins Bett. Irma beobachtete ihn, die Faust im Mund, sie biss sich den Handrücken blutig.

„Der Fröde hat gerufen." sagte Albert. Georg winkte ab.

„Also ich würde den nicht warten lassen. Klang nicht gerade freundlich."

„Wer ist das schon, am Montagmorgen."

Georg verstaute seine Tasche im Spind. Er fuhr sich mit dem Handrücken übers Kinn.

Er dachte, ich hätte mich rasieren sollen. Der Parteinik wird mir die durchwachten Nächte ansehen. Den Sonntagabend hatte Georg im Café verbracht. Er hatte in Anitas Ausschnitt geschaut, ihren Hintern angestarrt, dass es ihm selbst peinlich war. Die Lust hatte er im Goldbrand ertränkt.

Er schob sich ein Pfefferminzbonbon in den Mund, klopfte, trat sofort ein.

„Morgen, Genosse Hähnelt." Der Fröde wies auf den Besucherstuhl. Georg nickte ihm zu, setzte sich. Die Anrede Genosse mochte er nicht, obwohl er

der Partei freiwillig beigetreten war. Der Fröde schenkte sich Kaffee ein. Georg bot er keinen an.
„Von Kaffee hast du hoffentlich genug!“, sagte er.
Georg schaute auf. Er öffnete den Mund, schwieg aber.
„Du weißt genau was ich meine. Die Besuche dort tun dir nicht gut. Die Dame plaudert zu viel. Sie hat nichts Gutes über dich zu berichten.“
Georg sprang auf. Der Fröde drückte ihn zurück auf den Stuhl. „Ich bin noch nicht fertig.“
„Wüsste nicht, was dich mein Privatleben angeht. Aber wenn wir schon darüber reden.
Ich werde heiraten, Christine, nicht Anita.“
Fröde setzte sich. Er schüttete Sahne in seinen Kaffee, zündete sich eine Zigarette an, schob die Schachtel über den Tisch. Georg lehnte ab. Er dachte, die Friedenspfeife rauche ich noch nicht mit dir.
„Rauchst du nicht mehr, weil deine Freundin schwanger ist?“
Georg warf die Mütze auf den Tisch. „Du kannst dir deinen Studienplatz sonst wohin schieben.“
Fröde lachte. „Junge, ich meins doch nur gut. Dein Caféhausflirt behauptet, du hättest sie geschlagen. Wir wissen aber auch, dass sie im Café öfter mal was mitgehen lässt.“
Georg drückte und knetete die Mütze in den Händen. „War's das jetzt?“
„Wir sind noch nicht fertig. Deine Christine hat auch kein leichtes Gepäck.“
Georg sah Fröde an, als wolle er ihm ins Gesicht spucken.
„Du wirst uns helfen, ihre Familie wieder auf Linie zu bringen. Dann wird es euch an nichts fehlen.“
Georg ging ohne Gruß. Draußen rauchte er hastig, schlug den Kopf gegen die Wand, bis es schmerzte.

36.

Wortlos schob Irma die Brotbüchse über den Tisch. Wortlos packte Ulli sie ein. Sieglinde versuchte zu vermitteln. Sie richtete Ulli Grüße von der Mutter aus. Sie sagte Irma, es täte Ulli leid. Beide wussten, dass sie log.
Wortlos legte Irma einen Zettel auf Ullis Brettchen. Waschhaus einräumen, las Ulli. Er ließ den Zettel liegen. Christine zerrte ihn am Ärmel. „Du wirst es tun. Sie wird die Zinkwannen nicht tragen und ich kann es auch nicht." Sie fasste sich an den Bauch. Ulli schnaubte.
Am Abend wehrte er jede Hilfe ab. Selbst die große Zinkwanne trug er allein. Den alten Waschzuber aus Holz trug er mit einer Hand. Waschbrett, Bleuel und Zange ließ er auf dem Dachboden zurück. Für ihn waren diese Dinge Mädchenkram. Sieglinde trug die Sachen samt den Gummistiefeln der Mutter ins Waschhaus.
Am nächsten Morgen schlüpfte Irma in die Füßlinge, stieg in die Stiefel, zog die Strickjacke enger zusammen und heizte den Kessel an. Bald war sie in Dunst und Dampf eingehüllt. Sie schöpfte heißes Wasser aus dem Kessel in die Wannen. Sie wusch Flecken mit Kernseife aus, drehte und wendete die Laken im siedenden Wasser. Ihre Haare kräuselten sich. Auch Sieglinde fühlte die Nässe in Haaren und Kleidung. Sie schmeckte Seifenlauge auf der Zunge. Sie trank viel Tee, während sie die Wäsche im kalten Wasser spülte. Früher hatte das die Mutter selbst getan. Zwei Tage waren ihre Finger geschwollen. Sie salbte und wärmte, nähte unter Schmerzen weiter.
Die Lagen und Bezüge wrangen sie zusammen aus. Irma dankte und lobt ungewöhnlich viel. Sieglinde dachte an den Jungen. Er war verstummt. Seit jener Nacht auf dem Klo war er nicht mehr da.
Ein Ruf, ein winkender Arm im Dunst. Sieglinde hörte ihren Namen. Sie sah zur Tür. Erika wedelte die Dampfschwaden auseinander. „Geh ruhig." sagte Irma.
Sieglinde verschwand hinter einer Nebelwand. Irma hörte wie die Mädchen

davon rannten. Sie setzte sich auf den Holzbock und verschnaufte, bevor sie den Zuber anhob. Sie rutschte aus, fing sich am Waschzuber ab. Heißes Wasser verbrühte Hände und Arme. Ihre Haut brannte. Sie biss sich die Lippen blutig, versuchte sich am Holzbock hochzuziehen. Es gelang ihr nicht. Sie rief um Hilfe, hörte einen Hund bellen. Der alte Francke hatte ein paar Hosen eingepackt, die ihm zu weit geworden waren. Irma sollte sie ihm abnähen.

Das Hosenbündel ließ er fallen. Sein Hilferuf hallte über den Hof. Die Sackgasser schickte Ulli nach dem Krankenwagen. Er rannte los, schaute sich immer wieder um, rannte schneller.

Das hatte er nicht gewollt. Johann Francke trug Irma aus dem Waschhaus. Er legte sie auf die Bank. Das Hosenbündel lag als Kissen unter Irmas Kopf. Sie kam zu sich, versuchte aufzustehen. Johann drückte sie zurück auf die Bank.

Sie knautschten Taschentücher in den Händen. Stumm saßen sie am Tisch. Ihre Gesichter waren rot vom Weinen. Christine fasste sich. Weinen und Jammern tun die Klageweiber, hatte Irma oft gesagt.

„Wir müssen eine Kerze für sie anzünden." sagte Sieglinde.

Ulli stampfte auf. „Du bist schuld. Du hast sie allein gelassen." Sieglinde schnappte ihre Puppe. Sie ging zum Abort. „Sperr dich bloß nicht ein!", schrie Ulli ihr nach.

Sieglinde hatte die Puppe schon lange nicht beachtet. Jetzt drückte sie Fritzi an sich. Es fühlte sich an, wie das Heimkommen nach einer langen Reise im finsteren Waggon. Sieglinde wusste nicht, warum sie manchmal von einer Fahrt im Waggon träumte. Sie wusste auch nicht, warum der Junge mit ihr sprach und wohin er verschwunden war.

Sie flüsterte in Fritzis Ohr. Sie strich ihr über den Kopf, sperrte sie dann im Schrank ein. Keine Zeit mehr für Puppenspiele. Die Mutter hatte sich die Hände verbrüht. Sie würde nie wieder nähen können. Sieglinde hatte beschlossen, Geld zu verdienen. Jeden Tag nach der Schule wollte sie im Friseurladen helfen.

Christine hängte das Kreuz zurück an die Wand. Sie hatte es vom Boden geholt. Ihr machte die Mutter nichts vor. Sie wusste, Irma hatte es wegen Georg abgenommen.

Sie schreckten auf, weil Georg in der Tür stand. Er hatte nicht geklopft. Er legte zwei Finger an die Mütze, seine Art zu grüßen. Christine drückte er einen Kuss auf die Lippen.

Sie erstarrte, flüsterte: „Nicht vor den Kindern."

Er reichte ihr ein Wurstpaket. Leberwurst und Aufschnitt. Er kannte die Vorlieben der Kinder. Sieglinde ging zum Brotkasten. Sie schnitt das Brot wie die Mutter, den Brotlaib vor der Brust. Ihre Scheiben gerieten aber dicker. Sie bestrich ihr Brot mit Leberwurst. Lockte Ulli, indem sie drohte, alles allein aufzuessen. Ulli rührte weder Brot noch Wurst an. Er nahm seine Jacke vom Haken.

„Hier geblieben, junger Mann, ich habe mit dir zu reden."

„Aber ich nicht mit dir." sagte Ulli.

„Iß was, wirst immer dünner." sagte Christine.

Ulli sah Georg fest an. „Auf deine Almosen sind wir nicht angewiesen." Er schlug die Tür zu.

„Aber er muss doch." Christine verstummte. Er muss doch jetzt bei uns bleiben, hatte sie sagen wollen und dabei an Dietmar gedacht. Sie wandte sich an Sieglinde. „Wir müssen noch die Wäsche spülen. Sie kann nicht die ganze Nacht in der Lauge bleiben."

„Ich helfe euch." sagte Georg. Sie spülten und wrangen zu dritt. Im Dunkeln hängten sie die Laken auf. Sie leuchteten wie deplatzierte Flaggen.

Christine tauchte den Finger ins Kesselwasser. „Es ist noch warm genug. Du kannst baden."

Sieglinde tippte sich an die Stirn. „Bin doch kein Kind mehr."

Christine lächelte.

„Und vor dem ziehe ich mich sowieso nicht aus." Sie zeigte auf Georg. Er ging nach draußen, zündete sich eine Zigarette an, schaute immer wieder durchs Waschhausfenster.

Christine stieg aus Irmas Gummistiefeln, sie drückte ihm einen Schmatz auf die Wange, bedankte sich.

„Ich dachte, du kommst mit."
Sie schüttelte den Kopf. „Ich bleibe bei den Kindern."
„Siggi hat dir gerade erklärt, dass sie kein Kind mehr ist."
„Immer drehst du alles, wie du es brauchst. Ich lasse sie nicht allein. Außerdem muss ich die Sachen fertig nähen, wenigstens das Angefangene."
„Dann bleibe ich eben hier."
„Nein!" Christine wandte sich von Georg ab. Er ging. Dachte schon wieder an Anita, verbat sich den Gedanken. Sah trotzdem ihre Brüste. Hörte trotzdem ihr Lachen.

Sie trugen ihre beste Kleidung. Christine hatte die Schuhe geputzt und poliert, auch die von Ulli und Sieglinde. Den Weg zum Krankenzimmer kannte Christine. Sie stutzte. Irma war verlegt worden. Christine befahl Ulli und Sieglinde zu warten. Sie klopfte an das Schalterfenster der Anmeldung. Sie hörte das Lachen der Schwestern. Sie hörte das Klappern von Geschirr. „Hallo!" Endlich das Scharren von Stuhlbeinen. Eine Schwester schaute hinter dem Schrank vor. Christine fragte nach Irma Geipel.
„Verlegt in die Gyn." Christine zog den Kopf ein. Die Schwester trat hinter den Aktenschränken vor. Sie zog eine Karte vom Stapel. „Zimmer 112."
Christine lehnte sich an die Wand. Sie versuchte sich auf ihren Atem zu konzentrieren. Ihr Herzschlag ließ sich dadurch nicht beruhigen. „Wir müssen woanders hin." Sieglinde und Ulli schlichen hinter ihr her. Als Ulli am Türglas den Namen der Station las, blieb er stehen. „Da gehe ich nicht mit rein."
Sieglinde boxte ihn in die Seite. Sie nannte ihn einen Feigling. Er ließ sich nicht überreden. Er ging nach draußen, wartete, kickte Steine, rauchte heimlich hinter dem Kohlehaufen vor dem Heizungskeller. Er dachte über einen neuen Fluchtversuch nach, allein. Er schaute die Fensterreihen ab, dachte an Sieglindes Worte. Einen Feigling hatte sie ihn genannt. Er schüttelte den Kopf. Er sah die Mutter, wie sie flickte und nähte. Er sah die geklebten Schuhe auf der Fensterbank. Er sah das unterdrückte Weinen in Irmas Gesicht. Er schüttelte den Kopf, bis ihm schwindlig wurde. Nein, er war kein Feigling, er würde bleiben.

Sie bekamen keine Antwort auf ihr Klopfen. Leise öffnete Christine die Tür. Irma lag allein im Zimmer. Sie schaute nicht auf. Hände und Arme lagen verbunden auf dem Deckbett. Eine Schwester war ihnen gefolgt. Sie flüsterte. „Sie hat Beruhigungsmittel bekommen. Sie wird morgen operiert. Lassen Sie die Frau schlafen." Christine stieß mit dem Knie an der Bettkante an. Irma öffnete die Augen, schloss sie sofort wieder.
„Aber warum denn?"
„Sie sind die Tochter?"
Sie antworteten beide. Die Schwester schob Sieglinde sanft nach draußen. „Du wartest hier. Es wird nicht gelauscht, verstanden!" Sie schloss die Tür. Sie flüsterte. „Ihre Mutter ist sehr krank. Ich bringe Sie zu einem Arzt." Christine lief ihr nach. Auch Sieglinde folgte ihnen. Christine sagte, sie solle mit Ulli nach Hause gehen. Sieglinde schmollte, widersprach aber nicht.
Es war Doktor Krause, der Christine empfing. Er hatte ihre Schwangerschaft festgestellt.
„Aber sie hat doch Verbrennungen?"
„Setzen Sie sich erstmal."
Christine saß auf der Stuhlkante. Der Boden unter ihren Füßen schien sich zu wellen.
„Die Verbrennungen sind zum Glück nur leicht. Aber wir müssen ihr den Uterus entfernen."
Christine sah ihn an. Ihre Lippen zitterten.
„Mehr kann ich Ihnen jetzt nicht sagen." Der Doktor wies auf ihren Bauch. „Alles in Ordnung da drin?"
Christine schluckte, nickte, schluckte und schluckte. Er hielt ihr die Tür auf. Sie ging wie auf aufgeweichter Erde. Sieglinde und Ulli hatten vor der Poliklinik gewartet.
Stumm gingen sie nach Hause. Stumm zogen sie Jacken und Schuhe aus. Stumm deckten sie den Tisch.
Christine faltete heimlich die Hände. Sie sagte: „Es ist nicht schlimm, nur ein kleiner Eingriff. Mutter wird bald wieder mit euch schimpfen." Ihr Lächeln misslang. Sieglinde fasste sie am Kinn. „Du lügst!" Sie gab nicht Ruhe.

Sie stellte viele Fragen. Christine pickte Krümel mit dem Zeigefinger auf. Sie leckte sie nicht ab. Sie rieb die Finger aneinander, pickte, rieb, bis Sieglinde ihr das Brettchen wegzog. Sie beharrte auf einer Antwort.
„Ich kann es dir nicht erklären, ich weiß selber nichts Genaues. Der Doktor war sparsam mit seinen Informationen. Aber wir sollen uns keine Sorgen machen."
„Dann frage ich ihn eben selbst. Schließlich bin ich auch eine Frau."
Ulli lachte sie aus. Christine schwieg. Sie setzte sich an die Nähmaschine. Die Lehre in der Schuhfabrik würde sie abbrechen müssen, das Baby, die kranke Mutter. Sie seufzte. Die Schubert wird das hoffentlich verstehen.
Christine breitete die gehefteten Kleidungsstücke auf dem Tisch aus. Sie schaute in Mutters Auftragsbuch. Ausgerechnet die dicke Daggi würde als nächstes zur Anprobe kommen. Ihr konnte es keiner recht machen, schon gar nicht ein Schneider. Die Mutter hatte ihr oft hinterher geflucht. Sie sagte: „Ich kann ihr doch nicht das Fett weg nähen."
Die dicke Daggi hatte eine Hose in Auftrag gegeben. Schon oft hatte sie sich vor Irmas Spiegel bewundert und gesagt: „Ein Glück das ich so schlank bin, sonst könnte ich keine Hosen tragen. Man kann nicht mit der Mode gehen, wenn man dick ist." Die Kinder hatten sich jedes Mal in den Hausflur verdrückt, damit Dagmar ihr Lachen nicht sah.
Irma hatte die Hose bereits geheftet. Christine hob den Nähfuß an, schob den Hosenstoff darunter. Sie kam aber nicht in Tritt. Sie fand nicht den Rhythmus fürs Pedal. Der Faden bildete Schlingen, sie zerrte am Stoff, trennte die Naht wieder auf. Weiter! Treten, als wär's ein Tanz, hatte die Mutter gesagt. Jammern und Zaudern tun die Klageweiber, hatte die Mutter gesagt. Christine fand endlich den Rhythmus. Sie nähte bis in die Nacht hinein. Erst als sie ein Ziehen im Unterleib spürte, deckte sie die Maschine ab.
Am Morgen war sie die erste Patientin in der Poliklinik. Sie musste lange auf der Holzbank im Gang sitzen, bis Doktor Krause kam. Er stutzte, als er sie sah, bat sie sofort ins Sprechzimmer. Die Tasche ließ er am Garderobenständer fallen. Während er den Kittel anzog, fragte er nach ihren Beschwerden.

„Ich hatte ein Ziehen, heute Nacht." Er schaute sie an. „Sie sehen sehr müde aus."
Er bat sie, sich frei zu machen. Sie zog Strümpfe und Schlüpfer aus, legte sie ordentlich zusammen. Den Rock behielt sie an. Er half ihr auf den Untersuchungsstuhl. Die Handschuhe fatschten, als er sie überzog. Er horchte, er tastete, trat zurück, zog die Handschuhe aus, bat sie, an seinem Schreibtisch Platz zu nehmen.
„Ich kann nichts feststellen. Aber ich schreibe sie trotzdem ein paar Tage krank. Es ist sicher nur die Sorge um ihre Mutter."
Sie nickte. Die Naht an ihren Strümpfen verrutschte, als sie sie anzog. Sie verabschiedete sich flüchtig, eilte zur Toilette, ordnete Schlüpfer und Strümpfe. Sie schaute aus dem Fenster, sah rüber zum Krankenhaustrakt. Ob Mutter schon im OP war?

Der Geruch frisch gegerbter Häute fuhr ihr in die Nase. Christine wurde übel. Sie rannte über den Hof, schaffte es aber nicht zur Toilette. Sie übergab sich im Gebüsch hinter den Baracken.
„Das fehlte gerade noch. Hatte ich nicht gesagt, ihr sollt erst die Lehre abschließen." Die Lehrmeisterin hatte sie von der Werkhalle aus beobachtet. Sie säuberte sich die Hände an einem Putzlappen, dann schob sie Christine in eine der Baracken. Im Büro gab es keine Pflanzen. An den Wänden hing nicht mal ein Foto von Wilhelm Pieck. Christine kauerte auf dem Stuhl. Sie schloss den Kragen ihrer Jacke bis zum Kinn.
„Siehst blass aus, Mädel. Wir werden einen anderen Platz für dich finden."
Christine schob den Krankenschein über den Tisch.
Die Schubert verzog das Gesicht. „Schwangerschaft ist keine Krankheit." Sie glättete den Schein, las, griff zum Telefonhörer, legte wieder auf. „Kann ich auch nachher klären. Willst du einen Tee? Die Schwangerschaft scheint dir ja nicht zu bekommen."
Christine schüttelte den Kopf. „Es ist meine Mutter. Ich muss aufhören, ganz aufhören."
Die Schubert hieb mit der Faust auf einen Aktenstapel.

„Weißt du eigentlich, was du da weg gibst. Du gibst das Heft aus der Hand, lässt dich von einem Mann aushalten. Weißt du überhaupt, ob er dich heiratet?“ Sie grinste Christine an.
Christine war aufgestanden. Sie schüttelte den Kopf. „Es geht nicht anders.“ Sie schloss leise die Tür. Die Klinke rutschte ihr aus der Hand. Die Schubert rief ihr etwas nach, was sie nicht verstand.

37.

Schattenmänner. Männer in dunklen Anzügen. Die Männer lauerten ihr auf. Sie suchten sie heim. Sie traten in die Geschäfte, in die Wohnungen. Sie klopften nie an. Sie kamen einfach in die Zimmer. Das Leid anderer Leute war ihre Macht. Einer der Männer trug einen Stuhl an ihr Bett. Irma hob den Kopf. Er hielt etwas in der Hand. Irma erkannte einen Blumenstrauß. Der Mann legte die Blumen auf den Nachttisch. Er gab ihnen kein Wasser. Irma dachte, die Blumen sind seine Tarnung. Sie drehte den Kopf weg. Kreuz an der Wand. Sie irrte, es war nur das Fensterkreuz, das sie sah. Fest schloss sie die Augen. Die Tränen brannten auf ihrer Haut. Warum ließen die Schattenmänner sie nicht in Ruhe. Irma fühlte sich schläfrig. Die Ärzte hatten ihr Morphin gespritzt. Die Schattenmänner erkannte sie trotzdem. Ihnen wünschte sie Vertreibung und Krankheit. Der liebe Gott ließ die falschen Menschen büßen. Sie ballte die Hände. Der Mann fasste nach ihren Fäusten. Er wollte sie aufbrechen. Sie wehrte sich. Der Mann flüsterte, sie solle sich beruhigen. Irma warf den Kopf hin und her. „Nicht die Kinder, nicht meine Kinder.“
„Ich werde mich um sie kümmern, ich werde dir helfen, wenn du es zulässt.“ Der Mann fasste nach ihrer Hand. Irma schob sie unter die Decke. Er stellte den Stuhl zurück an den Tisch.

„Du brauchst deine Kraft jetzt." Irma öffnete die Augen. Sein Gesicht verschwamm. Trotzdem erkannte sie in dem Besucher Johann Francke. Sie hatte ihn für einen anständigen Menschen gehalten. Ihre Kinder würde sie ihm nicht ausliefern. Sie hob die Tasse an den Mund. Ihre Hände zitterten. Die Brühe war kalt. Sie trank sie trotzdem, schlürfte sie in kleinen Schlucken.

Im Gang begegnete Johann Christine und Sieglinde. „Sie schläft, sie braucht Ruhe." flüsterte er. Christine sah ihm nach. Sie öffnete den Mund, schwieg aber.
„Die Kleine darf nicht mit rein." sagte eine Schwester. Sie schüttelte den Kopf. Ihre Haube verrutschte. „Wenn der darf, darf ich erst recht." rief Sieglinde. Sie zeigte auf Johann, der das Krankenhaus gerade verließ. „Geh!", sagte Christine. Sieglinde rannte raus, rannte an Johann Francke vorbei. Sie dachte, euch werde ich es zeigen. Auf der Straße blieb sie stehen. Sie richtete ihre Kleidung, ging langsam. Mit Bedacht setzte sie die Füße auf. Ihre Absätze klackten. Sie war kein Kind mehr. Nur Frauen trugen Schuhe, deren Absätze klackten.

Die Schrader schreckte auf, als Sieglinde den Laden betrat. Sie fuhr sich durch die Haare, rieb mit einem Taschentuch das Rouge von den Wangen. Dunkle Schlieren unter ihren Augen. Ihre Wimperntusche war nicht tränenfest. „Dass du dich mal wieder blicken lässt."
Sieglinde reichte ihr die Hand. Gisela ignorierte die Geste. „Habe schon gehört, deine Mutter ist wieder krank." Sieglinde nickte. Sie rückte von Gisela ab. Gisela war anders, sprach anders, kleidete sich anders. Sie trug weit geschnittene Sachen. Sieglinde stierte auf ihren Bauch. „Bin nicht schwanger. Habe zu viel Seelenfutter gegessen." sagte Gisela. Sie wischte sich endlich die Schlieren aus dem Gesicht. Sieglinde begann damit die Spiegel zu putzen. „Ich habe ihn gesehen." sagte sie leise. „Ist mir egal." antwortete Gisela. Trotzdem hielt sie in der Arbeit inne. „Wo?"
„Er kam aus dem Bierpräsent, sah nicht glücklich aus."
„Helmut geht nie ins Bierpräsent."
Sieglinde spuckte in den Putzlappen. „Doch!"

Gisela wusch sich das Gesicht, schminkte sich neu, toupierte sich die Haare. Ohne ein Wort verließ sie den Laden. Sieglinde hörte das Schnappen ihrer Wohnungstür. Gisela kam mit zwei Kleidern zurück. sie trug Absatzschuhe. „Welches von beiden gefällt dir besser?"
Sieglinde zuckte mit den Schultern. Sie hauchte den Spiegel an. Das Glas quietsche unter dem Zeitungspapier. „Du willst doch jetzt nicht zu Helmut?", fragte sie. Der Spiegel beschlug. Sie putzte nicht weiter. Sie wartete auf eine Antwort. Gisela war in der Kabine verschwunden. Sieglinde hörte das Ratschen eines Reißverschlusses. „Hilf mir doch mal."
Sieglinde prustete. Sie schob den Vorhang zur Seite. Gisela hatte wirklich zugenommen. Mit einer Hand zog Sieglinde den Kleiderstoff zusammen mit der anderen schloss sie ruckartig den Reißverschluss. Gisela zog den Bauch ein. „ Mach wieder auf, so kriege ich keine Luft."
„Man darf ihnen sowieso nicht nachlaufen.", sagte Sieglinde.
„Wo hast du denn diese Weisheit her?"
„Von Mutter, wegen Rolf"
„Und kam er zu dir?"
Sieglinde schüttelte den Kopf. Sie erschrak, weil ihr heiß wurde.
Gisela öffnete den Schrank unter dem Waschbecken. Sie legte mehrere Pralinenschachteln auf den Marmor. „Nimm sie deiner Mutter mit." Sie langte zu, naschte zwei Pralinen, schob die Schachtel von sich. Sieglinde lachte. „Wahrscheinlich musst du Helmut doch besuchen."
Pfeifend legte sie frisch gewaschene Handtücher zusammen. Das Geld, das sie verdienen würde, wenn sie jeden Tag im Laden half, reichte für ein Dreipfundbrot und 50g Leberwurst.

„Wo kommst du jetzt her?" Christine sah kurz von der Näharbeit auf. Sie leckte sich Blut vom Finger.
„Du bist nicht Mutter!", antwortete Sieglinde.
„Im Moment bin ich aber für euch verantwortlich. Es reicht, dass Ulli sich draußen rum treibt."
„Ich war bei Gisela, Geld verdienen. Also behandle mich nicht wie ein Baby!"

Christine putzte sich die Nase. Sie wich Sieglindes Blicken aus. Heulsuse, dachte Sieglinde.
Sie schaute zum Herd. Kein Topf, kein Tiegel. In ihrem Bauch rumorte der Hunger.
„Was machst du denn da?“
„Ich muss meine Röcke ändern, sind zu eng geworden.“ Christine fasste sich an den Bauch.
Sieglinde öffnete den Brotkasten. Sie pickte die letzten Krümel mit dem Zeigefinger auf. „Was essen wir heute?“ Christine beugte sich tiefer über die Näharbeit. „Ich hatte gehofft, Georg bringt was.“
Sieglinde knallte den Brotkasten zu. „Kein Wunder, dass Ulli nicht nach Hause kommt.“
Sie naschte zwei Pralinen. Christine bot sie keine an. Christine schielte zur Spardose auf dem Schrank. „Du wirst sie nicht anrühren.“ sagte Sieglinde. Die Mutter hatte es ihnen verboten, die Dose auch nur vom Schrank zu nehmen.
Ulli rülpste im Treppenhaus. Sieglinde grinste. Sie wusste, er tat es, um die Sackagasser und die Müller aufzubringen. Es gelang ihm jedes Mal. Die Schuhe behielt er an. Er fläzte sich in den Sessel, paffte an einer Zigarette. Christine entriss sie ihm, drückte sie aus. „Du rauchst und ich weiß nicht, was ich auf den Tisch bringen soll.“
„Frag doch deinen Georg, ob er wieder ein Wurstpaket anschleppt.“
Christine schaute zur Uhr. Sie schlüpfte in Schuhe und Jacke.
„Er ist im Café.“ rief Ulli. Sie erstarrte.
„Er wird dich nie ernst nehmen.“ schrie er. Dann verschwand er im Neuen Zimmer.
Im Dunkeln huschte Christine über den Hof. Nicht nur die Sackgasser und die Müller tuschelten, wenn sie ihnen begegnete. Auch zu Inge hatte sie keinen Kontakt mehr, seit Inge sie ein Schaf genannt hatte und von Abtreibung sprach.
In Georgs Bude brannte kein Licht. Sie hoffte, ihn bei seinen Eltern anzutreffen. Georgs Mutter zuckte mit den Schultern. „Willst du nicht reinkom-

men. Kannst mir helfen. Muss noch die Hühner füttern, bügeln, das Essen für morgen vorbereiten. Die Lene kann's nicht tun. Die muss lernen, fürs Studium."

Christine wehrte ab. „Ich kann nicht, die Kinder sind allein. Sie wissen doch, dass Mutter krank ist."

„Aber mit dem Georg auf dem Sofa sitzen, das wolltest du schon. Sieht man ja, was dabei rauskommt." Christine rannte weg. Sie verschnaufte, als sie außer Sichtweite war. In ihrem Bauch begann ein Fühlen, ein Hoffen. Der Doktor hatte gelacht. „Das Herz Ihres Kindes schlägt kräftig." hatte er gesagt. Dieses Wesen, dessen Herz so kräftig schlug, konnte keine Schande sein. Sie hob den Kopf. Sie grüßte lächelnd die Männer und Frauen, die sie anstarrten. Sie würde eine gute Mutter sein.

Christine spähte ins Café. Georg saß am Tresen. Vor ihm das Bierglas war fast leer. Anita schien nicht da zu sein. Christine klopfte an die Scheibe. Georg reagierte nicht. Sie drückte den Rücken durch, ging direkt auf den Tresen zu. Die Blicke der Gäste ignorierte sie. Georg stieg vom Hocker, als er sie sah.

„Ist was passiert?"

Sie schüttelte den Kopf. Er folgte ihr. „Du gehörst jetzt zu uns, zu mir und dem Kind."

Er ging neben ihr her, fasste nach ihrer Hand. Sie vergrub sie in der Jackentasche.

„Du willst, dass wir Mann und Frau sind, aber mit dir schlafen darf ich nicht."

„Kapierst du nicht, dass ich andere Sorgen habe. Die Leute reden über mich, über uns."

„Das bildest du dir ein, wir leben nicht mehr im Mittelalter."

Sie schnaubte. „Ach ja! Neulich hat eine Kundin gesagt, von einer Hure lässt sie sich nicht Maß nehmen."

„Du wolltest doch mit der Verlobung warten." Sein Atem dampfte. Sie schaute dem Dunst hinterher.

„Sonnabend bei meinen Eltern." sagte er. Sie nickte, wagte es nicht, ihn um Geld zu bitten.

Sie verabschiedete sich flüchtig. Seine Küsse schmeckten nach fremden Lippen. Die Liebesflamme in ihr war erloschen. Sie heiratete ihn um des Kindes Willen. Mutter hatte Recht, die Liebe war etwas für Träumer.

Im Hauseingang wartete sie ab, bis Georg um die Ecke gebogen war. Dann ging sie zum alten Francke. Er schien nicht überrascht, bat sie herein, wollte ihr die Jacke abnehmen. „Kommst wegen dem Ulli?“ Sie stutzte. Johann winkte ab. „Der Vertrag hat Zeit, bis eure Mutter wieder unterschreiben kann.“

„Was ist mit Ulli?“

„Er will bei mir anfangen. Hat er das nicht erzählt?“ Sie schüttelte den Kopf. Er stellte Schnapsgläser auf den Tisch, besann sich. „Soll ich dir einen Tee machen, siehst mitgenommen aus, Mädel.“ Sie trat von einem Bein aufs andere.

„Nun setz dich doch.“

„Es ist ein Notfall.“ Er schaute auf. „Ist was mit deiner Mutter?“

„Wir haben kein Brot und auch nichts drauf.“ Er lächelte, nahm Gerlindes Korb vom Haken, packte Brot, Wurst, Eier und Marmelade ein.

„Das ist doch zuviel.“ sagte Christine. Er drückte ihr den Korb in die Hand.

„Wir nehmens nicht geschenkt. Ich werde es bezahlen, sobald ich kann.“ Er brachte sie zur Tür, klopfte ihr auf die Schulter.

„Ist schon recht.“

38.

Das Tafeltuch lag gestärkt und gebügelt im Schubfach. Christine drückte es an sich. Glatter, kalter Stoff. Er machte Erinnerungen lebendig. Christine schmeckte Mutters Apfelkuchen. Sie hörte ihr Fluchen, wenn Bratensoße auf das Tuch tropfte. Sie fühlte Umarmungen, sah das Flackern von Kerzen, sah die still bewegten Lippen beim Gebet. Das Tuch hatte schon den Ess-

tisch der Großmutter verziert. Während der Flucht hatte es als Bündel für kleine Habseligkeiten gedient. Christine faltete es zusammen. Sie packte es in den Korb zu dem Kuchen. Sie wusch sich die Augen mit kaltem Wasser. Sie zupfte ihre Brauen zu schmalen Strichen. Die Schatten durchwachter Nächte konnte sie nicht auswaschen. Der aufgetragene Lippenstift. ließ ihre Wangen blass erscheinen. Sie wischte ihn ab, leckte sich die Lippen glänzend. Sie stand lange vor dem Kleiderschrank, entschied sich für die weiße Bluse, die die Mutter ihr für Tanz und Kirchengänge genäht hatte. Dazu wählte sie den Faltenrock in gedämpften Farben. Sieglinde sah ihr beim Ankleiden zu. Sie schüttelte den Kopf.
„Was?"
„Dein Bauch wirft die Falten auf." Christine schaute an sich herunter. Sieglinde hatte Recht. Sie stieg aus dem Rock, setzte sich in Unterrock und Bluse an den Tisch. Das Gesicht verbarg sie in den Händen. Sie schüttelte mehrmals den Kopf.
„Du willst ihn gar nicht heiraten."
Christine erhob sich. „Doch." Sie zog Irmas langen, schwarzen Rock an. Er passte.
„Du kannst doch nicht einfach ihre Sachen nehmen." Christine legte auch Irmas Kette um.
„Sie würde es mir erlauben, heute."
Sieglinde sah zur Schürze, die am Haken hing, als wäre Irma nur kurz zu einer Kundin gegangen. „Wahrscheinlich hast du recht." Ohne Murren hatte Sieglinde ihr Sonntagskleid angezogen. Darunter trug sie Christines ersten Büstenhalter. Sie drehte sich vor dem Spiegel, drückte ihre Brüste zusammen. Die Wattebäusche im BH verrutschten. Sie zog sie unter dem Kleid vor. Sie fand, die Körbchen waren trotzdem prall gefüllt. Christine drängte sie zur Eile. Sie war dankbar für Sieglindes Begleitung. Sie bestand darauf, den Kuchen selbst zu tragen. An einer Treppenstufe blieb sie mit dem Absatz hängen. Sie stolperte, ihre Hand verfehlte das Geländer. Sieglinde hielt sie am Arm fest. Christine dachte, die kleine Schwester hält die Große, verkehrte Welt. Alles war verkehrt, seit die Mutter im Krankenhaus war.

Am Gartentor blieben sie stehen. Sie hörten das Krähen des Hahns. Sie hörten das „Wiele, Wiele" von Georgs Mutter. Sie war also noch im Hühnerstall. Das „Wiele, Wiele" sprach sie aus wie ein Gebet, bevor sie eine Hand voll Futter ausstreute. Christine spähte zum Küchenfenster. Sie rief nach Georg.
„Das hört er bestimmt nicht." Sieglinde steckte zwei Finger in den Mund. Ihr Pfiff ließ das „Wiele, Wiele" verstummen.
„Benimm dich nicht wie eine Halbstarke." zischte Christine. Lieselotte kam zum Tor, den Topf mit dem Futter hielt sie in den Händen.
„Bei uns wird nicht gepfiffen." Sie öffnete das Tor, ging zurück in den Hühnerstall. Endlich öffnete Georg die Haustür. Christine stieg an ihm vorbei die Treppe hoch. „Zieh die Schuhe aus." sagte sie. Sieglinde stöhnte. „Weiß ich doch." Christine trug den Kuchen in die Küche. In der Spüle stapelte sich schmutziges Geschirr. Lieselotte kam, wusch sich die Hände am Rinnstein. Sie warf Christine eine Schürze zu. „Kannst abwaschen." Sie ging so eilig, wie sie gekommen war. Christine setzte sich. Sie schaute Georg an. Er streichelte ihre Wange, ging zum Vater ins Wohnzimmer. Christine sah sich in der Küche um. Sie hatte Blumen erwartet und eine Schwiegermutter im Kleid. Sieglinde stupste sie in die Seite. „Komm, wir waschen schnell ab, dann wird's schon werden."
Das saubere Geschirr räumten sie auf die Anrichte. Christine breitete Irmas Tafeltuch auf dem Tisch aus. Sie rief nach Georg. Wenigstens er hatte sich umgezogen.
„Ist doch nur ein Zeichen, dass du dazu gehörst." flüsterte er.
Christine musste auch den Kaffee brühen und den Kuchen schneiden. Georgs Vater saß mit aufgestützten Armen am Tisch. Das Hemd trug er offen. Man sah sein Brusthaar und den Ansatz des Turnhemdes. Lieselotte hatte ihre Schürze anbehalten. „Arbeit schändet nicht." sagte sie, als sie Christines Blicke bemerkte.
Sieglinde schmatzte. Sie sprach mit vollem Mund. Christine trat gegen ihr Schienbein. „Was denn?" Sieglinde blähte die Wangen. Sie biss große Stücke ab, schielte dabei zu Walter. Christine lächelte, senkte den Blick. Lene setzte

sich stumm an den Tisch, sie verschmähte den Kaffee, verlangte nach Tee, rührte auch den Kuchen nicht an.
„Ich muss was sagen." Lene wurde blass. Sie holte tief Luft.
„Jetzt sind erstmal wir dran."
Georg ging um den Tisch. Er nahm Christines Hand, steckte ihr den Ring an.
Der Ring rutschte vom Finger, schlug auf dem Teller auf, rollte unter den Tisch.
„Das ist kein gutes Zeichen." sagte Sieglinde. Sie kroch unter den Tisch. Der Ring hatte sich in Lieselottes Hausschuhen verfangen. Sie legte ihn vor Christine auf dem Teller ab.
Georg steckte ihn ein. „Ich lasse ihn enger machen, kein Drama."
„Mutter, warum freust du dich nicht auf Georgs Kind?" Lieselotte legte das angebissene Kuchenstück zurück auf den Teller.
„Wer sagt das."
„Das sieht man."
„Was geht es dich an. Hast du nicht zu lernen."
Lene schüttelte den Kopf. „Ich auch." sagte sie.
Walter erhob sich. Er starrte Lene über den Tisch hinweg an, fasste sie am Kinn.
„Was auch?"
Lene drückte seine Hand weg. Ihr Kiefer schmerzte. An den derben Griff ihres Vaters hatte sie sich noch immer nicht gewöhnt. „Ich bin auch schwanger." Beim Aufstehen riss sie das Tafeltuch mit. Ihr Teller fiel vom Tisch. Er zersprang.
„Mittendurch. Das kann man kleben." sagte Georg. Walter entriss ihm eine Hälfte des Tellers, warf sie vor Lieselotte auf den Boden. „Das ist deine Erziehung. Zur Hausfrau, zur gluckenden Henne hast du sie erzogen. Aus ihr hätte was werden können."
Er zog die Jacke über, setzte seinen Hut auf, knallte Tür und Gartentor zu.
„In die Kneipe gehen ist alles, was ihm einfällt. Die Scherben kehre ich zusammen, jedes Mal."

Sieglinde gab Christine ein Zeichen. Stumm räumten sie den Tisch ab. Kaffeeflecken auf dem Tafeltuch. Christine nahm sich vor, sie zu Hause sofort auszuwaschen. Stumm wuschen sie das Geschirr ab. Das Klappern der Teller und Tassen übertönte Lieselottes Schluchzen nicht. Sie empfanden kein Mitleid. Das Haus verließen sie ohne sich zu verabschieden.
„Warum hat Georg eigentlich eine eigene Bude, wenn hier soviel Platz ist?", fragte Sieglinde.
Christine zuckte mit den Schultern.
„Ich sage es dir, weil er bei den Kommunisten ist." Sieglinde blieb stehen. „Das ist ungerecht. Ich muss mit dir in einem Bett schlafen."
„Komm weiter."
Motorengeräusche, Hupen. Georg war ihnen gefolgt. Er nahm den Helm ab. „Tut mir leid. Alles." Christine nickte. Er zog sie an sich. Sein Versuch sie zu küssen schlug fehl. Sie stieß ihn weg. Sieglinde legte den Fuß auf das Starterpedal. „Schaffst du nicht." neckte er.
Christine stieg auf. Sie saß seitlich auf dem Motorrad. Sie spreizte nicht die Beine. Sieglinde fand das albern.
„Nimmst du es bitte mit und weichst es ein. Die Kaffeeflecken müssen raus." Sieglinde schob das Tafeltuch unter ihren Arm. Die Motorengeräusche wurden leiser, verstummten schließlich. Sieglinde sah sich um. Sie war allein auf der Straße. Am späten Samstagnachmittag putzten und buken die Frauen. Die Männer saßen in den Kneipen. Sie tranken Feierabendbier und spielten Karten.
Kinderstimmen vom Sand. Sieglinde blieb stehen. Sie lauschte, schüttelte den Kopf, lief weiter. Sie würde nicht zu ihnen gehen. Sie arbeitete im Friseurladen. Sie wusch Kaffeeflecken aus Tafeltüchern. Sie trug einen BH und ihre Absätze klackten, wie die der Frauen. Spielen war etwas für Kinder. Trotzdem. sehnte sie sich nach den Zurechtweisungen der Mutter. Sieglinde lief zum Krankenhaus. Sie kannte das Fenster hinter dem die Mutter lag. Sie saß lange auf der Mauer, starrte das Fenster an. Im Krankenzimmer blieb es dunkel.

Christine hastete davon. Georg hatte nicht eine ihrer Fragen beantwortet. Nicht die nach dem Wie und Wovon. Auch nicht die Frage wo sie wohnen werden, wenn das Kind da ist.
Sie war in seiner Bude auf und ab gegangen, hatte gestikuliert, seine Zigarette ausgedrückt, ihn in Erwartung einer Antwort angeschaut. Er hatte sie auf seinen Schoß gezogen, sie bedrängt. Sie hatte sich aus seinen Umarmungen befreit. Unterwegs wischte sie sich die Lippen, bis sie spröde waren.
Vor dem Krankenhaus traf sie auf Sieglinde. „Na komm, ich nehme dich mit rein." Sie nahm Sieglinde an die Hand. „Spinnst du!" Sieglinde machte sich los. Irma kam ihnen auf dem Gang entgegen. Sie hielt sich am Handlauf an der Wand fest. Von der Schwester, die sie begleitete, ließ sie sich nicht stützen. Als sie Sieglinde und Christine sah, blieb sie stehen. Ihr Mund verzog sich zu einem Lächeln.
„Genug für heute." Die Schwester begleitete Irma zurück ins Krankenzimmer. Sie hob den Zeigefinger, befahl Sieglinde still zu sein. Irma musste sich das Zimmer mit vier Frauen teilen. Auf den Tischen und Nachtkommoden standen Vasen mit Blumen. Um diese Jahreszeit blühten die ersten Tulpen und Narzissen. Christine roch an einer Schwertlilie. Ihr Duft verströmte Lebensfreude. Er passte nicht in ein Krankenzimmer.
„Von wem hast du die Blumen?" Irma drehte den Kopf zur Seite. Christine bohrte weiter. Die Blumen waren ein guter Vorwand, um nicht über die missratene Verlobung zu sprechen.
„Er lässt es nicht, will mich um den Finger wickeln. Er ist einer von denen."
„Mutter von wem redest du?"
„Johann, Johann Francke." Christine erschrak. Sie schüttelte den Kopf. Sie fasste nach Irmas Hand. Sie war kalt und irgendwie kleiner als sonst. Die Verwirrung der Mutter schob sie auf die Medikamente. Sie tippte Sieglinde an. „Wir müssen gehen, Mutter muss schlafen."

39.

Johann Francke schnitt Narzissen und Tulpen ab. Die Triumphtulpen ließ er stehen. Gerlinde hatte sie wegen ihres Namens gepflanzt. Über wessen Tulpen sie triumphieren wollte, hatte sie nicht verraten. Johann dachte nicht oft an seine verstorbene Frau. Sogar beim Bepflanzen des Grabes sinnierte er über Irmas schöne Augen. Er sprach mit niemandem darüber. Sein Sohn schien etwas zu ahnen. Die Distanz zwischen ihnen wurde größer. Sie grüßten sich mit einem Kopfnicken, mehr nicht. Die Blumen legte Johann auf dem Steinfußboden im Hausflur ab. Dort würden sie frisch bleiben. Er hatte eine ganze Pappe frischer Eier von der alten Hähnelt abgekauft. Zum Glück hatte sie nicht gefragt, wofür er sie brauche. Lügen zählte nicht zu seinen Stärken. Gerlinde hatte ihm jede noch so kleine Ausrede angemerkt. Im Konsum in der Färbergasse hatte er den letzten Schokoladenhasen erstanden. Er legte ihn zu den Blumen und den Eiern. Vor dem Spiegel band er sich eine Krawatte um. An Sonn- und Feiertagen ging er nie ohne Binder aus dem Haus.

Christine öffnete ihm. Selbst im dunklen Hausflur konnte er erkennen, dass sie bei seinem Anblick errötete. Sie bat ihn herein. Er lehnte ab. „Der Hase ist für Siggi. Es gab leider nur noch den einen."

Christine bedankte sich mehrmals. „Ist ja schon gut. Sind ja nur Kleinigkeiten."

Sie arrangierte die Blumen in einer Vase. Sieglinde schnippte mit dem Finger gegen eine Blüte. „Du hättest es nicht nehmen sollen. Mutter kann ihn nicht leiden."

„Dann willst du wohl auch den Schokoladenhasen nicht?" Sieglinde hielt den Hasen kurz in den Händen, legte ihn zurück auf den Tisch.

„Mutter hat Angst vor ihm." sagte sie.

„Sie ist verwirrt. Die Medikamente machen sie durcheinander. Das ist alles."

Christine schlug Eier am Tiegelrand auf. Zum Mittag würde es Spiegelei mit Speck geben.
Johann hatte ohne es zu wissen für ein Festessen gesorgt.
„Also ich esse das nicht mit."
„Dann lässt du es eben." Das Ei zerbrach in Christines Hand. Sie fluchte. Sie befahl Sieglinde den Eimatsch vom Boden aufzuwischen. Sieglinde zeigte ihr einen Vogel, half dann aber doch. Klopfen und Klinken. Die dicke Dagmar wartete eine Antwort nicht ab. Sie stand plötzlich auf dem Abstreicher. Die Hose hing über ihrem Arm. Sie riss die Hosenbeine auseinander, zeigte auf einen Schlitz am Hintern.
„Die Naht ist schon zum zweiten Mal aufgerissen." Sie spuckte beim Sprechen. Sie warf die Hose auf den Tisch. „Bis morgen hast du das in Ordnung gebracht. Sonst mache ich das überall publik." Sie stürmte aus der Wohnung. Im Hausflur schwatze sie mit der Sackgasser. Sieglinde und Christine konnten sich denken, worüber sie sprachen.
„Die ist einfach nur zu fett." sagte Sieglinde. Christine nahm die Haube von der Nähmaschine ab. Sie saß, stierte auf den Stoff. Sie hatte keine Ahnung, was sie mit der Hose tun sollte. Wenn sie die Naht zunähte, würde sie wieder aufreißen. Einen Keil würde die dicke Daggi niemals akzeptieren. Sieglinde legte ihre Hand auf Christines Schulter.
„Mutter wird das schon verschmerzen. Die Leute wissen, dass sie ordentlich näht."
Christine schüttelte den Kopf. „Sie hat ein Schandmaul, sie wird es allen erzählen."
Sieglinde schnipste mit den Fingern, eine Angewohnheit, die in der Schule gerade die Runde machte. Die Schüler schnipsten, wenn sie sich meldeten. Sie schnipsten auch, wenn sie sich unterhielten. Ihre Art das Gesagte zu bekräftigen.
„Hör auf mit der Schnipserei."
„Ich hab's!" Sie schnipste noch einmal. „Nach der Kirche gehen wir zu Mutter. Wir fragen sie einfach nach einem Hosenschnitt für dicke Leute."

Christine schüttelte den Kopf. Sie sah zur Uhr. „Wo Ulli nur bleibt. Eier kann man nicht aufwärmen."
Sieglinde ahnte, dass Ulli sich bei Sabine aufhielt. In der Schule lästerten alle über die Liebe eines Kommunistenhassers zur Tochter des Parteisekretärs. Sieglinde hatte Ulli verteidigt, aber insgeheim die Stirn gerunzelt. Sie ahnte, Sabine würde ihn nie erhören. Sie zuckte mit den Schultern. „Muss er sie eben kalt essen, oder Brot."
„Der Kanten reicht gerade noch für eure Schulbemmen morgen."
Christine wühlte in den Schnittmustern im Kasten neben der Maschine. Sie legte die Hose auf einen der Schnitte. Mit Stecknadeln im Mund sagte sie: „Wir gehen nicht in die Kirche." „Alles wegen Georg." schimpfte Sieglinde. „Nein, ich muss arbeiten." Unter den Schnittmustern fand Sieglinde eine Illustrierte, die Dietmar zurück gelassen hatte. Sie schloss sich damit auf dem Klo ein, kam aber bald zurück. Sie zog Christine am Ärmel, tippte auf eine der Seiten. „Hier, guck mal." Christine sah nicht hin. Sieglinde piekste sie mit einer Nadel in die Hand. Christine sah endlich von den Schnittmustern auf.
„Solche Streifen, musst du in die Hose nähen, dann passt sie und die alte Kuh hat den neuesten Schick." Die letzten Worte las sie ab. Christine besah sich die Hose. Mit der Zeitschrift in den Händen lief sie zum Fenster. „Das könnte gehen." Sie gab Sieglinde einen Klaps auf die Schulter. Dann wühlte sie im Korb mit Irmas Stoffresten und den aussortierten Kleidungsstücken. Sie fand eine alte Hose von Dietmar. Sie legte die Hosen nebeneinander. Das helle Grau des Stoffes würde sich gut von dem Schwarz der Hose absetzten. Sieglinde schnipste mit beiden Händen. „Das ist es, sieht genau so aus, wie in der Zeitung."

40.

Lene bat nicht, sie forderte. Georgs Ausreden überhörte sie. Sie stellte das rechte Bein in den Türspalt. Anita huschte vorbei. Lene grinste. „Ich verpfeif dich, wenn du mir nicht hilfst." Georg gab die Tür frei. Lene stellte die Reisetasche neben dem Bett ab. Sie fegte Anitas Unterrock vom Bett, setzte sich. Anita blies den Rauch ihrer Zigarette in Lenes Richtung. „Bitte geh jetzt!", flüsterte Georg. Er schob das Hemd zurück in die Hose, fuhr sich durch die Haare. Anita erfüllte seine Bitte nicht. Sie saß am Tisch mit übereinander geschlagenen Beinen, wippte im Takt einer imaginären Melodie. Georg schlug mit der Faust auf den Tisch. „Warum verdammt sagst du ihnen nicht, wer der Vater ist."

Lene schüttelte den Kopf. „Das geht nicht." Sie breitete Pullover, Röcke, Unterwäsche auf dem Bett aus.

„Ist er hässlich oder blöd?", fragte Anita. Sie trank Bier aus der Flasche. „Bitte!" Georg nahm ihr die Flasche weg. Anita hielt ihm den Zeigefinger und Daumen an die Stirn. Sie imitierte einen Schuss. „Morgen, wehe du kommst nicht." Georg nickte. Anita warf ihm einen Handkuss zu, dann trat sie die Tür auf und verschwand. Lene und Georg lauschten dem Klacken ihrer Absätze, das im Hausflur verhallte.

„Wie kannst du!" Er sprach nicht weiter. Er sah Lene an, wie er sie früher angesehen hatte, wenn sie ins Bett gemacht oder ihn bei der Mutter verpetzt hatte.

„Du bist doch nur sauer, weil du sie jetzt nicht mehr bumsen kannst. Übrigens ihre Titten sehen aus wie gerupfte Hühnerkeulen."

Er packte Lene an den Schultern, schrie sie an. „Hör endlich auf, so zu reden."

„Hör du auf Christine zu verarschen. Sie ist in Ordnung." Georg kippte die Reisetasche über dem Bett aus. Er warf ein paar seiner Sachen hinein. „Was soll ich ihnen sagen, wo du bist?" Sie zuckte mit den Schultern. „Interessiert sie nicht. Mutter hat gesagt, wir sind geschiedene Leute."

Georg ging nicht zu seinen Eltern. Er ging zu Christine. An ihrem Blick würde er sofort erkennen, ob sie etwas von seinem Fehlverhalten wusste. Fehlverhalten, so hatte es der Parteinick genannt. Er selbst bezeichnete es als Ausrutscher. Er war ein Mann. Christine konnte keine Treue verlangen, wenn sie ihn immer wieder abwehrte. Er kehrte im Café ein, nur kurz, nur auf ein Bier und ein paar versöhnliche Worte. Anita machte um ihn einen Bogen. Sie ließ ihn sitzen, nahm auch seine Bestellung nicht an.

Es war Sieglinde, die ihm die Tür öffnete. Sie hatte keine Grußworte für ihn. Sie rief nach Christine. Christine stoppte die Nähmaschine. „Du arbeitest?" Sie nickte, zog dann die Stecknadeln zwischen den Lippen vor. „Es ist Ostersonntag. Ich wollte mit dir ausgehen."

Sie schüttelte den Kopf, nähte weiter. Georg stand noch immer in der Tür, die Mütze in den Händen. „Ich muss das fertig machen. Die Frau war ungehalten."

Er warf die Mütze auf den Tisch. „So geht das nicht weiter. Du bist meine Frau. Entschuldige, dass ich Zeit mit dir verbringen will." Christine presste die Lippen zusammen. Sie schluckte. Die Leute hatten Georg wieder mit Anita gesehen. „Noch nicht." sagt sie. Georg verstand nicht. „Noch bin ich nicht deine Frau."

„Wenn du es dir überlegst, ich bin bei meinen Eltern. Lene wohnt jetzt in meiner Bude."

Das Rad stand nicht still. Weder Sieglinde noch Ulli konnten schlafen. Sie murrten aber nicht. Sie wussten, es musste sein. Am Morgen schlief Christine an der Maschine ein, das Gesicht im Stoff vergraben. Sieglinde zupfte sie am Ärmel. Christine schmatzte, schlief aber weiter. Sieglinde rüttelte sie wach. Christine stand auf. Sie schaute in den Ofen. Die Glut war erloschen. Das Teewasser erhitzte sie mit Ottilies Tauchsieder. Sie beschmierte Schnitten mit Schmalz, streute Salz darauf. Sieglinde verzog den Mund. Ulli nippte am Tee. Das Brot rührte er nicht an. „Wir wissen nicht, wann Mutter wieder gesund ist." flüsterte Christine. Sieglinde nickte. Sie gierte nach Eintöpfen mit großen Fleischstücken, nach Bratenfleisch und Klößen. An der Schul-

speisung nahm sie trotzdem nicht teil. Das Essengeld versteckte sie heimlich in einer Dose, die sie im Schrankfach hinter ihren Sachen aufbewahrte. Sie hatte es sich geschworen, jedes Mal, wenn sie bei Giselas Kundinnen die Lockenwickler rausdrehte. Sie würde ihren eigenen Friseurladen haben. Mit dem Sparen konnte man nicht früh genug anfangen, betonte Gisela oft.
Manchmal bot Hannelore Sieglinde etwas vom Kuchen oder den Schinkenbroten an. Die Buschendorfs hatte von Irmas Krankheit gehört. Die Leute mutmaßten. Sie sagten „Die Umsiedler werden's nie zu was bringen." Sieglinde lehnte die Gaben ab. Sie hasste Hannelores bedauernden Blick.
Die dicke Daggi kam morgens vor dem Einkaufen. Christine entzündete gerade ein Feuer im Ofen. Sie legte den Schürhaken ab, wusch sich die Hände. Daggi sah sich im Zimmer um. „Noch nicht fertig, was." Sie schnappte nach Luft, nahm unaufgefordert auf einem der Küchenstühle Platz. Christine reichte ihr die Hose. Dagmar fauchte. „Da kann ich ja auch die Schlafanzughosen von meinem Heinrich anziehen." Sie legte die Hose zurück auf den Tisch. „Du zahlst mir den Stoff und auch das Geld, das ich deiner Mutter gegeben habe. Auf der Stelle." Christine schob die Fäuste in die Schürzentaschen. Sie versuchte ein Lächeln. Sie lief zum Nähtisch, reichte Dagmar die Illustrierte. Sie sprach vom westlichen Schick. Dagmar riss ihr die Zeitschrift aus der Hand. Sie las den Namen des Herausgebers, Theo Burda. Sie schnalzte mit der Zunge. „Darf ich die mal mitnehmen." „Nein! Glauben Sie mir, alle werden sie um diese Hose beneiden. Ziehen Sie sie bitte an, ich will sehen, wie sie sitzt." Die dicke Daggi schnaufte, während sie die eine Hose aus und die andere anzog. Sie riss den Vorhang auseinander, trat vor den Spiegel, drehte sich, verrenkte sich fast den Hals. „Sehen Sie, wie schlank die Streifen machen!"
„Ich bin schlank! Ich nehme die Hose mit und zeig sie meinem Heinrich. Dann werden wir sehen!" Christine wickelte die Hose in Seidenpapier ein. Sie wusste, sie hatte gewonnen.

Der Unterricht war zu Ende. Sieglinde stürmte los. Sie rannte zum Friseurladen. Sie schnappte nach Papierfetzen, die der Wind aufscheuchte. Das Spiel vertrieb den Ärger über die Fünf in der Rechenarbeit. Lehrer Deutschmann hatte den Kopf geschüttelt, als er ihr das Heft zurückgab. „Du bist nicht dumm, nur faul." hatte er gesagt und ihr eine Kopfnuss verpasst. Die anderen Schüler hatten darüber gelacht. Sieglinde tröstete sich damit, dass sie das Haaremachen inzwischen gut beherrschte. Keine ihrer späteren Kundinnen würde nach ihren Zensuren fragen.

Gisela hob die Hände, als Sieglinde in den Laden stürzte. „Langsam, langsam, du bist noch nicht dran. Setz dich da hin." Sie sah Gisela verstört an, setzte sich aber. Gisela wies mit dem Kinn zu einem Mann, der am Ladentisch stand. Er las das Kassenbuch. Gisela brachte ihm Kaffee und Gebäck. Er schaute nicht auf, fasste blind nach der Tasse. Sieglinde dachte an die Fünf im Rechnen. Vielleicht sollte sie doch besser aufpassen, wenn man so ein doofes Kassenbuch führen musste, um einen eigenen Friseurladen zu haben. Gisela schwatzte nicht wie sonst mit den Kundinnen. Ihre Blicke schweiften zu dem Mann. Auch Sieglinde musterte ihn. Sie trat zu ihm an den Ladentisch, schielte ins Buch, dann in sein Heft. Der Mann schrieb die Zahlen aus dem Buch einfach ab. Gisela zischte, sie solle sich wieder setzten. Der Mann sah auf. Er trank die Tasse leer, aß das Gebäck. Die Krümel und auch die Tasse ließ er auf dem Ladentisch zurück. Sieglinde sprang auf. Sie räumte die Tasse in die Spüle hinter dem Vorhang, kam mit einem Lappen zurück. „Du sollst das lassen, habe ich gesagt." Der Mann lächelte Sieglinde an. Er packte das Heft mit den Zahlen in seine Aktentasche, gab Gisela die Hand und verließ den Laden. Gisela entschuldigte sich bei der Kundin. Sie ging hinter den Vorhang, um zu rauchen. Sie rief nach Sieglinde. „Du darfst nicht mehr kommen." Sieglinde erschrak. „Wegen der Fünf in Rechnen?" Während sie das fragte, wurde ihr bewusst, dass Gisela von der Fünf nichts wissen konnte. Es musste einen schlimmeren Grund geben. Eine Fünf in Rechnen war auch schlimm. Aber man konnte versprechen zu lernen. Man konnte schwören sich zu bessern.

„Du darfst nicht mehr hier arbeiten." Hörte sie Gisela sagen. Sieglinde rutschte an der Wand nach unten, in die Hocke. „Aber..."

„Der Mann war von der IHK." fuhr Gisela ihr ins Wort. Die prüfen mich.

Die filzen alles. Jeden Penny, den ich dir gebe, muss ich rechtfertigen. Es ist verboten, Kinder zu beschäftigen." Sieglindes Magen krampfte sich zusammen. Sie rannte zur Toilette. Sie spuckte mehrere Male ins Klo. Ihr wurde schwindlig. Sie stützte sich am Rohr ab, wankte zurück in den Laden. Ihre Beine waren zittrig. Sie fühlte, dass sie schwitzte, gleichzeitig aber fror sie. Gisela zwang sie, ein großes Glas Wasser zur trinken. Sieglinde schluckte langsam. Sie spürte dass sie Hunger hatte. „Du kannst natürlich trotzdem jederzeit kommen." sagte Gisela. Sieglinde nickte. Sie gab Gisela die Hand, wie es der Mann von der IHK getan hatte. Gisela drückte sie an sich. Sieglinde rannte nach Hause. Sie ging zum Schrank, leerte die Spardose. Das Kleingeld steckte sie in den Brustbeutel, den sie unterm Pullover trug. Sie schielte zu Christine, die sich am Herd zu schaffen machte. Sie hatte offenbar nichts bemerkt. „Ich muss noch mal zu Hannelore." Christine nickte, sagte: „Aber nicht lange, gibt gleich Essen." Unterwegs zählte Sieglinde die Münzen. Im Laden im Färbergässchen kaufte sie sich Zuckerstangen, Leberwurst und eine Semmel. Im Rauchergässchen aß sie alles auf. Zuerst schmierte sie mit dem Finger Leberwurstwülste auf die Semmel. Zum Schluss aß sie die Zuckerstangen. Sie lutschte nicht daran. Sie biss ab und zerkaute die Stücke. Dabei hörte sie die Stimme der Mutter. „Dieses Zuckerzeug gehört nicht in eure Münder. Es schwärzt die Zähne. Mit schwarzen Zähnen bekommt man keine guten Noten und auch keine Anstellung. Merkt euch das." Aber die Zuckerstangen schmeckten besser als jedes Kraut und jede Wurst.
Später am Esstisch aß Sieglinde zwei Gabelhappen Kartoffeln. Kartoffeln mit Butter mochte sie noch nie. „Hannelore hat mich eingeladen." sagte sie.
„Was gab es denn bei denen?"
„Fisch, ich glaube Karpfen." log sie.
„Aber du musst doch wissen, ob es Karpfen oder Forelle war." Sieglinde antwortete nicht.
Sie dachte an ihren eigenen Friseurladen. Jetzt ärgerte sie sich, dass sie soviel Geld für Leberwurst und Zuckerstangen ausgegeben hatte. Sie klopfte sich auf die Schenkel, sprang auf, zog das Rechenbuch und ihr Heft aus dem Ranzen. Ihr Kassenbuch würde jeder Prüfung Stand halten.

„Mutter will euch sehen. Sie darf jetzt aufstehen. Sie darf sogar mit uns eine Runde spazieren gehen." sagte Christine. Sieglinde sprang auf. Sie band sofort die Schürze ab und schlüpfte in Rock und Bluse. Die Bluse hatte Irma ihr genäht. Sieglinde wusste, die Mutter würde sich freuen, sie darin zu sehen. Ulli verharrte im Sessel, als hätte er Christines Worte nicht gehört. Sieglinde schlug mit der Faust gegen die Zeitung. Ulli faltete sie zusammen, klemmte sie unter den Arm, schloss sich im Klo ein. Christine ging ihm hinterher, hämmerte gegen die Tür. „Lass mich, ich habe was anderes vor." Christine ließ von der Tür ab. Sie fluchte leise. „Es hat wohl keinen Zweck."
„Aber Mutti wird enttäuscht sein."
„Dann sagen wir, er hat sich nicht wohl gefühlt."
„Dann macht sie sich Sorgen." Christine schwieg. Sie wusste, Sieglinde hatte Recht.
Sie nahm sich vor, Irma mit ihren Hochzeitsvorbereitungen zu unterhalten. Vor dem Spiegel übte sie ein Lächeln. Sie betete sich die Worte Freude und Begeisterung vor. Es würde schon klappen.
Ulli wartete auf dem Klo ab, bis ihre Stimmen und Schritte im Torweg verhallten. Er ging zurück in die Wohnung, sah zur Uhr, er musste sich beeilen. Die Haare kämmte er mit einem nassen Kamm nach hinten. Leider hatte er noch keinen Grund sich zur rasieren. Das Rasierwasser brannte auf seinen Wangen. Die Haut rötete sich. Er wusch sich nicht das Gesicht. Ein Mann musste das Brennen aushalten. Für Sabine wollte er ein ganzer Kerl sein. Von allen Mädchen hatte sie die größte Oberweite. Die Jungen schmachteten sie an. Auch die aus den oberen Klassen. Am Freitag auf dem Heimweg hatte Ulli sie abgepasst, sie für Sonntag zu einer Radtour eingeladen. Sie hatte genickt. Auf dem Weg nach Hause hatte er einen Schlager nach dem anderen gepfiffen. Ein Rad besaß er nicht. Er würde ihr erzählen, die Halbstarken hätten ihm den Reifen aufgeschlitzt. Und natürlich war der Schlitz so groß, dass er ihn nicht flicken konnte.
Sabine war noch nicht fertig. Er wagte es nicht zu klingeln. Er stand

pfeifend unter ihrem Fenster, die Hände in den Hosentaschen. Bestimmt mochte sie lässige Typen. Als ihm bewusst wurde, dass Sabines Vater ihn sehen könnte, legte er die Hände an die Hosennaht.
Sabine trug auch Hosen. Über die Unterwaden hatte sie Gummis gezogen. „Sieht das blöd aus?", fragte sie. „Meine Mutter hat darauf bestanden." Er schüttelte den Kopf, wurde rot, weil sie ihn zum ersten Mal ansah. Sie schaute sich um. Er kam ihrer Frage zuvor.
„Mein Fahrrad ist kaputt. Irgend so ein Halbstarker muss mir den Vorderreifen aufgeschlitzt haben." Er schlug mit der Faust in die Handfläche. Sie lachte, wurde aber sofort ernst. „Lüg mich nicht an, nie wieder." Er zog die Augenbrauen zusammen. „Was meinst du?" „Du hast gar kein Fahrrad. Ich weiß, dass ihr arm seid." Er trat gegen einen Stein. „Du glaubst wohl jeden Unsinn." Er zog sein Portemonnaie aus der Hosentasche. „Hier, ich werde dich nachher zum Eis einladen." Sie stellte ihr Fahrrad an der Hauswand ab. Sie liefen los. Das Geld, das er bei sich trug, war aus der Dose auf dem Schrank. Er war kein Dieb. Das Geld hatte er sich nur geliehen. Vom ersten Lohn, den er beim Francke verdiente, würde er es zurückzahlen. Beim Gehen stießen ihre Hände aneinander. Er wagte es nicht zu zufassen. Im Traum hatte er Sabine geküsst.
„Du bist so still." sagte sie. Er zuckte mit den Schultern. „Normalerweise habt ihr Frauen doch immer was zu quatschen." Sie horchte auf. „Warst du schon mit vielen aus?"
Was antworten. Er mochte sie nicht anlügen. „Und du?"
„Man antwortet auf eine Frage nicht mit einer Frage." Er nickte. Sie hatte ja Recht. Er benahm sich wie der letzte Trottel. Wenn Dietmar doch da wäre. Den hätte er fragen können, wie man eine Frau ausführt. „Lass uns zur Eismamsell gehen." Sie folgte ihm. Er bestellte zwei Schwedeneisbecher ohne nach ihren Wünschen zu fragen. Sie schob die Unterlippe vor, protestierte aber nicht. Die Eisbecher wurden schnell serviert. Außer zwei Frauen waren sie die einzigen Gäste. Sie löffelten stumm. Jeder schaute in seinen Becher. Er dachte, ich muss etwas sagen, ich muss sie unterhalten. Ihm fiel nichts ein. Die Witze, die sie auf dem Sportplatz

erzählten, würden Sabine verlegen machen. „Was willst du denn mal werden?“, fragte sie. Sie ließ den Löffel in den Becher fallen, sah ihn an, lachte. Ein Klecks Apfelmuss klebte an seiner Nase. Sie befeuchtete ihr Taschentuch mit Spucke, wollte den Klecks damit entfernen. Er wich zurück. „Das kann ich selber.“ Er ging zur Toilette. Vor dem Spiegel säuberte er sich die Nase. Mit nassen Fingerkuppen scheitelte er seine Haare. Sabine sollte keinen unreifen Jungen in ihm sehen. Vielleicht könnte er sie ins Rauchergässchen locken. Sie würden unbeobachtet sein. Und jeder in der Schule wusste, dass man ab einem bestimmten Alter zum Küssen und nicht zum Rauchen ins Gässchen ging. Der Gedanke ließ ihn erröten.. Er spritzte sich kaltes Wasser ins Gesicht.
Er hatte sie wohl zu lange warten lassen. Sie spielte mit den Papierschirmchen, die das Eis verziert hatten Die Eismamsell brachte die Rechnung. Er zählte die Münzen in ihre Hand. Sein Geld reichte nicht aus, um die Rechnung zu bezahlen. Sabine legte den Rest dazu. Dann erhob sie sich, zerknüllte die Schirmchen. Ihm wurde klar, den Kuss konnte er vergessen. Sie würde kein zweites Mal mit ihm ausgehen.

Christine warf ihm den Bohnerlappen nach. Ulli reagierte nicht. Er behielt die Schuhe an, ging zum Büfett, durchsuchte mehrere Schrankfächer, fand Irmas Kräuterschnaps und trank, trank, trank. Sie sahen ihm zu, warteten, dass er die Flasche absetzte, fürchteten, er würde sie austrinken. Sieglinde stieß ihn an. Er hielt sich am Büfett fest, trank weiter. Trank, bis Christine ihm ins Gesicht schlug.
„Weiber sind alle blöd. Jetzt bohnern die schon am Sonntag.“ maulte er. Er zerrte Unterwäsche und Hemden aus dem Schrank, stopfte sie in Irmas Einkaufsbeutel und verschwand. Christine sah zum Kreuz. Sieglinde sinnierte: „Vielleicht putzen wir wirklich zu viel. Dietmar hat das auch immer gestört.“ Christine schüttelte den Kopf. Sie stand auf, räumte die Flasche zurück in den Schrank. „Sie suchen sich die falschen Mädels aus.“ sagte sie. Sie starrte auf die frisch gebohnerten Dielen. Sie wischte und polierte weiter. Sie dachte, immer die Falschen. Tränen tropften, Rotz

lief ihr aus der Nase. Sie fuhr mit Handrücken über ihr Gesicht. Sieglinde brachte ihr ein Taschentuch. Sie nahm ihr den Lappen aus der Hand, half ihr auf. „Du hast da Schlieren vom Bohnerwachs." sagte sie.

Der alte Francke wunderte sich nicht. Er wusste, Ulli vermisste den Vater. In seinem Alter war das ganz normal. Er bezog ihm das Bett im ehemaligen Zimmer seines Sohnes. „Ich mach dir Tee." „Kein Tee, Schnaps." Ulli lallte. „Darüber reden wir morgen. Trink den Tee oder lass es bleiben, für Schnaps bist du noch zu grün."
Ulli wollte auf den Tisch hauen. Er schlug aber daneben. Er schlief im Sitzen ein. Johann zog ihm Jacke und Schuhe aus, deckte ihn zu.

41.

Noch dunkel, noch nicht Tag. Irma hörte das Schniefen und Schnarchen ihrer Mitpatientinnen.
Sie lauschte nach draußen. Stille auf dem Gang. Nur ab und zu unterbrachen die Schritte der Nachtschwester die Ruhe. Irma dachte Grabesstille. Der Gedanke erschreckte sie nicht. Sie wusste, dass sie unheilbar krank war. Die Ärzte vertuschten und redeten drum herum. Davon ließ sie sich nicht täuschen. Den Herd eindämmen, hatte Doktor Krauße gesagt. Irma wusste längst, der Krebs fraß sich durch all ihre Eingeweide. Sie faltete oft die Hände unter der Bettdecke. Sie bat darum, dass ihre Kinder selbstständig waren, bevor sie diese Welt verlassen musste. Sie fand weder Ruhe noch Schlaf seit Christine und Sieglinde gegangen waren. Sie ahnte, da war etwas im Argen. Christine konnte noch nie gut lügen. Und Sieglinde hatte den Blick von ihr abgewandt, sobald sie nach Ulli fragte.
Am Morgen wusch sich Irma bereits, als die Nachtschwester mit der Wasch-

schüssel kam. Sie stand am Waschtisch, stützte sich mit einer Hand an der Wand ab. „Frau Geipel, sie sollen nicht alleine aufstehen, das wissen sie." Irma erwiderter nichts. Nach dem Waschen setzte sie sich aufs Bett. Sie aß ihr Frühstück auf. Zwei Scheiben Brot, dazu gab es einen Klecks Butter und ein Ei. Sie rührte zwei Löffel Zucker in ihren Tee. Zucker sei gut für die Nerven hatte ihre Mutter immer gesagt. Als die Ärzte und Schwestern zur Visite antraten, hatte Irma schon ihre Sachen gepackt. Ihre Mitpatientinnen redeten auf sie ein. Sie solle Lehre annehmen und auf die Ärzte hören. Sie solle zur Kur fahren, wie Doktor Kraußе es vorgeschlagen hat. Christine sei doch so ein vernünftiges Mädchen. Sie könne froh sein, so eine Tochter zu haben. Irma ließ sie reden. Ihr Puls raste, wenn sie nur an Ulli dachte. Noch einen Sohn wollte sie nicht vermissen.

Doktor Krauße bestellte sie in sein Sprechzimmer. Er redete nicht lange auf sie ein. Er wusste, es hatte keinen Zweck. Diese Frau ließ sich nicht aufhalten. Er stellte ihr ein Rezept aus, reichte ihr zwei Packungen Tabletten, wies sie an, morgens jeweils eine davon zu nehmen.

Er hob den Zeigefinger, dirigierte seine Anweisungen. „Die Schmerzen werden wieder kommen. Schlucken Sie aber auf keinen Fall mehr Tabletten. Sie sollten wirklich über eine Kur nachdenken." Irma nickte. Er gab ihr die Hand, begleitete sie zur Tür. „Werden Sie denn wenigstens abgeholt?" Sie schüttelte den Kopf. „Sie wissen nichts davon." Er bestellte für sie einen Krankentransport. Sie bedankte sich mit den Pralinen, die Sieglinde ihr gebracht hatte. Sie hatte keinen Appetit auf Süßes. Sie war froh, wenn sie Brot und Suppe im Magen behielt.

Die Müller rief nach der Sackgasser, dann rannte sie in den Hof. Den Krankentransport hatte sie vom Fenster aus gesehen. Sie standen und gafften. Sieglinde kam angerannt. Sie nahm Irma die Tasche ab. „Ist denn Ulli nicht da." Sieglinde schüttelte den Kopf. Christine kam, um Irma zu stützten. Irma wehrte ab. Sie zog sich Stufe für Stufe am Geländer hoch. Nach jedem Schritt verharrte sie, um zu atmen. Oben setzte sie sich in den Sessel. Sie schaute sich in der Wohnung um. Sieglinde kochte Tee. Christine zeigte ihr,

was sie genäht hatte. „Wo ist Ulli?" Christine und Sieglinde sahen sich an. „Beim alten Francke."
Irma schlug mit der Hand auf die Lehne. „Ausgerechnet!" Sie stützte sich ab, holte Schwung, schaffte es nicht, aufzustehen. Christine half ihr aus dem Sessel. „Aber er hat uns unterstützt, hat uns Eier gebracht." sagte sie. Sie fasste Irma an die Stirn. Irma schlug ihr auf die Finger.
„Mama, du bist so schwach. Du solltest dich hinlegen. Wieso haben sie dich überhaupt in diesem Zustand nach Hause geschickt", fragte Sieglinde. Irma antwortete nicht. „Hältst du mir den Mantel!" Sieglinde sprang auf. Sie half Irma in den Mantel, tauschte Blicke mit Christine. „Mutter, du solltest hier bleiben, du bist wirklich noch zu schwach.".
„Behandelt mich nicht wie einen Krüppel, verstanden! Und geistesgestört bin ich auch nicht. Ich kriege alles mit."
Sie sahen ihr vom Fenster aus nach. Sieglinde schnipste mit den Fingern. „Ich gehe ihr hinterher."
„Lass sie es nicht merken." rief Christine.
Sieglinde schlich von Hauswand zu Hauswand. Sie hatte es sofort gewusst, die Mutter ging zu Johann. Sie stieg auf die Rampe des Altstoffhandels. Von dort konnte sie Hauseingang und Fenster von Franckes Haus einsehen. Die Mutter klingelte nicht, sie schlug gegen die Scheibe. Johann zog die Gardine zurück. Er winkte Irma herein. Sie schüttelte den Kopf. „Ich will nur meinen Jungen nach Hause holen." Johann öffnete die Haustür. „Komm rein Irma, bist ganz blass. Ich mach uns Tee und wir reden über alles."
Irma blieb in der Tür stehen. „Hol mir den Ulli."
„Ist nicht da."
„Du lügst." Irma stürmte in Johanns Küche. Sie schaute im Wohnzimmer und auch im Schlafzimmer nach. Johann stand lächelnd dabei. Er bestand darauf, ihr den Mantel abzunehmen. „Setz dich endlich." Irma nahm Platz. Die Schwäche übermannte sie, sonst wäre sie wahrscheinlich fluchend davon gegangen. Johann füllte Tee in ein Sieb.
„Du solltest ihn hier lassen. Er vermisst einen Vater."

Irma stand auf. „Das kommt überhaupt nicht in Frage. Du setzt ihm Flausen in den Kopf und dann verrätst du ihn, wie meinen Dietmar."
Sie ging, knallte die Tür. Draußen hielt sie sich am Mauervorsprung fest. Sie ging in die Knie.
Atmen, den Schmerz wegatmen. Plötzlich Arme und warme Hände, die sie hielten. Sieglinde half ihr auf.
„Er wird schon wiederkommen." sagte sie.

42.

Seit einer halben Stunde wartete Christine vor dem Werktor. Arbeiter strömten an ihr vorbei. Georg war nicht unter ihnen. Sie schaute auf ihre Armbanduhr, gleich vier. Georgs Schicht endete schon um halb vier. Sie ging zum Pförtner, klopfte ans Schalterfenster. Er lächelte sie an.
Sie hatte schon oft am Werktor gestanden. Es amüsierte ihn. „Wissen Sie, ob heute Parteiversammlung ist oder Schulung?" Er zog die Schultern hoch, schüttelte den Kopf. „Mit denen habe ich nichts zu schaffen. Sie sollten sich einen anderen Mann suchen." Er lachte höhnisch: „Lässt Sie warten, wegen der Partei."
Christine drehte ihm den Rücken zu. Er schloss das Fenster. Sie trat aus dem Schatten, schloss den Kragen ihrer Jacke, rieb sich die Hände warm. „Christine!" Georg rannte auf sie zu.
„Du hast auf mich gewartet."
„Mutter ist wieder zu Hause. Es geht ihr besser."
Er umarmte sie, ließ aber schnell von ihr ab. „Ich bin kein Radio, das du an und ausschalten kannst." Sie blieb stehen, sah ihm ins Gesicht. „Denkst du, ich weiß nicht, dass du wieder bei Anita warst." Der Parteinick ging an ihnen vorbei. Georg berührte Christines Bauch. Er küsste ihre Wange. Sie sah

sich schnell um. Sie verstand. Sie gingen, sprachen nicht. Er fasste nach ihrer Hand. Sie ließ es zu. Vor dem Café blieb sie stehen. „Versprich es mir, um des Kindes Willen.", sagte sie. „Was?"
„Du triffst sie nie wieder!" Er nickte, sie gab sich zufrieden. Sie dachte, wenn das Kind da ist, wird er sie vergessen. Am Färbergässchen bog sie ab. Er zog sie am Arm. „Lene ist bei mir, wir müssen zu meinen Eltern." Sie hatte es vergessen, war aber froh. Sie brauchte Zeit, um sich ihm zu nähern. Ihre Haut fühlte sich noch immer wund an, wenn er sie berührte.

Lieselotte kniete vor dem Hauseingang. Sie wiegte sich hin und her. Sie wühlte in der Erde, weinte und schrie. Ihre Worte waren schwer zu verstehen. Georg hielt sie fest. Er riss ihr die Arme hoch. „Mutter, was ist los." Sie schlug ihm ins Gesicht, drückte ihn an sich, ließ los und schrie. Er packte sie, hielt sie fest. Sie schrie weiter. Er zog sie ins Haus. Auf dem Boden verstreut lagen Fotos von Lene. Lene als Baby, Lene als Kleinkind, Lene als die junge Frau, die sie war. „Mutter, was ist?"
„Gestorben. Tot. Das Kind tot, in ihr tot. Lene tot." Sie rannte schreiend davon. Georg hob die Bilder auf. „Willst du ihr nicht nachgehen?", fragte Christine. Er stand, schaute, klopfte die Taschen ab, schüttelte den Kopf, immer wieder. Seine Starre löste sich nur langsam. „Ich schau nach Vater, du holst den Doktor."
Christine rannte Lieselotte nach. Sie hielt sich den Bauch. Sie hatte Angst, das Rennen und die Aufregung würden auch ihrem Kind schaden. Lenes Kind war im Bauch gestorben. Der eigene Bauch schützte nicht das Kind, das in ihm wuchs. Christine schnappte nach Luft.
Der alte Hermannsdörfer hielt Lieselotte fest. Sie schrie noch immer, keuchte, heulte. Er hielt sie sicher. „Bringen Sie sie bitte heim, ich hole den Arzt." rief Christine ihm zu. Er nickte.
Georg fand den Vater nicht. Von der Nachbarin erfuhr er, dass er in die Kneipe gegangen war.
„Männer, wenn's drauf ankommt hocken sie in der Kneipe."
Georg ließ die Nachbarin schimpfen. Er rannte zur Kneipe. Sein Vater saß

allein am Tresen. Vor ihm die Gläser waren leer. Der Wirt hatte sich geweigert, ihm weiterhin Bier und Schnaps auszuschenken. Georg zog den Vater vom Hocker, schleppte ihn nach Hause, bettete ihn auf dem Sofa. Tröstende Worte hatte er nicht. Er wusste, Lene war sein Liebling. Da halfen keine Worte.

Der Arzt hatte Lieselotte eine Spritze gegeben. „Sie wird schlafen." hatte er gesagt.

Lieselotte schlief nicht. Sie taumelte durch die Wohnung. Sie zerschlug Geschirr. Sie trank Walters Schnaps. Immer wieder sprach sie den einen Satz. Georg brachte sie mehrmals zurück ins Bett. Irgendwann gab er es auf. Er verschloss die Tür, stopfte sich Watte in die Ohren. Sie fanden keinen Schlaf. Auch Walter erwachte bald aus seinem Rausch.

Am Morgen zog Georg sich an. Er ging zur Arbeit. Christine wollte ihn aufhalten. Er bat sie, sich um Lieselotte zu kümmern. Sie warf ihm seine Mütze nach. Lange saß sie am Tisch, starrte, grollte. Sie fasste sich an den Bauch, horchte in sich hinein, sprach mit dem Kind, fragte, ob es ihm gut ginge, lauschte, spürte keine Reaktion. Sie massierte ihren Bauch, bis sie einen Tritt spürte. Ein paar der Fotos lagen noch immer auf dem Boden. Lene schaute sie an. Christine schob die Fotos mit der Schuhspitze unter den Schrank. Im Haus war es still. Sie beschloss heim zu gehen. Ihr zu Hause war nicht hier. Ihr zu Hause war bei Irma.

Irma kam ihr am Zaun entgegen. „Ich habe dir Sachen eingepackt. Wirst sicherlich hier bleiben, nach dem, was passiert ist." Irma reichte die Tasche mit Christines Sachen über den Zaun. Christine fasste nicht zu. Sie schüttelte den Kopf. „Was ist, geht es dir nicht gut?" Christine starrte Irma nur an. Irma ging an ihr vorbei ins Haus. Christine zögerte, folgte dann. Irma hatte Lieselottes Schürze umgebunden. Sie schürte im Herd die Glut. „Zieh das aus, zieh das bitte aus. Du bist meine Mutter." Irma ließ den Schürhaken los. Sie lief auf Christine zu, berührte ihre Stirn, dann den Bauch. „Hast du einen Schock?" Christine schüttelte den Kopf. „Ich will weg hier. Ich will nach Hause."

„Meinst du nicht, du musst ihm jetzt beistehen?"

Christine biss sich auf die Lippen. Sie dachte an Anita. Sie nahm die Tasche und verließ das Haus. Irma folgte ihr.

Walter schlurfte durch das Zimmer. Er rieb sich die Stirn, rief nach Lieselotte. Im Medizinschrank im Bad suchte er nach Kopfschmerztabletten. Er schob sich zwei in den Mund, zerbiss sie. Lieselotte hatte ihn jedes Mal deswegen ermahnt. Wo war sie? Vom Küchenfenster aus überblickte er den Garten. Erst dann wurde ihm bewusst, was geschehen war. Er setzte sich an den Tisch. Keine Tränen, nur Schwermut, die sich auf die Brust legte und das Atmen fast unmöglich machte. Er schreckte auf, weil er Flügelschläge und Gackern hörte. Er ging zum Fenster, spähte. Jetzt hörte er Lieselotte. Sie schrie und fluchte. Die Nachbarin rief nach ihm. Sie hämmerte gegen die Tür. Er stieg in Unterhemd und Turnhose die Treppe runter. „Walter du musst kommen, deine Liesel dreht durch."

Walter lief zum Hühnerstall. Er schüttelte den Kopf. Die Nachbarin war bekannt für ihre Übertreibungen. Lieselotte schwenkte ein Beil. Schreiend schlug sie damit auf die Hühner ein. Zwei der Hühner hatte sie bereits geköpft. Sie torkelten umher, kippten um. Anderen hatte sie die Flügel gestutzt. Lieselottes Hände, ihre Schürze, ihr Gesicht waren mit Blut bespritzt. Als Walter ihr das Beil abnehmen wollte, bedrohte sie auch ihn damit. Er rannte über die Straße in die Sattlerei, eilte ins Büro, griff ohne zu fragen nach dem Telefonhörer.

Die Nachbarn hatten bereits die Polizei alarmiert. Die Polizisten hatten Lieselotte Handschellen angelegt. Sie wehrte sich, trat und schlug um sich. Der herbeigerufene Arzt wies Lieselotte in die Nervenheilanstalt ein. Die Nachbarin zeichnete ein Kreuz in die Luft.

„Wenn die Liesel einmal dort ist, wird sie nie wieder normal."

„Halts Maul!", schrie Walter. Einer der Polizisten fragte ihn, ob er zurecht komme. Walter nickte, winkte ab. Er ging zurück ins Haus. Krankenwagen und Polizeiauto fuhren davon.

Er solle seiner Frau ein paar Sachen einpacken. Was man so brauche, hatten sie gesagt. Walter öffnete den Kleiderschrank. Er warf die Reisetasche auf den Boden, fegte Lieselottes Nachthemden aus dem Schrank. Dann ging er zurück in die Küche. Er trank Bier, kippte zwei Schnäpse dazu. Er sah sich um, fand Fotos von Lene. Er schaute sie lange an, rieb sich die Brust. Am Waschtisch wusch er sich mit kaltem Wasser Gesicht und Oberkörper. Er zog frische Wäsche an und ein weißes Oberhemd. Dazu wählte er den silbernen Schlips, den er zur Hochzeit getragen hatte. Den Knoten band er zweimal, bis er ihm gut genug erschien. Seine Anzughose spannte am Bauch. Er behielt sie trotzdem an. Er bürstete sein Jackett aus, zog es an, schloss den oberen Knopf. Im Stehen trank er noch zwei Schnäpse. Dann ging er in den Hühnerstall.

Georg schnitt seinen Vater ab, gerade noch rechtzeitig. Er legte ihn auf den Boden, entfernte die Schnur, schlug ihm mehrmals ins Gesicht. Walter kam zu sich. „Bist du bekloppt!", schrie Georg ihn an. „Mich alleine lassen mit allem." Er küsste ihn auf die Stirn, half ihm auf. „Geht's?" Walter nickte. Er taumelte, hielt sich an Georgs Arm fest, machte sich aber wieder los, klopfte Stroh und Staub vom Anzug. Er verließ den Stall, ging über den Hof auf die Straße. Georg folgte ihm. „Lass mich wenigstens saufen." sagte Walter.
Die Männer im Bierpräsent sahen kurz auf, nickten ihnen zu. Die Einladung zum Skat lehnten Walter und Georg ab. Die Männer versuchten nicht, sie zu überreden. Einer spendierte ihnen Schnaps. „Ist ja auch ein harter Schlag." sagte er. „Erst die Tochter tot, dann dreht die Frau durch." Ein anderer fuhr ihm ins Wort. „Teil endlich die Karten aus und lass sie in Frieden."

43.

Die dicke Dagmar stapfte vorne weg, ihre Freundin hastete hinterher. Müller und Sackgasser hatten neuen Grund zu tratschen. Sie mutmaßten, Irma hatte Flickschusterei betrieben. Für die Sackgasser stand fest, ihre guten Stoffe würde sie Irma nicht anvertrauen. Sie fragte sich, was der alte Francke an Irma fand. Die Müller nickte nur. Sie gingen ihrer Wege, schließlich hatten sie zu tun.

Dagmar klopfte, trat sofort ein. Irma nahm sich vor, die Wohnungstür Tag und Nacht zu verschließen. Noch immer wähnte sie die Schattenmänner überall.

Dagmar nahm Platz, ohne das Irma sie dazu aufgefordert hatte. Ihre Freundin blieb auf dem Abstreicher stehen. Christine zog bei Dagmars Eintreten die Schultern hoch.

„Meine Freundin will auch so eine Hose." Irma verstand nicht. Christine schnipste mit den Fingern. Sieglinde grinste sie über den Tisch hinweg an. Dagmar stand vom Stuhl auf, hob Jacke und Bluse an, drehte sich vor dem Spiegel. „So eine Hose."

„Habe ich nicht gemacht." sagte Irma. „Doch." sagte Christine. „Ich habe sie nur fertig genäht, als du im Krankenhaus warst."

Irma sah sich die Hose näher an. Sie nickte, verkniff sich ein Lächeln, weil sie die alten Stoffreste wieder erkannte. Sie dachte, raffiniertes Luder.

„Nähen Sie auch Blusen nach westlichem Schick?"

„Alles." sagte Sieglinde. Sie saß am Tisch über ihren Rechenaufgaben. Das Rechnen fiel ihr noch immer schwer. Sie übte aber freiwillig. Ihr Kassenbuch sollte fehlerlos sein.

„Du hältst dich da raus."

„Nähen Sie mir nun so eine Hose? Ich habe den Stoff schon mitgebracht. Na ja für die Streifen, bräuchte ich dann doch was anderes."

Irma nahm Maß, auch wenn sie noch nicht wusste, wie sie das machen sollte, nähen nach westlichem Schick.

„Was meinen Sie überhaupt damit? Mit dem Westen habe ich nichts zu tun." Irma witterte eine böse Absicht. Man erzählte, die Schattenmänner hatten ihre Leute überall. Sie schickten Nachbarn, Menschen die man kannte. Sie benutzen jeden. Sie fragten aus, sie behaupteten es diene der guten Sache, der Gerechtigkeit.

„Ich habe das gesagt." Christine brachte die Zeitschrift. Irma wurde still. Sie versprach, ihr Bestes zu tun. Sie vermied es, von westlichem Schick zu sprechen.
Als die Frauen gegangen waren, schickte sie Sieglinde in den Hof. „Ich habe mit Christine zu reden und du wirst nicht lauschen, nicht an der Tür, nicht auf dem Abort."
Sieglinde sah die Zornfalte über Irmas Auge. Widersprechen zwecklos. Sie nahm ihr Rechenbuch und ging damit in den Schuppen. Zwischen Leiterwagen und Fahrrädern hatte sie sich ein Versteck eingerichtet.
Irma schimpfte sofort los. „Wie kannst du fremden Leuten so eine Zeitung zeigen. Sie haben uns auf dem Kieker. Seit Dietmar abgehauen ist, beobachten sie jeden Schritt. Der alte Francke ist auch einer von denen. Hört auf so vertrauensselig zu sein, alle drei."
Christine schaute sie mit offenem Mund an. Sie hatte viele Fragen, blieb aber stumm.
Irma nähte weiter. Christine starrte. Sie dachte an Georg und an seinen Begleiter, damals, kurz nach Dietmars Flucht. Sie dachte an die Fragen, an die Unterstellungen.
„Mutter, es ist lange her und Georg ist bei uns und er geht auf die Parteischule."
Irma leckte sich Blut vom Finger. „Ich will nichts mehr davon hören."
„Sieglinde hatte die Idee mit der Zeitschrift. Und ich fand sie gut. Die Zeitungen kann Gerda uns schicken und wir zeigen sie niemandem, nähen nur einfach danach."
Irma antwortete nicht. Sie ging zum Schrank, schluckte zwei Tabletten, trank Wasser, trank Schnaps, blätterte in der Zeitschrift. Dann schrieb sie einen Brief an Gerda.
Lange hielt es Sieglinde nicht im Schuppen aus. Hannelore hatte ihr von Walter und Lieselotte Hähnelt erzählt. Sie plapperte die Worte der Klatschen nach. „Schwere Zeiten auch für deine Schwester." Während sie sprach, stiebte sie die Schuhspitze in den Dreck. Sieglinde ließ sie stehen. Sie rannte über den Hof, rannte die Treppe hoch, riss die Wohnungstür auf, posaunte

die Neuigkeit sofort aus. „Walter hat sich umgebracht und Lieselotte ist in der Klapse." Der Brotlaib rutschte Christine aus den Händen. Irma sah vom Briefpapier auf. Sie ließ den Stift fallen. „Und Georg, was ist mit Georg?", fragte Christine. Sieglinde zuckte mit den Schultern. „Davon hat sie nichts gesagt."

Stumm packte Christine Wäsche in den kleinen Koffer. Stumm band sie die Schürze ab, zog Rock und Bluse an, stumm frisierte sie sich die Haare. Sie biss sich dabei die Lippen auf. Irma berührte kurz ihre Schulter. Sie gab ihr etwas Geld.

Christine nickte, schüttelte aber dann den Kopf. „Georg ist nicht so." sagte sie. Die Zweifel nagten dennoch. Er war nicht zur ihr gekommen. Suchte er Trost bei Anita?

Der Koffer wog schwer in ihrer Hand. Sie ging langsam. Sie achtete nicht, wie sonst, auf die Blüten in den Vorgärten. Sie zog die Schultern hoch, schloss den Kragen ihrer Jacke. Blicklos huschte sie an Menschen und Häusern vorbei. Wegen der Trauer um Lene hatten sie die Heirat verschoben. Die Leute unkten.

Am Zaun blieb sie stehen. Im Haus brannte kein Licht. Die Fenster waren geschlossen. Sie rief trotzdem nach Georg. Die Nachbarin erschien am Fenster. Sie schüttelte den Kopf, sagte aber nichts. Endlich öffnete Georg ein Fenster. Er wirkte verschlafen, obwohl es früher Nachmittag war. Er winkte sie herein. Als er ihr die Haustür öffnete, sah sie, dass er schwankte. Er lächelte schief, wurde sofort wieder ernst. Sie reichte ihm den Koffer, er fasste nicht zu. „Lass ihn stehen, ich leg mich wieder hin. „Dein Vater, was ist mit deinem Vater?" Georg winkte ab. Er ließ Christine allein in der Küche zurück. Es roch nach Bratenfett und Fäulnis. Am Rinnstein stapelte sich schmutziges Geschirr. Sie holte den Koffer aus dem Flur, hob ihn auf den Tisch. In ihrem Bauch das Kind bewegte sich. Sie setzte sich. Sie dachte darüber nach, wie selbstverständlich Georg ihr Erscheinen hingenommen hatte. Als sei es ihre Pflicht, ihm den Haushalt zu führen. Als müsse sie alles hinnehmen, alles ertragen. Er hatte nicht ein Wort des Dankes geäußert, nicht einmal auf ihre Frage geantwortet.

Schritte im Flur. Christine zuckte zusammen, weil Walter plötzlich in der Küche stand. Er nannte sie Lene. Er bat sie, ihm ein frisches Hemd zu holen. „Wir müssen sie besuchen." Christine sah ihn an, als wäre er ein Traumgespinst. Auch Georg war aufgestanden. Er wusch sich das Gesicht am Rinnstein. Er bat sie um einen starken Kaffee. Sie blieb sitzen.
„Machst du mir nun den Kaffee!" Sie sah ihn an, wie sie die Müller und die Sackgasser ansah, wenn sie im Hausflur tratschten, schüttelte den Kopf, nahm den Koffer und verließ das Haus
Irma sah nicht von der Näharbeit auf. „Wir kriegen das Kind schon groß." sagte sie.

44.

Irma wartete auf die Briefträgerin, jeden Tag. Kaum waren ihre Schritte verhallt, eilte Irma zum Briefkasten. Sie kam aber jedes Mal kopfschüttelnd zurück. Die Idee, heimlich nach westlichem Schick zu nähen, gewann an Bedeutung. Die Aufträge blieben aus. Irma musste ans Ersparte, um Essen und Schulhefte zu kaufen. Sie nahm die Dose vom Schrank, stieß einen Schrei aus. Sie rief nach Sieglinde und Christine. „Wer war das, wer hat das Geld genommen?" Sie senkten beide die Blicke, antworteten aber nicht. Sieglinde zupfte am Saum ihrer Schürze. Irma deutete die Geste falsch. Sie fasste Sieglinde am Kinn. „Ich war's nicht!" Irma schaute zu Christine. Die schüttelte den Kopf. „Ich hätte dich gefragt." „Also Ulli!" Irma schnürte die Schuhe fest zu. Ein Senkel riss ab. Sie fluchte. Die Jacke zog sie über die Schürze. Keine Zeit, um sich zurecht zu machen. Sieglinde sah ihr am Fenster nach. „Wir müssen Ulli warnen."
„Du bleibst hier! Wenn er das Geld genommen hat, hat der die Trachtprügel auch verdient."

Beim alten Francke brannte Licht im Büro. Irma wollte ans Fenster klopfen. Sie wich zurück, duckte sich. Im Büro waren fremde Männer. Mit Taschenlampen leuchteten sie in die Schränke. Sie wühlten in Akten und Büchern. Von diesen Männern wollte sie nicht gesehen werden. Johann stieß das Fenster auf, fragte ob sie Ulli besuchen wolle. Er lud sie zum Kaffee ein. „Schick mir den Ulli raus!“ Sie sah Johann nicht an. Die Schürze und der abgerissene Schnürsenkel waren ihr jetzt peinlich. Als Ulli die Mutter sah, fuhr er sich mit den Fingern durch die Haare. Er ordnete den Kragen seines Hemdes. Hitze stieg ihm ins Gesicht. Dennoch versuchte er zu lächeln. „Ich arbeite jetzt.“ Sie schlug ihm ins Gesicht. Johann stellte sich neben Ulli. „Du zahlst mir sofort das Geld zurück!“, rief Irma. Ulli zuckte zusammen.
„Ich habe es nur geborgt, du musst mir glauben.“
„Zum Dieb habe ich dich nicht erzogen. Ich schäme mich für dich.“ Die Männer wurden auf sie aufmerksam. Irma rümpfte die Brauen, sie wandte sich zum Gehen um. „ Jetzt komm rein und lass uns darüber reden. Die Herren sind von der IHK, wollen uns einreden, dass wir mit einer PGH besser dran sind. Nicht mit uns, da sind der Theo und ich uns ausnahmsweise einig.“ flüsterte Johann.
Irma hastete davon. Zu Hause trank sie einen Schnaps. Dann nähte sie weiter. Sie dachte an Johann. „Ich habe ihm Unrecht getan.“ flüsterte sie.
„Hat Ulli das Geld gar nicht genommen?“, fragte Christine.
„Nein, ich meine Johann.“
Bis in die Nacht hinein übten sie das Zuschneiden. Christine musste das Nähen lernen, wenn sie ohne Mann ihr Kind großziehen wollte.

Endlich ein Brief von Gerda. Sie hatte aber keine Schnittmuster geschickt. Stattdessen kündigte sie ihren Besuch für den Herbst an. Irma las den Brief mehrere Male. Kein Wort über Dietmar, kein Hinweis darauf, dass Gerda Irmas Bitte verstanden hatte. Erinnerungen tauchten auf, an eine Kindheit voller Zank, aber auch voller Verschwörungen. Irma war die Ältere. Immer hatte sie nachgeben müssen. Sie hörte noch die Stimme der Mutter, wenn sie sagte: „Der Klügere gibt nach.“

Irma überlegte, wie lange sie ihre Schwester nicht gesehen hatte. Die Flucht lag zehn Jahre zurück. Zehn Jahre veränderten einen Menschen. Sie sah sich im Zimmer um. Sie fragte sich, wo Gerda schlafen sollte, sie fragte sich, was sie auf den Tisch bringen könnte. Hatte Gerda eine Vorstellung davon, wie sie hier hausten, womit sie auskommen mussten. Irma würde nach Fleisch und Gemüse anstehen müssen. Sie würde Bettwäsche waschen und Fenster putzen müssen. Das hieß, sie würde weniger Zeit zum Nähen haben. Das Schlimmste aber waren die Schattenmänner. Sie würden vom Westbesuch erfahren, noch bevor Gerda einen Fuß über die Schwelle gesetzt hatte.
Christine sah die Falten auf Irmas Stirn. Sie sah auch die wässrigen Augen. Sie hörte das Seufzen. „Freust du dich denn gar nicht?"
„Doch, doch." Mehr sagte Irma nicht. In Gedanken formulierte sie einen Antwortbrief. Wie sollte sie Gerda von den Umständen berichten, ohne dass die sich unerwünscht fühlte?
Die Leute sagten, die aus dem Westen halten sich für was Besseres. Sie seien nicht so leicht zufrieden zu stellen. Irma fand keinen Schlaf. Die Schmerzen in ihrem Unterleib wurden stärker. Sie schluckte zwei Morphin Tabletten. Sie hörte das Rauschen ihres Blutes in den Ohren. Im Morgendämmer schlief sie ein. Im Traum sah sie Augen. Diese Augen waren überall. Aus jeder Ecke, von jeder Wand schauten sie auf Irma. Sie lauerten hinter jeder Tür, durch die sie ging.

Am Morgen war sie noch immer müde und durcheinander. Sie deckte stumm den Tisch. Sie verschüttete Kaffee, bemerkte nicht die Tropfen auf Tisch und Dielen. Sieglinde verschlang große Stücken vom Brot. In letzter Zeit war sie immer hungrig. Aus ihren Blusen war sie heraus gewachsen. Irma beobachtete es mit Sorge. „Erzählst du uns was von der Tante? Ich kenne sie ja gar nicht." sagte sie zwischen zwei Bissen. Irma reagierte nicht auf die Frage. Sie aß auch nicht. Zum Kaffee schluckte sie zwei Tabletten. Dann schlurfte sie zur Nähmaschine. Flickarbeiten, sonst nichts. Die Schnittmuster wären ihre Rettung. Die Leute schimpften darüber, dass es in den Geschäften nur Lumpen gab. Für Maßgeschneidertes hatten sie angeblich kein Geld. Irma glaubte jetzt auch, dass die modernen Schnitte das ändern würden. Sie hielt in der Arbeit inne, sagte: „Es geht nicht." Sie sagte es leise, Christine verstand die Worte trotzdem. Sie ahnte worum Irmas Gedanken kreisten. Sie ging ins Neue Zimmer. „Ich muss mich hinlegen, das Kind, es strampelt so heftig. Nur eine halbe Stunde, dann üben wir wieder." Irma nickte. Christine schloss die Tür. Heimlich schrieb sie einen Brief an Gerda. Darin schilderte sie die Enge der Wohnung und auch den Mangel. Sie vertraute auf die Wahrheit. Sie bat Gerda, Irma nichts von diesem Brief zu sagen.

Im Kasten ein Brief ohne Absender, ohne Adressat. Irmas Hand zitterte. Schnell ließ sie den Brief in die Schürzentaschen gleiten. Dabei sah sie sich im Hausflur um. Sackgasser und Müller waren nicht zu sehen. Irma vermutete sie auf dem Markt. Heute war Donnerstag, da gab es frisches Pferdefleisch, wenn man den Schlächter kannte. Irma eilte die Treppen hoch, blieb stehen, hielt sich am Geländer fest. Seit ein paar Tagen wurde ihr hin und wieder schwindlig. Sie schob es auf die Medikamente. Den Doktor wollte sie damit nicht behelligen. Sie atmete ein paar Mal tief durch, dann ging sie weiter. Oben schloss sie sich im Abort ein, öffnete das Kuvert. Sie schluchzte auf. Ulli hatte ihr das Geld geschickt. Worte der Entschuldigung hatte er nicht gefunden. Im Umschlag waren nur ein Zettel, auf dem sein Name stand und das Geld. Irma zählte die Münzen in die Dose. Christine sah ihr dabei zu. „War Ulli hier?" Irma schüttelte den Kopf. „Wo kommt das Geld her?"

„Konzentrier dich aufs Zuschneiden. Ich möchte keinen Stoff mehr vergeuden."

Christine ließ sich dieses Mal nicht zurückweisen. Sie trat an die Maschine, zwang die Mutter sie anzuschauen. „Du kannst nicht immer alles in dich reinfressen. Ich denke, ich bin alt genug für die Wahrheit."

„Er hat es geschickt, er will wohl nichts mehr mit uns zu tun haben."

„Du weißt, dass das nicht stimmt."

„Können wir jetzt weitermachen. Sieglinde kommt gleich aus der Schule."

Sie schwiegen. Irma fand kaum die Kraft das Pedal zu treten. Sie drehte das Rad, stoppte die Maschine, erhob sich, schaltete das Radio an, um die Stimme in ihrem Innern nicht zu hören.
Am Nachmittag rührte sie einen Hefeteig an, rieb gekochte Kartoffeln hinein. Christine lächelte. Die Mutter buk Kartoffelkuchen, Ullis Leibspeise. Der Kuchen dampfte. Irma umhüllte das Blech mit Tüchern. Kartoffelkuchen schmeckte warm am besten. Sie zog Schürze, Pullover und Rock aus, erfrischte sich und schlüpfte in ihr Sonntagskleid. Sieglinde sah ihr mit offenem Mund zu. „Du kannst mir die Haare machen." sagte Irma. „Nur, wenn ich auch ein Stück Kuchen bekomme."
„Hast du nicht beim bloßen Anblick geriebener Kartoffeln die Nase gerümpft?" Sieglinde schüttelte den Kopf. Irma schnitt zwei Stücken ab. „Das andere ist für Christine." Sieglinde griff zu Bürste und Kamm. Sie strich Irmas Haare glatt nach hinten, dann toupierte sie sie auf. Inzwischen machte sie das besser, als Irma und Christine es vermochten. Irma legte die Perlenkette um. Sie steckte auch die Ohrclips an. Sie cremte sich das Gesicht, strich mit den Fingerspitzen die Augenbrauen glatt. Auf Lippenstift verzichtete sie aber. Sie wollte Johann zu nichts ermutigen. Das Kuchenblech trug sie unter dem Arm. Beim Gehen achtete sie auf Spazierschritte. Ihr Herz schlug trotzdem schneller. Johann öffnete ihr die Tür. Auch er trug seine gute Weste und darunter ein weißes Hemd.
„Du hast was vor?"
Er winkte ab. „Nicht so wichtig, wenn du schon mal ohne Zorn bei mir anklopfst."
Sie stellte das Blech auf dem Küchentisch ab, trat zurück in den Flur.
„Ullis Lieblingskuchen."
„Er ist leider auf dem Sportplatz."
„Er sagt dir, wo er hingeht?" Johann nickte. Er wies in die Küche. Irma nahm am Tisch Platz. Sie stütze den Kopf auf, lamentierte. „Was habe ich bloß falsch gemach? Ich habe doch versucht, ihnen den Vater zu ersetzen." Johann stand auf, füllte den alten Kessel mit Wasser, stellte ihn auf den Herd. Er zählte zwei Löffel Kaffeepulver in jede Tasse. Irma mochte keinen ungefil-

terten Kaffee. Sie sagte aber nichts. Stattdessen bat sie Johann um ein Messer und schnitt den Kuchen an. „Vielleicht war genau das der Fehler." Irma schaute auf. Johann sah die Falte auf ihrer Stirn. „Ich meine ja nur, du bist sehr streng. Eine Mutter kann nur eine Mutter sein."

Irma rupfte ihren Mantel von der Stuhllehne. „Ach, und du bist jetzt Ullis Vater."

Johann stellte sich ihr in den Weg. „Bitte bleib. Lass uns wie erwachsene Menschen darüber reden." Er schluckte, beinahe hätte er gesagt, wie Mann und Frau. Sie fauchte, setzte sich wieder hin. Johann nahm ein Stück Kuchen vom Teller, biss hinein. Er schnalzte, sprach mit vollem Mund. „Meine Gerlinde konnte nicht backen, kochen auch nicht so recht."

„Du solltest nicht so über sie reden."

„Irma, warum lässt du dir nicht helfen. Du musst nicht mehr kämpfen. Jeder versteht, dass eine Frau allein mit vier Kindern auch mal Hilfe braucht." Sie wollte aufbrausen, wollte sagen, dass es ihnen gut ginge, dass sie sein Mitleid nicht nötig hätten. Sie sackte aber zusammen, wandte das Gesicht ab. Diesen Kampf hatte sie verloren. Sie schnäuzte sich, wischte sich die Augen, lachte auf, sagte „Und freust du dich jetzt."

„Verstehst du denn nicht?" Er legte eine Schallplatte auf, fasste nach Irmas Hand, zog sie vom Stuhl hoch. Für ein paar Schritte ließ Irma sich von Johann führen. Dann machte sie sich los. Ihr letzter Tanz war der Hochzeitstanz mit Herbert gewesen.

Nässe im Schritt. Irma hatte es eilig nach Hause zu kommen. Am Waschbecken im Hausflur füllte sie eine Schüssel mit kaltem Wasser. Sie verriegelte die Tür zum Abort, zog erst dann Mantel und Schuhe aus. Ihre Blase gehorchte ihr nicht mehr. Nässe, Blut und Herzklopfen. Sie schrubbte, fluchte, zog den Rotz hoch, heulte auf. Nicht mehr kämpfen, sich helfen lassen. wozu? Sie konnte keine Frau mehr sein, für niemanden.

45.

Sie warteten im Foyer des Hotels. Auch Ulli war gekommen. Er sinnierte über das Auto mit dem Gerda und Richard anreisen würden. Er stellte sich eine große Karosse vor, mit vielen PS unter der Haube. Johann Francke hatte ihm sein erstes Lehrlingsentgelt ausgezahlt. Beim Gehen klimperte Ulli mit den Münzen in seiner Hosentasche. Er lud Christine, Sieglinde und die Mutter zum Kaffee in die Gaststube ein. Irma wehrte ab. Sie blieb im Foyer zurück, ging von einem Fenster zum anderen, schaute nervös zur Rezeption. Das Treffen im Hotel war ihr nicht recht. In jedem Gast sah sie einen der Schattenmänner. Sie achtete auf jede Geste. Sie stierte zum Eingang. Noch immer hatte sie keine Worte für ihre Schwester. Zeit war vergangen. Ihre Lebensmuster glichen sich nicht mehr. Sie hätten es dabei belassen sollen. Von Richard hatte Irma bisher nichts gewusst. Worüber sollte sie reden, mit einem Mann, der ihr ein Fremder war?
Grüner Opel Rekord, er hielt direkt vor dem Hoteleingang. Die Leute blieben stehen, starrten. Irma wich vom Fenster zurück. Plötzlich Ullis Hand an ihrem Rücken. Sie ließ es zu. Gemeinsam traten sie auf die Außentreppe. Ulli half Gerda aus dem Wagen, schlug die Beifahrertür zu. Richard ermahnte ihn noch vor der Begrüßung, dieses Auto sei kein Wartburg. Richard lief um den Wagen. Mit seinem Taschentuch entfernte er Straßendreck und Regentropfen. Gerda verdrehte die Augen. Sie stürmte auf Irma zu, blieb aber vor ihr stehen. Eine Weile schauten sie sich nur an, dann umarmten sie sich. Gerda spürte Irmas Unsicherheit. Sie flüsterte: „Er ist ganz in Ordnung, wenn es nicht gerade um sein neues Auto geht.“ Sie umarmte Christine, stupste Ulli in die Seite, strich Sieglinde über den Kopf. Sieglinde zog den Kopf ein. Sie hatte sich am Morgen Lockenwickler ins Haar gedreht. Gerda war im Begriff, ihre Frisur zu zerstören. „Du erinnerst dich sicher nicht an mich. Warst ja noch so klein.“ sagte Gerda. Sie betrat als Erste das Hotel. Irma folgte ihr. Sie nahmen in der Gaststube Platz. Irma schluckte. Noch immer wusste sie

nichts zu sagen. Richard klopfte zur Begrüßung auf den Tisch. Sieglinde und Christine erschraken. An seinem Oberarm hing eine Prothese mit einer Zange, anstelle einer Hand. Als er ihre Blicke sah, schlug er mit dem Haken noch einmal auf die Tischplatte. Die Leute an den anderen Tischen drehten sich nach ihm um. Er drohte ihnen mit der Prothese. Sie wandten sich wieder ihren Tellern zu. Sieglinde fasste sich als Erste. „Können Sie mit der Zange überhaupt essen?“ „Deine Tante und ich sind verheiratet, du kannst mich also Onkel Richard nennen.“ Die Frage beantwortete er nicht. Er wandte sich an Christine. „Bist rund, sehr rund, kriegst du Zwillinge?“ Sie wurde rot, rannte zur Toilette. Gerda schlug ihrem Mann auf den Holzarm. „Hör auf!“ Er schwieg, zündete sich eine Zigarette an, suchte vergeblich nach einem Aschenbecher. Eine Kellnerin eilte an den Tisch. Sie wies auf ein Schild über dem Tresen. „In der Zeit von 12.00 Uhr bis 16.00 Uhr herrscht in diesem Lokal Rauchverbot. Im Interesse der speisenden Gäste bitten wir um Ihr Verständnis.“
„Hab ich nicht.“ sagte er. Die Kellnerin verstand nicht. „Hab kein Verständnis, also bringen Sie mir den Ascher, sonst brennt die Tischdecke.“ Gerda versetzte ihm unter dem Tisch einen Tritt. Er stieß die Zange in ihre Seite. Sie wandte sich der Kellnerin zu. „Können Sie nicht eine Ausnahme machen? Mein Mann hat eine lange Fahrt hinter sich.“ Die Kellnerin zuckte mit den Schultern, winkte ihren Kollegen heran.
„Können sie nicht im Foyer rauchen?“
„Ich habe meinen Arm im Krieg verloren, auch für dich, du Grünschnabel. Ist das der Dank!“ Der Kellner ging zurück hinter den Tresen. Wenig später stand ein Aschenbecher auf dem Tisch. Es gab nur eine Sorte Kuchen. Richard regte sich auch darüber auf. Irma musterte ihre Schwester. Wie konnte sie es mit diesem Mann aushalten. Jetzt war sie froh, dass ihre Gäste im Hotel unterkamen und nur drei Tage blieben.
Über die Schnittmuster hatte Gerda noch kein Wort verloren. Irma wagte es nicht, danach zu fragen, nicht vor Richard. Die DDR nannte er nicht, wie die meisten, Zone. Er nannte sie Armedei. Als Richard zur Toilette ging, fragte Gerda, ob sie nicht einen Spaziergang auf den Friedhof unternehmen

wollen. „Nur wir zwei und die Mädchen. Ich möchte Norberts Grab besuchen." Irma nickte. Richard trat gerade zurück an den Tisch. Gerda wandte sich ihm zu. „Der Ulli will eine Spritztour mit dem Auto machen." sagte sie. Ulli schüttelte den Kopf. Aber Richard klopfte ihm auf die Schulter. Gerda bezahlte die Rechnung. Die Kellnerin wedelte mit dem Schein. Sie fragte ihren Kollegen, ob sie das Geld überhaupt annehmen dürfe. Er riss ihr den Schein aus der Hand, nickte Richard zu.
„Ist ja mein Geld." sagte Richard. „Sie gibt es bloß aus, wie alle Frauen." Er lachte laut, verstummte, als er in Irmas erstarrtes Gesicht schaute. Gerda wühlte in ihrer Handtasche. „Nun taut mal auf, Ihr Jungfern." sagte Richard. Er zwickte Gerda in den Handrücken. Sie erhob sich, ließ sich von Richard aber nicht in den Mantel helfen. Sie suchte nach einem Spiegel, um sich den Hut aufzusetzen. „Draußen im Foyer." sagte Christine. Irma bedankte sich zum zweiten Mal für die Einladung. Richard winkte ab, streifte dabei mit der Zange ihre Brust. Irma tat, als bemerke sie es nicht. Vor der Tür verabschiedeten sie sich. Sieglinde hatte beschlossen, lieber im Auto mitzufahren. Die Wagentür schloss sie so sanft, dass sie wieder aufsprang. Richard machte es ihr vor. „So, nicht zu langsam und auch nicht zu heftig. Einfach mit dem richtigen Bums." Sie lachte, wurde aber sofort ernst, als sie Ullis zusammengekniffene Lippen sah. Richard hupte und gab Gas.
Gerda hakte sich bei Irma ein. Sie stieß hörbar die Atemluft aus. „Deine Bitte habe ich natürlich nicht vergessen. Ich habe dir ganze Hefte voller Schnittmuster mitgebracht. Da gibt's jetzt was Neues bei uns, Burda Moden." Irma drückte ihren Arm. „Du bist meine Rettung, danke."
„Wollen wir anschließend zu dir gehen, und du zeigst mir, was du machst."
Irma lenkte ab. Sie sprach über die Mutter und die Kindheit in Breslau.
„Ich habe auch ein altes Fotoalbum mit, das schauen wir uns nachher bei dir an." sagte Gerda.
Christine stieß Irma in die Seite. „Sie wird es schon verstehen." flüsterte sie.
„Was verstehen?", fragte Gerda. „Wir leben nicht gerade im Luxus."
Gerda blieb stehen. Sie klopfte sich auf die Brust. „Ich bin deine Schwester. Ich bin noch immer aus demselben Holz wie du.". Sie gingen weiter. Gerda

fragte nach dem Geburtstermin. „Ende Dezember." antwortete Christine. „Sieht aus, als hätte es sich schon gesenkt. Lerne ich den Vater auch kennen?" Irma drückte Gerdas Arm fester. Sie schüttelte den Kopf. Gerda verstand.

Laub unter ihren Füßen, Laub auf Grabstelen, Laub auf Erde und Kies. Sie lauschten dem Rascheln und Bröseln. Christine sehnte sich schon jetzt nach frischem Grün. Stumm verharrten sie vor dem Holzkreuz, auf dem Norberts Name stand. Christine wischte sich die Augen. Noch nicht vorbei, immer noch nicht, dachte Irma. Sie sog die Luft ein. Sie hoffte, das Kind würde Christines Gemüt heilen.

„Kann man hier irgendwo Blumen kaufen?", fragte Gerda. Sie lachten beide. „Um diese Jahreszeit und zum Sonnabend!" Sie schüttelten die Köpfe. „Steht es also doch so schlimm um die Zone." sagte Gerda. „Ich glaube, wir können jetzt alle einen Kurzen vertragen. Außer du, natürlich." Gerda tippte Christine an. Irma verstand, ihre Schwester hatte Lust auf Schnaps. Sie gingen am Hotel vorbei. Der Opel war nicht zu sehen. Gerda meinte: „Richard wird den Kindern Bären aufbinden." Irma flüsterte, als sie über den Hof gingen. Müller und Sackgasser standen trotzdem hinter den Fenstern. Sie kamen aber nicht wie sonst in den Hausflur.

Irma setzte Wasser für Tee auf. Der Kessel glitt ihr aus der Hand. Sie wischte sich Schweiß von der Stirn, lief zum Küchenschrank. Das Geschirr klapperte in ihren Händen. Christine nahm es ihr ab. „Leg dich hin." flüsterte sie. Irma legte sich auf das Sofa. „Nur kurz." sagte sie. Gerda nickte, runzelte aber die Stirn.

Christine schloss die Tür zum Neuen Zimmer. Sie saß mit Gerda am Küchentisch, zeigte ihr die Illustrierte. Gerda öffnete ihre große Umhängetasche. Die Zeitschriften hatte sie zusammengerollt und absichtlich zerknüllt. „Wegen der Grenzkontrolle." sagte sie. „Und wegen Richard. Der muss nicht alles wissen."

Christine stöberte. Sie fiel Gerda um den Hals. Gerda zeigte zur Tür. „Was ist mit ihr?"

Christine schwieg. Sie goss Tee auf, verbrühte sich am Wasserdampf die

Finger. Gerda nahm ihr den Kessel ab. Christine tauchte die Hand in eine Schüssel mit kaltem Wasser.
„Ich bin ihre Schwester!"
„Sie ist krank, sehr krank." Christine schluchzte auf. „Kann man nichts tun?" Christine schüttelte den Kopf. Sie schniefte, sagt: „Sie will nicht darüber reden. Ulli und Sieglinde wissen auch nichts davon." Gerda nickte. Sie dachte, wie unsere Mutter.
Irma war aufgestanden. Sie stellte eine Flasche Halb und Halb auf den Tisch, holte Gläser aus dem Schrank. Sie stießen an. Sie umarmten sich. Sie blätterten in Gerdas Fotoalbum, tauschten Erinnerungen aus. Sie lachten, hoben die Gläser, bis die Flasche fast leer war und Richard mit Ulli und Sieglinde in der Tür stand. Er packte Gerda am Arm, schnappte ihre Tasche und ihren Mantel, zog sie mit sich fort. Sie stolperte, kicherte, schimpfte ihn einen ungehobelten Glotz. Er stieß ihr den Haken in die Seite, bis sie schwieg.

46.

Katerkopfschmerz. Gerda wachte auf. Sie durchwühlte ihre Handtasche vergeblich nach einer Schmerztablette. Erinnerungen an den vergangenen Abend tropften zurück in ihr Bewusstsein. Sie schaute auf die Uhr. Früher Morgen, zu früh, um aufzustehen. Sie zog die Decke über die Ohren. Richards Schnarchen störte sie trotzdem. Sie stand auf, sammelte ihre Sachen ein. Richard hustete. „Leg dich wieder hin." Er schmatzte, schlief wieder ein. Gerda zog den Morgenmantel übers Nachthemd, raffte ihre Sachen und verließ das Zimmer. Das Bad befand sich am Ende des Ganges. Sie huschte über den Flur. Im Bad war es kalt. Am Waschbecken stand eine Frau mit nacktem Oberkörper. Bei Gerdas Eintreten hielt sie ein Handtuch vor die Brust.

„Warum die das nicht wenigstens abteilen.“ sagte Gerda. Die Frau nickte. Sie drehte Gerda den Rücken zu, trocknete sich nur flüchtig ab. Im Spiegel sah Gerda den Grund für ihre Scham. Man hatte ihr die rechte Brust abgenommen. Gerda bemühte sich, nicht hinzuschauen.

Sie dachte an Irma. Sie nahm sich vor, zu fragen, nicht locker zu lassen.

An der Rezeption bat sie um einen Kaffee. Der Portier zuckte mit den Schultern. Er wies auf die Uhr über dem Tresen, sagte: „Um diese Uhrzeit werden Sie nirgendwo Glück haben. Die Bahnhofsmitropa öffnet frühestens um sieben.“ Gerda bedankte sich trotzdem. Sie schaute aus dem Fenster, kein Mensch, kein Auto auf der Straße. Erst jetzt fiel ihr ein, dass heute Sonntag war. Sie blieb am Fenster stehen. Was tun? Wohin gehen? Sie vermutete, dass auch Irma und die Kinder noch schliefen. Der Portier rieb einen Metallbecher an seiner Weste blank. Er drehte eine Thermoskanne auf, winkte Gerda heran. Er teilte seinen Kaffee mit ihr. „Meine Schicht ist sowieso bald um.“ Während er sprach, biss er von seinem Butterbrot ab. Gerda fühlte sich wohl. Sie schmeckte es wieder, das Butterbrötchen und den Kakao. Sie hörte wieder, die Geschichten, die die Mutter ihnen erzählt hatte.

„Wir kriegen heute noch Schnee.“ sagte der Portier. „Ich merke es, wenn das Wetter umschlägt. Ich hab's im Knie.“ Gerda schob eine Mark über den Tresen. Er drehte ihr den Rücken zu. „Stecken Sie das wieder ein.“ sagte er. Die ersten Gäste kamen an oder reisten ab. Er gab Schlüssel aus, suchte Listen nach Reservierungen ab. Gerda verabschiedete sich mit einem Kopfnicken, dass er nicht erwiderte. Sie schaute auf die Uhr. Jetzt war Irma bestimmt aufgestanden.

Sieglinde kam ihr entgegen. „Ich soll euch holen, zum Frühstück. Wo ist denn der Onkel?“

„Den lassen wir schlafen.“ Sie liefen durch die Stadt. Gerda fragte nach Geschäften und Betrieben. Sieglinde zeigte und erklärte. Sie kamen am Werktor der Schuhfabrik vorbei. „Christine hat hier mal gelernt. Aber dann ist sie schwanger geworden.“ Sieglinde rümpfte die Augenbrauen. „Für mich wäre das nichts. Ich mach meinen eigenen Friseurladen auf.“ Gerda blieb stehen, sie lächelte Sieglinde an. „Das weißt du schon?“

Sieglinde fasste sich ins Haar. „Ich mache allen in der Familie die Haare."
Im Ofen knisterte das Holz. Irma brühte Kaffee. Sie schaute nicht auf, als Gerda und Sieglinde kamen. Gerda hielt die Hände über die Ofenplatte.
„Der Portier im Hotel hat gesagt, heute gibt es noch Schnee."
„Möglich." sagte Irma. „Wo ist denn der Richard?"
„Im Hotel, schläft noch."
Irma atmete auf. Sie sah Gerda erschrocken an. Gerda setzte sich zu ihr an den Tisch. „Hast ja recht, er ist ein Tyrann, der Krieg."
„Man kann nicht alles mit dem Krieg entschuldigen." Sie schwiegen. Irma schnitt Brot vom Laib. „Du schneidest es an der Brust, wie unsere Mutter." sagte Gerda. „Ich hatte immer Angst, sie verletzt sich."
Irma bestrich die Scheiben mit Butter, legte sie auf die Herdplatte. Der Duft nach frisch gebrühtem Kaffee und geröstetem Brot durchwehte die Küche. Gerda verspürte sofort Hunger.
„Wo ist denn Ulli?" Die Zornfalte erschien auf Irmas Stirn. „Der wohnt lieber beim alten Francke." Gerda sah Irma fragend an. Sie hatte nicht nur die Zornfalte gesehen. Sie hatte auch das Lächeln um Irmas Mund bemerkt.
„Wer ist das?"
„Ihm gehört die Lohgerberei."
„Vielleicht hat er einfach den Vater vermisst." Gerda berührte Irmas Arm.
Irma warf das Messer aufs Brettel. „Jetzt fang du nicht auch noch so an. Ich habe alles für sie getan. Den Dietmar hat er mir schon genommen."
Sie stand am Fenster, drehte Gerda den Rücken zu. Gerda sah das Zittern trotzdem. Sie legte ihre Hand auf Irmas Schulter.
„Niemand macht dir Vorwürfe. Dietmar spricht nicht schlecht über dich."
„Warum meldet er sich dann nicht. Nicht ein Wort, nicht ein Brief, geschweige denn, eine Entschuldigung für das, was er getan hat."
„Er will euch nicht gefährden."
„Hat er trotzdem." sagte Irma leise.
Rauch über dem Ofen. Christine nahm das Brot gerade noch rechtzeitig von der Herdplatte.

Gerda aß mit großem Appetit. Nach dem Frühstück öffnete sie ihren Koffer. Sie legte Frisierumhang und einen Haartrockner auf den Tisch. Sieglinde wog den Fön in der Hand. „So ein Gerät will ich auch. Da braucht man ja gar keine Hauben mehr. Da kann man überall haaremachen."
„Du frisierst mich und ich schenk ihn dir." Sieglinde riss die Augen auf. Sie füllte sofort Wasser in den Kessel. „Dann muss ich dir die Haare auch waschen."
„Gehört ja dazu." sagte Gerda.
Jemand klopfte. Christine wollte öffnen. Irma drängte sie zurück. „Ich mach das." Gerda sprang vom Stuhl auf. Vor der Tür stand aber nicht Richard, sondern Georg. Er blieb im Türrahmen stehen. In der Hand hielt er einen Strauß Alpenveilchen. „Darf ich?"
Christine nickte. Irma gab die Tür frei.
„Der Ring ist jetzt fertig." Georg wog den Ring in der Hand. Er schaute Gerda an, sagte: „Also doch."
Gerda reichte ihm die Hand. Er begrüßte sie mit einem Nicken, bat Christine mit ihm nach Draußen zu kommen.
„Das ist meine Tante." sagte Christine. „Sie weiß Bescheid."
Georg schüttelte den Kopf. Er trat zurück in den Hausflur.
Christine folgte ihm. Sie sagte: „Du bist albern."
„Es ist wegen der Parteischule, die werfen mich raus."
„Wegen meiner Tante?
„Sie ist doch von drüben. Die Leute reden schon darüber."
Christine schnappte nach Luft. „Die Partei, immer die Partei!"
Die Sackgasser kam mit einem Besen. Sie kehrte die Treppe, schimpfte über das Pack, dass sich nicht die Schuhe abstreichen kann. Sie stiegen an ihr vorbei. Unten im Hof legte Georg seine Arme um Christine. Sie schüttelte sie ab, machte sich los. „Du bist feige! Ein Duckmäuser bist du!", schrie sie. Er hob die Hände. Sie hörte nicht auf, ihn zu beschimpfen. Sie warf den Ring nach ihm. Die Sackgasser schüttelte den Kopf, die Müller fand Christines Verhalten richtig. „Weiß doch jeder, dass der fremdgeht, während sie den Bauch vor sich her schiebt."

Christine ließ Georg im Hof zurück. „Haben Sie nichts Besseres zu tun, als uns hinterher zu gaffen."
„Doch, euren Dreck wegmachen!", erwiderte die Sackgasser. „
In der Küche schenkte Christine sich einen Schnaps ein, rührte das Glas aber nicht an. Sie umfasste ihren Bauch, lächelte Irma und Gerda an, sagte: „So!"

Richard hupte. Er machte sich nicht die Mühe, aus dem Auto zu steigen. Gerda schaute aus dem Fenster. Sie stierte auf das Auto, stierte auf ihren Mann. Irma stand hinter ihr. Gerda wandte sich zu ihr um. Sie sagte: „Ich bleibe hier."
Irma zuckte zusammen, dann lachte sie. „Ich meine es ernst. Er kann mir eine Nähmaschine schicken und meine Sachen. Ich suche mir natürlich eine eigene Wohnung, hier in der Nähe."
Sie zog sich Mantel und Schuhe an, fuhr sich mit der flachen Hand über den Kopf. Ihre neue Frisur gefiel ihr. Unten öffnete sie die Autotür. Sie teilte Richard ihren Entschluss mit, knallte die Tür wieder zu. Richard gab Gas. Gerda knöpfte ihren Mantel zu. Sie entschloss sich zu einem Spaziergang.
Irma schaute sich die Schnittmuster in den Modezeitschriften an. Sie suchte nach der Herrenkollektion. „Was willst du denn damit? Wir haben im Moment nur Kundinnen." sagte Christine.
„Johann bekommt eine neue Weste."

Bereits erschienen in der Edition Outbird:

Andreas Hähle „Wahnsignale"

Andreas Hähle nimmt uns in seinem verstörend-fesselnden Trip „Wahnsignale" in die zerrissene (zerreißende?) Seelenlandschaft eines von einem ins andere System „hinüberlebenden" (Sinn)Suchenden mit.

Anfang der 90er Jahre irgendwo in einer Küstenstadt im Osten Deutschlands. Das knappe Jahr der Freiheit ist vorbei, die DDR existiert nicht mehr. Statt der versprochenen blühenden Landschaften begannen Glaspaläste die wenigen Mutigen auszukehren, die sich mit kleinen Läden über Wasser zu halten versuchten.

Was geschieht, wenn man sich zwischen zwei Stühle setzt? Manche überlebten es körperlich; geistig und seelisch kaum jemand. Auch nicht der Held dieses Romans. Er folgt dem Ruf des Bösen und die neue Gesellschaft lässt ihn gewähren. Mehr noch – fast befördert sie ihn und er erkennt schnell, dass das Böse zur neuen Gesellschaft gehört wie das sprichwörtliche Salz in der Suppe. So beginnt die Reise durch das Seelenleben eines Menschen und einer zerstörten zerrissenen Gesellschaft.

Doch Vorsicht! Sympathie für den Helden dieses Buches und dessen Erzählweise zu empfinden, kann nur ein Wahnsignal sein. Aber wenn es so ist und der Leser das zu erkennen noch in der Lage sein sollte, ist es bereits längst zu spät.

Bereits erschienen in der Edition Outbird:

Susanne Agnes Fauser „Lilian"

Susanne Agnes Fauser veröffentlicht mit der fesselnden, dunklen Perle „Lilian" ein tiefgehendes Stück Romankunst über eine außergewöhnliche, verhängnisvolle Liebe.

„Es gibt alle Arten von Liebe auf der Welt, aber niemals die gleiche Liebe zweimal. F. Scott Fitzgerald"

In der Geschichte des Musikers Nat und seiner Frau Lilian, Poetin, umgeben von Individualisten und durchdrungen von Geheimnissen, verweben sich Rückblenden und Gegenwart zu einem Tanz, der den Leser in seinen Bann zieht. Die sprachgewaltige Erzählung aus Sicht verschiedener Protagonisten entführt den Leser in eine Welt der Kunst, Magie, Hochspannung, aber auch ebenso mysteriöser wie feiger Morde.

Ein außergewöhnliches Buch, das eine unbekannte Welt eröffnet und den Leser in einen Sog der Neugier und Abgründe mitnimmt, dem er sich nicht entziehen kann.

ISBN 978-3-95915-116-0, Preis: 14,90€

Erhältlich im gut sortierten Buchhandel und unter shop.outbird.net.